CASSIE MILES

Soupçons
sur un inconnu

Traduction française de
FLORENCE BERTRAND

BLACK ROSE

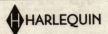

Collection : BLACK ROSE

Titre original :
MYSTERIOUS MILLIONAIRE

Ce roman a déjà été publié en 2009

© 2008, Kay Bergstrom.
© 2009, 2021, HarperCollins France pour la traduction française.

Ce livre est publié avec l'autorisation de HARLEQUIN BOOKS S.A.

Tous droits réservés, y compris le droit de reproduction de tout ou partie de l'ouvrage, sous quelque forme que ce soit.
Toute représentation ou reproduction, par quelque procédé que ce soit, constituerait une contrefaçon sanctionnée par les articles 425 et suivants du Code pénal.

Si vous achetez ce livre privé de tout ou partie de sa couverture, nous vous signalons qu'il est en vente irrégulière. Il est considéré comme « invendu » et l'éditeur comme l'auteur n'ont reçu aucun paiement pour ce livre « détérioré ».

Cette œuvre est une œuvre de fiction. Les noms propres, les personnages, les lieux, les intrigues, sont soit le fruit de l'imagination de l'auteur, soit utilisés dans le cadre d'une œuvre de fiction. Toute ressemblance avec des personnes réelles, vivantes ou décédées, des entreprises, des événements ou des lieux, serait une pure coïncidence.

Le visuel de couverture est reproduit avec l'autorisation de :
© ELLE HALLS/ARCANGEL

Tous droits réservés.

HARPERCOLLINS FRANCE
83-85, boulevard Vincent-Auriol, 75646 PARIS CEDEX 13
Service Lectrices — Tél. : 01 45 82 47 47 - www.harlequin.fr
ISBN 978-2-2804-6434-5 — ISSN 1950-2753

Composé et édité par HarperCollins France.
Imprimé en septembre 2021 par CPI Black Print (Barcelone)
en utilisant 100% d'électricité renouvelable.
Dépôt légal : octobre 2021.

Pour limiter l'empreinte environnementale de ses livres, HarperCollins France s'engage à n'utiliser que du papier fabriqué à partir de bois provenant de forêts gérées durablement et de manière responsable.

1

Etre détective privé à temps partiel présentait certains inconvénients.

A 11 heures du soir, un vendredi du mois de mai, Liz Norton aurait dû se trémousser ou encore flirter sur la piste de danse d'une boîte de nuit en sirotant une bière qu'un homme lui avait offerte. Au lieu de quoi elle venait de passer deux heures et dix-sept minutes à surveiller un quartier miteux en compagnie de son employeur sexagénaire, Harry Schooner.

Elle se tassa derrière le volant de la Chevrolet déglinguée de Harry. Même avec les vitres ouvertes, elle sentait encore l'odeur des hamburgers rassis qui s'accumulaient dans des sacs en papier sur la banquette arrière. Le seul côté positif était que le vieux tacot semblait tout à fait à sa place dans ce quartier louche de Denver où ils étaient garés, le long d'un trottoir, le plus loin possible du lampadaire.

Sur le siège passager, Harry pressa le poing contre sa poitrine et émit un grognement.

— Ça va ? demanda-t-elle.
— J'ai des brûlures d'estomac.

Son système digestif était une source constante de récriminations. Il y avait bien longtemps que Liz avait cessé de lui faire la leçon sur son régime alimentaire, basé exclusivement sur le fast-food.

— Tu as pris ta pilule ?
— Tu te prends pour ma mère ?
— Non, mais je suis une employée soucieuse de ta santé, rétorqua-t-elle. Si tu meurs d'une crise cardiaque, où vais-je trouver un petit boulot aussi excitant que celui-ci ?

Il déchira l'emballage argenté d'un comprimé pour la digestion, glissa celui-ci dans sa bouche et jeta le papier par-dessus son épaule sur la banquette couverte de détritus.

— Au fait, tu es en vacances, non ?
— J'ai passé mon dernier examen il y a deux jours.

A l'âge de vingt-six ans, Liz était enfin parvenue à économiser assez d'argent pour financer ses études de droit, et elle avait accompli la moitié du cursus. Elle en était fière, même si les paroles de sa mère résonnaient encore dans sa tête. *A quoi servirait une éducation ? Une fille comme toi ne peut réussir qu'en trouvant un homme.* Ensuite venaient les conseils pratiques : *Teins tes cheveux en blond clair, raccourcis tes jupes et tiens-toi droite, les seins en avant.*

Naturellement, Liz avait fait tout le contraire. Ses épais cheveux blond foncé n'avaient jamais été teints et ils étaient rarement coiffés — sauf quand elle prenait elle-même les ciseaux pour les maintenir à hauteur de son menton. Sa garde-robe comprenait en tout et pour tout une seule jupe — qui lui arrivait au-dessous du genou et était de couleur kaki — dénichée d'occasion pour un dollar.

La plupart du temps, elle portait un jean et un T-shirt. Ce soir, le T-shirt était d'un marron fané, et elle avait enfilé un coupe-vent par-dessus. Quant aux conseils de sa mère concernant sa poitrine, Liz n'y avait jamais accordé grande attention. Même si elle arquait son dos comme un bretzel, personne ne risquait de la prendre pour une reine de beauté.

Finalement, sa mère lui avait rendu service lorsqu'elle l'avait mise à la porte en lui disant qu'à partir de maintenant, il fallait qu'elle se débrouille seule.

C'était le jour de ses dix-huit ans.

Liz l'avait prise au mot. Elle s'était débrouillée. Mais sans homme.

Harry gémit de nouveau et changea de position.

— Tu viendras travailler à plein temps pour moi pendant tes vacances d'été. J'aurai besoin d'un coup de main. Je commence à être trop vieux pour ce boulot.

— Merci, Harry, dit Liz avec sincérité.

A vrai dire, elle avait compté sur cet emploi.

— Mais il faut que je garde les lundis et mercredis soir pour l'école de karaté.

— Pas de problème.

Il haussa ses lourdes épaules, laissant échapper un grognement d'asthmatique. Sa silhouette autrefois athlétique s'était épaissie. Seuls ses cheveux blancs coupés court rappelaient qu'il avait passé près de vingt années dans la police.

— Mon petit-fils fait-il des progrès ?

— Il n'est pas encore ceinture noire, mais il se défend bien.

Liz avait fait la connaissance de Harry à l'école de karaté du Dragon, un jour qu'il était venu rechercher son petit-fils de six ans. De fil en aiguille, il avait offert de lui confier une ou deux missions.

Certains aspects du travail de détective privé étaient franchement déplaisants, comme lorsqu'il s'agissait de confirmer les soupçons d'une épouse éplorée sur son mari infidèle. Cela dit, Liz aimait bien se déguiser de temps à autre. Surtout, elle avait beaucoup d'affection pour le grincheux Harry et ses deux filles. Les Schooner étaient la famille qu'elle n'avait jamais eue.

Elle plissa les yeux, fixant par-delà le pare-brise sale un pavillon d'aspect négligé. Dans le jardin envahi par les mauvaises herbes, deux véhicules achevaient de rouiller, posés sur des parpaings. Par les fenêtres ouvertes, on entendait les accents assourdissants d'un disque de gangsta rap. Au cours de la dernière demi-heure, une demi-douzaine de visiteurs étaient venus et repartis. Elle avait aperçu trois ou quatre enfants malingres en train de jouer à l'intérieur malgré l'heure tardive.

— Tu es sûr que c'est la bonne adresse ?
— Ma source m'a donné l'endroit, mais pas l'heure. Je sais seulement qu'il viendra ce soir.

Harry se frotta les mains avec satisfaction.

— Une fois que nous aurons des photos de M. Crawford en train d'acheter de la drogue, à nous la fortune.

Liz avait encore du mal à croire que Ben Crawford, aventurier et play-boy millionnaire, viendrait en personne. Les gens riches n'engageaient-ils pas des sous-fifres pour se charger de ce genre de tâches ?

Mais elle espérait que Harry avait raison. L'Agence d'Investigation Schooner avait un besoin criant de fonds, et la mission que leur avait confiée Victoria Crawford — en instance de divorce avec Ben — devait la renflouer. Celle-ci les avait chargés de trouver assez de preuves accablantes contre son ex-mari pour invalider le contrat prénuptial et obtenir la garde à plein temps de leur fille de cinq ans. Des photos de Ben en train d'acheter de la drogue suffiraient à la satisfaire, et elle avait promis un bonus considérable en échange de résultats.

Liz ne pouvait s'empêcher d'éprouver un pincement de regret à l'idée de séparer un père de son enfant, mais Ben Crawford ne méritait pas sa compassion. Il était né avec une cuiller d'argent dans la bouche et il gaspillait sa vie en drogues. En ce qui la concernait, c'était un être méprisable et sans doute un père indigne de ce nom.

Une Mustang noire étincelante se gara le long du trottoir devant la maison. Probablement leur millionnaire.

Harry tendit l'appareil photo à Liz.

— Vas-y, mitraille. Ne t'inquiète pas, je te couvre.

— Reste dans la voiture, Harry.

— Approche-toi de la fenêtre de devant, conseilla-t-il en ouvrant la boîte à gants pour en tirer un vieux Remington automatique.

Une bouffée d'adrénaline monta aussitôt en Liz, transformant sa léthargie en tension. Si Harry commençait à brandir son arme, la situation risquait fort de dégénérer sérieusement.

— Range ça !

— Du calme, petite. Je n'ai pas l'intention de tuer qui que ce soit, rétorqua-t-il avant d'ouvrir sa portière avec un nouveau grognement. Il faut que tu prennes Crawford les drogues à la main.

L'appareil était d'une utilisation enfantine — entièrement automatique, et capable de fonctionner avec une lumière minimale. Mais Liz doutait d'avoir l'occasion de s'en servir. La plupart des visiteurs entraient dans la maison, faisaient ce qu'ils avaient à y faire et ressortaient les mains profondément enfoncées dans les poches.

Elle traversa la rue en courant et se baissa derrière une des épaves abandonnées dans l'allée. Ben Crawford se tenait sur le seuil, éclairé par l'ampoule nue de la véranda. Ses cheveux châtains tombaient sur le col de sa chemise en denim délavé, un peu plus claire que son jean. Il ressemblait à un cow-boy élancé qui s'était perdu dans la grande ville.

Liz zooma sur son visage et réprima un sifflement d'admiration. Non seulement il était riche, mais il était incroyablement séduisant. Des traits résolus, des pommettes hautes, des yeux d'un bleu intense. Que diable venait-il faire dans un endroit pareil ?

Elle ajusta le réglage pour inclure le trafiquant, vêtu d'un débardeur en maille noire et d'un pantalon de survêtement à rayures. Il poussa la moustiquaire déchirée et sortit sous la véranda recouverte d'un auvent en métal rouillé.

Les vibrations frénétiques de la musique noyaient tous les bruits. Liz pressa le bouton, prenant plusieurs clichés afin d'être sûre qu'elle avait les deux hommes ensemble.

Au lieu d'entrer, Ben resta sous la véranda. L'espace d'un instant, elle se surprit à espérer qu'il n'était pas venu acheter de la drogue, qu'il y avait une raison légitime à sa présence. Mais il tira un rouleau de billets de sa poche, et reçut en échange trois petits tubes en plastique emplis de poudre brune.

Clic. Clic. Clic.

Elle avait obtenu la photo compromettante. L'Agence Schooner allait être royalement récompensée.

Les deux hommes échangèrent une poignée de main. Ben pivota sur ses talons et retourna à la Mustang. Debout sur le seuil, le trafiquant resta immobile, suivant des yeux la voiture qui s'éloignait.

Un autre homme à la barbe négligée le rejoignit, désignant quelque chose du doigt.

Liz jeta un coup d'œil par-dessus son épaule pour voir ce qu'ils regardaient. Harry était accroupi entre deux voitures, ses cheveux blancs clairement visibles au clair de lune.

— Hé, toi, le vieux ! cria le trafiquant en s'avançant dans le jardin. Qu'est-ce que tu fabriques ?

Harry se redressa et fit mine d'étirer ses membres engourdis.

— Je crois que je me suis perdu.
— Tu nous espionnes ?

Les deux hommes continuèrent à avancer. Au bout de la rue, un chien se mit à aboyer férocement. Liz retint son souffle. La situation était en train de tourner au vinaigre, et Harry n'était pas de taille à lutter.

Elle fourra l'appareil photo dans la poche de son coupe-vent et se rua vers son employeur.

— Ah, te voilà enfin, Grand-père ! Je t'ai cherché partout !

Elle se tourna vers les deux hommes.

— Je suis désolée s'il vous a ennuyé. Il perd un peu la tête.

Ils la toisèrent avec mépris, visiblement peu enclins à la croire.

— Ne bouge pas, espèce de garce, aboya le trafiquant.
— Je vais juste ramener mon grand-père à la maison et…

Une détonation retentit, figeant Liz sur place. Pourvu

que Harry ne s'avise pas de riposter, songea-t-elle avec angoisse. Une fusillade ne serait dans l'intérêt de personne.

Les deux hommes s'approchaient d'elle d'un air menaçant. Son cœur battait à se rompre, moins de peur que d'incertitude. Elle ne savait pas à quoi s'attendre, et se força à arborer un sourire innocent.

— Ce n'est pas la peine de s'énerver.

— Qu'est-ce qu'il y a dans ta poche ? Tu as un flingue ?

Liz réfléchissait à toute allure. Tant qu'ils ne l'immobilisaient pas, elle devrait pouvoir neutraliser ces deux types. Cinq années passées à étudier les arts martiaux lui donnaient un clair avantage. Elle était capable de faire exploser un parpaing à main nue.

— Laissez-la tranquille ! cria Harry de l'autre côté de la rue.

Liz pria pour qu'il ne tire pas. Elle devait agir, et vite. Il n'y avait pas de temps à perdre. D'un coup de pied rapide et efficace, elle désarma le trafiquant. Profitant de l'effet de surprise, elle tournoya sur elle-même, et frappa de nouveau. La semelle de sa botte trouva le genou de son adversaire, qui trébucha.

Le barbu lui saisit l'avant-bras. Le pire scénario. Les deux hommes avaient plus de force qu'elle. Son avantage résidait dans la vitesse et l'agilité. Elle se tortilla pour se dégager, mais l'homme s'agrippa à la manche de son coupe-vent. En un éclair, elle le fit glisser sur ses épaules et le lui abandonna.

Avant qu'ils aient pu se préparer à un nouvel assaut, elle se lança dans une série de frappes et de coups de pied. Ce ne fut pas une démonstration élégante, mais elle parvint à atteindre des parties vulnérables de leur anatomie. La gorge. Le ventre. L'entrecuisse.

Ils étaient tous les deux à genoux.

Un autre homme surgit à la porte. Suivi d'un autre encore.

Derrière elle, Harry tira.

Cinq fois.

Elle se rua vers la voiture.

Harry s'affaissa sur le siège passager tandis qu'elle s'engouffrait dans le véhicule et tournait la clé de contact. Tous phares éteints, elle démarra en trombe.

Une fusillade éclata derrière eux.

Le cœur battant la chamade, Liz roula à tombeau ouvert jusqu'à la première intersection importante, puis alluma ses phares et se mêla à la file du trafic. Ils auraient pu être tués. Avec un temps de décalage, elle prit conscience du danger qu'ils avaient encouru et eut une pensée reconnaissante pour l'école du Dragon et sa formation aux arts martiaux.

A côté d'elle, Harry respirait péniblement. D'un revers de main, il essuya la sueur qui perlait à son front.

— Tu as les photos ?

Elle se tassa légèrement.

— L'appareil était dans mon coupe-vent. Le barbu me l'a arraché.

— Tant pis.

Elle le regarda, remarquant soudain son teint livide, et les difficultés qu'il avait à respirer.

— Ça ne va pas, Harry ? Je t'emmène aux urgences.

— Ça te ferait plaisir, hein ? Mettre le vieux à la porte et prendre la tête des affaires.

— Oui, c'est mon plan machiavélique. Ajouter tes dettes à mes emprunts d'étudiante, rétorqua-t-elle, feignant le sarcasme pour dissimuler l'inquiétude qu'elle éprouvait.

— Sérieusement, Liz. Je n'ai pas besoin d'un médecin.

Il exhala longuement, et fut pris d'une quinte de toux.

— C'était un peu trop d'émotion pour mon vieux cœur, c'est tout.

— Tu es en train de me dire que tu as des problèmes cardiaques ?

— Laisse tomber. Ramène-nous au bureau.

Liz jeta un coup d'œil dans le rétroviseur et continua sur l'avenue. Personne ne les suivait. Ils avaient réussi à s'enfuir. Par acquit de conscience, elle prit la direction du sud à l'intersection suivante et se dirigea vers l'autoroute.

— Il faut qu'on appelle la police.

— Pas question.

— Harry, ces types ont tiré sur nous. Ils nous ont attaqués.

— Et j'ai riposté.

Il s'éclaircit la gorge et respira un peu plus librement. Il retira le poing qu'il avait crispé sur sa poitrine.

— Tu t'es battue comme une lionne. Ou plutôt un dragon crachant du feu.

— Ma forme n'était pas géniale.

— Tu t'en es très bien sortie, insista-t-il en tendant la main vers elle afin de lui tapoter l'épaule.

Toujours avare de compliments, il s'empressa de faire suivre celui-ci d'une récrimination.

— Dommage que tu aies perdu l'appareil.

— Ne pense même pas à le déduire de mon salaire.

Elle s'arrêta à un feu et le regarda de nouveau. Harry semblait avoir récupéré.

— Il faut qu'on dépose plainte, insista-t-elle. Ces gens sont des trafiquants.

— Et je suis prêt à parier que les stups sont au courant.

Laisse les trafiquants aux flics, nous avons notre part de problèmes. Comme celui de savoir comment obtenir le bonus promis par Victoria.

Liz se tut, mais résolut de téléphoner dès le lendemain à un ami qui travaillait pour la police de Denver. A tout le moins, elle voulait que les enfants qu'elle avait vus soient éloignés d'un tel environnement.

Harry se redressa.

— C'est le moment de passer au plan B.

— J'ai comme l'impression que ça ne va pas me plaire, grommela Liz.

— Ma source est la gouvernante de la propriété des Crawford près d'Evergreen. Elle peut…

— Une seconde. Comment as-tu fait sa connaissance ? s'enquit-elle en jetant un coup d'œil à la banquette arrière. Tu n'as jamais été ordonné, que je sache.

— J'ai servi avec son père au Viêt-nam, et nous restons en contact. Elle s'appelle Rachel Frakes. C'est elle qui m'a recommandé auprès de Victoria.

Voilà qui expliquait tout. L'Agence Schooner n'était pas d'ordinaire le premier choix des riches et des célébrités.

— En quoi consiste le plan B ?

— Rachel t'introduit dans la propriété. Une fois là, tu fouines un peu partout pour trouver ce qu'il y a à trouver sur Ben.

— Un agent infiltré.

C'était tentant. Peut-être jouerait-elle le rôle d'une décoratrice d'intérieur haut de gamme. Ou d'une dresseuse de chevaux ? Un domaine près d'Evergreen se devait de posséder plusieurs hectares et une écurie. A moins qu'elle ne soit tout simplement une invitée — peut-être

une héritière excentrique de la jet-set ? Une descendante des tsars de Russie ?
— Qui suis-je censée être ?
Harry sourit.
— Tu verras.

2

Le lendemain après-midi, Liz descendait quatre à quatre l'escalier de service de son nouveau logis — une chambre de bonne au troisième étage de la propriété des Crawford. Son uniforme gris et son tablier blanc amidonnés lui rappelaient un costume de pèlerin qu'elle avait portés lors d'une fête à l'école primaire.

Elle entra dans la cuisine, ajustant le bonnet blanc que quatre épingles retenaient péniblement sur ses boucles blondes.

Une bonne. Elle était censée être une bonne.

Génial.

Au pied de l'escalier, Rachel, la gouvernante, l'attendait, les poings plantés sur les hanches. C'était une femme de haute taille, corpulente, qui n'aurait pas été déplacée dans l'équipe féminine russe d'haltérophilie. Elle avait des cheveux blonds et courts soigneusement écartés de son visage.

— Liz, puis-je vous rappeler qu'une domestique est censée être aussi discrète qu'un meuble ?

— D'accord.

— En descendant l'escalier, vous avez fait plus de vacarme qu'un troupeau de bisons. Il vous faut apprendre à marcher doucement, sans faire de bruit.

— Si je marche doucement, puis-je porter un gros bâton ?

Rachel haussa des sourcils stupéfaits.

— Vous n'avez tout de même pas l'intention de frapper quelqu'un ?

— Je plaisantais. D'autres conseils ?

S'il s'était agi d'un véritable travail, Liz aurait déjà pris ses jambes à son cou.

— On répond aux questions par oui ou par non. Certainement pas par « d'accord ». Et certainement pas par une plaisanterie. Est-ce clair ?

Liz tripota son bonnet ridicule.

— Oui, madame.

— Arrangez donc un peu vos cheveux. Vous êtes toute décoiffée.

Liz se mordit la lèvre.

— Oui, madame.

— Pas de parfum. Pas de vernis à ongles. Pas de maquillage.

— Pas de problème.

Enfin une partie de la mission qui lui convenait parfaitement.

— Vous savez, Rachel, Harry et moi apprécions vraiment...

— Chut.

La gouvernante s'empressa de fermer la porte de la cage d'escalier, s'assurant qu'elles étaient seules.

— Si quelqu'un apprend ce que vous faites ici, je nierai tout.

— Oui, madame, répondit Liz à voix basse. Que pouvez-vous me dire sur Ben ?

— C'est un beau jeune homme, mais il est déprimé.

Quand Victoria m'a parlé de sa dépendance, j'ai dû agir. Je ne peux pas supporter l'idée que sa fille soit élevée par un individu pareil.

— Il ne vit pas ici en temps normal, n'est-ce pas ?

— Son domicile est à Seattle où il dirige Crawford Aero-Equipment. La société fabrique des pièces d'avion et construit aussi de petits appareils privés.

Hhmm, songea Liz. Cela faisait beaucoup de responsabilités pour un prétendu drogué.

— Pourquoi est-il dans le Colorado en ce moment ?

— Cette propriété appartient à son grand-père, Jerod Crawford, expliqua Rachel tandis qu'un pli soucieux se formait sur son front. Un homme généreux et très courageux. Il est atteint d'une tumeur incurable au cerveau.

— Et son petit-fils est venu prendre soin de lui.

Une fois de plus, ce n'était pas exactement le genre de conduite à laquelle on s'attendait de la part d'un individu dépendant des drogues. Peut-être voulait-il tout simplement s'assurer qu'il hériterait de la fortune du grand-père.

— Pour l'instant, on a besoin de vous dans la cuisine, reprit Rachel. Un dîner pour seize convives est prévu ce soir.

Peut-être certains des invités pourraient-ils lui fournir des éléments intéressants à exploiter contre Ben, songea Liz avec espoir.

— Y a-t-il des gens à surveiller en particulier ?

— Que voulez-vous dire ?

— D'autres consommateurs de drogues, par exemple. Quelqu'un a dû lui indiquer le trafiquant chez qui il se fournit.

— C'est à vous de le découvrir, fit Rachel. Entre-temps, filez dans la cuisine.

— Tout de suite. Je vais juste aller me coiffer.

Liz gravit sur la pointe des pieds les marches qui menaient au premier étage. Quoi que Rachel en pense, son premier objectif était de localiser la chambre de Ben et de chercher l'endroit où il cachait sa réserve de stupéfiants. Elle ouvrit la porte et s'engagea dans un long couloir aux murs lambrissés de cèdre jusqu'à mi-hauteur et décorés de tableaux représentant des paysages. En passant devant une porte entrebâillée, elle aperçut une jolie chambre meublée en style rustique. Sans être opulent, l'endroit était tout de même cent fois plus luxueux que la minuscule mansarde où elle avait laissé tomber son sac à dos et enfilé son uniforme de bonne.

Une grande brune en tailleur pantalon noir émergea de l'une des pièces et traversa le couloir à grands pas.

Liz lui adressa un sourire amical, mais la brune la croisa sans paraître remarquer sa présence. Apparemment, elle avait réussi à se fondre dans les meubles.

— Excusez-moi, fit Liz.

La femme s'arrêta et la toisa avec froideur.

— Quoi ?

— Je suis nouvelle ici. Pourriez-vous m'indiquer la chambre de Ben ?

— La chambre de mon frère est par ici. A côté de celle de mon grand-père.

Les portes à double battant de la chambre de Jerod étaient ouvertes, et Liz entendait des voix à l'intérieur.

Il y avait trop de gens alentour pour procéder à une fouille en règle. Elle reviendrait plus tard. Cependant, elle n'était guère pressée de se rendre dans la cuisine.

Elle profiterait de ce temps libre pour explorer les lieux, et se repérer dans cette immense demeure et le parc qui l'entourait.

En venant, elle n'avait pas vu grand-chose. Après la sortie d'autoroute à Evergreen, elle avait parcouru quelques kilomètres sur une route étroite qui serpentait à travers une forêt de conifères. Une grille en fer forgé entre deux piliers en pierre protégeait l'entrée de la propriété, et le parc était ceint d'une clôture. Elle avait dû se présenter par Interphone avant de pouvoir pénétrer à l'intérieur.

Nichée contre une falaise de granit, la maison était construite en pierre naturelle et de bois de cèdre, et semblait en parfaite harmonie avec le paysage. La partie principale comportait deux étages, et des balcons agrémentaient les différents niveaux.

Liz s'engagea dans un petit couloir près de l'escalier. Une porte vitrée s'ouvrait sur une passerelle en plein air, au bout de laquelle se trouvait une vaste terrasse ensoleillée.

Des pins immenses frôlaient la rambarde. Des mangeoires étaient accrochées aux branches. Plusieurs sièges confortables ainsi que des chaises longues en séquoia faisaient face à la vue, mais personne n'était dehors. De grandes baies vitrées se succédaient sur ce côté de la maison, qui était sans doute la chambre de Jerod Crawford. Par chance, les rideaux étaient tirés.

Une brise légère caressait les joues de Liz. Les oiseaux gazouillaient autour d'elle. Des pétunias multicolores dansaient gaiement dans les jardinières de bois accrochées à la passerelle.

Les gens comme elle ne vivaient pas dans de tels endroits. Une prairie herbeuse constellée de pâquerettes et de fleurs sauvages écarlates s'étalait sous ses yeux. Il y avait aussi une grange et une autre dépendance, et, au-delà, un lac à l'eau bleue et scintillante entouré de pins. Au loin, des sommets enneigés formaient un horizon majestueux.

Au bord du lac, une jetée de bois s'avançait dans l'eau. Liz était à plus de cent mètres de là, mais elle crut reconnaître Ben. Il faisait face à une femme aux cheveux blond platine, vêtue d'un pull rouge vif.

Liz ne pouvait entendre ce qu'ils disaient, mais il était évident qu'ils se querellaient. La femme agita les bras, visiblement furieuse. Ben recula comme s'il ne pouvait supporter d'être si près d'elle.

Elle tapa du pied.
Et puis elle le gifla.

Ben réprima l'envie de rendre sa gifle à Charlene. Elle aurait certainement mérité d'être mise à la porte de la maison de son grand-père, mais, malheureusement, ce n'était pas à lui d'en décider.

— Tu ne pourras pas toujours n'en faire qu'à ta tête, dit-il, les dents serrées.

— Peu m'importe ce que tu penses. C'est moi qui commande ici. Moi. La femme de Jerod.

C'était absurde, et pourtant indéniablement vrai. A l'âge de trente-six ans, elle n'était l'aînée de Ben que de deux ans. Il détestait avoir à la consulter sur le traitement médical suivi par son grand-père et ne comprendrait jamais pourquoi le vieil homme l'écoutait.

— Sois raisonnable, Charlene. J'ai parlé à des spécialistes, à des neurologues. Ils sont persuadés que la tumeur de Jerod est opérable.

— Je ne veux pas de tes docteurs, hurla-t-elle comme une harpie. Jerod est content des soins du Dr Mancini. Et moi aussi.

Le Dr Al Mancini était le médecin de famille des Crawford depuis des années, et il était certainement compétent pour soigner des rhumes et des égratignures. Mais une tumeur au cerveau ?

— Mancini n'exerce même plus ! protesta-t-il avec véhémence. Il est à la retraite.

— Et Jerod est son seul patient. Le Dr Mancini vient chaque jour. Ton spécialiste enverrait Jerod à l'hôpital. Et il refuse d'y aller.

Malheureusement, Charlene avait raison sur ce point.

Son grand-père, natif du Texas et têtu comme une mule, avait décrété qu'il ne voulait pas quitter sa maison. Chaque jour, la tumeur logée dans son cerveau continuait à grossir. Déjà, sa vision était sérieusement affaiblie, et il était presque confiné à son fauteuil roulant.

— A défaut d'une opération, il pourrait avoir accès à des traitements plus performants, des médicaments à la pointe du progrès.

— Il refuse de partir. Et je ne vais pas l'y forcer.

L'espace d'un instant, il abandonna ce sujet. Il avait d'autres griefs à l'encontre de Charlene.

— Annule au moins ta maudite réception. Jerod a besoin de paix et de tranquillité.

— Vous voulez tous faire comme s'il était déjà mort, rétorqua-t-elle. Eh bien, il ne l'est pas. Il a besoin d'activité et de stimulation. C'est pour cela qu'il m'a épousée.

— Vraiment ? Ça n'avait rien à voir avec ton tour de poitrine ?

Elle le gifla de nouveau.

Cette fois, il ne l'avait pas volé.

Sur quoi Charlene, balançant des hanches, se dirigea en furie vers la maison.

Cinq ans plus tôt, lorsque son grand-père avait annoncé qu'il avait l'intention d'épouser une danseuse de revue de Las Vegas, Ben avait été presque fier de lui. Après une vie de dur labeur commencée dans les champs de pétrole du Texas, Jerod avait bien le droit de s'amuser un peu.

Charlene avait consenti sans hésiter à un généreux contrat prénuptial. Que leur mariage se termine par un divorce ou par le décès de Jerod, elle partirait avec un demi-million de dollars en poche. Ce n'était pas une mauvaise affaire.

Ben s'était attendu à ce qu'elle divorce de son grand-père au bout d'un an et empoche l'argent, mais à sa grande surprise, elle était restée. A sa manière superficielle, peut-être aimait-elle Jerod, après tout.

Et il devait admettre que leur mariage avait eu plus de succès que le sien. Rien de bon n'était venu de cette union, hormis sa fille chérie.

Il alla jusqu'au bout de la petite jetée. Un vent printanier agitait les eaux du lac. Des truites sautaient ici et là. Dans les collines ondoyantes du Colorado, il voyait les vagues de l'océan. Sa maison de Seattle, avec vue sur la mer, lui manquait, mais il appréciait chacun des moments qu'il passait avec son grand-père alors que le vieil homme se préparait à son ultime voyage.

Il entendit des pas derrière lui, sur la jetée. Charlene était-elle revenue ?

Comme il se retournait, il se trouva face à l'uniforme gris d'une bonne.

— Qu'y a-t-il ?

— Vous devez être Ben, dit la jeune femme en s'avançant vers lui, la main tendue. Je m'appelle Liz Norton. La nouvelle employée.

Il lui serra la main. Malgré la silhouette délicate de Liz, sa poignée de main était ferme. Il la regarda de nouveau. Dans ses yeux verts lumineux se lisait une surprenante expression de défi.

Ce n'était pas le comportement usuel d'un membre du personnel.

— C'est votre premier poste comme domestique ?
— Domestique ?

Elle plissa le nez d'un air légèrement vexé.

— Je ne peux pas dire que cette description me plaise. Ça me donne l'impression que je devrais faire la révérence.

— J'imagine que vous avez un titre plus politiquement correct en tête.

Elle dégagea sa main de la sienne et réfléchit un instant.

— Technicienne d'exécution de travaux ménagers.

En dépit de son uniforme triste, elle irradiait l'énergie, ce qui expliquait peut-être que ses cheveux soient si ébouriffés. Sans l'intelligence qui brillait dans ses yeux verts, il l'aurait jugée un peu trop jolie à son goût.

— C'est magnifique ici, commenta-t-elle. Il y a des chevaux ?

— Plus maintenant, répondit Ben avec un soupçon de nostalgie. Les chevaux étaient la passion de ma grand-mère. Elle possédait des pur-sang arabes absolument magnifiques.

Il avait des souvenirs très chers d'instants passés à s'occuper d'eux avec sa grand-mère.

— Quand elle est morte, il y a dix ans, Jerod les a

vendus à quelqu'un qui les aimerait autant qu'elle l'avait fait.

— Sage décision. Chaque créature a besoin d'être entourée de gens qui l'aiment.

Une observation profonde, songea-t-il, surpris.

— Vous l'êtes ? demanda-t-il malgré lui. Entourée de gens qui vous aiment ?

— Ça va, répondit-elle en inclinant la tête vers lui. Et vous, Ben ? Qui vous aime ?

— Ma fille, dit-il aussitôt. Natalie.

L'expression de la jeune femme se fit neutre, comme si elle cherchait à dissimuler ses véritables pensées. Subitement, son adorable visage constellé de taches de rousseur sembla moins innocent.

Pourquoi était-elle venue le voir ? Pourquoi lui avait-elle parlé d'amour ?

Il était déjà arrivé par le passé que des employées cherchent à le séduire, mais le langage corporel de Liz n'évoquait pas cela. Ses bras pendaient tranquillement le long de son corps. Elle avait les pieds fermement plantés sur le sol. Ce n'était pas le flirt qui l'intéressait.

— Vous avez la réputation d'être un aventurier, dit-elle. Qu'est-ce que vous faites au juste ? Quelque chose dans les avions ?

— J'effectue des vols tests sur les appareils que ma société fabrique, expliqua-t-il. Ce n'est pas de l'aventure, mais du travail.

Elle arqua un sourcil.

— Cool.

— Je ne me plains pas.

Il jeta un coup d'œil en direction de la maison sur la colline. Il était temps qu'il aille voir son grand-père, qu'il l'installe dehors, au soleil. A force d'insister, peut-être parviendrait-il à instiller un peu de bon sens dans le cerveau du vieillard.

— Excusez-moi, Liz.

Au lieu de s'effacer poliment, elle se mit à marcher à côté de lui, réglant son allure sur la sienne.

— Je crois avoir rencontré votre sœur à l'intérieur. Très mince. Habillée en noir.

— C'est Patricia, en effet.

Et c'était une mauvaise nouvelle. Il savait que Patricia et son mari, Monte, venaient dîner, mais il s'était attendu à ce qu'ils arrivent plus tard. En général, il s'efforçait d'éviter que Patricia et Charlene se rencontrent. Les deux femmes se haïssaient.

— Elle est mariée ?
— Oui.
— Elle a des enfants ?

Patricia était bien trop égoïste pour gâcher sa silhouette en étant enceinte.

— Non.

Soudain, un hurlement perçant s'éleva, provenant de la maison.

Craignant le pire, Ben se mit à courir.

Du coin de l'œil, il vit Liz retrousser la jupe de son uniforme et courir à ses côtés. Décidément, c'était sans doute la domestique la plus originale qu'il ait jamais rencontrée.

3

Liz gravit à toute allure la pente qui montait vers la maison. Elle courait aussi vite qu'elle en était capable, mais elle ne pouvait se maintenir à la hauteur de Ben.

Elle entendit un deuxième cri… et un troisième qui se mua en une sorte de plainte saccadée et incohérente qui lui fit penser à un enfant en train de faire un caprice dans le rayon d'un supermarché.

A la traîne derrière Ben, elle ne put s'empêcher d'admirer sa silhouette. Ses longues jambes. Son T-shirt vert se tendait sur ses épaules musclées. Pour quelqu'un qui était censé se droguer, sa condition physique semblait exceptionnelle.

Il ralentit en arrivant au niveau d'une élégante voiture noire garée devant la porte.

— Bon sang !

A côté de l'étincelante berline, deux femmes se battaient comme des chiffonniers. Patricia hurla de nouveau. Encore vêtue de son ensemble pantalon noir, elle serrait étroitement contre elle un gros objet en métal tandis qu'une autre femme lui tirait sur les bras pour essayer de la faire lâcher prise, donnant des tapes inefficaces sur les fesses maigrichonnes de son adversaire.

Liz s'arrêta, sidérée par le spectacle de ces deux

adultes qui se comportaient comme deux gamines dans une cour de récréation. Elle n'enviait pas la tâche de Ben qui tentait de s'interposer.

— Que diable se passe-t-il ici ?

Patricia secoua la tête, et comme par miracle, ses cheveux acajou coupés à la garçonne retombèrent en place.

— Grand-mère m'a donné cet original de Remington. Il a autrefois appartenu à Zane Grey, dit-elle sans lâcher son trésor, une sculpture grande d'une soixantaine de centimètres représentant un cheval en train de se cabrer.

— Voleuse ! glapit l'autre femme, que Liz identifia comme étant Charlene, la femme du grand-père de Ben, en braquant sur elle un ongle manucuré rouge vif assorti à son pull. Comment oses-tu venir chez moi et me voler ?

— Chez *toi* ?

— Parfaitement, rétorqua Charlene, ses yeux bleus lançant des éclairs. Je suis l'épouse de Jerod. Et tout ici m'appartient.

Les narines de Patricia se dilatèrent tandis qu'elle inspirait, puis expirait bruyamment.

— Tu... te... berces... d'illusions, cracha-t-elle.

— Je vais te montrer qui a tort et qui a raison, riposta Charlene en se jetant sur elle.

Ben l'attrapa par la taille, la souleva de terre, l'emporta un peu plus loin et la relâcha.

— Arrêtez, gronda-t-il. Toutes les deux.

Alertés par les cris, d'autres résidents de la propriété s'étaient approchés. Le jardinier et le chauffeur observaient la scène derrière une haie. Sur le palier, un cuisinier se tenait derrière une autre bonne qui ouvrait des yeux ronds. Rachel Frakes foudroyait les protagonistes du regard. Quand ses yeux se posèrent sur Liz, celle-ci se souvint brusquement de son apparence et se mit en devoir d'ajuster le bonnet blanc qui, n'étant plus accroché que par une seule épingle, pendait piteusement sur sa tête.

Ben se dirigea vers sa sœur.

— Donne-moi ce fichu cheval.

— C'est le mien, protesta-t-elle en redressant le menton. D'ailleurs, tu es censé être de *mon* côté.

— Donne-le-moi. Tout de suite.

Ses yeux — d'une incroyable nuance bleu-vert — se plissèrent dangereusement. Une aura d'autorité et de détermination se dégageait de lui. Il possédait le charisme d'un homme né pour donner des ordres, songea Liz. Patricia n'était pas de taille à lutter.

Il referma sa main droite autour de l'encolure du cheval et tira. A regret, sa sœur lâcha prise.

D'un geste rapide, il transmit la sculpture à Liz.

— Rapportez cet objet à l'intérieur, s'il vous plaît.

— D'accord, acquiesça-t-elle avant de se souvenir juste à temps de sa conversation avec Rachel. Je veux dire, oui.

Le bronze patiné était encore tiède après avoir été serré entre les bras de Patricia. Liz le tint avec précaution. Elle n'était pas une grande fan des œuvres d'art de style western, même si elles avait appartenu au légendaire écrivain Zane Grey, mais ce bout de métal devait coûter son prix.

Ben se retourna vers Patricia et Charlene.

— Serrez-vous la main, mesdames.

— Pas question, rétorqua Charlene. Je ne vais pas toucher cette sorcière.

— Cette dispute a assez duré, coupa Ben de sa voix de

baryton. Que cela vous plaise ou non, nous appartenons à la même famille.

Liz les contourna tous les trois, se dirigeant vers la porte d'entrée. Bien que fort distrayante, cette querelle ne la concernait pas vraiment. Son travail en tant que détective privé consistait à trouver des preuves établissant que Ben était incapable de s'acquitter de ses devoirs de père, une mission qui serait peut-être plus compliquée que prévu.

Elle s'était attendue à ce qu'il soit un accro, un play-boy ou un aventurier irresponsable. Aucune de ces descriptions ne semblait s'appliquer à lui. Il donnait plutôt l'impression d'avoir un sens poussé de la famille, et d'être tout à fait rationnel... voire admirable.

Au moment où Liz allait entrer, un homme bronzé, vêtu d'une version masculine de l'ensemble de Patricia, surgit sur le seuil, prenant la pose comme s'il attendait un photographe de mode. Ses cheveux blonds semblaient se raréfier sur le sommet de son crâne, si bien qu'il compensait par une queue-de-cheval. Il dévisagea Liz, puis son regard s'arrêta sur la sculpture.

— Qu'est-ce que vous fabriquez avec ce cheval ?

— Je m'apprêtais à le seller et à participer au derby du Kentucky, marmonna-t-elle.

— Il m'appartient, coupa-t-il en désignant Patricia. Il nous appartient.

— Et vous êtes ? s'enquit Liz. L'arrière-petit-fils de Zane Grey ?

— Monte. Monte Welles.

Comme Bond. James Bond.

— Le mari de Patricia.

Quand il commit l'erreur de vouloir lui arracher la

statue que Ben avait confiée à ses soins, la réaction de Liz fut instinctive. Les deux bras occupés à tenir le cheval en bronze, elle lui décocha deux coups de pied en rapide succession, l'un sur la cheville, le second sur le gros orteil gauche.

Il poussa un cri et recula.

— Vous êtes virée !

— Sûrement pas, intervint Ben. Monte, venez ici et raisonnez votre femme. Charlene et elle doivent se réconcilier.

— Ha ! fit Patricia en secouant la tête de nouveau. J'aimerais mieux embrasser un crapaud !

— Ça ne m'étonne pas, riposta Charlene. C'est pour ça que tu as épousé Monte !

Liz étouffa un gloussement. Elle ne voulait pas prendre parti, mais elle devait accorder un point à Charlene pour sa vivacité d'esprit.

Patricia planta ses poings sur ses hanches non-existantes.

— Laisse mon mari en dehors de cette histoire.

— Avec plaisir.

— Et je veux des excuses. Je ne suis pas une voleuse. Je prenais simplement quelque chose qui m'appartient.

— Faux, contra Charlene. C'est ma maison. Tout ce qui est à l'intérieur m'appartient.

— Plus pour longtemps, triompha Patricia. Tu te souviens du contrat prénuptial ? A la mort de Jerod, tu recevras une somme d'argent, rien de plus. Pas un meuble. Pas un mètre carré de maison. Et certainement pas mon Remington.

Un sourire rusé se dessina sur les lèvres brillantes de Charlene.

— Que dirais-tu si je t'apprenais que Jerod a décidé de changer son testament ?

Patricia devint pâle comme un linge. Ses bras retombèrent mollement le long de son corps, et Liz crut qu'elle allait s'évanouir.

— Comment peux-tu dire une chose pareille ?

— Peut-être parce que c'est la vérité, fit Charlene d'un ton supérieur. Renseigne-toi auprès de l'avoué de la famille. Il assistera au dîner.

— Grand-père ne ferait pas une chose pareille, marmonna Patricia. Il ne pourrait pas. Pas sur son lit de mort.

— Il ne va pas mourir, dit Charlene avec conviction. Il va guérir.

— Et comment, mon chou ! Dis-le-leur !

Ces quelques mots, prononcés avec l'accent traînant du Texas, firent tourner toutes les têtes vers le seuil.

Un homme aux cheveux blancs, assis dans un fauteuil roulant, avait été poussé sur le palier par un infirmier en blouse blanche. Des lunettes noires étaient perchées sur son nez aquilin. Vêtu d'un peignoir en laine et visiblement affaibli par la maladie, Jerod Crawford avait néanmoins conservé son autorité de patriarche. A soixante-seize ans, il prit immédiatement et sans discussion le contrôle de la situation.

— Les filles, cessez de vous quereller. Tout de suite.

Un rire jaillit des lèvres de Charlene tandis qu'elle se dirigeait vers son mari. Elle se pencha pour déposer un baiser sur son front.

— Tu as bonne mine aujourd'hui. Tu es content d'avoir des invités ?

— J'attends de voir ce que tu vas porter. J'aime te voir toute belle, et parfumée à la rose.

— Je sais, dit-elle en consultant sa montre. Il faut que je fasse un saut en ville pour aller chercher ma robe chez la couturière. Ne te fatigue pas trop avant que nos invités arrivent.

— Ce n'est pas très fatigant de rester assis dans ce fauteuil.

Elle prit ses deux mains noueuses entre les siennes et les pressa.

— Prends soin de toi, mon cœur.

— Et toi aussi, mon chou.

Charlene n'était sans doute qu'une opportuniste, mais Liz ne put s'empêcher de penser que son affection pour Jerod semblait sincère. Tout comme celle de Ben, qui avait pris les commandes du fauteuil de son grand-père et le poussait dans l'allée, en direction d'un sentier goudronné qui menait jusqu'au lac.

Rachel donna une tape sur l'épaule de Liz.

— Mettez la sculpture sur la table du petit salon et allez vous présenter dans la cuisine.

— Oui, madame.

Elle pénétra à l'intérieur, songeant qu'elle en avait beaucoup appris sur les divers membres de la famille Crawford. Sur leur cupidité. Leur hostilité. Les courants sous-jacents de haine et de colère masqués par le luxe qui les entourait.

Malheureusement, pour le moment, elle n'avait pas la moindre preuve que Ben soit un mauvais père.

Liz avait toujours eu du mal à obéir aux ordres, mais elle était résolue à suivre à la lettre les instructions de

Rachel. Sauf qu'à présent, elle était perplexe. Sa tâche consistait à mettre la table, mais chaque invité disposait de quatre assiettes, trois verres, une tasse et une soucoupe et une demi-douzaine de couverts. Debout devant son œuvre, elle déplaça les fourchettes, intervertit verres à vin et verres à eau, se demandant si elle ne s'était pas trompée.

Comme elle levait les yeux, elle s'aperçut que Ben la regardait, un léger sourire sur les lèvres. A sa grande consternation, elle sentit la rougeur lui monter aux joues. Elle qui n'avait pas rougi depuis l'année de seconde, quand le capitaine de l'équipe de base-ball l'avait embrassée dans le couloir du lycée !

Ben s'approcha.

— Je peux vous aider ?

Gênée, Liz s'efforça de se ressaisir. Il lui en coûtait d'avouer qu'elle n'avait pas la moindre idée de l'emplacement que devait occuper la troisième fourchette, mais elle craignait que Rachel ne fasse une attaque si le couvert était mal mis.

— A vrai dire, oui. J'aurais besoin d'un conseil d'expert.

L'épaule de Ben effleura le bras de Liz tandis qu'il se penchait par-dessus la table pour réarranger les couteaux. Elle eut brusquement conscience de la chaleur de son corps, de son odeur masculine, bien plus séduisante que l'après-rasage. Non qu'elle doive s'intéresser à ce genre de détails.

Son objectif était d'accumuler des preuves à son encontre.

Lorsqu'il eut terminé et reculé d'un pas, elle hocha la tête.

— Je le savais.

Il lui lança un regard de biais.

— Vraiment ?

— Non, mais ce genre de choses ne m'inquiète pas. Pourquoi irais-je gaspiller des cellules grises pour savoir où vont les fourchettes ? Il y a des choses nettement plus importantes dans la vie.

— Vous n'êtes pas vraiment une domestique. Pardon. Une technicienne d'exécution des travaux ménagers. Que faites-vous réellement ici ?

Son regard d'un bleu intense la fixait, soupçonneux. Il voulait la vérité, ce qu'elle ne pouvait guère lui offrir.

Ses expériences passées dans le domaine de l'infiltration lui avaient appris que les mensonges les plus réussis étaient fondés sur la vérité, et elle décida de s'en approcher le plus possible.

— Je suis étudiante en droit, et je finance moi-même mes études. J'ai besoin d'un travail pour l'été, et j'ai entendu parler de ce boulot par une amie.

Il continua à la dévisager, comme s'il n'était pas totalement convaincu par sa réponse.

— J'ai apprécié la manière dont vous avez neutralisé Monte. Vous faites du karaté.

A présent, la vérité se compliquait. Si elle mentionnait l'école du Dragon, Ben serait peut-être tenté de vérifier ses dires au moyen d'un appel téléphonique, et quelqu'un risquait de mentionner qu'elle travaillait à mi-temps comme détective privé.

— J'ai appris des rudiments d'autodéfense. C'est utile pour une femme qui vit seule.

Ayant offert une explication plausible, elle aurait dû s'arrêter là, mais curieusement, elle voulait vraiment qu'il la croie.

— J'ai connu une ou deux situations difficiles, avoua-t-elle. Il y a environ six ans... je suis sortie avec un type...

Elle s'interrompit. Une petite voix lui soufflait de se taire avant qu'il ne soit trop tard.

— Je... j'avais peut-être trop bu. Ou peut-être qu'il avait trop bu. Je ne sais pas.

Toute l'attention de Ben était concentrée sur elle.

— Je me suis retrouvée chez lui, continua-t-elle. Et il a commencé à être agressif. Quand je lui ai dit d'arrêter, il a continué.

Elle n'avait jamais parlé de cette nuit-là à personne — ni à sa mère, ni à ses amis, ni à Harry. Le souvenir de son impuissance la rendait triste et furieuse en même temps.

— C'est après que j'ai décidé de prendre des cours de karaté. Et je me débrouille bien. Personne ne pourra plus jamais me forcer à faire quelque chose que je ne veux pas faire. Plus jamais.

Il fit un pas vers elle, et elle eut peur qu'il ne lui offre sa commisération. Ou qu'il ne débite quelques platitudes qui ne régleraient jamais rien.

Au lieu de quoi, il lui serra la main.

— Vous avez pris une bonne décision, Liz.

— Merci, Ben.

Elle commençait vraiment à le trouver sympathique.

4

Aux yeux de Liz, l'effervescence et l'agitation que suscitaient les préparatifs du dîner étaient totalement disproportionnés. Ce n'était pas comme si on attendait la reine d'Angleterre, que diable !

Son indifférence était diamétralement opposée à l'excitation de l'autre bonne, Annette, qui se répandait en exclamations tout en achevant la décoration de la table, sur laquelle trônait une énorme composition florale.

— N'est-ce pas superbe ? s'extasia-t-elle. J'adore ces soirées !

Son bonnet était parfaitement posé au-dessus d'un chignon impeccable sur sa nuque.

— Qui est invité ?

— Patricia et son mari. C'est un athlète célèbre, vous savez.

— Monte ? Il fait du sport ?

— Il a participé aux Jeux olympiques d'hiver. Au biathlon. Le sport où on fait du ski et du tir. Il tire très bien.

— Qui d'autre ?

— Le Dr Mancini et Tony Lansing, l'avoué de la famille.

Elle s'affairait inutilement au-dessus des assiettes

en porcelaine fine et des verres en cristal, déplaçant un couvert d'un millimètre sur la droite, puis sur la gauche.

— Il y aura aussi des amis de Charlene, de Denver. Ils sont splendides. Surtout Ramon Stephens. Il est beau à en mourir.

Rachel entra dans la salle à manger et émit un petit bruit méprisant.

— Je vous conseille de faire attention à Ramon quand il a bu un ou deux Martini de trop, conseilla-t-elle. Ce jeune homme s'imagine que toutes les femmes sont en admiration devant lui.

— Où est le bar ? s'enquit Liz.

— Dans le salon du rez-de-chaussée. C'est là que tout le monde ira après dîner.

— J'ai travaillé comme serveuse. Je pourrais peut-être…

— Pourquoi ne me l'avez-vous pas dit ? coupa Rachel, la regardant pour la première fois avec un semblant d'intérêt. En ce cas, tenir le bar sera votre principal travail, ce soir. Descendez dans le salon et assurez-vous que tout est en ordre.

— Je m'en occupe !

— Liz, je vous en prie, gronda Rachel. Répondez comme il faut.

— Oui, madame.

Liz descendit d'un pas léger l'escalier qui menait à une longue pièce basse dotée d'une belle cheminée et de poutres anciennes. De confortables canapés en cuir étaient disposés autour d'une table de billard et d'un énorme écran de télévision. Le bar en merisier contenait toutes les sortes d'alcools imaginables, de la meilleure qualité possible. Rien n'était trop beau pour les Crawford.

Dans le réfrigérateur, Liz trouva des citrons verts et jaunes, des cerises et des olives, tout ce dont elle avait besoin pour confectionner des cocktails. Apparemment, Rachel était parfaitement organisée.

Elle entendit du bruit au-dessus, et devina que les premiers convives étaient arrivés. Elle aurait sans doute dû aller voir si elle pouvait se rendre utile, mais elle n'avait pas l'intention de faire du zèle. Au lieu de remonter l'escalier, elle traversa la pièce, en direction des baies vitrées qui donnaient sur la forêt. Dehors, le soleil commençait à baisser sur les montagnes et enveloppait les nuages d'un éclat doré. De là, elle avait vue sur le lac. Vers le sud se trouvaient deux dépendances. La première avait sans doute été l'écurie abritant les étalons de la défunte Mme Crawford. La seconde, construite en rondins bruts, était un bâtiment d'un seul étage, avec de vastes doubles-portes semblables à celles d'un garage.

Soudain, elle vit Ben émerger d'une autre sortie, sur le côté. Elle était trop loin pour distinguer clairement ce qu'il faisait, mais il semblait fermer un cadenas. Ce genre de sécurité était suspect.

Peut-être était-ce là qu'il dissimulait ses réserves de drogue ?

Comment pouvait-il être dépendant ? Cet homme-là respirait l'intégrité. Et pourtant, elle l'avait vu acheter quelque chose à un trafiquant de Denver. De ses propres yeux.

Toujours perplexe, elle regagna le salon juste à temps pour accueillir deux hommes qui descendaient l'escalier. Le premier avait les cheveux blancs, et arborait un complet gris agrémenté d'une cravate rouge. C'était le

Dr Mancini, qu'on lui avait montré lors de son arrivée à la maison. Le deuxième, quoique vêtu d'un jean et d'un pull, avait l'arrogance d'un homme riche. Tout chez lui semblait sophistiqué, depuis ses cheveux impeccablement coupés jusqu'à ses ongles manucurés avec soin.

A la faculté de droit, Liz avait appris à reconnaître les hommes comme lui. Il ne pouvait s'agir que de l'avoué, Tony Lansing.

— Puis-je vous offrir quelque chose, messieurs ?

Sans lui accorder la moindre attention, le médecin demanda un whisky avec des glaçons. L'homme de loi opta pour une vodka avec une rondelle de citron.

— A propos du nouveau testament de Jerod…, commença le médecin.

— Je ne peux pas en parler, sauf pour dire que le document a été amendé, signé en présence de témoins, et qu'il se trouve maintenant dans mon attaché-case.

— Je peux deviner son contenu, commenta le docteur, posant un coude sur le bar avec l'attitude d'un homme habitué à boire.

En dépit de ses cheveux blancs, il ne paraissait pas très âgé. Il n'avait sans doute qu'une cinquantaine d'années.

— Jerod a l'intention de déshériter sa famille et de laisser le gros de ses biens à Charlene. C'est bien ça, n'est-ce pas, Tony ?

— Je ne peux pas le dire, répéta Lansing, tout en hochant presque imperceptiblement la tête.

Liz n'était pas venue à la propriété des Crawford pour enquêter sur les affaires familiales, mais l'intrigue qui entourait le testament de Jerod était trop savoureuse pour qu'elle l'ignore. Elle posa le verre de whisky devant le médecin, puis, d'un geste habile, découpa une rondelle de citron pour la vodka.

— Je connais Jerod depuis presque vingt ans, reprit le médecin en s'emparant de son verre. Ce n'est pas un imbécile. Charlene ne l'a pas manipulé. Je pense qu'il aime vraiment cette petite blonde.

— C'est compréhensible.

— Seulement voilà. Je crois qu'elle l'aime aussi. Si Charlene n'était pas là pour obtenir ce que Jerod veut, Ben aurait envoyé le vieil homme à l'hôpital depuis longtemps, et toute une équipe de spécialistes seraient en train de le charcuter.

L'idée ne semblait pas si absurde à Liz. Après tout, Jerod souffrait d'une tumeur au cerveau, et il avait une fortune à sa disposition pour bénéficier du meilleur traitement possible. Pourquoi s'en priver ?

Les deux hommes burent leur verre en silence.

Au bout d'un moment, le médecin s'humecta les lèvres en souriant.

— Il y a quand même un gros problème avec le nouveau testament.

— Lequel ? s'enquit Tony.

— Patricia va tuer Charlene.

Quand ils eurent terminé, Liz nettoya les verres et les rangea. Puis elle ajusta son bonnet, et gravit les marches de l'escalier pour remonter au premier étage, où régnait un tourbillon d'activité.

Les invités avaient été accueillis et sirotaient du champagne dans le salon du haut, où les fenêtres offraient une vue splendide du coucher de soleil. Patricia portait du noir, mais toutes les couleurs de l'arc-en-ciel étaient représentées dans les robes des autres femmes. Les hommes étaient tout aussi élégants, bien que vêtus de teintes plus sombres.

Malgré elle, Liz jeta un coup d'œil en direction de Ben. Il avait gardé son jean et enfilé un pull blanc en coton qui accentuait encore la largeur de ses épaules. A sa grande surprise, il lui rendit son regard. Avec un demi-sourire et un léger haussement des sourcils, il parvenait à en dire plus long que tout un discours.

Elle devina qu'il avait connu quantité de soirées similaires, et qu'elles n'avaient plus le moindre intérêt pour lui. Il aurait préféré être au bord du lac, à compter les rides à la surface de l'eau. Ou s'envoler dans le crépuscule à bord d'un jet.

Ou peut-être qu'elle en lisait trop dans ses yeux.

Elle se retourna délibérément et gagna la cuisine, où elle fit de son mieux pour suivre les instructions du cuisinier et de Rachel, aussi stressés l'un que l'autre.

Durant le dîner, elle devait aider au service, et emporter discrètement les assiettes sales. En réalité, elle s'efforcerait de tendre l'oreille, dans l'espoir de glaner quelques indices. Un des invités était peut-être au courant de l'addiction de Ben…

Ce dernier était assis au bout de la table, à côté d'une blonde impassible au décolleté plongeant et aux bras incroyablement maigres. Elle était certainement aussi pâle qu'une victime de l'héroïne, mais Liz jugea que son expression absente venait de la faim plutôt que de la drogue.

A gauche de Ben se trouvait Tony Lansing, qui lui tendit son verre à cocktail vide, indiquant d'un geste qu'il en désirait un autre.

Elle se hâta de retourner au bar afin de lui en préparer

un nouveau, et revint dans la salle à manger au moment où Jerod faisait son entrée au bras de Charlene.

La maladie n'avait pas altéré le charisme ni la personnalité de l'ex-magnat du pétrole, qui salua ses invités avec dignité. D'ailleurs, Charlene ne le traitait pas en invalide. Debout à côté de lui, elle était infiniment plus resplendissante que toutes les autres femmes présentes. Bien qu'elle soit petite et mince, sa robe rose bonbon soulignait ses courbes féminines. Ses cheveux blonds reflétaient la lumière du chandelier et semblèrent chatoyer lorsqu'elle donna à son mari un baiser sur la joue avant de prendre place près de lui.

— Je meurs de faim, annonça Jerod. Commençons.

Liz et le reste du personnel entrèrent en action.

Liz ne tarda pas à se rendre compte que servir un dîner formel était plus délicat que de travailler comme serveuse dans une crêperie. Elle avait beau s'efforcer d'imiter les gestes d'Annette et de Rachel, elle se cognait dans des chaises et frôlait les épaules des invités. Les assiettes des entrées tintèrent bruyamment quand elle les déposa à leur place désignée. Quand elle desservit, Rachel l'attendait dans la cuisine.

— Vous faites tout de travers, aboya-t-elle. Prenez les assiettes deux par deux. Une dans chaque main.

— Mais c'est une perte de temps, marmonna Liz.

— Cette porcelaine est antique et elle vaut une petite fortune. Prenez-en soin. Je ne veux pas d'assiettes ébréchées.

Quand vint le moment de servir le plat de résistance — un filet mignon tendre à souhait — Liz se souvint brusquement qu'elle n'avait rien mangé. Son estomac se mit à gronder alors qu'elle s'approchait de la table, un pichet d'eau fraîche à la main, prête à remplir les verres. Elle contracta ses abdominaux, priant pour que son estomac cesse de crier famine.

Autour de la table, les conversations semblaient aller bon train, concernant essentiellement des parties de golf et des projets de vacances pour l'été.

Malgré tout, Liz décelait une tension sous-jacente dans les rires trop aigus, les moues boudeuses. Patricia lançait à Charlene des regards emplis de haine. Un des couples échangeait constamment des piques. Le beau brun assis à côté de Charlene dévorait son décolleté des yeux, et l'abreuvait de compliments. Sans doute s'agissait-il de l'affreux Ramon.

Elle se tenait près de Ben et remplissait son verre d'eau fraîche lorsque son estomac émit un grondement tonitruant, suffisant pour interrompre les conversations à cette extrémité de la table.

Patricia la foudroya du regard.

Rachel resta bouche bée.

Ben tapota galamment son propre estomac.

— Excusez-moi, dit-il. J'avais sans doute une faim de loup.

Au lieu de lui être reconnaissante de son intervention, Liz éprouva une légère bouffée d'irritation. Elle n'avait pas besoin qu'il vole à son secours. Après tout, elle n'avait pas à avoir honte. Pourtant, elle rougit de nouveau.

A cet instant précis, elle détesta tous ces gens, avec leurs vêtements coûteux, leurs intrigues secrètes, leurs plats de luxe. Elle se souvenait des jours où elle avait eu faim — non parce qu'elle s'était imposé un régime, mais parce qu'elle n'avait pas de quoi s'offrir une miche de pain. Dans le monde réel, les estomacs grondaient. Et elle était prête à l'assumer. Jouer les servantes soumises et silencieuses n'était vraiment pas sa tasse de thé.

Tony Lansing agita son verre à cocktail sous le nez de Liz.

— Apportez-m'en un autre, voulez-vous ?
— Oui, monsieur.

Il était le seul à boire de l'alcool fort, mais les autres invités avaient vidé plus d'une douzaine de bouteilles de vin. La grande blonde squelettique à côté de Ben, qui n'avait presque pas touché à sa nourriture, avait bu plusieurs verres de chablis. Elle penchait vers la gauche comme la tour de Pise.

Au rez-de-chaussée, Liz profita de son passage au bar pour dévorer une orange. Naturellement, elle fit tomber du jus sur son uniforme.

Que faire ?

Elle avait le choix entre servir le reste du repas avec une grosse tache au beau milieu de sa poitrine ou monter se changer dans sa mansarde. Une autre idée surgit soudain dans son esprit. Par la même occasion, elle pourrait peut-être opérer une fouille rapide de la chambre de Ben...

Elle apporta sa vodka à Tony Lansing et désigna la tache à Rachel.

— Il faut que j'aille me changer.
— Tout à l'heure, rétorqua celle-ci. Servez le dessert d'abord.

Liz s'exécuta rapidement, remarquant que plusieurs invités avaient déjà quitté la table pour se rendre dans la salle de bains afin de se rafraîchir.

Dès la dernière assiette à dessert apportée, elle se dirigea vers l'escalier de service, traversant un couloir plongé dans l'obscurité tout près de la cuisine. Il faisait juste assez clair pour qu'elle distingue un couple enlacé dans une étreinte passionnée.

Consumés par le désir, ils ne la remarquèrent pas, mais elle nota chaque détail. Les cheveux blonds appartenaient à Charlene. L'homme n'était autre que Tony Lansing, l'avoué sophistiqué. Avaient-ils une liaison ?

La scène jetait un éclairage nouveau sur l'affaire du testament changé de Jerod. Œuvraient-ils de concert pour s'approprier les biens de la famille Crawford ? Devait-elle informer Ben ? L'affaire la concernait-elle ?

Le plafonnier du couloir s'alluma brusquement. Ramon dépassa Liz et se rua vers le couple.

— Salaud !

Charlene et Tony se séparèrent aussitôt. Dans le soudain éclat de lumière, Charlene cilla, affolée, ses lèvres gonflées entrouvertes en un cri silencieux. Tony semblait désorienté, ce qui n'était guère étonnant. Au cours du dîner, l'avoué avait bu plusieurs verres de vin après ses trois vodkas.

Ramon leva le bras.

Liz aperçut l'éclat scintillant d'un couteau de cuisine. Instinctivement, elle décocha un violent coup de pied dans le genou de Ramon, l'envoyant valser contre le mur.

Il tournoya sur lui-même et lui fit face.

— Ne vous mêlez pas de ça, avertit-il.

— Lâchez votre arme.

Il n'y avait guère d'espace dans le couloir étroit, et la jupe de son uniforme empêchait Liz de lever la jambe aussi haut qu'elle l'aurait voulu. Visant avec soin, elle lui administra une frappe violente sur le poignet. Le couteau tomba sur le sol en tintant.

Ramon bloqua son mouvement suivant. Il se jeta sur elle de tout son poids, la plaquant contre le mur.

— On ne fait plus la maligne, hein ?

La seule manière de se dégager était de lui donner un coup de genou dans les parties génitales dès qu'il lui laisserait la place de bouger. Prenant son mal en patience, Liz attendit le moment propice pour passer à l'attaque.

Mais avant qu'elle ait pu agir, Ramon fut tiré sans ménagement par-derrière et jeté à terre.

Ben planta fermement le talon de sa botte entre les deux omoplates de Ramon, puis se tourna vers Liz.

— Ça va ?

— J'aurais pu me débrouiller toute seule, répondit-elle en rajustant son uniforme taché. Je n'ai pas besoin de vous pour me défendre.

— Je m'en souviendrai.

Il baissa les yeux sur le couteau qui gisait sur le sol, puis fit face à Tony et à Charlene.

— J'aimerais avoir une explication.

— C'est un malentendu, répondit Tony tranquillement. Il n'y a pas à s'inquiéter.

— Il ment, gémit Ramon sur le sol. Il m'a insulté. Et ma belle Charlene aussi.

Ben le releva comme s'il ne pesait pas plus qu'un sac de plumes, et le saisit sans ménagement par le col de sa chemise.

— Charlene est la femme de Jerod, lui rappela-t-il. Elle ne vous appartient pas.

Charlene se précipita vers lui.

— Lâche-le, Ben.

— Je veux que ce type sorte d'ici.

— Dommage, fit Charlene en rejetant ses cheveux en arrière. Je suis chez moi. Je décide qui reste et qui s'en va. Et il se trouve que Ramon m'amuse.

Une veine palpitait sur le front de Ben, et Liz éprouva un élan de solidarité envers lui. Certaines femmes aimaient que les hommes se battent pour elles ; le danger était une sorte d'aphrodisiaque. Apparemment, Charlene faisait partie de cette catégorie.

— Je veux que Ramon reste, et Tony aussi.

L'avoué retrouva enfin sa voix.

— A vrai dire, je devrais partir. Le Dr Al a proposé de me ramener en ville.

— Si c'est nécessaire..., fit Charlene.

— Merci pour cette charmante soirée, dit l'avoué d'un ton formel qui parut presque comique à Liz après la scène qui venait de se dérouler.

Quand l'homme eut quitté le couloir, Ben relâcha Ramon qui se courba en deux, se frottant le cou.

— Une dernière chose, intervint Ben. Excusez-vous auprès de la dame.

Ramon se tourna vers Charlene.

— Tu sais que je ne te ferais jamais de mal. Du fond de mon cœur, je t'...

— Pas elle, coupa Ben en le forçant à se tourner vers Liz. Excusez-vous envers cette dame.

Ramon fronça les sourcils, visiblement furieux.

— Je suis désolé, marmonna-t-il du bout des lèvres.

Liz accepta ses excuses sans se faire prier. Elle avait hâte que l'épisode prenne fin.

— Là, conclut Charlene. Tout va bien. Et la nuit ne fait que commencer. Je veux vraiment m'amuser ce soir.

— Méfie-toi, Charlene, avertit Ben d'une voix grave, presque menaçante. A jouer avec le feu, on finit toujours par se brûler.

5

Moins d'une heure plus tard, Ben raccompagnait son grand-père dans sa suite, où l'infirmier l'attendait pour l'aider à se coucher.

— J'aimerais pouvoir rester debout, soupira Jerod. Les amis de Charlene me rappellent l'époque où je pouvais faire la fête jusqu'à l'aube. Et puis je rentrais à la maison avec la plus jolie fille.

— C'était le bon temps, marmonna Ben sans conviction.

Contrairement à son grand-père, il avait toujours été plutôt solitaire.

— Ecoute, mon garçon. Il est temps que tu te cherches une petite amie.

— Techniquement, je suis encore marié à Victoria.

Ils étaient séparés depuis plus d'un an. Victoria s'était installée dans la maison de Denver tandis que Ben avait opté pour Seattle, où se trouvait le siège de sa compagnie.

La date de leur dernière comparution au tribunal était fixée pour deux semaines plus tard, et il en était arrivé au point où il lui aurait volontiers donné tout l'argent et tous les biens qu'il possédait. Tout hormis la garde de sa fille. Il n'abandonnerait jamais un seul instant son adorable fille de cinq ans. Natalie était comme un rayon de soleil dans sa vie.

— Je ne te dis pas de te marier, reprit Jerod. Mais ça ne te ferait pas de mal de sortir un peu. Tu n'étais pas assis à côté d'une jolie fille au dîner ?

— Pas mon genre.

A vrai dire, Liz était la seule femme qui l'avait intéressé au dîner. Quand il était entré dans ce couloir et qu'il avait vu Ramon la plaquer contre le mur, il avait eu envie d'étrangler ce play-boy de pacotille. Comment avait-il osé la toucher ? Si elle le lui avait permis, il aurait été ravi de traîner Ramon dehors et de le balancer dans le lac. Mais Liz ne désirait rien de tel. Loin de lui témoigner la moindre reconnaissance, elle l'avait froidement informé qu'elle pouvait se défendre elle-même.

Il n'en doutait pas. S'il n'était pas intervenu, elle aurait sûrement cassé les genoux de Ramon et toutes ses dents de devant. Il sourit, l'imaginant en reine du karaté, les cheveux en désordre et le regard impitoyable. Une femme qui n'avait pas froid aux yeux.

— Ce qu'il te faut, continua son grand-père, c'est remonter en selle. D'accord, tu es tombé une fois. Ça ne veut pas dire qu'il est temps de ranger tes éperons.

— Nous parlons toujours de femmes ? fit Ben d'une voix amusée.

— De femmes, et de chevaux. Les mêmes règles de base s'appliquent aux deux.

Ben ne put s'empêcher de rire.

— Dors bien, Grand-père.

Le couloir du premier étage était calme et silencieux. La maison avait été construite sur plusieurs niveaux astucieusement intercalés, et les pièces spacieuses avaient été isolées avec soin. Ben fut tenté de se retirer dans sa propre chambre et d'oublier la soirée qui se déroulait dans le salon, mais Charlene et ses amis étaient aussi irresponsables que des enfants de deux ans. Il voulait garder l'œil sur la situation. Séparer les combattants en cas de bagarre et s'assurer que personne ne s'avisait de se déshabiller et de se jeter dans le lac pour prendre un bain de minuit. Bref, il allait s'improviser shérif.

Il regagna l'étage principal. Le personnel s'affairait dans la salle à manger et la cuisine. Après s'être arrêté un instant pour féliciter Rachel et le cuisinier d'avoir fait un excellent travail, il descendit en direction du bruit.

Avec son bar bien approvisionné, ses lumières tamisées et sa stéréo dernier cri, le salon reproduisait facilement l'atmosphère d'une petite boîte de nuit. Charlene avait invité sept ou huit de ses amis, Ben ne savait plus combien, et ne s'était pas donné la peine de retenir leurs noms. Les hommes semblaient tous du même acabit que Ramon. De beaux parleurs. Certains boursicotaient. L'un d'entre eux — Andy ou Arty — avait essayé de lui vendre une Mercedes d'occasion. Quant aux femmes — superficielles à souhait —, elles lui rappelaient son ex-épouse.

Il fut content de voir Liz derrière le bar. Elle s'était débarrassée de son bonnet et avait retroussé les manches de son uniforme. En guise de tablier, elle portait un sweat-shirt noir dont elle avait noué les bras autour de sa taille fine. C'était une tenue incongrue dans laquelle elle parvenait curieusement à avoir l'air sexy.

Elle agita un shaker à Martini, remplit un verre et garnit le tout de deux olives embrochées sur une pique. Elle fit glisser le verre sur le bar, en direction d'un jeune homme au crâne rasé, qui but une gorgée et hocha la tête avec approbation avant de retourner à la table de billard.

Ben posa un coude sur le bar.

— Vous avez déjà fait ce genre de travail.

— Je suis plus douée pour ça que pour servir un dîner formel.

— Vous vous en êtes bien tirée.

— A part le bruit qu'a fait mon estomac ! Que désirez-vous prendre ?

Elle plissa le nez, puis sourit.

— Non, attendez. Je vais deviner.

— La télépathie est un autre de vos talents cachés ? plaisanta-t-il.

— Non, mais je sais tenir un bar. C'est-à-dire que je me souviens de ce que boivent les gens.

Il désigna le jeune homme qui s'éloignait.

— Comment allez-vous vous souvenir de lui ?

— Facile ! Il est chauve comme une olive !

Elle baissa la voix.

— Vous voyez la brune là-bas, à l'air mécontent ? Elle boit du Bloody Mary.

— Et Charlene ?

— Du champagne haut de gamme.

— Et Ramon ?

— Vodka-orange.

— Hmm. Impressionnant. Voyons si vous pouvez deviner quelle est ma boisson préférée.

— Voyons, laissez-moi réfléchir. Quelque chose de simple et de masculin. De naturel. Qui fait penser au plein air.

La description plaisait à Ben.

— Continuez.

— Quelque chose de fort. De la tequila, peut-être. Est-ce que vous êtes le genre d'homme qui aime s'enivrer ?

Curieuse question. Encore plus curieux, son attitude

avait changé. D'espiègle, Liz était devenue grave, comme si elle cherchait une réponse plus profonde que ne le suggérait la question.

— Non.

Elle tendit vers lui ses deux poings fermés.

— Supposons que j'aie dans ma main droite une pilule magique qui vous donne de l'énergie, et dans la gauche, une autre qui vous fait dormir. Laquelle choisiriez-vous ?

— Un stimulant ou un calmant, commenta-t-il en prenant ses mains dans les siennes. Ni l'un ni l'autre. J'aime avoir le contrôle de la situation.

Charlene surgit à côté d'eux.

— Qu'est-ce qui se passe ici ? Ben, tu es en train de séduire le personnel ?

— Laisse-nous tranquilles, Charlene.

— Quel grognon !

Elle chercha le regard de Liz.

— Vous rendrez service à tout le monde en le mettant de meilleure humeur. Il a vraiment besoin d'une femme.

Liz dégagea ses mains.

— Ça ne fait pas partie de mon contrat.

— A propos de gens coincés, reprit Charlene, où sont Patricia et Monte ?

— Ne cherche pas à voir ma sœur, conseilla Ben.

— Oh, que si ! Je veux avoir le plaisir de la narguer.

La musique d'ambiance se fit plus forte et quelques-unes des femmes se mirent à danser. Charlene se dirigea vers elles en se trémoussant. Comme Ben se retournait vers le bar, il vit une bouteille de bière brune ouverte devant lui.

— Bon choix, Liz. C'est ma boisson préférée.

— Je me disais bien que quelqu'un devait aimer ça,

dit-elle en versant la bière dans un grand verre. Il y en a deux packs dans le réfrigérateur.

Il s'installa sur un tabouret et passa le reste de la soirée à bavarder avec Liz. D'ordinaire, il était plutôt réservé, mais elle savait écouter. Il lui parla de ses rêves, de son amour de l'océan et des voiliers de bois, fabriqués à l'ancienne, avec une coque aérodynamique et une voile spécialement conçue — un peu comme l'aile d'un avion — pour saisir le vent.

Les yeux verts de la jeune femme brillaient d'intérêt, l'encourageant à continuer.

— Si j'étais né à une autre époque, j'aurais pu être capitaine de navire.

— Ou pirate, suggéra-t-elle.

Malgré ses tentatives pour en apprendre davantage sur elle, Liz resta évasive, affirmant que, pour l'instant, ses ambitions se limitaient à gagner assez d'argent pour payer son loyer et vivre décemment.

— Et votre famille ? s'enquit-il.

— J'ai été élevée par ma mère, répondit-elle avec un haussement d'épaules. Elle rêvait que je trouve un homme qui m'épouse et prenne soin de moi. Et d'elle par la même occasion.

— Et vous ne partagez pas ce rêve.

— Ce cauchemar, corrigea-t-elle. Non. Je n'aime pas que les gens me disent quoi faire.

— Personne n'aime ça.

— Votre famille est beaucoup plus intéressante, dit-elle en remplissant son verre. D'après ce que j'ai entendu dire, vous êtes au beau milieu d'un vilain divorce.

Il n'était pas surpris qu'elle soit au courant. Le personnel savait tout. Il mentionna brièvement l'échec de son mariage avant d'évoquer des souvenirs plus heureux. Des moments passés avec sa fille adorée. Avec son grand-père.

Leur conversation était fréquemment interrompue par les amis de Charlene, mais Liz et lui semblaient flotter dans un océan de paix. Quand Ben jeta un coup d'œil à sa montre, il fut stupéfait de constater qu'il était plus d'1 heure du matin.

La fête s'achevait. Les invités commençaient à remonter dans leurs chambres. Dans un coin sombre, la brune et le chauve étaient absorbés dans une conversation intime. Un autre couple disputait une partie de billard. Charlene dansait toute seule, titubant légèrement, tandis que Ramon la couvait des yeux.

A la surprise de Ben, Patricia et Monte se joignirent à lui au bar. Sa sœur était visiblement bouleversée. Son maquillage était défait et ses yeux étincelaient.

— Une vodka-grenadine, grogna-t-elle à Liz. Avec beaucoup de vodka.

— La même chose pour moi, fit Monte.

— Je ne m'attendais pas à vous voir ici, observa Ben.

— Je ne pouvais pas dormir, se plaignit Patricia. Je n'arrive pas à croire que Jerod ait l'intention de tout laisser à cette sorcière.

— Nous sommes sa famille, renchérit Monte. Nous méritons cet héritage. Nous en avons besoin.

Ben but une gorgée de bière pour ne pas répondre. Sa sœur jouissait d'un revenu annuel confortable provenant d'investissements dans divers fonds de placement. En outre, elle possédait plusieurs maisons et voitures, et tout ce que son petit cœur égoïste pouvait désirer. Elle n'allait pas exactement se retrouver à la rue.

— Je devrais peut-être tomber enceinte, reprit Patricia en tapotant son ventre maigre. Jerod serait obligé de laisser une fortune à mon enfant. Comme il l'a fait avec ta fille.

Ben eut soudain la gorge nouée.

— Que veux-tu dire ?

Charlene s'approcha d'eux en souriant.

— Que Natalie est l'autre grande gagnante du nouveau testament. Un tiers pour moi. Un tiers pour ta fille adorée. Et le reste divisé entre des dizaines et des dizaines d'autres.

A côté de lui, Patricia enfonça ses ongles dans le bar.

— Ce testament ne sera pas reconnu par les tribunaux. Tu as manipulé mon grand-père !

— Je l'aime, rétorqua Charlene. C'est quelque chose que tu es incapable de comprendre. L'amour. Le véritable amour.

Ramon avait surgi derrière elle. Ben se prépara au pire. Il était évident que la conversation était en train de prendre une mauvaise tournure.

— L'amour ! cracha Patricia avec mépris. C'est pour ça que tu faisais des câlins à Tony Lansing dans le couloir ?

Charlene rejeta ses cheveux en arrière.

— C'était seulement un baiser de félicitations. Pas de quoi fouetter un chat.

Liz déposa les boissons de Patricia et de Monte sur le bar.

— Voilà. Du calme, tout le monde.

— Vous, bouclez-la ! rétorqua Patricia d'un ton cassant. Quand j'aurai besoin des conseils des domestiques, je vous le dirai.

Elle referma la main sur son verre, et Ben devina

brusquement son intention. Avant qu'il ait eu le temps d'intervenir, elle jeta son cocktail en direction de Charlene.

Celle-ci se baissa, esquivant habilement l'attaque.

Ramon fut trempé.

Ben se précipita pour mettre fin à la mêlée qui s'ensuivit. Par chance, Liz avait fait le tour du bar et vint à sa rescousse. A eux deux, ils parvinrent tant bien que mal à séparer les adversaires.

Patricia et Monte tournèrent les talons et remontèrent l'escalier sans un mot.

Charlene vint rejoindre Ben au bar, haletante.

— Va te coucher, Ben. Je ne vais pas faire de bêtises.

Il n'avait absolument aucune raison de la croire.

Liz n'avait bu que du soda toute la soirée, mais elle ne tenait plus sur ses jambes. La journée avait été longue ; elle était épuisée.

La bouffée d'adrénaline suscitée par la bagarre entre Patricia et Charlene reflua en l'espace de quelques secondes. Elle tombait de sommeil.

— Merci pour votre aide, dit Ben.

— J'ai déjà vu des bagarres, observa-t-elle d'un ton presque amusé. Mais c'est la première fois que j'en vois une entre des gens couverts de diamants.

Ben sourit légèrement.

— Vous avez l'air fatigué, constata-t-il. C'est l'heure de fermer le bar.

— J'ai promis à Rachel de rester jusqu'à ce que tout le monde aille se coucher.

— Ils vont tous passer la nuit ici. La soirée pourrait durer jusqu'à l'aube.

Il contourna le bar pour venir à côté d'elle et lui prit le torchon qu'elle tenait à la main.

— Permettez-moi de vous raccompagner jusqu'à votre chambre.

Liz leva la tête vers lui, plongeant son regard dans ses yeux bleus. Sa vue se brouilla, et, l'espace d'une seconde, elle vit deux Ben.

Aussi sexy l'un que l'autre.

Fatiguée. Elle était si fatiguée. En même temps, un désir confus perçait à travers sa conscience, une bouffée de passion qu'elle s'efforça aussitôt de réprimer.

Elle ne pouvait permettre à Ben de la raccompagner. Elle était trop vulnérable, incapable de résister à la tentation de l'inviter dans son lit.

— Je peux monter toute seule.

— J'en suis sûr, dit-il avec un sourire. Je voulais être poli, c'est tout.

Elle ne voulait pas de sa politesse. Elle voulait sentir ses bras solides autour d'elle, se blottir contre son torse puissant, savourer son odeur si masculine.

Assez, se morigéna-t-elle, s'obligeant à réagir. Elle passa devant lui et se dirigea vers l'escalier.

— Bonne nuit, Ben.

Quand elle atteignit sa chambre, ses jambes étaient aussi lourdes que si elles avaient été en plomb. La pièce tournoyait autour d'elle comme un manège en folie.

Au moment où elle s'effondrait sur son lit étroit, un soupçon effrayant lui vint à l'esprit.

Avait-elle été droguée ?

6

Liz s'éveilla la tête lourde. Elle se leva précautionneusement, avec des gestes lents. Ses muscles étaient courbaturés. Elle avait récolté une ou deux contusions lors de ses démêlés avec Ramon — des blessures mineures, sans comparaison avec la douleur qu'elle éprouvait les lendemains de ses compétitions de karaté.

Après une visite dans la salle de bains du couloir, elle regagna sa chambre, ôta son uniforme froissé et s'étira longuement. Ses membres raides et le mal de tête qui lui martelait les tempes étaient les symptômes typiques d'un abus d'alcool.

Et pourtant, elle n'avait rien bu.

Plus elle y réfléchissait, plus elle était convaincue d'avoir été droguée la veille au soir. Pendant l'altercation entre Charlene et Patricia, quelqu'un avait pu profiter de son inattention pour glisser un sédatif dans son verre. S'agissait-il de Ben ?

Ils avaient passé plusieurs heures à bavarder. A aucun moment, il n'avait semblé se méfier d'elle, au contraire. Il avait partagé avec elle ses soucis et souvenirs familiaux. Quand il avait évoqué sa passion pour la voile, et le plaisir qu'il avait eu à participer à la Coupe de l'Amérique, sa voix était devenue si enthousiaste, si sensuelle, qu'elle avait eu envie de partager ses rêves, et de s'embarquer en bateau avec lui.

Il fallait impérativement qu'elle cesse d'entretenir ces idées romantiques au sujet de Ben. Il n'était pas innocent. Elle l'avait vu de ses propres yeux acheter de la drogue.

Mais pourquoi l'aurait-il droguée ? Cela n'avait pas de sens.

Si quelqu'un avait bel et bien glissé un narcotique dans son verre, le suspect numéro un devait être Charlene. Cette dernière mijotait quelque chose, et Liz avait la ferme intention de découvrir quoi.

Et si elle allait jeter un coup d'œil dans la chambre de la maîtresse de maison avant d'entamer sa deuxième journée comme domestique ? La blonde incendiaire n'était peut-être pas le sujet de son investigation, mais Liz n'appréciait guère d'être manipulée... et encore moins droguée.

Elle enfila un jean et un débardeur bordeaux, puis descendit à pas de loup l'escalier qui menait au premier étage. Une odeur de bacon et de café montait de la cuisine située au-dessous. Liz hésita une seconde. Elle mourait d'envie de boire une bonne tasse de café.

Mais le devoir l'emporta.

Située directement en face de celle de Ben, la chambre de Charlene était adjacente à la suite occupée par Jerod. La porte de ce dernier était entrouverte, et Liz distingua la voix de Ben à l'intérieur. Elle se faufila en hâte dans la chambre de Charlene, s'attendant à une confrontation avec la jeune femme.

Personne.

Les rideaux étaient tirés. Le grand lit n'avait pas été défait. Des vêtements étaient éparpillés çà et là, sur le secrétaire antique, la coiffeuse, la commode et le fauteuil tapissé de brocart rose. Quoique vaste, la pièce semblait contenir trop de meubles. Signe des goûts ostentatoires de Charlene, songea Liz.

Néanmoins, son instinct lui soufflait que quelque chose clochait. Le chaos ambiant dépassait de loin le genre de désordre laissé par une femme qui se prépare à une soirée.

Une suffocante odeur de parfum régnait dans la pièce. Le coffret à bijoux ouvert sur la commode débordait de joyaux étincelants. Des diamants ? Charlene était-elle assez stupide pour laisser des objets d'une telle valeur en évidence ?

Liz parcourut rapidement les lieux du regard. Le tabouret de la coiffeuse avait été renversé. L'immense glace entourée de lampes était de travers, et les pots de produits cosmétiques étaient en vrac au fond, comme si quelqu'un avait été poussé contre la table.

Tout cela suggérait une lutte. Quelqu'un — l'impulsif Ramon, peut-être — avait-il forcé Charlene à reculer contre le meuble ?

Prenant soin de ne toucher à rien, Liz traversa sur la pointe des pieds l'espace qui la séparait de la coiffeuse. Il y avait une flaque par terre. Elle se pencha. Une odeur âcre de parfum la prit à la gorge.

Le flacon d'eau de Cologne gisait toujours sur le sol, là où il était tombé. Charlene n'aurait pas laissé sa chambre dans un état pareil, songea Liz. Pas alors qu'elle avait une armée de domestiques à sa disposition.

Lui était-il arrivé quelque chose ?

Liz se redressa, prête à aller informer Ben de ses soupçons.

Elle sortit dans le couloir et pénétra dans la suite de Jerod par la porte entrouverte. Les baies coulissantes qui donnaient sur la vallée étaient ouvertes. Dehors, sur la terrasse, Jerod était assis dans son fauteuil, Ben et l'infirmier debout à côté de lui. Contrairement à la veille, Ben était vêtu d'un complet gris, d'une chemise blanche et même d'une cravate.

Le visage de Jerod s'éclaira à son approche. Il tendit la main vers elle.

— Viens là, mon chou.

Déconcertée, Liz obéit. Il lui prit la main et l'attira à lui, puis ferma les yeux en souriant.

— Tu sens bon comme un bouquet de roses.

Il était clair qu'il l'avait confondue avec Charlene. Sa vue devait être moins bonne que tout le monde ne le croyait.

— Donne-moi un baiser sur la joue et laisse-nous. L'infirmier doit prendre ma tension avant que Docteur Al arrive.

Liz ne voulut pas l'embarrasser en lui signalant son erreur. Elle se pencha et déposa un baiser léger sur sa joue.

Il sourit.

— A tout à l'heure, mon ange.

Ben avait assisté à la scène avec une incrédulité mêlée d'angoisse. Il ne s'était pas rendu compte que la vue de Jerod s'était à ce point détériorée. Si son grand-père avait confondu Liz avec Charlene, il devait être quasi aveugle.

Il suivit Liz dans le couloir.

— Merci d'avoir fait semblant, dit-il tout bas. Jerod n'aime pas commencer sa journée avant d'avoir vu Charlene.

— Ou de l'avoir sentie.

Elle le regarda.

— Vous êtes très élégant ce matin.

— J'ai rendez-vous avec mon avocat concernant le divorce. Je ne peux pas dire que j'attends cela avec impatience.

Il baissa les yeux sur Liz. Son jean et son T-shirt soulignaient les courbes féminines de son corps.

— J'aime ce que vous portez.

— Merci, dit-elle d'un ton indifférent. A quelle heure avez-vous quitté la soirée cette nuit ?

— Quelques minutes après vous. Je mourais d'ennui.

— Charlene était-elle encore là ? Avez-vous remarqué quelque chose de bizarre chez elle ?

— Elle est toujours bizarre. Pourquoi ?

Elle ouvrit la porte de la chambre de Charlene et l'entraîna à l'intérieur.

— Il se peut qu'elle ait disparu. On dirait que personne n'a dormi ici. Et il y a des signes de lutte.

Ben agita la main devant son visage, essayant de chasser l'odeur.

— Il faut que j'ouvre une fenêtre.

— Ne touchez à rien. C'est peut-être une scène de crime, avertit Liz en désignant d'un geste la position de la glace, le tabouret renversé et le flacon de parfum cassé.

— Ou peut-être que Charlene a dormi dans un autre lit, observa-t-il.

— Elle a des liaisons ?

Ben réfléchit un instant. Charlene avait tendance à flirter, mais rien ne lui permettait d'affirmer qu'elle soit jamais allée plus loin.

— Je ne crois pas. Mais nous l'avons vue jouer avec Ramon et Tony hier soir.

— Et sa situation n'est plus la même.

— Que voulez-vous dire ? demanda-t-il, perplexe.

— Le testament de Jerod a changé. Charlene va peut-être se conduire différemment.

Une bouffée de colère envahit Ben à la pensée que la jeune femme pourrait tromper Jerod après l'avoir manipulé pour qu'il lui lègue sa fortune. Si tel était le cas, il ferait en sorte qu'elle n'hérite pas d'un sou, dût-il incendier la maison pour s'en assurer…

— Nous devrions appeler la police, suggéra Liz.

— Pas encore.

Le premier souci de Ben était de protéger son grand-père. Si Jerod apprenait que son épouse bien-aimée avait disparu, il en aurait le cœur brisé.

— Essayons d'abord de la trouver. Je vais fermer la porte de sa chambre à clé en attendant que nous sachions où elle est.

Liz fronça les sourcils.

— Si nous n'avons pas d'explication d'ici à une demi-heure, nous devrons avertir le shérif. Il voudra parler aux témoins avant qu'ils s'en aillent.

— Les témoins ?

— Je ne vois pas de traces de sang ici, mais les techniciens peuvent utiliser un produit spécial qui…

— Allons, Liz. Nous ne sommes pas dans une série télévisée !

Soudain sur la défensive, la jeune femme recula d'un pas.

— Je fais des études de droit. Je sais qu'il y a certaines procédures à respecter.

— Rien ne prouve que nous ayons un crime sur les bras pour l'instant, protesta Ben. Il y a peut-être une explication toute simple.

— Je l'espère.

Il la regarda avec attention. Ses cheveux blonds étaient tout ébouriffés, comme si elle venait de se lever. Elle était mignonne à croquer ainsi, les pieds nus, dans son jean serré et son débardeur, mais les muscles de ses bras étaient crispés, ses poings serrés. Une étrange tension émanait d'elle.

— Qu'y a-t-il ?

— Rien, répondit-elle avec un sourire forcé. Vous avez sans doute raison. Il doit y avoir une explication.

Liz avait beau essayer de se persuader que ses soupçons étaient infondés, son instinct lui affirmait le contraire. Cette splendide propriété abritait une famille ravagée par l'hostilité, la jalousie et la cupidité. Et Charlene semblait être au centre de tous les conflits. Elle s'était querellée avec Ben, avec Patricia, et se jouait du malheureux Ramon. Avait-elle poussé quelqu'un à bout ?

Dans la cuisine, elle sirota une tasse de café, et expliqua à Rachel qu'elle avait quelques affaires à régler avant de se mettre au travail. Etant donné qu'elle avait passé une partie de la nuit à tenir le bar, il semblait juste qu'elle ait un peu de temps libre.

Un rapide passage en revue des invités révéla que Ramon était parti. Quand Ben et Liz se rendirent au garage, ils constatèrent que sa voiture avait disparu. Charlene et Ramon s'étaient-ils enfuis ensemble ?

Ben vida sa tasse de café d'un trait.

— Je suppose que nous avons trouvé la clé du mystère.

— Et les traces de lutte dans la chambre ?

— Un moment de passion, fit-il, les dents serrées. Ramon et Charlene ont chahuté dans la chambre avant d'aller chercher un endroit plus intime.

La théorie était plausible. Pourtant, Liz n'était pas totalement convaincue. Charlene était peut-être une blonde écervelée, mais elle n'était pas une imbécile. Elle ne ferait rien qui puisse inciter Jerod à changer d'avis au sujet du testament.

— Vous avez des caméras de surveillance à la grille, observa Liz. La cassette pourrait-elle montrer Charlene et Ramon en train de partir ensemble ?

— Les caméras sont réglées pour fonctionner vingt-quatre heures sur vingt-quatre. Il sera facile de vérifier.

Il s'engagea dans l'allée goudronnée qui menait à l'entrée du parc. Liz dut trottiner pour rester à sa hauteur, mais il ne sembla pas s'en apercevoir. La colère le rendait froid et distant, songea-t-elle. Sans doute était-il prêt à tout pour protéger son grand-père.

Une fois dans la cabine exiguë qui se situait à côté du portail, Ben ouvrit une porte en métal. A l'intérieur se trouvaient une série d'interrupteurs et quatre petits écrans. Il pressa quelques touches.

— Ce n'est pas un système de sécurité très sophistiqué, observa Liz. Rien n'est fermé à clé !

— Les caméras servent surtout à vérifier les véhicules qui se présentent à la grille. L'image est transmise à un récepteur dans la maison qui nous permet de voir qui nous laissons entrer.

— Vous n'avez pas peur des cambrioleurs ?

— Un système de protection efficace pour ce genre de surface exigerait des dizaines de caméras et d'écrans de surveillance. Sans parler de gardiens à temps complet. Ça n'a jamais semblé en valoir la peine.

Typique, songea Liz à part elle. Les gens ne s'inquiétaient de leur sécurité qu'après avoir été victimes d'un cambriolage.

Ben pointa le doigt vers un des écrans.

— Voici l'enregistrement d'hier soir.

Les chiffres dans le coin inférieur droit indiquaient que le Dr Mancini était sorti à 21 h 32. Tony Lansing était assis sur le siège passager.

Après suivaient plusieurs heures de paysage nocturne et bucolique. Ils firent défiler l'image en accéléré, apercevant ici et là des cerfs qui passaient devant les grilles, des arbres secoués par le vent. La caméra braquée sur la maison montra un couple sorti sur les marches pour fumer une cigarette, puis Patricia et Monte qui se rendaient à leur véhicule, et prenaient un objet dans la boîte à gants.

Personne d'autre n'entra ni ne sortit.

Dans l'espace confiné de la cabine, Liz se penchait par-dessus l'épaule de Ben pour mieux voir. Elle avait une conscience aiguë de la chaleur qui émanait de lui, et de la proximité de leurs corps. Durant un instant, elle fut tentée d'effleurer le creux de son dos, mais elle se ravisa aussitôt. Un contact risquait de mener à un autre…

A 11 h 47 exactement, les écrans devinrent tout noirs.

Liz tressaillit.

— Une panne ?

Ben vérifia les manettes.

— Non. Apparemment, les caméras ont été éteintes.

— Peut-on les éteindre de l'intérieur de la maison ?

— Non. Seulement d'ici.

Les soupçons de Liz revinrent au galop. Pour quelle

raison aurait-on empêché les caméras de fonctionner sinon pour dissimuler un crime ?

— Si quelqu'un s'approchait des caméras en venant de la maison ou de la route, on les verrait sur l'écran, n'est-ce pas ?

— Pas nécessairement. Il y a des angles morts. Surtout le long de la clôture. Charlene les connaît. Elle a pu s'esquiver pendant la soirée et venir ici.

La cassette reprenait à 2 h 37. Tout était tranquille.

— Regardez, fit Liz en désignant la maison et les véhicules alignés devant le garage. La voiture de Ramon n'est plus là. S'il est parti avec Charlene, ça n'a pas été enregistré par la caméra.

Ben haussa les épaules.

— Peut-être que nous attachons trop d'importance à tout ça. Le système a pu tomber en panne.

— Ce serait une curieuse coïncidence, marmonna Liz. Il faut qu'on appelle le shérif.

Ben se tourna vers elle. Les murs de la minuscule cabine semblèrent se rapprocher autour d'eux. Elle plongea son regard dans le sien, et sentit les battements de son cœur s'accélérer. Elle était trop près de lui. Ils étaient trop près l'un de l'autre pour qu'elle puisse ignorer l'attraction qu'il exerçait sur elle.

Il prit son bras nu, le serrant doucement.

— J'ai besoin d'un service, Liz. Ne refusez pas avant de m'avoir entendu.

Incapable d'articuler un son, elle se contenta de hocher la tête.

— La seule chose qui me préoccupe, c'est la santé de Jerod. Il aime Charlene. Si elle est partie avec Ramon, il va souffrir.

— S'il meurt, elle va hériter, lâcha Liz avant d'avoir pu s'en empêcher.

Ben cilla et resserra son étreinte.

— Je ne veux pas mêler la police à cette affaire avant d'avoir vérifié avec Ramon que Charlene est avec lui. Je peux peut-être lui parler, la raisonner.

— Je ne peux pas…

— Je vous en prie, Liz. J'ai besoin que vous gardiez le silence pour l'instant. Jusqu'à ce que je l'aie retrouvée.

Elle se dégagea, mais elle n'avait nulle part où aller dans cet espace restreint. Même adossée au mur, elle était troublée par sa présence.

Il lui demandait de trahir ses principes, et peut-être même de dissimuler un crime. En tant que détective privé, son devoir l'obligeait à informer les autorités de ses soupçons. En tant qu'étudiante en droit, elle était parfaitement consciente que se taire était un acte de complicité.

Deux jours plus tôt à peine, Harry Schooner l'avait placée dans une situation similaire en refusant de dénoncer les trafiquants. Elle avait attendu le lendemain pour contacter un ami policier de Denver et lui donner l'adresse de la maison.

Elle rencontra le regard intense de Ben.

— J'accepte, mais seulement pour Jerod.

La chaleur de son sourire apporta bien plus de plaisir à Liz qu'elle n'aurait dû le faire. Elle se détestait d'être si vulnérable.

— Une dernière chose, ajouta-t-il. Jerod a besoin de voir Charlene tout à l'heure. Vous pourriez jouer ce rôle. Dites-lui que vous allez en ville et que vous ne reviendrez que ce soir. Pour le tranquilliser.

— Vous voulez que je me fasse passer pour Charlene et que je trompe délibérément votre grand-père ?
— Pour lui éviter du chagrin.
Vu sous cet angle, comment aurait-elle pu refuser ?

7

Elle était enfin entrée dans la chambre de Ben.

Depuis l'instant où Liz était arrivée chez les Crawford, elle avait cherché le moyen de se faufiler dans cette pièce afin d'y chercher les drogues qu'elle l'avait vu acheter à Denver. Elle ne s'était pas vraiment attendue à ce qu'il l'accueille sur le seuil.

Ensemble, ils avaient pris quelques vêtements et une perruque dans la chambre de Charlene. Liz avait insisté pour qu'ils ne touchent à rien, et refusé tout net de se changer sur place.

— N'oubliez pas de vous asperger de parfum, recommanda Ben avant de sortir. Apparemment, c'est à cela que Jerod la reconnaît.

— Ne vous inquiétez pas. Assurez-vous plutôt que personne ne vienne nous déranger.

— Je m'en occupe.

Il referma la porte.

Elle n'avait guère le temps de procéder à une fouille en règle. Pas alors que Ben était derrière la porte. Chaque seconde comptait. Elle jeta la perruque platine sur le lit et parcourut la pièce des yeux.

Le style du mobilier était élégant, moderne, et légèrement impersonnel — rappelant plus un décor d'hôtel que celui

73

d'une maison particulière. Hormis quelques exemplaires d'un magazine consacré aux bateaux sur la table de chevet, rien ne révélait la personnalité de Ben. Mais après tout, il ne s'agissait pas de sa résidence principale ; son vrai foyer se trouvait à Seattle.

Cacher des drogues dans la salle de bains attenante aurait été trop évident. Elle se concentra sur la chambre, palpant le fond des tiroirs et promenant la main derrière les meubles. Prenant soin de ne pas défaire le lit, elle passa une main sous le matelas, et se baissa pour jeter un coup d'œil sous le sommier. Il y avait tant de cachettes possibles, et si peu de temps…

Tout en inspectant le placard, elle enfila la minijupe de Charlene et son pull en cachemire rose. Son intuition lui disait que Ben dormait dans cette chambre, mais qu'il gardait ses réserves de drogue ailleurs.

Elle se coiffa de la perruque, puis sortit dans le couloir où il l'attendait. Il arqua les sourcils à sa vue, mais eut la sagesse de ne pas la taquiner.

— Charlene passe normalement une quinzaine de minutes avec Jerod à cette heure-ci.

— De quoi parlent-ils ?

Il haussa les épaules.

— De tout et de rien. Ils plaisantent.

Elle le regarda par-dessus son épaule.

— Et s'il s'aperçoit que je ne suis pas Charlene ?

— Il ne s'en apercevra pas.

Liz aurait aimé en être aussi sûre. Elle allait essayer de persuader un homme qu'elle était son épouse — quelqu'un qu'il connaissait intimement. Son seul avantage était qu'apparemment, Jerod ne distinguait que de vagues silhouettes.

Sachant qu'elle ne risquait pas d'être dérangée puisque Ben montait la garde à la porte, elle pénétra dans la vaste suite. Jerod était assis dans son fauteuil roulant, sur la terrasse. Elle s'approcha d'un pas léger, cherchant à se souvenir des inflexions de la voix de Charlene.

— Bonjour, mon cœur, dit-elle en imitant l'accent texan de la jeune femme.

Malgré son handicap, Jerod se tourna vers elle avec assurance.

— Bonjour, ma chérie. Tu t'es bien amusée hier soir?

— Ç'aurait été encore mieux si tu avais été là, assura Liz, s'efforçant de jouer son rôle. De quoi parlions-nous hier, déjà?

— De l'histoire familiale, mon chou. Souviens-toi qu'après ma mort, tu seras à la tête de la famille. Il y a des choses que tu dois savoir.

Il fronça les sourcils.

— Et j'espère que tu ne vas plus te chamailler avec Patricia.

— Mais c'est une...

Liz hésita, cherchant un terme que Charlene aurait utilisé.

— ... une vraie sorcière !

— Ne sois pas trop dure envers elle. Ça n'a pas été facile quand elle a perdu ses parents dans cet accident de voiture. Etre orpheline à quatorze ans, ça laisse des traces.

— Quel âge avait Ben à l'époque?

— Seize ans.

Jerod se laissa aller en arrière dans son fauteuil, s'abandonnant aux souvenirs.

— Il était aussi grand qu'aujourd'hui, mais maigre

comme un chat de gouttière. L'été, je l'employais dans les champs de pétrole, et je suis fier de dire qu'il abattait autant de travail que des gaillards deux fois plus costauds que lui.

Au bout de quelques minutes de conversation, Liz prit congé.

— Il faut que je me dépêche, mon cœur. Dès que nos invités seront partis, je vais aller faire du shopping.

— Comme tu voudras, mon chou. A tout à l'heure.

Elle se pencha en avant et lui déposa un baiser sur la joue.

L'instant d'après, elle retrouvait Ben dans le couloir. Comme ils entraient dans la chambre, elle retira sa perruque blonde.

— J'aime bien votre grand-père, dit-elle.

— C'est quelqu'un de bien. Dommage qu'il soit trop têtu pour se soigner.

Ben tenait un téléphone portable dans sa main gauche.

— J'ai appelé Ramon, mais il ne répond pas. Je vais aller lui rendre une petite visite.

Et elle retournerait à ses activités de domestique, songea Liz. La disparition de Charlene compliquait quelque peu son enquête, mais elle devait maintenir le cap sur son objectif : trouver les drogues de Ben.

Face à la chaleur de son sourire, cet objectif semblait extrêmement répugnant. D'après ce qu'elle avait vu de Ben, il semblait être quelqu'un de bien. Comment pouvait-elle ruiner ses chances d'obtenir la garde de son enfant ?

— Merci d'avoir parlé à Jerod, dit-il doucement. Il ne mérite pas de souffrir davantage.

Il se pencha lentement vers elle. Le cœur battant à

se rompre, Liz retint son souffle. Si elle avait voulu le repousser, elle en aurait largement eu le temps.

Elle aurait dû reculer. Au lieu de quoi, elle inclina la tête vers lui, l'invitant à l'embrasser. Quand ses lèvres effleurèrent les siennes, ce fut comme si un éclair éblouissant avait explosé dans son cerveau.

Un élan de passion s'empara d'elle, insensé et irrésistible. Elle aurait voulu que ce baiser dure toujours. Elle brûlait d'explorer le corps de Ben tout entier, dans ses moindres détails. Elle était balayée par un désir féroce, qu'elle n'avait jamais ressenti auparavant. Comme s'ils avaient été destinés l'un à l'autre.

Elle devait se tromper. Pour une fois, son instinct l'induisait en erreur.

La servante et le millionnaire ?

Improbable.

La réalité était encore pire. Un détective et l'objet de son enquête ne pouvaient ni ne devaient jamais avoir de relations personnelles.

Mais comme il faisait mine de mettre fin à leur étreinte, elle agrippa les pans de sa veste et l'attira plus près, l'embrassant avec toute l'ardeur qui la consumait. Aussitôt, Ben l'entoura de ses bras solides. Le brasier redoubla d'intensité.

Leur baiser se fit plus intime, plus ardent encore. Le corps de Ben était pressé contre le sien, révélant l'effet qu'elle produisait sur lui.

Il était attiré par elle autant qu'elle l'était par lui. Ils étaient faits l'un pour l'autre. En dépit de leurs différences, il y avait un lien entre eux.

C'était une catastrophe.

Quand Ben trouva enfin Ramon Stephens dans la salle de musculation de son immeuble résidentiel de Denver, ce dernier lui lança un regard mauvais, désignant les bleus qu'il arborait à l'épaule et au cou.

— C'est vous qui m'avez fait ça.

Il avait eu de la chance qu'il ne lui ait pas tordu le cou, songea Ben, mais il s'abstint de le lui faire remarquer.

— Où est Charlene ?

— Je devrais porter plainte, se plaignit Ramon. Je ne peux pas poser pour des photos dans l'état où je suis.

Ayant dû annuler son rendez-vous avec son avocat et passer la moitié de la matinée à chercher Ramon, Ben n'était guère d'humeur à supporter ses jérémiades.

— Où est-elle ? répéta-t-il impatiemment.

— Je n'en sais rien.

Ramon continuait à soulever des haltères, tout en admirant son reflet dans la glace.

— A quelle heure avez-vous quitté la soirée hier, Charlene et vous ?

— Je suis parti vers 2 heures. Tout seul.

Il haussa les épaules, faisant jouer ses muscles. Ben ne fut guère impressionné. Le beau gosse n'avait sans doute jamais travaillé une journée entière de sa vie.

Ben, pour sa part, avait grandi dans les champs de pétrole de son grand-père. Il y avait appris ce qu'était un homme. Il avait aussi appris à obtenir ce qu'il voulait, quitte à se battre si nécessaire. Et à reconnaître un menteur.

— Vous ne me dites pas tout.

— Hé, mon vieux, je ne suis pas obligé de répondre à vos questions.

En un éclair, Ben passa derrière lui et lui coinça un bras derrière le dos, l'étranglant à demi.

— Vous êtes parti avec Charlene, Ramon ? Oui ou non ?

— Lâchez-moi.

Ben resserra son étreinte.

— Ne me forcez pas à vous casser le bras, Ramon. Répondez à ma question.

— Non, gémit Ramon. Je ne suis pas parti avec elle.

— Avec qui est-elle partie ?

— Je ne sais pas.

Son visage était déformé par la douleur.

— Qu'est-ce que vous me cachez ?

— Elle m'a plaqué, d'accord ? C'est ça que vous voulez savoir ? Elle m'a dit qu'elle ne voulait plus me voir. Et je suis parti.

Ben le lâcha et recula légèrement, au cas où le jeune homme aurait été tenté de se venger. Mais Ramon n'y songeait pas. Il se laissa tomber à genoux, et se frotta le bras en geignant.

Ben se souvint du désordre qui régnait dans la chambre de Charlene.

— Vous êtes monté dans sa chambre ?

— J'ai essayé. Mais non. De toute manière, je me moque pas mal d'elle. J'ai d'autres copines.

Sans doute, songea Ben, qui s'en moquait tout autant.

— Qui est le nouveau petit ami de Charlene ?

— L'avoué.

Tony Lansing. Son père avait géré les affaires de la famille Crawford pendant des décennies. Quand Tony avait pris sa succession, cinq ans plus tôt, Ben avait eu des doutes sur ses compétences, mais il n'avait pas anticipé de problèmes. Jerod avait vendu ses champs de pétrole. Aucun procès n'était en cours. Tony aurait dû être en mesure de gérer le quotidien.

Au moment de sortir, Ben tapota l'épaule de Ramon.

— Si j'étais vous, j'y mettrais un peu de glace.

Ben prit le chemin du retour, en proie à une frustration croissante. Pour une fois, le panorama splendide sur les Montagnes Rocheuses ne parvint pas à le dérider.

Il regrettait Seattle. Par chance, sa compagnie fonctionnait à merveille malgré son absence, grâce à l'efficacité de ses vice-présidents. Sur ce plan-là, au moins, il n'avait pas à s'inquiéter.

C'était sa vie privée qui le préoccupait. L'échec de son mariage. La maladie de Jerod. Et maintenant… la disparition de Charlene.

Arrivé au portail, il composa le code de sécurité, songeur. Pourquoi les caméras avaient-elles été éteintes entre 11 h 47 et 2 h 37 ? Les trois heures manquantes suggéraient un acte délibéré, même s'il avait désormais la conviction que Ramon n'y était pour rien.

Il n'avait plus d'autre choix que d'avertir le shérif, mais il tenait à garder le contrôle de la situation. Il ne manquait pas de relations, des gens haut placés qui lui devaient quelques services. Si possible, il essaierait de taire la vérité à Jerod en attendant de savoir ce qu'il en était. Par conséquent, sa première mission consistait à parler à Liz en tête à tête et à la persuader de continuer à faire semblant d'être Charlene.

Liz… Son baiser l'avait surpris. Lorsqu'il avait goûté ses lèvres, il avait été envahi par une bouffée de désir. Mais c'était elle qui avait pris l'initiative. Sa passion avait créé entre eux un lien intime, indéniable.

Pourtant, il voulait en savoir davantage sur elle. Malgré son attitude directe, il devinait en elle quelque chose de mystérieux. Tout comme Ramon, elle dissimulait un secret.

Elle fut la première personne qu'il rencontra en entrant dans la maison. Vêtue d'un uniforme qui lui allait à peine mieux que celui de la veille, elle agitait un plumeau sur un fauteuil ancien.

Il posa un doigt sur ses lèvres, lui enjoignant de garder le silence. Elle laissa aussitôt tomber le plumeau et le suivit à l'extérieur.

— Il faut que je te parle, dit-il d'une voix sourde, et la tutoyant sans même y réfléchir.

— Tu as trouvé Charlene ?

Ben s'engagea sur le ruban d'asphalte, en direction de la grange. Il ne voulait pas qu'ils soient dérangés.

— Ramon affirme qu'il est rentré seul. J'ai tendance à le croire.

— Tu ne l'as pas passé à tabac, si ?

— Bien sûr que non.

Il s'était contenté de l'encourager un peu, pensa-t-il.

— Où allons-nous ?

Il désigna le bâtiment en rondins.

— Il faut que je réfléchisse à la manière dont je vais gérer l'absence de Charlene, et je voudrais que tu…

— Appelle le shérif, dit-elle fermement. Plus tu attendras, plus cela paraîtra louche.

— Louche ?

Elle pivota et lui fit face, lui barrant le chemin.

— S'il est arrivé quelque chose à Charlene, tu es suspect. Tu la détestais.

— Le mot est fort.

— Le testament de Jerod a été changé hier, et tu as été déshérité.

— Je me moque de l'argent de Jerod.

— La police ne verra pas les choses sous cet angle.

Il fit un pas de côté pour l'éviter et continua son chemin vers la grange — le seul endroit dans cette propriété où il pouvait apaiser ses nerfs tendus à craquer. Il introduisit la clé dans une porte de côté et la poussa. Le soleil entrait à flots par des fenêtres haut placées, illuminant son atelier et la coque en partie terminée d'un voilier qu'il construisait lui-même. Rien au monde ne le détendait davantage que de raboter et de lisser les planches de chêne blanc.

Liz s'arrêta sur le seuil, bouche bée.

— Un bateau !

— J'espère l'avoir terminé d'ici à quelques semaines. J'aimerais emmener ma fille en promenade sur le lac et lui apprendre des rudiments de voile.

Elle leva la tête vers lui, ses yeux verts empreints de douceur.

— Chaque fois que je commence à penser que tu n'es qu'un millionnaire arrogant, tu me surprends en faisant quelque chose comme ça.

— Comme quoi ?

— Quelque chose d'attachant. D'adorable.

Elle s'avança lentement, promenant la main sur la surface satinée du bois. A l'arrière du bateau, elle se figea subitement, le regard rivé au côté opposé de la coque — un endroit qu'il ne pouvait pas voir de là où il se trouvait.

— Eh bien, dit-elle d'une voix tremblante. Charlene est là. Morte.

8

Ce n'était pas la première fois que Liz voyait un cadavre. Elle avait déjà assisté à des obsèques et à des veillées mortuaires. Mais aucune de ces expériences ne l'avait préparée à voir le corps sans vie de Charlene sur le sol en ciment à côté du bateau de Ben.

Dans la mort, elle semblait plus petite et curieusement aplatie, comme si l'air était sorti de son corps, laissant une coquille en deux dimensions. Ses yeux étaient mi-clos. Elle avait la bouche ouverte, et son rouge à lèvres rose bonbon formait un contraste frappant avec ses joues couleur de cire. Les cheveux blonds et soyeux qu'elle adorait rejeter en arrière étaient maculés d'un sang rouge sombre et poisseux.

Un morceau de métal ensanglanté gisait près d'elle. Sans doute l'arme du crime.

Un meurtre ?

Les genoux flageolants, l'estomac noué, Liz eut soudain l'impression de suffoquer. Lorsque Ben s'avança vers elle, elle se laissa aller contre lui, reconnaissante pour son soutien.

— Ça va ? demanda-t-il avec sollicitude.

— Oui, répondit-elle machinalement, espérant dissimuler sa faiblesse. Qui a pu faire une chose pareille ? Et pourquoi ?

— Je ne sais pas.

Elle pivota entre ses bras et se blottit contre lui. Dans sa cage thoracique, le battement régulier de son cœur semblait être une affirmation de la vie. Pourtant, loin de la rassurer, le calme et la force de Ben ne faisaient que renforcer le trouble qu'elle éprouvait.

— Le fait qu'elle est ici, dans ton atelier..., murmura-t-elle. Cela va jouer contre toi.

— J'en suis conscient.

Il prit une profonde inspiration, puis expira lentement.

— D'autres que moi ont la clé de cette grange.

— Qui ? demanda-t-elle d'une voix étranglée. Qui a une clé ?

— Tout le monde y a accès. Rachel a des doubles de toutes les pièces dans le garde-manger.

— En ce cas, à quoi cela sert-il de fermer à clé ?

— C'est une sorte de dissuasion, je suppose. Je ne veux pas que mon atelier devienne un lieu de rendez-vous pour des membres du personnel qui souhaitent un coin tranquille où fumer ou boire une bière.

Il lui caressa doucement l'épaule, d'une main qui tremblait légèrement. De choc ? se demanda Liz. De colère ? Que savait-elle de lui, au fond ? Ils se connaissaient à peine.

— C'est une scène de crime, dit-elle. Nous devrions sortir.

Gardant un bras protecteur autour d'elle, Ben l'escorta à l'extérieur. Le soleil printanier semblait presque choquant après la scène qu'ils venaient de voir. Liz inspira à pleins poumons l'air pur de la montagne. Peu à peu, elle sentit qu'elle redevenait maîtresse d'elle-même.

Elle leva les yeux vers Ben, étudiant les angles de son beau visage. Il avait la mâchoire crispée. Un pli barrait son front et son regard était troublé. Cela signifiait-il qu'il avait menti ? En savait-il plus long qu'il ne voulait l'admettre sur le meurtre ?

— Il faut appeler le shérif.

— Non, je ne crois pas, dit-il en cherchant son téléphone portable dans la poche de sa veste. Je vais viser un peu plus haut.

— Tu ne peux pas diriger une enquête pour meurtre à ta guise !

— C'est ce qu'on va voir.

Elle mit une main sur la sienne avant qu'il ait eu le temps de composer un numéro.

— Même si tu as le numéro de la ligne directe du gouverneur, tu dois laisser la police faire son travail.

— Je n'ai nullement l'intention de faire obstacle à la police, mais je veux contacter les agents du FBI du Colorado. Je ne veux pas d'amateurs dans cette affaire.

Sa décision était prise, et l'autorité perçait dans sa voix. Sous ses yeux, il venait de se transformer en homme de pouvoir, songea Liz — le genre d'individu qu'elle détestait.

— Je ne veux pas que Jerod sache ce qui s'est passé, continua-t-il.

— Tu t'imagines pouvoir garder le secret sur la mort de Charlene ?

— Tout le monde sera au courant, mais pas Jerod. Bon sang !

Sa voix se brisa.

— Pas Jerod.

Il serra les lèvres, et sa façade arrogante disparut.

— Il est en train de mourir, Liz. Jusqu'à ce matin, je ne soupçonnais pas à quel point sa vue était affectée. Il n'a peut-être plus que quelques semaines.

Une bouffée de compassion envahit Liz, mais elle ne pouvait se résoudre à ne rien faire.

— Jerod est affaibli, mais il est en possession de toutes ses facultés mentales. Même si tu organises la plus subtile des enquêtes, il se doutera de quelque chose.

Il leva les yeux vers le ciel, comme pour chercher une réponse dans les nuages vaporeux.

— Tu as raison, soupira-t-il.

— Tu n'y peux rien, ajouta-t-elle. Il n'y a pas d'autre solution que de lui dire la vérité.

Ben demeura un instant silencieux, réfléchissant intensément.

— Peut-être que si, dit-il enfin. Jerod ne saura rien s'il est à l'hôpital.

— Comment ?

— Maintenant que Charlene n'est plus là, je peux le persuader de consulter un spécialiste.

Maintenant que Charlene n'est plus là ? C'était par cette phrase brutale qu'il faisait allusion au meurtre d'une femme jeune et pleine de vie ? Comme si elle n'avait été qu'un obstacle à ses yeux...

— Je n'arrive pas à croire que tu aies pu dire une chose pareille.

— Que veux-tu dire ?

— La mort de Charlene compte, Ben. Hier c'était un être vivant, quelqu'un qui avait des rêves, des espoirs.

— Je sais, Liz, murmura-t-il. Je suis désolé qu'elle

soit morte. Je crois qu'elle aimait mon grand-père, et qu'elle était un rayon de soleil dans sa vie. Mais ce n'est pas le moment de porter le deuil. Il faut que je gère la situation, et j'ai besoin de ton aide.

Il l'enveloppa d'un regard intense.

— Acceptes-tu de m'aider ?

— A quoi faire ?

— Je voudrais que tu fasses une dernière fois semblant d'être Charlene. Nous irons voir Jerod ensemble. Ne t'inquiète pas. C'est moi qui parlerai la plupart du temps. Je le persuaderai de se rendre à la raison et d'aller à l'hôpital.

— C'est hors de question.

Elle ne voulait pas participer à son plan, pensa Liz. Elle ne voulait plus rien partager avec lui.

— Dès que j'aurai parlé à la police, je partirai d'ici.

— Que puis-je faire pour te persuader ? Tu veux de l'argent ?

Elle se détourna, révoltée. En quelques minutes à peine, Ben était devenu un inconnu. Il n'était plus le rêveur nostalgique qui parlait de bateaux et de couchers de soleil sur l'océan. Il n'y avait plus trace de l'artisan qui avait travaillé patiemment sur la coque magnifique dans l'atelier — la scène du crime.

— Je te paierai assez pour financer tes études, continua-t-il.

— Il ne s'agit pas d'argent, rétorqua-t-elle, blessée. Je refuse de mentir à un mourant.

— Pas même si ton mensonge pourrait lui sauver la vie ?

Il n'avait peut-être pas tort, s'avoua Liz à regret. Jerod aurait dû recevoir des soins spécialisés, et les visites quotidiennes du Dr Mancini, médecin généraliste à la retraite, n'entraient pas dans cette catégorie.

— Je pensais que Jerod avait choisi de rester à la maison, objecta-t-elle. Je pensais qu'il ne voulait pas mourir à l'hôpital ?

— C'est vrai, mais son état de santé se détériore constamment depuis six semaines, et il pourrait changer d'avis si Charlene lui demandait d'y réfléchir. Tu pourrais lui donner cette chance.

Elle n'aurait pas dû faire confiance à Ben, se dit Liz. Après tout, c'était quelqu'un qui négociait avec des trafiquants. Les membres du personnel le jugeaient solitaire et déprimé. Son ex-femme voulait le priver d'accès à son enfant. Et pourtant, son instinct la portait à le croire. Dans sa voix, elle ne percevait que la sincérité. Il vouait une profonde affection à son grand-père. Et elle aimait bien Jerod Crawford. Comment refuser de faire quelque chose pour l'aider ?

Des soins médicaux plus sophistiqués pourraient peut-être lui sauver la vie.

— J'accepte.

Mettant de côté ses inquiétudes et ses réserves, Liz se laissa entraîner dans les plans de Ben. Téléphone portable en main, il effectua plusieurs appels rapides tout en traversant la maison, Liz à sa suite.

Elle se coiffa de la perruque platine, tourmentée par sa conscience.

Dans la chambre de Jerod, elle joua son rôle, tenant la main du vieux monsieur dans la sienne, les yeux rivés aux siens tandis que Ben abordait la question d'une nouvelle phase de son traitement.

Quand elle parla, sa voix tremblait. Elle trompait

délibérément un vieil homme, lui dissimulait la tragédie de la mort de sa femme.

Ce fut seulement en pensant à Harry Schooner qu'elle trouva la force de surmonter cette épreuve, au fait qu'il refusait obstinément de se soigner en dépit de l'inquiétude qu'elle nourrissait à son égard. Si Harry avait été à la place de Jerod, elle aurait peut-être été encline à faire pour lui ce que Ben faisait pour son grand-père.

Etonnamment, Jerod accepta la suggestion de Ben sans formuler d'objection. Avait-il lui-même envisagé une telle possibilité ?

Après s'être changée dans la chambre de Ben, elle retrouva ce dernier dans le couloir.

— Et maintenant ? Tu appelles la police ?

— Pas encore. L'ambulance sera ici dans une demi-heure. Dès qu'elle sera repartie, j'appellerai la police.

— Une demi-heure ? répéta Liz, stupéfaite. Comment as-tu pu arranger cela aussi vite ?

— J'ai ce plan en place depuis des semaines, expliqua-t-il. J'espérais que Jerod changerait d'avis. Le neurologue est au courant.

Liz hocha la tête. Tout cela devait coûter une fortune. Décidément, les choses étaient plus faciles quand on avait de l'argent.

Jerod parti, Ben contacta les autorités, ainsi que diverses personnalités haut placées et ses avocats. Puis il rassembla le personnel, Patricia et Monte, et les informa que Charlene avait été assassinée, ajoutant que Liz et lui avaient découvert son corps dans la grange.

— Tu es sûr que c'est un meurtre ? demanda Patricia d'une voix blanche.

— Certain.

Rachel semblait désemparée. Ses grandes mains esquissèrent des gestes gauches.

— Qu'allons-nous faire ? Que sommes-nous censés dire ?

Liz se mordit la lèvre inférieure, réprimant une riposte cinglante. *La vérité. Quoi d'autre ?*

— La police ne va pas tarder, reprit Ben. Je m'attends à ce que vous répondiez de votre mieux aux questions qu'on va vous poser.

Annette rajusta son bonnet tout en se rapprochant du chauffeur.

— Et si c'était un tueur en série ? Nous sommes peut-être tous en danger ?

Ben voyons, songea Liz. Un psychopathe débarquait dans cette propriété isolée et, comme par hasard, assassinait la personne la plus détestée sur les lieux. Elle jeta un bref regard en direction de Patricia et de Monte, qui semblaient avoir du mal à contenir leur joie.

— Quelle horreur, commenta Monte en se forçant à arborer une mine de circonstance. Et quel scandale.

— Jerod est au courant ? s'enquit Patricia.

— Non, répondit Ben. Et je ne veux pas que vous le lui disiez. Il a finalement accepté de voir le spécialiste que je lui ai conseillé et il faut qu'il se concentre sur sa santé. Nous lui dirons tout le moment venu.

Liz mourait d'envie de poser quelques questions avant l'arrivée de la police. Non qu'elle soit investie de la moindre autorité, mais…

— Quand est-ce que vous avez vu Charlene pour la dernière fois ? demanda-t-elle à la ronde.

Tous se mirent à parler à la fois, se rappelant leur dernière rencontre avec la victime. Annette fut la seule à demeurer silencieuse. Son petit visage de souris esquissa une moue, tandis qu'elle rougissait comme une pivoine.

Ben remarqua sa réticence.

— Annette, fit-il d'une voix grave.

Elle tressaillit.

— Oui, monsieur.

— Avez-vous vu quelque chose ?

— Oui, monsieur.

— Quoi ?

— Eh bien, il était très tard, commença-t-elle d'une voix fluette. Quand Liz est montée se coucher, elle a fait du bruit et elle m'a réveillée.

— Pardon, marmonna Liz, gênée.

— Je n'ai pas pu me rendormir, poursuivit Annette, et j'ai pensé qu'une tisane me ferait du bien, alors je suis descendue dans la cuisine.

Elle prit une inspiration hésitante.

— Pendant que je préparais ma tisane, j'ai entendu les invités remonter l'escalier. C'était très embarrassant. Je ne voulais pas qu'on me voie dans ma robe de chambre.

— Vous avez raison, intervint Rachel. Le personnel doit toujours rester discret.

Ben lui imposa le silence d'un geste, puis reporta son attention sur Annette.

— Et alors ?

— Je suis sortie au premier étage, là où M. Jerod a l'habitude de s'asseoir. Il y avait une grosse couverture bien chaude, alors je me suis installée dans un fauteuil et j'ai bu ma tisane. J'ai dû m'assoupir. Je me suis réveillée brusquement et j'ai vu…

Elle se couvrit le visage de ses mains et recula d'un pas, s'éloignant de Ben.

Liz s'avança vers elle et lui passa le bras autour des épaules. La pauvre jeune femme tremblait de tous ses membres. Avait-elle été témoin du meurtre ?

— Allons, allons, dit-elle d'un ton apaisant. Calmez-vous. Tout ira bien.

— Je croyais que c'était un cauchemar, murmura Annette, les yeux pleins de larmes. J'ai vu un homme qui descendait la colline avec une femme dans ses bras. Il faisait sombre et ils étaient loin. Je ne voyais pas très bien, mais ça m'a fait peur. On aurait dit un film d'épouvante.

— Personne ne va vous faire de mal, assura Liz en tirant un mouchoir froissé mais propre de sa poche pour sécher les larmes d'Annette. Vous êtes en sécurité ici.

— Le monstre l'emmenait vers la grange.

— Pouvez-vous le décrire ? demanda Liz.

Annette s'effondra contre elle et un flot de larmes jaillit de ses yeux.

— Je ne peux rien dire de plus. Je ne peux pas !

Pendant un long moment, la jeune femme traumatisée fut la proie de sanglots incontrôlables. Liz se contenta de la soutenir sans rien dire, le regard soudé à celui de Ben. En dépit de son attitude autoritaire, il semblait perturbé et beaucoup plus affecté par l'émotion d'Annette que Liz, dont la patience n'avait jamais été la principale qualité. Pour sa part, elle avait envie de secouer Annette comme un prunier pour qu'elle livre le reste de son histoire.

— Concentrez-vous, Annette, l'encouragea-t-elle. Racontez-nous la suite. Que portait cet homme ?

— Pardon, coupa Patricia froidement, mais pourquoi la bonne pose-t-elle toutes ces questions ? De quoi se mêle...

— Laisse-la tranquille, intervint Ben.

Liz le remercia d'un regard et réitéra sa question.

— Il était habillé tout en noir. Ou en bleu. Je crois qu'il portait un bonnet, hoqueta Annette, haletante. Au clair de lune, on aurait dit un géant.

— Ou un monstre, commenta Liz.

— C'était affreux. J'étais terrifiée.

— Vous l'avez reconnu ?

— Je ne suis pas sûre, murmura-t-elle en secouant la tête. Je ne peux pas en être sûre. Je vous en prie, ne me forcez pas à en dire davantage.

— Il le faut, insista Liz en la prenant par les bras pour lui faire face. La police voudra le savoir. Vous devrez le leur dire.

— Non, gémit-elle. Ce n'était qu'un cauchemar.

— Dites-nous tout, reprit Liz fermement. Qui avez-vous vu ? Qui était le monstre ?

Annette tendit le bras.

— C'était Ben.

93

9

Deux heures et demie plus tard, Ben était assis derrière le bureau en L de la bibliothèque du rez-de-chaussée. La pièce spacieuse, décorée dans des tons naturels et équipée d'un ordinateur, était d'ordinaire un endroit tranquille. Pas ce jour-là.

Deux avocats envoyés par la firme qui s'occupait de son divorce étaient assis côte à côte sur le canapé couleur cannelle, et discutaient avec Tony Lansing qui, perché sur le bord de son fauteuil, s'exprimait avec des gestes éloquents. Patricia et Monte faisaient les cent pas sur le tapis, ajoutant de temps à autre leur grain de sel au débat.

Le sujet principal était la manière d'aborder ce qui promettait d'être une enquête criminelle en vue, qui ne manquerait pas d'attirer l'attention des médias. La famille devait avant tout préparer une déclaration.

Ben n'écoutait pas. Ses doigts pianotaient machinalement sur le bureau, mais une seule pensée le préoccupait. Comment allait-il persuader Liz de lui faire confiance de nouveau ?

Quand Annette, au bord de l'hystérie, l'avait accusé d'avoir emporté le corps sans vie de Charlene dans la nuit comme un monstre dans un film d'horreur, il avait failli éclater de rire.

Puis il avait vu l'expression de Liz. La déception se lisait dans son regard. Il n'était guère difficile de deviner ce qu'elle pensait. Elle croyait qu'il avait délibérément retardé le moment d'avertir la police parce qu'il était un assassin.

Les deux détectives de l'antenne du FBI semblaient être parvenus à la même conclusion. Ils étaient arrivés à la propriété quelques minutes après le shérif. Après une brève discussion, ils avaient pris l'enquête en charge.

Pendant que l'équipe de l'identité judiciaire relevait des indices et procédait à l'enlèvement du corps, l'agent Lattimer avait interrogé le personnel et noté les noms et adresses de tous les invités présents la veille.

Au cours de son interrogatoire, Ben avait assumé toutes ses responsabilités, admettant avoir laissé les invités partir, dérangé la scène de crime potentielle qu'était la chambre de Charlene et retardé le moment d'informer les autorités de la disparition de la jeune femme. Il avait dit la vérité. Certes, il n'avait pas été respectueux des procédures. Mais il n'était pas un assassin.

La porte de la bibliothèque s'ouvrit. Rachel entra, sa silhouette corpulente éclipsant celle de Liz, qui portait un plateau chargé d'assiettes de sandwichs et de coupes de fruits.

Comme toujours, Liz semblait mal à l'aise dans son uniforme. Elle avait renoncé à fixer le bonnet amidonné sur ses cheveux blonds. Il garda les yeux rivés sur elle, mais elle évita studieusement son regard.

Après avoir déposé le plateau sur la table, elle s'approcha de lui et tira de sa poche un bout de papier plié qu'elle fit glisser sur le bureau.

Il déplia la note. L'écriture penchée suggérait que la missive avait été rédigée en hâte. Le contenu était bref.

« J'ai donné ma démission. Je retourne à Denver. Meilleurs vœux de rétablissement à Jerod.

Liz. »

Il ne voulait pas qu'elle s'en aille. Il avait besoin d'elle. Liz était son point de repère, son lien avec la réalité dans un monde qui lui semblait de plus en plus irréel. Sa franchise abrupte était précisément l'antidote qu'il lui fallait face au verbiage incessant des avocats.

— Attendez, dit-il en se levant.

La conversation s'interrompit. Rachel et Liz s'immobilisèrent près de la porte.

Ben contourna le bureau. Le moment était venu de mettre un terme à ces tergiversations sans fin.

— Patricia sera notre porte-parole.

— Moi ? fit celle-ci en battant des paupières. Je ne pourrais pas.

— Tu seras très bien.

D'ailleurs, elle avait déjà la tenue appropriée pour un deuil. La plupart de ses vêtements étaient noirs.

— Nous aurons besoin d'exprimer notre chagrin et notre souhait de collaborer avec les autorités.

Tony se leva.

— Je m'en occupe tout de suite.

— Non. Pas vous.

Ben n'avait pas oublié que l'avocat familial avait embrassé Charlene la veille au soir dans le couloir attenant à la cuisine.

— A vrai dire, je ne veux plus vous voir ici.

Tony redressa le menton et fronça les sourcils, s'efforçant d'arborer un air grave.

— Puis-je vous rappeler que ma société représente la famille Crawford depuis des décennies ?

— Ce n'est plus le cas.

— Avant de me renvoyer, souvenez-vous que je connais tous les squelettes cachés dans le placard familial. Et les conditions stipulées dans le nouveau testament de Jerod.

— La belle affaire ! ironisa Patricia. Nous savons tous que grand-père allait laisser le gros de sa fortune à Charlene. Il est évident que cela ne s'applique plus.

— Vous ne savez pas tout, déclara Tony avec un sourire supérieur. Il y a une clause dans le testament prévoyant le cas où Charlene décéderait avant Jerod. Une clause qui n'est pas de bon augure pour Ben.

Patricia traversa la pièce en quelques pas et alla se planter devant l'avocat.

— Charlene morte, la situation redevient la même qu'avant. Un partage égal entre Ben et moi.

— Pas du tout. La mort de Charlene signifie que sa part revient à… Natalie.

— La fille de Ben ?

La voix de Patricia tremblait. Elle était au bord des larmes.

— Mais c'est impossible. Ce n'est qu'une enfant.

Une des avocates de Ben, une jeune femme brune et mince aux cheveux retenus par un chignon, prit la parole.

— Cette information soulève des points importants. La garde de Natalie vaudra des millions.

— Pour la dernière fois, intervint Ben d'une voix lasse, je me moque de l'argent.

L'avocate brune émit un léger bruit désapprobateur.

— Lors d'une procédure de divorce, beaucoup de gens prennent des décisions qu'ils regrettent par la suite. C'est pourquoi vous nous avez engagés. Nous sommes là pour protéger vos intérêts.

— Et Tony a raison, ajouta sa collègue. Cette information joue en votre défaveur.

— Pourquoi ?

— Elle vous donne un mobile, expliqua la brunette. La mort de Charlene signifie que votre fille hérite d'une immense fortune.

— Que les choses soient bien claires.

Le regard de Ben se posa sur Liz, qui fronça les sourcils et fit mine de se concentrer sur ses chaussures.

— Je n'ai pas tué Charlene. Je n'ai pas touché à un seul de ses cheveux.

— Alors ? intervint Tony. Je suis toujours renvoyé ?

— Certainement pas, répondit Patricia en foudroyant son frère du regard. Mettez au point cette déclaration. Je veux être préparée.

Ben se dirigea vers la porte, prit Liz par le bras et l'entraîna dans le salon. Il traversa la pièce, et franchit les baies coulissantes qui menaient à l'extérieur, la tenant fermement malgré ses protestations.

— Lâche-moi !

— Je veux être sûr que tu ne vas pas t'enfuir.

— Lâche-moi, grogna-t-elle. Tout de suite.

Il se souvint de sa démonstration de karaté et obéit.

— Je refuse d'accepter ta démission.

Agacée, elle gagna la rambarde de la terrasse baignée de soleil. Il la rejoignit et s'accouda à la balustrade. Une brise légère agitait les herbes et les fleurs sauvages sur la pente qui descendait vers le lac, mais la sérénité du paysage était troublée par une camionnette garée à côté de la grange. Deux hommes en blouson sombre portant le logo du Colorado Bureau of Investigation gravissaient lentement la colline, les yeux rivés au sol.

— Qu'as-tu dit aux agents ? demanda-t-elle.
— La vérité. J'ai mentionné que tu souhaitais avertir les autorités dès que tu as constaté que Charlene n'avait pas dormi dans son lit.

Elle acquiesça.

— Ils n'étaient pas très contents que je ne l'aie pas fait.
— Je t'ai mise dans une situation délicate, admit-il. Et je m'en excuse.
— Ne t'inquiète pas pour ça.
— Quelqu'un doit s'inquiéter pour toi, Liz. Autant que ce soit moi.
— Je peux me débrouiller toute seule, merci, répondit-elle avec un sourire tendu. Comment va Jerod ?
— Les médecins lui font subir des tests. Nous ne saurons que demain si une opération est possible.

Il désigna d'un geste les deux fédéraux qui marchaient sur la colline, s'arrêtant de temps à autre pour prendre des photos.

— Que font-ils, à ton avis ?
— Ils cherchent le chemin que le monstre d'Annette a emprunté quand il portait Charlene. Ils pourraient trouver des indices. Des fibres ou des empreintes.

Un élément de plus qui leur permettrait de l'accuser du crime. Il allait de la maison à la grange au moins une fois par jour.

Il planta son regard dans celui de Liz.

— **Tu crois que je l'ai tuée ?**

— Je devrais le croire, répondit-elle. Tous les indices et tous les mobiles pointent dans ta direction.

Sa main se crispa sur la balustrade.

— Tu m'as manipulée. Tu m'as empêchée d'appeler la police, et persuadée de mentir à un mourant. Je n'ai absolument aucune raison de croire à ton innocence.

— Mais tu y crois quand même ?

Il attendit, osant à peine espérer. L'opinion de Liz comptait plus à ses yeux que celles des policiers et des avocats. Beaucoup plus.

— Je ne crois pas que tu l'aies tuée.

— Bien.

Pour la première fois depuis des heures, il se détendit quelque peu. Mais quand il avança la main vers elle, Liz se déroba.

— Je ne reste pas, Ben. J'ai donné ma démission. Je m'en vais.

Elle traversa rapidement la terrasse et s'engouffra dans le salon. Il la regarda disparaître à l'intérieur, se promettant que ce n'était pas la dernière fois qu'il voyait Liz Norton. Pour une raison qu'il était incapable de s'expliquer, elle était devenue importante à ses yeux. Il n'allait pas la laisser partir. Pas sans se battre.

Une journée entière s'était écoulée. Vingt-quatre longues heures. Liz avait dormi la plupart du temps. Ou plutôt, elle s'était tournée et retournée dans son lit, déchirée par des émotions contradictoires.

Elle gara sa vieille Toyota dans la rue, devant la villa à un étage qui appartenait à Victoria Crawford, et se tourna vers Harry, les sourcils froncés. Elle venait de passer une demi-heure à lui relater par le menu les événements qui avaient eu lieu dans la propriété des Crawford, et il n'avait pas dit un mot. Il était à demi allongé sur le siège passager et, derrière ses lunettes noires, ses yeux étaient sans doute fermés. Au moins, il ne ronflait pas.

— Nous y sommes, dit-elle.
— Jolie maison, non ?

Elle parcourut des yeux la pelouse luxuriante et le jardin bien entretenu, le toit en tuiles rouges et les élégantes grilles en fer forgé. Avant son séjour dans le palace des Crawford, elle aurait été impressionnée. A présent, elle avait une autre échelle de jugement.

— Oui, c'est mignon, admit-elle. Mais je ne comprends toujours pas ce que nous faisons ici.

Pour autant qu'elle puisse en juger, sa mission s'était soldée par un échec total. Elle n'avait pas trouvé de preuve confirmant que Ben consommait des drogues, elle avait été tout sauf discrète en tant que domestique, et elle s'était retrouvée au beau milieu d'une enquête criminelle.

De plus, bien qu'elle n'ait pas exactement menti aux enquêteurs, elle ne s'était pas non plus vantée de travailler pour un détective privé. Rachel l'avait suppliée de ne rien dire sauf si on lui posait directement la question, et Liz s'était conformée à son désir.

Elle n'avait rien dit à Ben non plus, et le regrettait amèrement. Elle l'avait accusé de lui avoir menti et de l'avoir manipulée alors qu'elle était tout aussi coupable. Peut-être davantage, même.

Pour leur part, les enquêteurs n'avaient pas cherché à en savoir plus long sur elle. Apparemment, elle ne figurait pas parmi les suspects. Elle n'était qu'une domestique. L'uniforme la rendait invisible — y compris des policiers.

— Nous sommes ici, répondit Harry, parce que Mme Crawford nous a donné une avance considérable, et que nous espérons qu'elle va continuer à nous payer.

— Mais je n'ai pas obtenu ce qu'elle voulait. Je n'ai…

— Laisse-moi lui parler, coupa-t-il en ouvrant la portière. Et tâche de ne pas lui montrer que tu es amoureuse de son ex-mari.

— Je ne le suis pas !

Il baissa ses lunettes noires et la regarda dans les yeux.

— Chaque fois que tu prononces son nom, tu commences à baver. Tu es folle de ce type.

— Pas du tout ! Je ne peux pas supporter les gens comme lui. Les types riches et arrogants qui s'imaginent que le monde est à leurs pieds. Il s'est entouré d'avocats avant même que les flics arrivent. Je déteste ça.

Il s'extirpa du véhicule avec un grognement.

— Pour une fois que tu te trouves un petit ami, il fallait que tu t'amouraches d'un suspect.

— Ben n'est pas mon petit ami ! protesta-t-elle en se hâtant derrière lui.

Victoria Crawford en personne vint leur ouvrir la porte. Mince et élancée, elle avait des cheveux bruns et soyeux qui lui arrivaient aux épaules, et semblait sortir tout droit d'un magazine de mode.

Elle observa Liz.

— D'après Rachel, vous ne faites pas une très bonne domestique.

— Non, madame, répondit Liz.

— Mais elle a dit que vous aviez d'autres qualités. J'ai cru comprendre que vous aviez interrompu une bagarre entre Ramon et Tony ?

— Oui, madame.

— Et que vous aviez apparemment accompli l'impossible, c'est-à-dire éveiller l'intérêt de Ben.

— Pas vraiment, marmonna Liz, gênée.

Que dire à cette ex-épouse ? Elle n'avait jamais joué le rôle de « l'autre femme » auparavant.

— Ne vous donnez pas la peine de nier, rétorqua Victoria en les conduisant dans un salon charmant, meublé d'antiquités. Je m'en moque. La seule chose qui m'intéresse chez Ben, c'est la taille de son portefeuille.

— A propos de portefeuille, intervint Harry en s'installant dans un fauteuil, quelle suite désirez-vous que nous donnions à notre enquête ?

— J'aimerais que Liz retourne chez les Crawford et reprenne son rôle.

Liz la dévisagea, stupéfaite.

— Dans quel but ?

— Eh bien, vous êtes détective, non ? Et maintenant, il y a un meurtre à élucider.

Elle redressa le menton.

— Je suis certaine que Ben est impliqué dans le meurtre de Charlene. Il la méprisait. Et on l'a vu emporter son corps jusqu'à son atelier. Il construit un bateau, n'est-ce pas ?

— Oui.

— Je n'ai jamais compris sa passion pour la menuiserie, fit Victoria d'un ton empreint de mépris. Il peut se permettre d'acheter un yacht luxueux et entièrement équipé. A quoi bon passer des heures à fabriquer un malheureux canot ?

Liz connaissait la réponse. Ben aimait travailler de ses mains, rêver de voyages sur l'océan tout en créant son propre bateau. Ses projets la touchaient, faisaient de lui un homme normal plutôt qu'un président-directeur général.

Victoria se tourna vers Harry.

— Je vous verserai le solde du contrat après que Ben aura été arrêté pour meurtre.

— Une seconde, protesta Liz.

Elle ne pouvait accepter ces conditions.

— Et s'il est innocent ?

— Liz a raison de soulever ce point, renchérit Harry. Il se peut que l'assassin soit quelqu'un d'autre.

— Dans cette éventualité improbable, j'honorerai notre contrat.

— Nous serons donc payés quoi qu'il arrive, résuma Harry.

— Exactement.

Victoria se leva et consulta sa montre.

— Je suis désolée de vous bousculer, mais le Dr Mancini sera ici d'une minute à l'autre. Natalie a un rhume et il a accepté de venir l'ausculter.

— Mancini ?

Harry fronça les sourcils.

— Le médecin qui soignait Jerod Crawford ?

— Le médecin de famille. Natalie l'aime bien.

Le regard de Victoria alla de l'un à l'autre.

— Nous sommes d'accord ?

Le plan répugnait à Liz.

— Pourquoi devrais-je faire semblant d'être une domestique ? protesta-t-elle. Si vous tenez à ce que je mène une enquête, pourquoi ne pourrais-je pas y aller en tant que détective privé ?

— Parce que vous en apprendrez beaucoup plus long

de cette manière. Si Ben sait que vous travaillez pour moi, il n'aura plus confiance en vous.

— Mais ce serait plus honnête.

Une lueur de colère brilla dans les yeux de Victoria.

— Je ne paie pas pour l'honnêteté. Je veux que Ben soit accusé de meurtre, de sorte que j'aie la garde exclusive de ma fille.

Et un contrôle total sur son héritage ? songea Liz à part elle.

L'entrevue lui avait laissé un goût amer à la bouche. Elle ne voulait pas travailler contre Ben. Elle l'aimait bien, et elle ne croyait pas qu'il soit un assassin.

A présent, il ne lui restait plus qu'à le prouver.

10

Seule dans son minuscule appartement, Liz contemplait la ruelle obscure et la lumière des lampadaires qui se reflétait sur l'asphalte du parking. La vue était bien différente de celle qu'elle avait contemplée avec Ben quelques heures plus tôt, lorsqu'ils se trouvaient sur la terrasse. Elle se remémora avec un pincement de regret les sommets enneigés, les forêts de sapins, les eaux scintillantes du lac au loin. Puis, avec un soupir, elle baissa les yeux sur les plantes vertes qui se mouraient sur le rebord de sa fenêtre.

Retourner chez les Crawford lui posait des problèmes d'éthique. Harry voulait qu'elle y aille, car il tenait au paiement promis par Victoria et ne voyait pas de mal à ce qu'elle poursuive l'enquête. D'après lui, elle n'avait qu'à continuer à jouer son rôle de domestique — mettre le couvert et épousseter les meubles en attendant que les enquêteurs fassent leur travail et arrêtent un coupable pour le meurtre de Charlene.

L'idée de se tourner les pouces ne lui plaisait guère, mais elle devait s'avouer que Harry avait sans doute raison. Elle devait s'armer de patience. Le vrai problème — celui qui lui nouait l'estomac — était qu'elle allait mentir à Ben.

Une fois de plus.

Elle foudroya du regard les plantes jaunies dans leurs pots en plastique. Cette faible tentative d'embellissement de son appartement était intervenue en plein hiver, à l'époque où les jours étaient courts et lugubres. Avec le retour du printemps et de la saison des examens, elle avait complètement oublié de les arroser.

Chez les Crawford, les pétunias des jardinières suspendues sur la terrasse de Jerod n'auraient jamais pu flétrir. Après avoir vu par elle-même comment vivait la minorité ultra-riche de la population, son quotidien semblait quelque peu restreint, mais aussi agréablement simple. Elle n'avait pas besoin de cuisinier, de chauffeur, de gouvernante ni de femmes de chambre. Et encore moins d'un avocat.

Elle était seule et sa vie lui plaisait.

S'emparant d'un sac poubelle, elle y jeta les plantes mortes. Voilà. Problème résolu.

Ensuite, elle se laissa tomber dans le gros fauteuil douillet — le seul vrai meuble du salon, où elle avait installé un énorme bureau, des étagères pleines de livres et une vieille chaîne hi-fi. Elle n'arrivait pas à se décider. Peut-être devait-elle dresser une liste des arguments pour et contre...

Quelques secondes plus tard, un calepin sur les genoux, elle griffonnait les raisons qui l'incitaient à ne pas retourner chez les Crawford.

Premièrement, elle faisait une piètre domestique.

Deuxièmement, c'était une question d'amour-propre. Elle était partie en claquant la porte quelques heures plus tôt à peine. Comment expliquer son revirement sans passer pour une idiote ?

Troisièmement, c'était dangereux. La propriété avait beau être somptueuse, un assassin rôdait dans les parages.

Quatrièmement, Ben.

Elle écrivit son nom deux fois, en le soulignant et en ajoutant une série de points d'exclamation à la fin.

Quand il ne se conduisait pas en chef d'entreprise autoritaire, il était fascinant, et elle adorait l'écouter parler de ses vols en solo et de sa passion pour la voile. Le dévouement dont il faisait preuve envers son grand-père était admirable.

De plus, il était sexy.

Très sexy.

Elle écrivit le mot, puis poussa un soupir. Il était insensé de s'imaginer qu'il puisse y avoir quelque chose entre eux. Les hommes comme Ben tombaient amoureux de femmes superbes, des top models dans le genre de son ex-femme.

Elle raya vigoureusement son nom, puis gribouilla par-dessus.

Un coup frappé à la porte la fit sursauter. Elle se leva en hâte et alla jeter un coup d'œil par le judas.

Ben. C'était impossible ! Que faisait-il là ? Comment avait-il eu son adresse ?

Il n'avait pas sonné à l'Interphone, mais ce n'était pas inhabituel. Des visiteurs entraient et sortaient fréquemment sans que personne ne se soucie de vérifier leur identité.

Il frappa de nouveau. Liz hésita. Elle pouvait faire semblant de ne pas être là, éviter d'affronter le problème. Mais elle n'était pas lâche.

Elle déverrouilla la porte et l'ouvrit en grand.

— Merci d'accepter de me voir, déclara Ben sans préambule.

— Parce que j'ai le choix ?
— Puis-je entrer ?

Elle jeta un coup d'œil par-dessus son épaule à son modeste appartement, et réprima l'envie de s'excuser. Elle n'avait pas besoin de son approbation.

— Je t'accorde cinq minutes.

Quand il franchit le seuil, il sembla emplir la pièce de son énergie. Depuis deux ans qu'elle habitait là, elle n'avait eu tout au plus que trois visiteurs de sexe masculin. Ben ne ressemblait à aucun d'entre eux. Etonnamment, il ne paraissait pas déplacé. Son complet coûtait sans doute plus qu'un semestre d'études à la faculté de droit, mais il était aussi froissé que les vêtements des clochards qui patrouillaient sa ruelle. Et son visage était las et tendu, témoignant du stress qu'il subissait.

Elle se percha sur la chaise pivotante de l'ordinateur et lui fit signe de prendre place dans le fauteuil. Il s'exécuta, remplissant parfaitement l'espace. Trop parfaitement.

— Qu'est-ce que tu veux ? Et comment as-tu su où j'habitais ?

— Tu es toujours aussi directe ? C'est Rachel qui m'a communiqué ton adresse.

Son sourire sembla illuminer l'appartement tout entier.

— Quand nous nous sommes rencontrés, tu m'as demandé qui m'aimait, reprit-il.

Moi, aurait-elle voulu crier. Mauvaise réponse. Elle était trop intelligente pour tomber amoureuse d'un homme qu'elle ne pourrait jamais avoir.

— Que fais-tu ici ? répéta-t-elle.

— Je veux que tu reviennes travailler pour moi, répondit-il. J'ai deux raisons. La première est Jerod. Je veux que tu joues le rôle de Charlene.

— Il ne sait toujours pas qu'elle est morte ? demanda-t-elle, stupéfaite. Mais tous les médias en ont parlé ! Patricia a l'air d'être vraiment en deuil dans sa robe noire.

— Elle porte bien les perles.

— Comment se fait-il que Jerod ne sache rien ?

— On l'a soumis à toute une série de tests. Le reste du temps, il a dormi.

Il se pencha vers elle. Une mèche de cheveux tomba sur son front, qu'il repoussa machinalement.

— Il est probable qu'il sera opéré demain. Et je ne veux pas qu'il apprenne cette tragédie juste avant de subir une intervention. Il faut qu'il ait une raison de vivre.

Liz n'approuvait pas, mais elle comprenait.

— Et la deuxième raison ?

— L'enquête. Il est possible que tu sois la seule personne au monde à croire en mon innocence.

Ses yeux bleus exprimaient une sincérité totale, dont Liz ne pouvait douter.

— La seule manière de me sortir de ce guêpier est d'élucider le crime moi-même, conclut-il. Et je voudrais que tu m'aides.

Elucider un crime ?

Un frisson d'excitation parcourut Liz. Depuis qu'elle travaillait pour Harry, elle n'avait jamais enquêté que sur des histoires de dettes ou d'adultère. La plus intéressante avait consisté à espionner un mari infidèle qui portait une fausse moustache quand il retrouvait sa maîtresse. Une vraie enquête criminelle était tentante.

Très tentante.

— Je te paierai, ajouta-t-il.

— Pas la peine.

Elle était déjà payée par Victoria, qui, comble de

l'ironie, désirait exactement la même chose que son ex-mari : retrouver l'assassin de Charlene.

Il se baissa et ramassa le calepin qu'elle avait laissé tomber sur le sol.

— Liste intéressante, commenta-t-il. Incompétence. Amour-propre. Danger. Et sexy ? On dirait l'intrigue d'un feuilleton.

Elle lui arracha le carnet des mains.

— C'est à moi !

— Quel mot as-tu raturé ?

— Ça ne te regarde pas, rétorqua Liz, rougissant malgré elle.

C'était inouï, tout de même ! Chaque fois qu'elle était avec lui, elle se mettait à rougir comme une collégienne.

Afin de se donner une contenance, elle feuilleta les pages du carnet et attrapa un stylo.

— Il nous faut faire une liste. Premièrement, qui a éteint les caméras de surveillance ? Et pourquoi ?

— Je suppose que c'est le début de l'enquête ? demanda-t-il prudemment. De notre enquête ?

— Je suppose.

Il se leva et s'avança vers elle. Posant les mains sur les accoudoirs de la chaise, il se pencha et appliqua un léger baiser sur son front.

Elle rougit de plus belle, et le repoussa pour cacher sa gêne.

— Ne me fais pas de sentiment. Je peux encore changer d'avis.

Il l'enveloppa d'un sourire où brillaient une chaleur et une gratitude impossibles à décrire par des mots.

— Tu as raison, Liz. Mettons-nous au travail. Prends ton calepin, et allons-y.

L'instant d'après, elle se hâtait de rassembler quelques vêtements dans un sac de sport. Sur le plan éthique, tout s'arrangeait.

Hormis un léger détail.

Elle était payée par son ex-femme.

Lorsque Liz avait joué le rôle de Charlene à l'hôpital, Ben avait été presque jaloux de l'attention qu'elle avait témoignée à son grand-père. Tour à tour espiègle et enjôleuse, elle avait taquiné Jerod, et lui avait volontiers donné un baiser.

Avec lui, c'était une tout autre histoire. Comme si elle ne voulait pas baisser sa garde.

A présent, ils roulaient vers l'ouest et les montagnes. Liz portait toujours la petite robe de soie rouge qu'elle avait mise pour incarner Charlene, mais elle avait enfilé une veste en jean par-dessus.

Elle fronçait les sourcils.

— Je pense toujours que j'aurais dû prendre ma propre voiture.

— Nous allons nous rendre à Denver chaque jour pour voir Jerod, dit-il. Tu pourras récupérer ta voiture demain. Je voulais qu'on fasse la route ensemble pour préparer notre stratégie.

— Je parie que tu es un chef d'entreprise efficace.

— C'est mon métier, dit-il sobrement.

— Bien. En ce cas, allons-y.

Elle se tortilla sur le siège passager, alluma la veilleuse et farfouilla sur la banquette arrière de la Mustang. Quand elle se rassit, elle avait le calepin entre les mains.

— Commençons par dresser une liste des suspects.

C'était évidemment la première chose à faire, songea

Ben. Enfin, il était avec quelqu'un prêt à passer à l'action. Après les soupçons, les sous-entendus, les accusations, il avait hâte de s'attaquer à une tâche concrète.

— L'arrêt des caméras de surveillance suggère que le meurtre de Charlene était prémédité.

— Ce qui exclut un crime passionnel, observa Liz.

— Par conséquent, Ramon a dû dire la vérité. Il voulait attirer Charlene dans son lit, mais elle l'a plaqué. Et il est parti.

— La queue entre les jambes, commenta Liz avec un petit rire sardonique. J'écris le nom de Ramon quand même. Il est suspect. Passons au troisième membre du trio.

— Tony Lansing.

Les soupçons que Ben nourrissait à l'égard de l'avocat s'étaient encore intensifiés lorsque ce dernier avait menacé de mettre à jour d'embarrassants secrets de famille.

— Est-il alcoolique ? s'enquit Liz en griffonnant son nom.

— Pas autant que je sache.

— L'autre soir, au dîner, il a bu trois vodkas et une bouteille de vin à lui seul. C'est le genre de chose qu'on remarque quand on tient un bar.

— S'il était ivre, ça expliquerait qu'il ait été assez stupide pour embrasser Charlene avec tous ces gens dans la maison.

— A moins qu'il n'ait bu pour se donner du courage, suggéra Liz. Parce qu'il savait qu'il allait revenir plus tard, éteindre les caméras de surveillance et commettre un meurtre.

Ben sortit de l'autoroute et accéléra pour s'engager sur la bretelle d'accès. Il n'était qu'un peu plus de 21 heures, mais il avait l'impression qu'il était minuit passé. La journée avait été infernale.

— Il n'a pas de mobile, objecta-t-il. Puisque le testament de Jerod laissait l'essentiel de ses biens à Charlene, Tony avait au contraire toutes les raisons d'essayer de la séduire dans l'espoir qu'elle soit veuve bientôt. Il n'avait aucun intérêt à la tuer.

— C'est juste, admit-elle en ajoutant une note sur le calepin. Ce serait peut-être une idée de lui parler quand même. Histoire de savoir où il se trouvait la nuit du meurtre.

— Pas de problème.

Tony avait insisté sur son importance en tant qu'avocat de la famille. Il lui incombait à présent d'assumer ses responsabilités. Ben composa son numéro sur son téléphone portable, et laissa un message lui demandant de le rappeler le plus vite possible.

— J'espère que ça va lui gâcher la soirée, marmonna-t-il après avoir coupé la communication.

— Ben, il y a quelque chose que je ne t'ai pas dit à propos de la nuit du meurtre, murmura Liz. Quand j'ai quitté le bar pour aller me coucher, j'avais le vertige, la tête me tournait, mes jambes ne me soutenaient plus. Et pourtant je n'avais pas bu une goutte d'alcool. Je suis presque sûre qu'on m'avait droguée.

Sidéré, il tourna la tête vers elle.

Aussitôt, il oublia le crime. Même dans la semi-pénombre de l'habitacle, elle était adorable. Il y avait chez elle quelque chose d'infiniment attachant. Peut-être sa manière de sourire. Ou les mèches rebelles de ses cheveux.

— Ben ? Tu m'écoutes ?

— Oui.

Il se reprit, s'exhortant à rester concentré.

— Mais pourquoi aurait-on voulu te droguer ?

— Je ne sais pas pourquoi, dit-elle avec un haussement d'épaules. Mais je sais comment ça s'est passé. Pendant l'altercation entre Patricia et Charlene, quelqu'un a pu mettre de la poudre dans mon verre.

— Si tu as été droguée, ça pourrait signifier que…

— Il n'y a pas de « si », coupa-t-elle sèchement. J'ai été droguée. C'est un fait. Je sais quel effet ça fait.

— Tu prends de la drogue ?

— Et toi ?

— C'est la deuxième fois que tu me poses cette question, rétorqua-t-il. Et c'est absurde. Est-ce que j'ai les pupilles dilatées ? Du mal à parler ? Est-ce que je te donne l'impression de ne pas avoir le contrôle de moi-même ?

— Ce serait compréhensible, dit-elle. Tu pourrais avoir besoin d'un petit quelque chose pour t'aider à gérer la pression. De temps en temps.

— La pression me stimule.

Diriger une société importante exigeait un esprit vif et un sens aigu des responsabilités. Il avait toujours aimé prendre des initiatives, même lorsqu'il était enfant, avant la mort de ses parents.

A cet égard, il ressemblait beaucoup à son grand-père. Plus que la richesse et le privilège, Jerod avait légué à Ben une capacité de vision, un sens de l'organisation et de la planification essentiels au succès.

— Revenons à nos suspects. Quand on t'a droguée, qui était présent ?

— Charlene, Ramon, Patricia et Monte.

— Ma sœur et son mari font partie des suspects.

Il lui déplaisait de l'admettre, mais c'était indéniable.
— Leur mobile est le testament.

Liz acquiesça.

— L'annonce du nouveau testament ne peut pas être une coïncidence. Charlene est morte quelques heures après qu'il a été signé.

— Si on adopte cette logique, la personne qui avait le plus intérêt à éliminer Charlene, c'est moi. Ma fille hérite de la part du lion.

Il s'engagea sur la route sinueuse qui menait à la maison. La nuit était tombée à présent. Tous les éléments l'accusaient.

— Tu n'es pas le seul, observa-t-elle. Il y a ton ex-épouse.

— Victoria ? Elle était à des lieues de la maison hier soir.

— Nous ne pouvons pas en être sûrs. La caméra de surveillance ne fonctionnait pas. Mais Victoria ne pouvait pas être la personne qu'Annette a vue porter le corps de Charlene.

Il n'en était pas si sûr. Victoria était grande et en excellente condition physique.

— Mets son nom sur la liste.

— Je demanderai à Annette ce soir si le « monstre » en question aurait pu être une femme, suggéra Liz. Sa chambre est voisine de la mienne.

Une fois de plus, Ben cessa de songer au meurtre, reportant son attention sur la femme assise à côté de lui. Puisqu'elle était censée être une employée de maison, elle logerait naturellement dans une chambre de service.

En son for intérieur, il avait espéré un arrangement différent. Il aurait aimé qu'elle soit plus proche de lui.

De préférence dans son lit.
Comme il négociait un virage en épingle à cheveux, un obstacle surgit dans le faisceau de ses phares.
Il écrasa la pédale de freins.

11

Ben ne put arrêter la voiture à temps.

Le pare-chocs heurta l'objet sur la route avec un bruit sourd. Ben enclencha la marche arrière, reculant avec précaution.

Les phares illuminèrent la carcasse d'un élan adulte, doté de bois impressionnants.

— Tu l'as tué ? demanda Liz du ton outré d'une fille de la ville qui s'imagine que tout animal possédant une fourrure et des sabots s'appelle Bambi.

— Non. L'impact n'a pas été assez violent.

Dans une collision de plein fouet entre la Mustang et un animal pesant trois cent cinquante kilos, la voiture aurait été une épave.

— Il était mort avant.

— Des chasseurs, dit-elle avec mépris.

— Ils ne devraient pas être là, répondit Ben. Cette zone est protégée, et d'ailleurs, la chasse est interdite jusqu'en septembre.

— Comment le sais-tu ?

— Je chasse.

— Quelle horreur !

Après sa démonstration de karaté, il ne s'était pas attendu à ce que Liz soit si sensible.

— Quoi ? Tu es végétarienne ?

— Je mange de la viande, mais seulement quand elle sort du magasin.

Légèrement agacé, Ben descendit de voiture et claqua la portière. L'énorme animal bloquait toute la voie, étroite à cet endroit-là. D'un côté, une forêt de pins. De l'autre, une falaise abrupte. S'ils parvenaient à déplacer un peu la carcasse, il pourrait peut-être se faufiler entre elle et la falaise.

Liz s'approcha de l'élan, et regarda ses grands yeux ouverts.

— Comment peut-on prendre plaisir à tuer une aussi belle créature ?

Ben ne répondit pas, songeur. La bête avait été abandonnée là, sans qu'aucun effort n'ait été fait pour le dépecer et emporter la viande. Elle n'avait pu tomber au beau milieu de la route. La carcasse avait été mise là exprès. Pour constituer un obstacle ?

A son intention ?

Il éprouva brusquement l'étrange sensation que quelqu'un se trouvait à proximité. Qu'on les observait.

C'était un piège.

— Remonte dans la voiture, Liz.

Elle se redressa, les poings sur les hanches.

— Tu vas avoir besoin de moi pour le bouger. Il doit peser une tonne.

Il n'avait pas le temps de discuter. Il s'avança vers elle.

Une balle heurta le sol avec un bruit mat à ses pieds. Aucune détonation n'avait retenti. Le tireur avait dû utiliser un silencieux.

Il plongea vers Liz, la poussant derrière la voiture. Il n'entendait pas les coups de feu, mais les impacts. Un projectile se ficha dans un tronc, projetant des fragments d'écorce en l'air. Un autre déchira une branche. Tout près. Trop près. Une nouvelle balle siffla à ses oreilles.

Liz ne se lamentait plus sur le sort de Bambi. Accroupie à côté de lui, elle avait retrouvé toute sa concentration.

— Une embuscade, murmura-t-elle, avant de jeter un coup d'œil par-dessus son épaule, en direction de la pente couverte de pins. A quelle distance sommes-nous de la maison ? Pouvons-nous tenter notre chance ?

Pas question, songea Ben. En courant à travers les arbres, ils offriraient une cible facile à un tireur équipé d'un appareil de vision nocturne. L'homme avait déjà raté son but trois fois. Ils ne pouvaient guère espérer que leur chance s'éternise.

— Mieux vaut reprendre la voiture.

— Peux-tu repartir par où nous sommes venus ?

— Faire marche arrière dans ces virages ?

Il secoua la tête.

— Nous irions trop lentement. Ce serait trop facile.

— En ce cas, nous devrons avancer. Peux-tu contourner l'élan ?

— J'en doute. Il faudra que je passe par-dessus, près de la falaise.

Elle acquiesça.

— Allons-y.

— Une fois dans la voiture, baisse-toi.

Il s'engouffra dans le véhicule, escaladant le siège passager pour prendre le volant. S'il avait pris le 4x4, plus haut sur roues, il aurait peut-être pu éviter d'écraser la carcasse. Avec la Mustang, il allait devoir compter sur les capacités d'accélération du moteur.

Il démarra en trombe. Les pneus passèrent sur le

train arrière de l'animal dans un bruit atroce d'os brisés. Momentanément hors de contrôle, la Mustang dérapa vers la falaise. D'un geste calme et précis, Ben ajusta la trajectoire d'un coup de volant.

La vitesse était son fort. Qu'il soit en bateau, en avion ou en voiture, il savait aller vite. Obéissant à son instinct, il accéléra, pied au plancher sur la route sinueuse.

Il n'entendit plus rien. Il n'y eut pas de nouvel impact. Pas de vitre volant en éclats. Ils étaient tirés d'affaire.

Liz se redressa légèrement, risquant un coup d'œil par-dessus le tableau de bord.

— Ça va ?
— Oui. Et toi ?
— Bien.

L'adrénaline courait dans ses veines, et son pouls battait à toute allure. Le soulagement d'avoir échappé au danger l'avait rasséréné. Ils avaient de la chance.

De plus, l'incident avait un autre aspect positif. Le fait que le meurtrier s'en prenne à lui devrait faire réfléchir les enquêteurs du FBI.

Le côté négatif était que quelqu'un voulait sa mort.

Danger.

Liz avait écrit le mot sur son calepin lorsqu'elle se demandait si oui ou non elle allait retourner à la propriété des Crawford. Mais elle ne s'était pas attendue à un piège, à un élan mort, ni à un tireur embusqué sur la colline. Quelqu'un avait essayé de tuer Ben.

Ou de les tuer tous les deux.

Un vestige de peur demeurait dans son inconscient, mais elle n'était pas vraiment effrayée tandis qu'ils négociaient à tombeau ouvert les virages de la route.

Ben dirigeait la Mustang avec l'aisance d'un coureur automobile.

— Tu conduis bien, murmura-t-elle.
— Merci.
— Tu as une idée de qui voudrait te tuer ?
— Pas la moindre.

Ils franchirent les grilles, et Liz regarda la vaste demeure en pierre et ses terrasses suspendues. Bien qu'illuminée par le clair de lune, elle semblait plongée dans l'ombre. La plupart des fenêtres étaient noires. Les lieux évoquaient une coquille vide, sinistre.

Jerod était parti.

Charlene était morte.

Seuls restaient Patricia, Monte, et le personnel. Tous semblaient s'être couchés de bonne heure.

Ben gara la Mustang près de la porte d'entrée, puis se pencha et posa la main sur son épaule. Le contact lui fit l'effet d'une décharge électrique, éveillant en elle un désir mêlé de tension.

— Liz, tu es sûre que ça va ?
— Je n'ai pas peur, affirma-t-elle. Je suis peut-être un peu choquée. Pendant quelques minutes, la situation a été plutôt effrayante.
— Si tu ne veux pas rester ici, je comprends, dit-il de sa voix grave. Je peux te faire raccompagner à Denver par un des policiers.
— Je ne vais pas partir, dit-elle en posant la main sur la sienne. Pas maintenant que les choses commencent à devenir intéressantes.

Il sourit, et une lueur d'excitation brilla dans ses yeux bleus. Ben était son âme sœur, songea-t-elle soudain —

un homme qui, comme elle, ne se laissait pas intimider par les menaces.

Ils étaient nés aux extrémités opposées de l'échelle sociale. Il était un homme d'affaires sûr de lui, elle gagnait péniblement sa vie en travaillant à mi-temps comme détective privé pour financer ses études. Il possédait une Mustang, et elle roulait dans une Toyota déglinguée. Les différences entre eux étaient légion. Et pourtant, au fond, ils s'accordaient parfaitement. L'un et l'autre aimaient les défis. L'un et l'autre étaient têtus, et prêts à en découdre si nécessaire.

Chassant ces réflexions troublantes, elle se dégagea et tendit la main vers la poignée.

— Concentrons-nous sur le meurtrier.
— Je vais avertir le FBI.

Une fois à l'intérieur, ils allumèrent les lumières et firent autant de bruit que possible. Liz suivit Ben dans le bureau, d'où il appela les agents fédéraux.

Rachel Frakes, enveloppée d'une robe de chambre bleu marine en flanelle, apparut soudain dans l'entrebâillement de la porte. Ses cheveux d'ordinaire peignés en arrière encadraient doucement ses joues, mais elle posa sur Liz un regard froid et dur.

— Que diable se passe-t-il ?
— Quelqu'un nous a tiré dessus en route, répondit Ben. Je voudrais que vous alliez vérifier que le cuisinier, le jardinier et le chauffeur sont là. Assurez-vous que personne ne manque à l'appel.
— Oui, monsieur.

Elle décocha un nouveau regard foudroyant à Liz avant de tourner les talons. Pour une femme aussi corpulente, elle avait un pas étonnamment léger, songea Liz.

Pendant que Ben parlait au téléphone, la jeune femme s'avança dans le couloir, envisageant vaguement d'aller jeter un coup d'œil dans la chambre de Patricia. Il était certes difficile d'imaginer cette mégère chic et tout de noir vêtue perchée sur une colline un fusil à la main, mais il en allait autrement pour son mari. D'ailleurs, d'après Annette, Monte était un tireur d'élite.

— Une seconde, intervint Ben. Où vas-tu ?

— Je me suis dit que j'irais voir ce que font Patricia et Monte, lança-t-elle par-dessus son épaule.

— Attends-moi. Je viens avec toi.

Comme elle s'attardait, elle crut distinguer une silhouette indistincte, presque spectrale, à l'autre bout du couloir. Qui était-ce ?

Intriguée, elle s'avança et reconnut Annette. Avec ses longs cheveux châtains coiffés en tresse et une chemise de nuit qui lui arrivait aux chevilles, celle-ci ressemblait à une héroïne du passé.

— Qu'est-ce que vous faites ici ? demanda Annette. Je croyais que vous étiez partie.

— J'ai changé d'avis.

— Vous ne savez pas ce que vous voulez.

Le moment était aussi bien choisi qu'un autre pour commencer à se conduire comme une vraie détective. Et Liz avait une foule de questions à poser à cette jeune femme qui prétendait avoir vu Ben porter le corps inerte de Charlene jusqu'à sa dernière demeure.

Elle lui adressa un sourire encourageant.

— Comment allez-vous, Annette ? Ces derniers jours ont été traumatisants pour vous.

— Pour ce que ça vous intéresse !

La lèvre inférieure d'Annette esquissa une moue, mais

Liz ne se démonta pas pour autant. Elle avait besoin d'obtenir sa confiance.

— Vous avez dû être terrorisée en voyant ce monstre.
— Oui.

Fronçant les sourcils, elle s'enveloppa de ses bras. Son évidente hostilité laissait Liz perplexe. Annette n'avait aucune raison de lui en vouloir.

— Vous étiez toute seule sur la terrasse, reprit-elle. Pourquoi n'avez-vous pas appelé à l'aide ?
— Comment pouvais-je savoir que Charlene était morte ? Je pensais que c'était un jeu. Vous savez, un jeu sexuel.

Liz jeta un coup d'œil par-dessus son épaule et baissa la voix.

— Vous croyez que Ben fait ce genre de choses ?
— Vous êtes mieux placée que moi pour le savoir, non ?
— Moi ?
— Je vous ai vus tous les deux, en train de faire des messes basses, d'échanger des signes de connivence, fit-elle d'un ton accusateur. Mais croyez-moi, Ben ne va pas tomber amoureux d'une fille comme vous. Ben a de la classe.

Chaque fois qu'elle prononçait son nom, elle exhalait un petit soupir plaintif. Apparemment, Annette avait un faible pour le maître des lieux. Même si c'était un meurtrier.

— Il n'y a rien entre…, commença Liz.
— Ne dites pas de mensonges. Vous essayez de le séduire. C'est pour ça que vous êtes revenue, hein ? Pour être sa maîtresse !

Liz la dévisagea, sidérée. La maîtresse de Ben ? Etait-ce l'opinion du personnel ? Qu'elle couchait avec le propriétaire, qu'elle avait usé de ruses féminines pour séduire un millionnaire ? Ha ! Sa mère aurait été fière !

— Annette, je ne couche pas avec Ben.

— Pourquoi s'intéresserait-il à vous sinon ? Vous n'êtes pas spécialement jolie, vous savez.

— Merci.

Cette innocente jeune femme avait décidément un côté un peu mégère.

— Je ne vous dis pas ça par méchanceté. Mais regardez vos cheveux. Quel désastre !

— Je ne me soucie guère de mon apparence, commenta Liz. Et je ne couche pas avec des hommes que je ne connais que depuis quelques heures. Et vous ?

— Certainement pas.

De nouveau, Annette fit une moue qui creusa les rides autour de ses yeux et aux commissures de ses lèvres. Elle avait beau se comporter comme une collégienne, elle était peut-être plus âgée que Liz ne l'avait cru tout d'abord.

— Depuis combien de temps travaillez-vous ici ?

— Je suis chez les Crawford depuis presque un an. C'est mon premier poste d'employée de maison.

— Ça vous plaît ?

— Parfois. Avant, je travaillais à l'hôpital. Le Dr Mancini me dit toujours que je devrais reprendre mes études et devenir infirmière.

— Vous feriez une excellente infirmière, assura Liz, ne ménageant pas ses compliments. Je vous ai vue travailler. Vous êtes précise et méticuleuse.

Annette esquissa un petit sourire qui ressemblait à une grimace.

— Vous êtes sûr que vous n'avez pas couché avec Ben ?

— Pas que je m'en souvienne, et je m'en souviendrais. Il est très bel homme, n'est-ce pas ?

— Oh, oui, soupira la jeune femme.

Espérant obtenir les confidences d'Annette, Liz lui offrit d'autres informations.

— Quelqu'un lui en veut. Un tireur embusqué nous a pris pour cibles sur la route.

— Non ! Racontez-moi...

A ce moment précis, Ben sortit dans le couloir.

— L'agent Lattimer arrive avec une équipe de l'identité judiciaire.

Il salua Annette d'un signe de tête.

— Nous vous avons réveillée ?

— J'étais déjà debout.

— Vous semblez beaucoup vous promener la nuit.

— Je souffre d'insomnie.

Rouge comme une pivoine, elle triturait nerveusement les plis de sa chemise de nuit.

— Liz dit que quelqu'un a essayé de vous tuer, reprit-elle d'une voix émue.

— Oui.

Le ton de Ben était bref, son attitude indifférente, mais Liz ne pouvait guère lui en vouloir d'être froid envers Annette. Après tout, c'était en grande partie le curieux témoignage de la jeune femme qui avait fait de lui un suspect.

— Je vais réveiller Patricia et Monte, dit-il en s'adressant à Liz. Je veux qu'ils soient présents quand les agents arriveront.

Elle acquiesça.

— Et j'aurai besoin de faire une déposition.

— Dois-je rester debout ? demanda Annette dans un murmure.

— Comme vous voudrez, lança Ben sans même lui accorder un regard.

Apparemment, il n'appréciait guère qu'elle se pâme devant lui. Liz éprouva un élan de pitié pour la malheureuse Annette et la prit par le bras.

— Montons ensemble. Il faut que je dépose mes affaires.

Au deuxième étage, Liz ouvrit la porte de sa petite chambre et jeta son sac sur le lit. Annette s'arrêta sur le seuil, la main sur la poignée en cuivre.

— Ben est fâché contre moi, n'est-ce pas ?

Liz avait tendance à penser que Ben ne se souciait pas suffisamment d'Annette pour être fâché, triste ou quoi que ce soit d'autre, mais elle s'abstint de tout commentaire.

— Vous voulez parler un peu ?

— D'accord, acquiesça-t-elle. Je voudrais que vous me racontiez ce qui s'est passé avec le tireur.

Elle poussa sa propre porte et invita Liz à l'intérieur. La pièce était étincelante de propreté. Suspendus aux poutres par des fils invisibles, des bibelots en forme d'étoiles scintillaient gaiement. Des figurines de verre, dont certaines représentaient des princesses, étaient alignées sur la commode en pin. Une affiche encadrée de *La Belle et la Bête* occupait tout un pan de mur.

On aurait dit une chambre de petite fille, songea Liz, réprimant sa surprise.

Annette se laissa tomber sur son duvet bleu ciel, un grand sourire aux lèvres. Voyait-elle Ben en Prince charmant ? L'avait-elle traité de monstre parce qu'elle essayait désespérément d'attirer son attention ?

— Dites-moi ce qui s'est passé.

Liz décrivit l'élan qui bloquait la route et la scène qui s'était ensuivie. Annette ne tarda pas à ajouter ses propres embellissements, inventant divers détails qui faisaient apparaître Ben sous les traits d'un héros.

— Il est si courageux, s'extasia Annette. Et toujours gentil avec moi. Pas comme Patricia.

— C'est pour cela que j'ai du mal à croire qu'il puisse être mêlé au meurtre de Charlene. Vous êtes vraiment sûre de l'avoir vu porter son corps ?

Annette parcourut la pièce des yeux, laissant son regard s'attarder sur les figurines de verre.

— Charlene était horrible, affirma-t-elle. Ben la détestait.

— Vous n'avez pas répondu à ma question.

— J'ai dit aux détectives que je croyais que c'était Ben. J'ai pu me tromper.

Une déclaration ambiguë, à tout le moins, songea Liz. Annette avait pointé le doigt vers Ben tout en se donnant une marge d'erreur. Etait-elle si habile, ou quelqu'un lui avait-il dit ce qu'elle devait dire ?

Liz se leva.

— Je devrais aller faire ma déposition. Merci de m'avoir invitée chez vous.

Annette jouait avec sa longue tresse.

— Vous êtes plus gentille que je ne le croyais.

En sortant, Liz baissa les yeux sur les figurines de la commode. Parmi elles se trouvait une broche en forme de fleur qui étincelait de mille feux. S'agissait-il de vrais diamants ? De rubis ?

Elle tendit la main vers le bijou.

— C'est joli. On dirait presque…

Annette se rua sur elle et lui arracha la broche des mains.

— Ne touchez pas à ça ! Et allez-vous-en ! Allez-vous-en tout de suite !

12

Debout dans la cuisine, une tasse de café à la main, Ben résuma brièvement les derniers événements à Patricia et à Monte. Sa voix était calme, son récit aussi simple que possible. Il observa avec attention les réactions de sa sœur, espérant qu'elle n'avait rien à voir avec l'incident.

— Strictement parlant, la route ne nous appartient pas, dit-elle. Nous ne pouvons pas vraiment porter plainte pour braconnage.

— Je me fiche de l'élan, rétorqua-t-il, légèrement irrité. C'était une tentative de meurtre.

— Oh, Ben. Ne sois pas si dramatique !

Elle porta sa tasse à ses lèvres. En pyjama, les cheveux encore humides après sa douche, elle ne donnait pas l'impression d'avoir traversé la forêt au pas de course.

En revanche, Monte était vêtu d'un jean et d'un pull. Ben doutait qu'il ait eu le temps de rentrer si vite à la maison après les avoir agressés, mais il ne pouvait en être certain.

— Quelqu'un a essayé de me tuer, répéta-t-il.

— En es-tu sûr ? demanda Patricia, arquant les sourcils. Ta Mustang est-elle criblée de balles ?

— Pourquoi diable irais-je inventer une chose pareille ?

— C'est tellement évident.

Elle échangea un regard avec Monte, qui, assis à la table de cuisine, grignotait des cookies tout en consultant les messages sur son téléphone portable.

— Que veux-tu dire ?

— Tu essaies de faire diversion. Tu veux donner l'impression que quelqu'un d'autre a tué Charlene.

— Je n'ai pas besoin de faire diversion, rétorqua Ben, s'efforçant de rester calme. Je suis innocent.

Liz les rejoignit dans la cuisine, son calepin à la main.

— J'étais dans la voiture avec Ben, dit-elle en se servant une tasse de café. J'ai été témoin de l'attaque.

— Oh ? fit Patricia, les lèvres pincées. Et pourquoi devrais-je croire la nouvelle petite amie de Ben ?

— Je ne suis pas sa petite amie.

— En ce cas, que faites-vous ici ? Vous êtes totalement incompétente en tant que domestique.

— Je suis sa secrétaire particulière, dit Liz. Je vais aider Ben à régler les détails concernant les affaires familiales. Et peut-être à élucider le meurtre aussi.

— C'est exact, confirma Ben. Elle travaille pour moi.

Il n'avait jamais eu l'intention d'engager Liz comme secrétaire. Il n'était pas allé chez elle la supplier de revenir parce qu'elle faisait une bonne employée. D'un autre côté, elle était intelligente, et elle croyait en son innocence. Avec son assistance, il pourrait peut-être se tirer de ce mauvais pas sans être accusé de meurtre.

— Voilà une promotion rapide, ironisa Patricia. J'espère qu'il vous paie bien.

— En effet, riposta Liz. Et je le mérite.

— Peut-être qu'à vous deux, vous pourrez éclairer ma lanterne concernant ce mystérieux tireur. Pourquoi voudrait-on tuer Ben ?

— A cause du testament, expliqua Liz.

Patricia recula d'un pas, l'air moins sûre d'elle, tout à coup.

— Que savez-vous au sujet du testament ? En connaissez-vous la teneur ?

— Et toi ? coupa Ben.

Elle pinça les lèvres, et il devina qu'elle s'apprêtait à mentir. Elle tendit la main vers un gâteau, preuve qu'elle se sentait mal à l'aise. Patricia ne grignotait jamais entre les repas.

— Non.

Monte se pencha vers elle, lui montrant l'écran du téléphone portable qu'il tenait à la main.

— C'est une offre intéressante.

Elle secoua la tête.

— Nous pouvons faire mieux.

— Que faites-vous ? demanda Ben.

— Nous contactons des agents qui peuvent vendre notre récit personnel du meurtre, expliqua Monte d'un ton supérieur. Et peut-être nous obtenir un contrat pour un livre. Ou même un film.

Ben leva les yeux au ciel.

— Génial. Vraiment génial.

— Ils paient bien, reprit Monte. L'un d'eux nous a appelés après avoir vu Patricia à la télévision l'autre soir. Elle est photogénique. Il est même question de lui confier sa propre émission.

Ben secoua la tête, atterré.

— Qu'y a-t-il, Ben ? Tu es jaloux parce que c'est à moi qu'on s'intéresse ?

— Bon sang, Patricia ! Le moment est mal choisi pour régler tes comptes.

Il avait souvent été déçu par sa sœur, mais jamais à ce point. Patricia avait eu quantité d'opportunités de travailler dans la société familiale. Elle aurait pu se forger sa propre carrière. Jamais elle n'avait voulu se donner la peine d'apprendre.

Et voilà qu'elle voulait faire fortune par le biais de la célébrité. Vendre l'histoire de la famille au plus offrant.

Ben prit l'assiette de cookies et se dirigea vers la porte.

— Remets une couche de rouge à lèvres, Patricia. L'agent Lattimer ne va pas tarder.

Liz le suivit dans le bureau, et il referma la porte derrière eux. Encore exaspéré, il posa son café sur la table et croqua dans un biscuit. Comment Patricia et lui pouvaient-ils être issus du même sang ? Elle ne lui avait même pas demandé s'il était indemne après l'agression. Et n'avait pas une seule fois pris des nouvelles de Jerod.

— Ne lui en veux pas trop, murmura Liz. Jerod m'a dit qu'elle avait eu beaucoup de mal à surmonter la mort de vos parents.

— C'est une adulte, à présent, répondit Ben d'un ton sombre. On ne peut pas blâmer indéfiniment les tragédies passées.

— En ce cas, concentrons-nous sur le présent, suggéra Liz. Il me semble qu'elle mentait quand elle a dit ne pas savoir ce qu'il y avait dans le testament.

— Elle a sûrement persuadé Tony de le lui dire.

— Mais je ne crois pas qu'elle veuille te tuer.

— Pas en tirant sur moi. Il est plus probable qu'elle essaiera de me détruire en livrant ma vie en pâture aux médias.

— As-tu tant de secrets coupables ?

— Rien dont j'ai honte. J'ai eu ma part de désastres, comme tout le monde. Et puis, il y a mon mariage raté.

Il soupira en songeant à la manière dont Victoria l'avait manipulé. Ce n'était pas le genre de choses qu'il voulait voir relaté dans les gros titres.

— Je n'aime pas laver mon linge sale en public.

— Je comprends. Tu es quelqu'un de réservé.

Liz était perchée sur le bord du bureau, les jambes dans le vide. Ses baskets semblaient adorablement petites, presque délicates. Elle avait retiré la robe rouge et enfilé un T-shirt marron à manches longues qui dissimulait ses formes, mais elle était toujours jolie à croquer.

— Et toi ? Tu es ma secrétaire particulière, à présent ?

— Cela semblait approprié, répondit-elle sans s'excuser.

— Tu n'es plus obligée de porter l'uniforme.

— C'est un bonus, évidemment, admit-elle avec un sourire qui eut définitivement raison de la colère qu'il ressentait.

— T'engager sera peut-être la meilleure décision de ma vie.

— Nous avons du pain sur la planche. Tu devrais commencer par embaucher un garde du corps.

— Ça ne me dit rien.

— On a essayé de te tuer, Ben. Et ce tireur était sans doute un professionnel !

Il était parvenu à la même conclusion, mais il avait envie de voir si Liz avait suivi le même raisonnement que lui.

— Pourquoi dis-tu ça ?

— A moins qu'il n'y ait une épidémie de folie meurtrière, il n'y a qu'un seul coupable. Celui qui a tué Charlene est aussi celui qui t'a attaqué.

— Ce qui nous ramène à la liste des suspects.

Liz consulta son calepin et lut les noms qui y figuraient.

— Patricia, Monte, Tony Lansing, Ramon et Victoria.

Victoria.

Pour autant qu'il pût en juger, la seule chose positive que cette mégère ait fait dans la vie avait été de donner naissance à Natalie. Elle l'avait volé, trompé. Elle était cupide, méchante et manipulatrice. C'était une vipère. Une créature infernale.

— Je hais cette femme, murmura-t-il.

— Hhmm. Je vois mal une de ces personnes se salir les mains en tirant un cadavre d'élan sur la route, murmura Liz. Mais ils ont tous assez d'argent pour engager un tueur.

— C'est vrai.

— Et tu as les moyens de payer pour garantir ta sécurité.

— C'est vrai aussi.

D'autant plus que Natalie devait venir passer le week-end à la propriété. Il devait absolument faire en sorte qu'elle ne coure aucun danger.

Liz baissa les yeux sur son calepin, fronçant les sourcils.

— Cette liste de suspects est un peu succincte. Qui avons-nous oublié ?

— Tous les amis de Charlene qui étaient invités à la soirée. Il pourrait y avoir toutes sortes de rancunes que nous ignorons.

— Qui d'autre ? Ne pensons pas au mobile pour l'instant. Donne-moi les noms de tous ceux qui ont eu des contacts avec Charlene.

Il but une gorgée de café, songeur.

Entreprendre une enquête — parallèlement à l'enquête

officielle — n'était finalement guère différent de la gestion d'une entreprise. Chaque détail devait être pris en considération.

— Il y a le personnel, évidemment. Et les infirmiers de Jerod. Je ne me souviens pas des noms de tous, mais ils ont pu connaître Charlene. Et il y a le Dr Mancini.

— Depuis combien de temps est-il le médecin de famille ?

— Une vingtaine d'années. Mais il n'est devenu un ami de la famille qu'il y a dix ans environ. Il a commencé à venir quotidiennement quand ma grand-mère était malade.

— Il a dit à Annette qu'elle pourrait faire une bonne infirmière.

A la mention de la jeune femme, Ben fronça les sourcils.

— Comment a-t-elle pu se mettre en tête que c'était moi qui portais le corps de Charlene ?

— Elle voulait peut-être attirer ton attention, suggéra Liz. Elle a le béguin pour toi.

— Curieuse manière de manifester son affection.

— Certes, admit Liz. Mais je lui ai parlé dans sa chambre. L'as-tu vue ? On dirait la chambre d'une collégienne. Elle se prend pour une princesse. Et tu es son Prince charmant.

— Super.

Liz sauta à terre et alla chercher un cookie.

— Il y a peut-être une autre raison pour laquelle elle a raconté cette histoire de monstre. Parmi les figurines d'Annette, il y avait une broche en forme de fleur. Je suis loin d'être une experte en bijoux, mais j'ai eu l'impression que c'étaient de vrais diamants et de vrais rubis.

— Un pot-de-vin, murmura-t-il. Tu crois que l'assassin le lui a donné pour qu'elle m'accuse ?

— A moins qu'elle n'ait vu l'assassin et qu'il n'ait acheté son silence.

Si tel était le cas, Annette était en danger.

— Il faut que je lui parle.

— Sois doux avec elle, conseilla Liz.

Il n'y avait qu'une seule femme avec qui il avait envie d'être doux, songea Ben. Doux et tendre.

Et c'était Liz.

13

Il était minuit passé lorsque Liz se glissa enfin entre les draps de son petit lit. Elle se tortilla dans sa chemise de nuit à pois, cherchant une position confortable. Non que cela ait de l'importance. Elle était assez fatiguée pour dormir debout. Fatiguée… et étrangement heureuse.

Enfin, on la prenait au sérieux. Pendant le plus clair de sa vie, elle avait été une petite blonde d'apparence négligée, ignorée de tous. Sauf à l'école de karaté du Dragon, où sa ceinture noire lui valait un respect immédiat. Le reste du temps, elle ne comptait pas.

En tant qu'assistante de Ben Crawford, c'était différent. Lattimer l'avait traitée avec une certaine considération en prenant sa déposition. Il l'avait invitée à inspecter la Mustang avec Ben. Curieusement, il n'y avait aucun impact de balle sur la carrosserie. Hormis les poils d'élan collés aux roues, la voiture ne semblait pas avoir subi de dégâts.

L'équipe de l'identité judiciaire était allée enquêter sur les lieux de l'incident, et Lattimer avait promis de revenir le lendemain afin de les informer des résultats.

Liz roula sur le dos, songeant aux questions qu'elle devrait lui poser. L'autopsie de Charlene avait-elle apporté des éléments nouveaux ? Donnait-elle un alibi à certains des suspects ? Elle avait du mal à croire que les policiers se montrent si prêts à coopérer. D'ordinaire, ils préféraient rester discrets. Sans doute les relations de Ben avaient-elles joué un rôle. Suspect ou non, on le traitait avec déférence. La fortune comportait ses privilèges.

Elle ferma les yeux, sachant qu'elle devait dormir, mais elle était trop excitée par les événements de la journée.

Elle aimait être un vrai détective, chercher un meurtrier, considérer des mobiles, rassembler des indices. Enquêter stimulait son cerveau. C'était infiniment plus drôle que de poursuivre des études de droit. Peut-être devrait-elle envisager de changer de carrière ?

Ou peut-être devrait-elle continuer à être la secrétaire de Ben. Elle se souvint de son expression stupéfaite lorsqu'elle avait annoncé son nouveau titre. Elle avait eu plaisir à le prendre au dépourvu, à troubler son calme impassible d'homme d'affaires.

Quand elle pensait à lui, son corps semblait s'éveiller tout entier. Parfois, lorsqu'elle le regardait, un courant électrique la traversait des pieds à la tête. Et quand il la touchait... l'attraction magnétique entre eux devenait de plus en plus intense, de plus en plus irrésistible.

Tout le monde semblait persuadé qu'ils avaient une liaison. Peut-être devrait-elle leur donner raison.

Un petit bruit dans le couloir interrompit brusquement ses rêveries. C'était comme si on grattait à sa porte. Y avait-il quelqu'un ?

Le cœur battant, elle tendit l'oreille, et perçut une sorte de frottement.

En temps normal, elle se serait retournée et endormie. Mais rien dans cette maison n'était normal. L'assassin pouvait rôder dans le couloir. La sérénité de Liz se mua en humeur plus sombre. Rien de tel qu'une menace pour ramener les gens à la réalité.

Elle se glissa à bas du lit et gagna la porte. Sans faire de bruit, elle tourna la poignée et jeta un coup d'œil dans le passage faiblement éclairé. Un bruit de pas dans l'escalier acheva de la décider. Elle enfila ses mocassins et partit dans la même direction.

La personne qui descendait les marches ne faisait aucun effort pour être discrète. Liz régla son allure sur la sienne, noyant le bruit de ses pas. Au pied de l'escalier, elle aperçut une longue chemise de nuit.

Annette se promenait de nouveau.

Dissimulée dans un recoin sombre, Liz observa la bonne qui s'affairait dans la cuisine en chantonnant, ouvrant placards et tiroirs. Elle n'avait pas allumé le plafonnier, mais le clair de lune suffisait à illuminer la pièce.

Que diable faisait-elle donc ?

Cette femme semblait mener une étrange double vie. Le jour, elle s'acquittait de ses devoirs de domestique avec une efficacité invisible et silencieuse. La nuit, elle adoptait une nouvelle identité. Son fredonnement était entrecoupé de bribes de monologue. Une fois ou deux, Liz distingua le nom de Ben.

Annette sortit les verres en cristal et le service de table en porcelaine de Chine, puis se mit à faire la navette entre la cuisine et la salle à manger. Elle disposa deux couverts, l'un à chaque extrémité de la longue table. Elle était si absorbée par ses activités qu'elle ne remarqua pas Liz qui traversait le couloir, changeant de place pour avoir une meilleure vue de la salle à manger.

Une fois les couverts installés, Annette contempla son œuvre avec un sourire satisfait. Tenant les plis de sa chemise de nuit en coton entre le pouce et l'index comme s'il s'agissait d'une robe de soie, elle s'assit cérémonieusement à la tête de la table, puis leva son verre en souriant gracieusement à des invités non-existants. Dans le reflet du clair de lune, son visage semblait exalté, radieux.

Ses lèvres remuèrent, mais Liz ne distingua aucun son. La pauvre Annette était prisonnière de l'univers qu'elle s'était inventé. Elle désirait si ardemment ce mode de vie qu'elle éprouvait le besoin de se conduire comme la princesse qu'elle rêvait d'être.

Liz la regardait, submergée par la compassion. Elle avait connu quantité de femmes — dont sa mère — qui avaient sacrifié leur estime d'elles-mêmes à la poursuite d'un rêve impossible. Le spectacle d'Annette lui brisait le cœur.

Celle-ci plongea la main dans sa poche, en tira la broche en diamants et l'épingla sur sa chemise de nuit.

Brusquement, son humeur changea du tout au tout. Elle se couvrit le visage de ses mains, les épaules secouées par des sanglots.

Liz hésita. Devait-elle sortir de l'ombre et tenter de lui apporter quelque réconfort ? Révéler sa présence risquait de perturber encore davantage la jeune femme.

— Allez tous au diable, s'écria soudain Annette en bondissant sur ses pieds. Surtout toi, Ben.

Puis elle s'enfuit en courant vers l'escalier.

Prise de frissons, Liz s'enveloppa de ses bras. Elle avait beau éprouver de la compassion pour Annette, elle ne pouvait s'empêcher de penser que la jeune femme souffrait de troubles sérieux du comportement. Peut-être même était-elle dangereuse...

Elle entendit quelqu'un s'approcher, venant de l'escalier

principal. La lumière jaillit brusquement dans la salle à manger. Ben apparut, vêtu d'un jean et d'un T-shirt.

— Liz?

— Bonsoir, dit-elle d'une voix qui tremblait légèrement.

Il désigna les couverts d'un air perplexe.

— Que fais-tu?

Elle jeta un coup d'œil par-dessus son épaule en direction de la cuisine, espérant qu'Annette avait réintégré sa chambre et fermé la porte. Dire la vérité à Ben lui semblait être une sorte de trahison.

— Que se passe-t-il? insista Ben.

— J'ai entendu du bruit dans le couloir et j'ai vu Annette descendre, expliqua-t-elle. Je l'ai suivie jusqu'ici. Elle a mis le couvert.

Liz marqua une pause, ne sachant comment continuer.

— C'était comme si elle était l'hôtesse de quelque dîner.

— Je ne comprends pas. Elle est folle ou quoi?

Liz ramassa une des assiettes.

— Si nous rangions tout ça?

Ben commença à les empiler, mais Liz l'arrêta d'un geste.

— Prend-les une par une. Rachel m'a dit de faire très attention avec ces pièces inestimables.

— Et mieux vaut ne pas se mettre Rachel à dos, fit-il avec un sourire.

Il prit une assiette dans chaque main et suivit Liz dans la cuisine.

— Je commence à me lasser de ces sorties nocturnes d'Annette. Il faut que cela cesse.

— Que vas-tu faire?

— La renvoyer.

Liz pivota sur ses talons et regagna la salle à manger sans rien dire. Elle ne voulait pas qu'Annette soit chassée à cause d'elle.

De retour dans la cuisine, elle fit face à Ben.

— La renvoyer serait excessif. Elle jouait à un petit jeu, rien de plus. Comme une petite fille avec ses poupées. Ce n'est pas dangereux.

— Possible, mais elle est malade. Je ne gère pas un hôpital psychiatrique.

— Essaie de la comprendre. Elle rêve d'être une princesse. De se faire servir. De porter des bijoux fabuleux. De s'asseoir à table à côté de toi, son Prince charmant.

— Bien. Elle peut poser sa candidature à Disneyland.

Le gouffre qui séparait Ben et Annette n'avait jamais été aussi béant, songea Liz. Ben possédait le pouvoir, l'argent, le prestige. Il était le patron. Les gens comme Annette et elle n'étaient que des employés insignifiants — dont l'unique but était de lui faciliter la vie.

Quelques instants plus tôt, blottie dans son lit, Liz s'était sentie contente d'elle. Contente de Ben. Maintenant, elle pouvait à peine supporter de regarder son visage si séduisant. Il était tout le contraire d'un Prince charmant! Son arrogance lui était odieuse. Et elle bouillait de colère.

Elle se sentit rougir de nouveau, de rage et de rancune cette fois.

— Comment pourrais-tu comprendre ? lança-t-elle en le foudroyant du regard. Tu n'as jamais dû te donner du mal pour joindre les deux bouts. Tu as toujours été riche!

— J'ai occupé tous les postes de la société, figure-toi. J'ai commencé comme ouvrier dans les champs de pétrole.

— Mais ce n'était qu'une petite aventure pour toi. Tu pouvais retourner dans ton monde de luxe à tout moment. Ton cuisinier te préparait des petits plats. Ton majordome époussetait ta veste à deux mille dollars.

— Je ne suis pas comme ça.
— Si.

Elle ramassa une des assiettes.

— Tu manges dans une pièce de musée.
— Ça suffit.

Il avait parlé d'un ton sec et dur. Sa mâchoire s'était crispée, et il était aussi furieux qu'elle à présent. Mais Liz ne pouvait plus se contenir.

— Qu'est-ce qu'il y a, Ben ? Tu n'as pas l'habitude que tes domestiques te disent tes quatre vérités ?

— Arrête, Liz. Tais-toi. Tout de suite.

— Tu n'as pas d'ordres à me donner, rétorqua-t-elle calmement. Je suis peut-être ton employée, mais je ne suis pas ta propriété.

— Et toi tu ne me connais pas.

Il s'avança vers elle.

— Je me moque complètement de l'argent. Ou de ce qu'il peut m'acheter. Comme ces assiettes.

Il en souleva une et fit mine de la jeter sur le sol. Liz lui saisit le bras.

— Non !
— Pourquoi pas ? Je me fiche de ces assiettes.
— Ne le fais pas, c'est tout.
— Tu t'inquiètes à cause de leur coût, c'est ça ? C'est toi qui accordes trop de valeur aux objets. Toi. Pas moi.
— Casse toutes les assiettes que tu veux, dit-elle. Mais pas ici. Tu vas réveiller tout le monde.

Sans un mot, il ramassa les assiettes et les soucoupes et les empila sans ménagement les unes sur les autres.

Puis il attrapa les tasses et les verres. En quelques foulées, il avait atteint la porte.

Qu'allait-il faire ? Liz le suivit alors qu'il s'éloignait à grands pas dans la nuit.

— Tu ne devrais pas sortir. Le tireur pourrait être dans les parages.

Il contourna la maison par le côté gauche, s'engageant sur un sentier qui menait à la forêt. Le clair de lune projetait des ombres gris-bleu sur les contours des sapins et des arbustes. Liz trottina pour rester à la hauteur de Ben, trébuchant ici et là sur des rochers et des racines, mais résolue à ne pas faire demi-tour.

Enfin, il s'arrêta dans une petite clairière. Ils étaient hors de vue de la maison, séparés d'elle par un rideau de sapins. Il se baissa et déposa la vaisselle sur un lit d'aiguilles de pin.

Haletante après sa course, Liz le détailla. Dans son jean et son T-shirt, il était en harmonie avec ce décor rude. Les montagnes lui donnaient une stature qu'aucun compte en banque n'aurait pu lui procurer. Il semblait grand, fort, incroyablement masculin.

Qui était cet homme ? Un chef d'entreprise dévoré par l'ambition ? Un cow-boy ? Un marin ?

— Tu as raison, admit-elle. Je ne te connais pas vraiment.

— Ecoute-moi, dit-il. Chacun de mes actes, chacune de mes décisions est motivée par le désir de servir ceux que j'aime.

— Et renvoyer Annette ?

— Natalie arrive après-demain. Elle va passer trois jours ici. Je ne veux pas qu'elle soit effrayée par les délires d'Annette.

— Je ne suis pas sûre que sa visite soit une bonne idée en ce moment, dit Liz lentement. Une enfant n'a pas sa place au beau milieu d'une enquête criminelle. Sans oublier qu'un tireur rôde. Et par-dessus le marché, Jerod est à l'hôpital.

— Je la protégerai, affirma-t-il. Et Jerod aussi.

Il prit une des assiettes.

— Et toi aussi.

— Moi ?

D'un coup de poignet, il expédia l'assiette en l'air comme un Frisbee. Elle se fracassa contre un rocher situé un peu plus loin. Le son de la porcelaine qui se brisait résonna dans la forêt. Ben éclata de rire.

— Ça fait du bien.

Il s'empara d'une nouvelle assiette.

— Je veux ta confiance, Liz. Tu as cru à mon innocence quand tout le monde était prêt à me condamner, mais tu continues à penser que je suis une sorte d'enfant gâté. Je veux que tu aies foi en moi comme j'ai foi en toi.

Ces paroles transpercèrent le cœur de Liz. Elle était venue à la propriété afin de rassembler des preuves contre Ben. Elle ne méritait pas sa confiance.

Le cœur serré, elle le regarda lancer l'assiette vers le rocher.

Il se retourna vers elle en souriant.

— Si je dois casser tous les objets de valeur de la maison pour te prouver que l'argent n'a pas d'importance pour moi, je le ferai. D'ailleurs, c'est plus amusant que de se quereller, non ?

Le problème ne venait pas de lui, mais d'elle, comprit Liz. Elle lui mentait depuis le début. Elle s'était réfugiée derrière ses principes. Elle avait supposé que les gens riches — comme Ben — voulaient nécessairement exploiter les autres. Et elle s'était trompée. Ben était quelqu'un de bien.

Elle s'avança vers lui, la main tendue.

— Donne-moi une de ces tasses hors de prix.

Elle la lança de toutes ses forces.

— Tu as raison. Ça libère.

— Tu trouves ?

Il lança un verre en cristal. Les fragments scintillèrent comme des diamants au clair de lune.

— Au diable les couverts en porcelaine.

— Et les domestiques en uniforme.

— Et les dîners interminables.

Ils se comportaient mal tous les deux. Ils avaient perdu la tête. Et c'était fantastique.

Quand il ne resta plus qu'une soucoupe, Ben la lui tendit.

— A toi l'honneur.

— Non. Je t'en prie. J'insiste, fit-elle, parodiant les bonnes manières.

Il poussa la tasse dans sa main. Elle leva les yeux vers lui. La brise nocturne caressait ses cheveux châtains. Le reflet des étoiles soulignait les muscles de ses épaules.

Elle posa le bout des doigts sur son avant-bras, et sentit un léger frisson sous sa peau. L'air sembla trembler entre eux, la faire vaciller vers lui. Incapable de résister plus longtemps, elle noua les bras autour de son cou.

La tasse tomba sur le sol, intacte.

Il la pressa étroitement contre lui. Son baiser fut farouche, exigeant, et elle y répondit avec un élan de passion trop longtemps contenue, s'abandonnant entièrement à sa délicieuse étreinte.

Ses seins étaient écrasés contre les muscles durs de son torse. Elle se frotta contre son membre en érection, le désir de Ben avivant encore le sien.

Il mit fin au baiser et s'écarta légèrement, lui offrant l'occasion de dire non. Ses yeux brillaient comme des saphirs, ses lèvres entrouvertes révélant ses dents blanches et régulières.

Elle le désirait de toutes ses forces.

De tout son être.

— Oui, murmura-t-elle.

Le regard de Ben acheva de l'embraser. Il glissa la main sous sa chemise de nuit à pois, remontant sur son ventre nu, s'arrêtant sur un sein. Du bout des doigts, il en caressa la pointe durcie. Une onde de plaisir déferla en Liz, lui arrachant un cri.

Elle inclina la tête en arrière, s'offrant à ses lèvres tandis qu'il mordillait le creux de sa gorge. Une série de frissons la traversa. Une foule de sensations inouïes, fantastiques.

L'instant d'après, ils se retrouvèrent allongés sur le sol. Prenant appui sur ses coudes, il se pencha sur elle.

Liz s'arqua contre lui, repoussa le tissu de son T-shirt et promena les mains sur son torse. Elle voulait davantage. Il la serra plus fort.

— Liz…

— Oui, Ben. J'ai déjà dit oui.

— Je n'ai pas de préservatif sur moi.

Liz retomba brusquement sur terre. Elle mourait d'envie de faire l'amour. Mais elle n'allait pas prendre le risque d'avoir des relations sexuelles sans protection.

— Tu ne pourrais pas sonner un domestique pour qu'il en apporte un ?

— Un valet préposé aux préservatifs ?

Il se laissa retomber à côté d'elle. Ils demeurèrent étendus l'un près de l'autre, à bout de souffle, les yeux suivant les troncs élancés des pins jusqu'au ciel étoilé. Un vestige d'excitation vibrait en Liz.

Peut-être auraient-ils pu emporter leur passion à l'intérieur, dans sa chambre — faire l'amour comme les gens normaux, se dit-elle. Mais elle n'était pas encore prête à faire l'amour avec préméditation. Il y avait trop de problèmes non résolus entre eux.

Et le moment était passé.

14

Le lendemain matin, Ben se leva tôt. A 8 heures, il était douché, rasé et habillé. Retroussant les manches de sa chemise, il prit au passage une tasse de café dans la cuisine et se rendit directement dans son bureau, où il eut l'agréable surprise de trouver Liz déjà installée devant l'ordinateur.

Ce jour-là, peut-être en raison de son nouveau poste, elle avait apporté un soin inhabituel à sa tenue. Son chemisier bleu à manches courtes soulignait sa taille mince et les courbes de sa poitrine. Lorsqu'elle se leva à son approche, il vit qu'elle portait un pantalon gris à rayures et d'élégantes sandales noires.

— Je ne savais pas que tu avais des talons hauts.

— Hé, je suis une fille, rétorqua-t-elle, en prenant une pose de mannequin. C'est mon uniforme de femme d'affaires. Qu'en dis-tu ?

— Très joli.

Et très sexy, ajouta-t-il en son for intérieur.

A vrai dire, il mourait d'envie de la prendre dans ses bras, et de lui faire l'amour sur-le-champ. Si elle lui avait donné le moindre signe d'encouragement, il n'aurait pas hésité.

Malheureusement, elle semblait entièrement absorbée par son travail.

— Tu as eu des messages importants, annonça-t-elle. De l'agent Lattimer, d'abord. Il sera ici dans une heure pour t'informer des progrès de l'enquête. L'autre était du médecin de Jerod.

La gorge nouée par l'appréhension, Ben se força à avaler une gorgée de café.

— Qu'a-t-il dit ?

— Il veut l'opérer aujourd'hui.

Ben se laissa tomber dans le fauteuil pivotant derrière son bureau, songeant aux conseils que lui avaient donnés les spécialistes. Une intervention comportait nécessairement des risques. Son grand-père avait soixante-seize ans, et son état de santé était altéré par la tumeur. Il avait perdu du poids, et ne voyait presque plus. Cependant, sans intervention, Jerod mourrait avant la fin de l'année.

— C'est à Jerod de décider, murmura-t-il.

— Il veut guérir, dit Liz doucement. Quand il m'a parlé — en pensant que j'étais Charlene —, il m'a dit combien il voulait reprendre des forces. Revoir les reflets du soleil sur le lac. Il est las d'être malade.

Ben décrocha le téléphone.

— Dès que Lattimer sera parti, nous irons à l'hôpital.

Quelques instants plus tard, l'agent arrivait. Vêtu d'un élégant complet beige et de mocassins cirés, il ressemblait plus à un homme d'affaires qu'à un policier.

Après leur avoir serré la main, il s'assit sur le canapé et tira un petit carnet à spirales de la poche de sa veste.

— J'ai peur que nous n'ayons rien trouvé qui confirme la présence d'un tireur embusqué sur la route hier soir, commença-t-il.

— Il n'y avait pas d'empreintes ? demanda Liz, stupéfaite.

— Rien de reconnaissable. Le sol est trop rocheux.

— Pas de cartouches usées ?

Lattimer secoua la tête.

— Il a dû tout emporter.

— Un professionnel, murmura Ben.

— Nous sommes des professionnels, nous aussi, lui fit remarquer Lattimer en baissant les yeux sur ses notes. Les équipes de l'identité judiciaire connaissent leur affaire mieux que personne. Et nous n'avons rien trouvé. Si Liz n'avait pas été témoin de l'incident, je douterais que ce tireur ait réellement existé.

Ben le dévisagea, frappé de stupeur. Et lui qui s'était imaginé que l'attaque allait contribuer à l'innocenter...

— Mais l'élan a été abattu, objecta Liz. Il devait bien y avoir une balle dans la carcasse.

— Rien de particulier. Un calibre 12. Aucune trace du silencieux qu'il aurait utilisé, d'après vous.

Le policier le soupçonnait-il d'avoir inventé cette histoire de toutes pièces ? Ben croisa les bras, marmonnant un juron entre ses dents. Apparemment, il aurait fallu qu'il soit blessé pour prouver qu'il avait dit la vérité.

Pour sa part, Liz traitait Lattimer avec plus de finesse. Elle lui offrit un café et des muffins à la rhubarbe encore chauds, un sourire charmeur sur les lèvres.

— Y a-t-il des progrès concernant l'enquête sur le meurtre de Charlene ?

— Pas grand-chose, avoua Lattimer en acceptant un gâteau. Les indices examinés par le labo ne sont pas concluants. Nous avons trouvé un certain nombre d'empreintes dans la grange, y compris les vôtres, Ben.

— C'est mon atelier, grogna Ben, de plus en plus frustré. Bien sûr qu'il y a mes empreintes.

— Et l'arme du crime ? demanda Liz.

— Elle a été soigneusement nettoyée.

— Vous pensez que Charlene a été tuée dans la grange ?

— Oui.

— En ce cas, intervint Ben, Annette s'est trompée quand elle a dit qu'elle avait vu quelqu'un porter le corps de Charlene.

— Pas nécessairement, répondit Liz. Charlene aurait pu être droguée d'abord. C'est ce qui s'est passé, agent Lattimer ? Vous avez les résultats de l'autopsie ?

Mal à l'aise, Lattimer changea de position sur le sofa, mais parvint néanmoins à engloutir une énorme bouchée de muffin.

— Ce genre d'information est normalement confidentiel, murmura-t-il. J'espère que vous en êtes conscient, monsieur Crawford.

— J'apprécie votre coopération, dit Ben. Et l'autopsie ?

— Charlene a bien été droguée. On lui a administré un sédatif suffisant pour lui faire perdre conscience.

— J'imagine que vous avez parlé aux invités, reprit Ben. Personne ne l'a vue tituber ?

Lattimer acheva son muffin et but une lampée de café.

— Je ne peux rien vous dire, hormis que personne n'a rien remarqué d'inhabituel.

Après le départ de Lattimer, Rachel vint annoncer à Ben que Tony Lansing l'attendait dans la salle à manger. Ben s'y rendit sans hésiter, résolu à ne pas perdre de temps.

Il contourna la table et planta son regard dans celui de Tony.

— Vous voulez continuer à être l'avoué des Crawford ?

— Naturellement, marmonna Tony, qui avait du mal à soutenir son regard.

— J'ai une mission pour vous. Je veux que vous restiez ici. Toute la journée. Ne laissez personne parler à la presse — et surtout pas Patricia.

— Vous pouvez compter sur moi.

Ben n'en était pas si sûr, mais il n'avait guère le choix.

— Et je veux que vous organisiez les obsèques de Charlene.

Tony acquiesça, visiblement soulagé qu'on ne lui demande rien de plus compliqué. Au moment où Ben s'apprêtait à sortir, il se retourna vers l'avoué, comme si un détail lui revenait brusquement à la mémoire.

— Une dernière chose, Tony.

— Oui ?

— Je veux une copie du testament de Jerod. Et de celui de Charlene.

— C'est intéressant que vous mentionniez celui de Charlene. J'ai besoin de faire un inventaire de ses biens. En théorie, je n'ai pas le droit de vous transmettre ces documents sans...

— Débrouillez-vous.

Seule dans la cafétéria de l'hôpital, Liz ne pouvait s'empêcher de s'inquiéter pour Jerod, malgré la longue conversation que Ben et elle avaient eue avec les spécialistes. Après avoir passé en revue les résultats des tests subis par le vieux monsieur, ils s'étaient contentés de dire que ce dernier avait un cœur solide et que la tumeur était opérable.

L'un d'eux avait félicité Ben d'avoir fourni à son grand-père le traitement expérimental dont il avait besoin, mais Liz n'avait pas compris à quoi il faisait allusion. Ben le lui expliquerait sans doute plus tard.

Elle s'inquiétait aussi pour Ben, qui était confronté à tant de problèmes. Outre le fait qu'il devait gérer à distance sa compagnie de Seattle et mener son combat pour la garde de sa fille, il demeurait un suspect dans le meurtre de Charlene.

L'agent Lattimer s'était montré respectueux envers Ben, mais il était évident qu'il continuait à le soupçonner. En un sens, c'était compréhensible. Ben avait indéniablement un mobile. Il avait aussi eu la possibilité de glisser un sédatif dans le verre de Charlene.

Autrement dit, s'ils ne parvenaient pas à identifier l'assassin, Ben risquait de se retrouver derrière les barreaux.

Et puis il y avait le tireur. Certes, Ben avait désormais un garde du corps — l'homme ne l'avait pas quitté d'une semelle depuis qu'il les avait rejoints à l'hôpital —, mais la menace pesait toujours sur lui.

Liz remua distraitement son café et soupira. Il y avait une personne vers qui elle pouvait toujours se tourner dans les situations difficiles. Elle se leva et sortit du bâtiment, puis composa un numéro sur son téléphone portable.

On répondit à la première sonnerie.

— Harry Schooner.

— Harry, j'ai besoin de toi, dit Liz avant de lui donner l'adresse de l'hôpital. Apporte ton revolver.

Une heure avant l'opération, Jerod semblait optimiste. Debout à côté du lit de son grand-père, Ben regardait Liz jouer avec brio le rôle de Charlene, aspergée du parfum favori de celle-ci. Elle avait même réussi à adopter les intonations aiguës de la jeune femme, et à commencer toutes ses phrases par « Je ».

Elle avait parfaitement saisi la personnalité de la défunte épouse de Jerod, songea Ben avec admiration. La vanité avait été sa caractéristique principale. Elle ne s'intéressait qu'à sa petite personne, elle était superficielle, capricieuse et… parfois pleine d'humour. Par certains côtés, elle allait lui manquer.

Et si elle avait eu raison de vouloir tenir Jerod à l'écart des chirurgiens ?

Si l'intervention était un échec ?

Son grand-père fronça les sourcils, regardant vers lui.

— Tu es bien silencieux, petit. Que se passe-t-il ?

— Rien. Je réfléchissais.

Il s'inquiétait, surtout, mais il ne pouvait pas le dire à Jerod.

— J'ai l'intention de reprendre quelques activités après qu'on m'aura réparé le cerveau, plaisanta ce dernier. Je vais peut-être recommencer à jouer de la guitare.

Ben hocha la tête, le cœur serré par l'émotion.

Il n'oublierait jamais les jours de son enfance au Texas, lorsque sa famille était entière et heureuse. Jerod sortait sa guitare et s'installait sous la véranda après le dîner. Tout le monde venait le rejoindre et contemplait le coucher du soleil en fredonnant des chansons qui parlaient des pionniers et de la conquête de l'Ouest.

Patricia, toute petite à l'époque, dansait au rythme de la musique. Ses parents étaient assis l'un à côté de l'autre sur la balancelle, sa mère appuyant la tête contre l'épaule de son père. Sa grand-mère avait une voix claire de soprano.

Il songeait avec nostalgie à ces soirs-là. A sa grand-mère. A ses parents.

Il ne pouvait pas perdre son grand-père aussi.

La voix excitée de Liz l'arracha à ses souvenirs.

— Ecoute, disait-elle à Jerod, j'aimerais te présenter un ami.

— Charlene, mon chou, ce n'est pas vraiment le moment, tu sais.

— Je suis sûre qu'il va te plaire, affirma-t-elle. Il va rester avec toi à l'hôpital et s'assurer que tu ne manques de rien.

— Je n'ai pas besoin d'une nounou, grogna Jerod.

— S'il te plaît, mon cœur. Fais-le pour moi, d'accord ?

Le ton boudeur de Liz rappelait tant celui de Charlene que Ben ne put s'empêcher de sourire.

Lorsqu'elle lui avait annoncé qu'elle projetait de faire venir un de ses amis pour veiller sur son grand-père, il avait chaleureusement approuvé son idée. L'intervention allait durer un certain temps, et Jerod serait inconscient en salle de réanimation pendant les heures qui suivraient. Ben avait d'abord envisagé de rester lui-même à l'hôpital, mais la situation exigeait sa présence ailleurs. La dernière fois qu'il avait jeté un coup d'œil à son téléphone portable, trois messages urgents de Tony Lansing l'attendaient.

— Oh, regarde, s'exclama Liz d'un ton ravi. Mon ami est déjà arrivé. Jerod Crawford, Harry Schooner.

Liz avait averti Ben que son ami avait un certain âge, mais il s'était attendu à rencontrer un homme d'une quarantaine d'années. A sa grande surprise, l'individu aux cheveux blancs et à la silhouette massive qui venait de se présenter avait soixante ans bien tassés. D'après Liz, Harry était un ancien policier, et il avait le visage las de quelqu'un qui a tout vu dans la vie. Un renflement sous sa veste en lainage indiquait qu'il portait un holster.

Harry serra la main de Jerod.

— On mange bien ici ?

Jerod fit la moue.

— Ce n'est pas franchement le Ritz.

— Il va peut-être falloir que je fasse entrer du bon steak en douce. Vous êtes du Texas, non ? Vous êtes amateur de viande ?

— Et comment, répondit Jerod en se redressant.

— Je vais vous laisser faire connaissance, gloussa Liz. Ben et moi devons aller régler quelques détails à la réception.

Une fois dans le couloir, Ben se tourna vers elle.

— Harry est sympathique, mais pourquoi est-il armé ?

— Etant donné qu'un meurtrier rôde, un peu de protection supplémentaire ne fera pas de mal.

Ben acquiesça. Curieusement, il n'était pas étonné que Liz soit l'amie d'un type qui trouvait normal de se promener armé.

— J'ai plusieurs messages de Tony.

— Moi aussi. Il va falloir qu'il attende.

Rien ne pouvait avoir plus d'importance que de passer ces derniers instants avec Jerod avant son opération.

Elle prit ses mains dans les siennes. La perruque platine était un peu de guingois sur sa tête, mais une lueur de compassion brillait dans ses yeux verts. Elle était un roc. Un phare dans la tempête.

— Comment vas-tu ?

— J'espère ne pas avoir commis d'erreur en le poussant à se faire opérer.

— C'est lui qui a pris la décision, lui rappela-t-elle.

— Mais il ne l'aurait pas fait si je ne l'y avais pas encouragé. Ou si Charlene vivait toujours.

Elle lui pressa doucement les mains, et ce contact éphémère donna à Ben l'envie de la prendre dans ses bras, d'oublier les doutes qui le tourmentaient.

— Tu veux rappeler Tony ? dit-il. Je t'attends ici.

Quelques instants plus tard, Liz venait le rejoindre.

— Lattimer est retourné à la maison avec une équipe de l'identité judiciaire. Ils avaient un mandat de perquisition.

— Que cherchent-ils ?

— Des drogues, répondit-elle en fouillant son regard. Comme celles qu'ils ont trouvées lors de l'autopsie de Charlene.

Ben fronça les sourcils. Mieux valait qu'ils rentrent le plus vite possible. Il avait quelques secrets qu'il ne tenait guère à partager avec les autorités.

Comme ils s'éloignaient de l'hôpital, Liz eut une pensée émue pour Jerod. Il avait plaisanté lorsqu'on était venu le chercher pour l'emmener en salle d'opération. Pour sa part, elle avait feint la même gaieté, mais son humeur s'était assombrie dès qu'il avait été hors de vue.

A présent, Ben et elle étaient assis à l'arrière du 4x4 conduit par le garde du corps, et la présence de ce dernier rendait toute conversation difficile. Elle aurait voulu serrer Ben contre elle et le rassurer, mais il semblait distant, comme s'il s'était réfugié dans son personnage d'homme d'affaires.

En arrivant à la propriété, ils durent se frayer un chemin parmi une foule de journalistes et de photographes. Lattimer et ses hommes étaient déjà partis, mais ils avaient confisqué plusieurs objets et plongé la maison dans le chaos. Patricia, Monte et Rachel se précipitèrent vers eux, suivis de Tony Lansing, qui était déjà à demi ivre, bien qu'il soit tout juste midi.

Liz s'esquiva discrètement. Elle savait qu'elle aurait dû rester avec Ben, le soutenir, mais elle était trop stressée. Un étau lui comprimait la poitrine, lui donnant l'impression de suffoquer.

Elle sortit sur la terrasse, et, debout contre la rambarde, contempla la surface scintillante du lac, le bleu printanier du ciel. L'entrée de la propriété était invisible, mais elle distinguait des éclats de voix. Un homme en uniforme de type militaire patrouillait les environs. Elle aurait dû se sentir en sécurité, mais une angoisse étrange pesait sur elle. Elle avait peur pour Ben. Elle savait qu'il avait des drogues illégales en sa possession. Elle l'avait vu chez ce trafiquant à Denver.

Elle n'avait peut-être pas pu trouver ses réserves, mais elle soupçonnait qu'une équipe de spécialistes du FBI avait eu davantage de succès. Il aurait encore plus d'ennuis qu'il n'en avait déjà.

Soudain, il apparut à côté d'elle.

— C'est une journée idéale pour faire de la voile.

— Et aller jusqu'au bout du monde, acquiesça-t-elle. J'aimerais être dans un endroit où il n'y a pas de bruit.

— Les voiliers ne sont jamais silencieux, observa-t-il. On entend toujours le murmure du vent, le clapotis des vagues…

Il tourna son visage vers le soleil.

— … les échos mystérieux de l'océan.

Elle le regarda, fascinée. Ses yeux étaient fixés sur l'horizon, sur un lieu où l'espoir vibrait et où l'aventure était à l'ordre du jour. Elle l'imagina capitaine de navire au long cours, debout à la proue, une longue-vue à la main. Elle s'imagina en train de partir avec lui dans un bateau à voile…

Au lieu de quoi, elle avait les pieds fermement plantés sur les planches en cèdre de la terrasse.

— Lattimer a-t-il trouvé quelque chose ?

— Il a confisqué tous les comprimés qu'il a pu trouver, y compris les somnifères de Patricia, répondit-il avec un haussement d'épaules. La fouille a été très minutieuse. Ces types sont des professionnels. Ils ont même trouvé ma cachette.

Le cœur de Liz manqua un battement. Le moment tant redouté était arrivé.

— Ta cachette ?

— Il n'y a pas de quoi s'affoler. J'imagine que je devrai payer une amende.

Comment pouvait-il être aussi désinvolte ?

— Tu m'as dit que tu ne prenais pas de drogues.

— C'est vrai, dit-il en baissant les yeux vers elle. Ces médicaments étaient destinés à Jerod. Une drogue expérimentale fabriquée au Mexique qui n'a pas encore reçu l'agrément du gouvernement américain.

Une bouffée de soulagement déferla en Liz, si violente qu'elle en fut presque étourdie.

— C'est pour cela que le spécialiste t'a félicité ?

— Oui. Apparemment, ce médicament n'a pas suffi à résorber la tumeur, mais il en a ralenti la croissance.

Il fronça les sourcils.

— Si je te racontais ce que j'ai dû faire pour mettre la main sur ces médicaments, tu ne me croirais pas.

— Oh, si, assura-t-elle.

Tout s'expliquait enfin. La visite nocturne de Ben au

trafiquant n'était pas motivée par le besoin de s'approvisionner en drogues, mais par celui de soulager les souffrances de son grand-père. Il avait risqué sa vie pour le vieil homme...

Liz n'y tint plus. Elle noua les bras autour de son cou et l'embrassa passionnément. Tous ses doutes au sujet de Ben s'étaient envolés.

Il lui rendit son baiser et la serra étroitement contre lui.

— Ne va pas croire que je me plains, mais qu'est-ce qui te prend tout à coup ?

— Tu es un homme fantastique, Ben.

— Tu as mis du temps pour t'en apercevoir, fit-il avec un sourire.

Elle n'aurait pas dû rester entre ses bras à la vue de tout le monde, mais elle s'en moquait. Elle se moquait totalement de l'opinion des gens.

Seul comptait Ben.

— Il faut qu'on découvre l'assassin, murmura-t-elle.

— Et comment.

— Sinon, j'en serai réduite à t'apporter des oranges en prison.

Il sourit.

— Je devrais rentrer. J'ai besoin de parler à Tony avant qu'il soit complètement incohérent.

Elle se dégagea.

— Je te rejoins dans quelques minutes. En bas, à côté du bar.

Il se pencha et déposa un baiser sur sa joue.

— A tout de suite.

Ben rentré à l'intérieur, Liz s'autorisa à savourer sa joie. Elle avait eu raison à son sujet. Il était innocent ! Certes, s'approvisionner auprès de trafiquants n'était jamais une bonne idée, mais dans ce cas précis, son attitude était tout à fait compréhensible.

Elle avait hâte de tout raconter à Harry.

Elle tapa du poing sur la rambarde et pivota sur ses talons. Elle se dirigeait d'un pas décidé vers les baies vitrées quand une sorte de frottement au-dessus d'elle attira son attention. Comme elle levait la tête, elle crut voir osciller une des longues jardinières en cèdre.

L'instant d'après, celle-ci s'écrasait sur la terrasse.

15

Des fleurs de pétunia écrasées et des éclats de bois s'éparpillèrent aux pieds de Liz. Si elle avait fait un pas de plus, elle aurait été assommée. Peut-être même tuée.

Etait-ce un accident ? Une coïncidence ?

Elle en doutait fort.

Quelqu'un avait dû dévisser les boulons qui maintenaient cette jardinière en place, et puis lui donner une bonne poussée.

Elle parcourut du regard la terrasse du premier étage, mais il n'y avait personne. Pourtant, quelqu'un s'était trouvé là quelques secondes plus tôt, et elle avait bien l'intention de découvrir qui. Elle s'élança vers l'escalier de bois qui menait au niveau supérieur et à la chambre de Jerod.

Ouvrant à la volée la porte du couloir, elle tomba nez à nez avec Rachel, une pile de draps et de serviettes dans les bras.

Celle-ci écarquilla les yeux à sa vue.

— Que se passe-t-il ?

— Avez-vous vu quelqu'un sortir de la chambre de Jerod ?

— Non, répondit la gouvernante en fronçant les sourcils. Sa chambre restera fermée le temps de son séjour à l'hôpital. J'ai changé les draps, évidemment, mais…

— Ne bougez pas, ordonna Liz. Ne laissez personne sortir d'ici.

— Allez-vous m'expliquer ce qui… ?

— Pas le temps.

Liz ressortit sur la terrasse qui courait tout le long de l'étage supérieur. Avec un peu de chance, la personne qui avait essayé de la tuer se trouvait encore dans la chambre de Jerod. Elle la prendrait la main dans le sac…

Elle s'arrêta devant les baies coulissantes, prit une profonde inspiration et se prépara mentalement à affronter un agresseur.

Puis elle scruta l'intérieur de la pièce. Personne.

Au moment où elle tirait la porte, un vase plein de lis se fracassa sur le mur à côté de son épaule.

Liz s'avança rapidement. Annette se tenait au beau milieu de la chambre. Apparemment, elle s'était cachée derrière le lit de Jerod. Elle prit son élan, prête à lancer un autre objet à la tête de Liz, qui la devança et la neutralisa d'un geste rapide et efficace.

Annette poussa un cri de douleur.

— Pourquoi avez-vous essayé de me tuer ? demanda Liz d'une voix cassante.

— Je vous ai vue l'embrasser ! rétorqua Annette. Je vous ai vue ! Sur la terrasse, en train d'embrasser Ben.

Elle se rua sur Liz, battant l'air des bras, dans une attaque désordonnée qui se révéla plus difficile à contrer que celle d'un expert en la matière. Liz hésita, ne voulant pas faire trop de mal à Annette, qui parvint à lui asséner un coup plutôt faible sur l'épaule, suivi d'une tape sur le bras.

Les hésitations de Liz s'envolèrent. Elle attrapa Annette par un bras et la plaqua au sol. Celle-ci éclata en sanglots.

— Vous m'aviez promis ! Vous avez juré que vous n'étiez pas sa maîtresse.

Liz ne prit pas la peine de nier. Elle n'avait peut-être pas encore partagé le lit de Ben, mais cela faisait indéniablement partie de ses projets. D'ailleurs, sa vie sentimentale ne concernait en rien Annette.

Elle baissa les yeux sur la domestique éplorée. Elle aurait peut-être pu avoir pitié d'Annette si la jeune femme n'avait pas raconté d'abominables mensonges sur Ben.

— Vous avez de l'affection pour Ben. Pourquoi avez-vous inventé cette histoire à son sujet ?

— Je ne l'ai pas inventée ! protesta-t-elle en tapant du poing sur le parquet. J'ai vu quelqu'un qui aurait pu être Ben.

— Qui était-ce ?

Annette se recroquevilla sur elle-même, et se cacha le visage de ses mains.

— Je ne sais pas.

Cette fille était à demi folle, songea Liz, et ses allégations infondées avaient orienté l'enquête dans la mauvaise direction. Les agents du FBI l'avaient prise au sérieux, et leurs soupçons se portaient sur Ben.

— Dites-moi la vérité. Qui était-ce ?

— Je ne sais pas !

Liz commençait à perdre patience. Elle s'agenouilla à côté d'Annette et se tourna vers elle, plantant son regard dans le sien.

— Quand je suis entrée dans votre chambre, j'ai vu une broche en diamants. Où l'avez-vous eue ?

— Je ne suis pas obligée de vous le dire.

— Qui vous l'a donnée ? insista Liz.

Les lèvres pincées, Annette garda obstinément le silence. Ecœurée, Liz la lâcha.

— Vous ne pourrez pas mentir à Lattimer, dit-elle froidement. Mentir à la police est un délit.

— Vous n'allez pas lui parler de cette broche !

— Bon sang ! explosa Liz. Bien sûr que je vais lui en parler ! Pourquoi avez-vous si peur ? Vous l'avez volée ?

Annette poussa un cri outragé.

— C'était un cadeau.

— Qui vous l'a donnée ?

— J'ai promis de ne rien dire.

— Cela s'appelle faire entrave à la justice, commenta Liz. Vous pourriez aller en prison. Mieux vaudrait commencer à dire la vérité.

Annette prit une inspiration hésitante.

— C'est Ramon Stephens qui me l'a donnée. Juste après que j'avais vu le monstre.

— Combien de temps après ?

— Une minute ou deux.

— Ramon n'était pas le monstre ?

Annette secoua la tête.

— Il est venu sur la terrasse. Il a vu que j'étais effrayée et il a essayé de me réconforter. Il m'a dit qu'il avait vu le monstre aussi. Et qu'il ressemblait à Ben.

Liz demeura silencieuse un instant, s'efforçant d'absorber cette information inattendue. Elle avait presque rayé Ramon de la liste des suspects, mais apparemment, c'était lui qui avait suggéré à Annette que Ben était le coupable.

— Il vous a donné la broche en guise de paiement ? Pour dire à la police que Ben était le monstre ?

— Ce n'était pas comme ça du tout, protesta Annette. Je pensais qu'il avait peut-être raison.

— Pourquoi Ramon avait-il une broche en diamants dans sa poche ?

— Elle appartenait à Charlene. Jerod lui donnait toutes sortes de bijoux.

— Je vois, fit Liz lentement. Si vous saviez que la broche appartenait à Charlene, pourquoi l'avez-vous acceptée ?

— Elle avait dû la donner à Ramon, répondit Annette, les poings crispés. La broche était à lui. Et il me l'a donnée. Je ne l'ai pas volée.

Mais elle savait à qui appartenait réellement le bijou. Qu'elle l'admette ou non, Annette avait dû se rendre compte que Ramon se servait d'elle pour accabler Ben.

Liz revint à la charge.

— Qui portait Charlene ?

— Il avait un sweat-shirt avec une capuche, répondit Annette d'une voix tremblante. Je ne pouvais pas le reconnaître. Qu'est-ce qui va m'arriver à présent ? Vous allez avertir le FBI ?

Et comment ! songea Liz. Elle avait bien l'intention de confier cette petite sorcière aux gardes chargés de la sécurité du domaine en attendant le retour de Lattimer.

Ben avait eu raison de vouloir la renvoyer. Non seulement elle était à moitié folle, mais elle était aussi dangereuse.

Ben était assis dans le bar à côté de Tony Lansing, qui avait réussi à s'acquitter de la tâche qui lui avait été assignée. Sa secrétaire avait envoyé par fax un exemplaire des deux testaments requis.

Les douze pages dactylographiées du testament de Jerod n'avaient aucunement surpris Ben. La seule personne qui pouvait bénéficier de la mort prématurée de Charlene était sa propre fille, et, par conséquent, les tuteurs légaux de celle-ci.

Autrement dit, Victoria et lui.

— Y a-t-il quelque chose qui m'échappe ? demanda-t-il à Tony.

— Je ne crois pas, répondit ce dernier en portant un verre de vodka à ses lèvres. A moins que Jerod ne change d'avis de nouveau, votre fille sera à la tête d'une immense fortune à sa mort.

— Pourquoi a-t-il effectué ces changements ?

Tony haussa les épaules.

— C'est une chose qui arrive souvent aux gens atteints d'une maladie incurable, observa-t-il. Penser à la mort fait réfléchir. Selon les termes du testament précédent, Charlene aurait obtenu cinq cent mille dollars. Jerod voulait qu'elle ait davantage.

La voix de Tony était légèrement pâteuse, mais son raisonnement n'en était pas moins logique. Son grand-père avait voulu laisser sa fortune à la femme qui le distrayait et lui tenait compagnie. Et à la génération suivante des Crawford, incarnée par sa propre fille.

Il baissa les yeux sur sa montre, calculant rapidement le temps que son grand-père avait passé sur la table d'opération. Un peu plus d'une heure. Il était trop tôt pour savoir si l'intervention était un succès.

— Espérons que Jerod va vivre encore des années et que nous n'aurons pas à nous inquiéter concernant le testament.

Sans le regarder, Tony lui tendit un document d'une seule page.

— Voici le dernier testament de Charlene Elizabeth Belloc Crawford, dit-il lentement. Elle ne fait allusion à aucun parent et laisse tous ses biens à des associations caritatives.

Ben lut le texte qu'il avait sous les yeux.

— La Caisse de solidarité des danseuses à la retraite de Las Vegas ?

— C'étaient ses racines, répondit Tony en fixant son verre, plissant des yeux comme s'il refoulait des larmes. Charlene n'a jamais renié ses origines. Elle aimait le clinquant, elle était autoritaire, parfois insupportable. Mais au fond… elle avait bon cœur.

— Vous aviez de l'affection pour elle.

Tony vida d'un trait le reste de sa vodka.

— Pas plus que pour mes autres clients.

Ben ne fut guère convaincu. Liz l'avait surpris en train d'embrasser Charlene dans le couloir, et il aurait parié que ce n'était pas la première fois. Tony était peut-être même amoureux de l'épouse de Jerod. Et cela pouvait être un mobile.

Le mariage désastreux de Ben lui avait appris que l'amour pouvait se muer en haine. Si Tony avait été rejeté par Charlene, il avait peut-être cherché à se venger.

— Apparemment, dit Ben, Charlene avait une liaison avec Ramon.

— Lui ? Sûrement pas.

— Ramon est un homme séduisant, poursuivit Ben, espérant susciter une réaction. Et passionné. Enfin, il vous a attaqué avec un couteau !

— Vous n'avez pas besoin de me le rappeler, grommela Tony.

— Charlene l'aimait beaucoup.

— Il l'amusait.

Tony secoua la tête, luttant contre la torpeur provoquée par l'abus d'alcool.

— Il lui a raconté des salades, et elle lui a donné de l'argent.

Il abattit son poing sur la table.

— Je lui avais dit de refuser, mais elle n'a pas voulu m'écouter. Elle disait que ça n'avait pas d'importance.

Ben attendit qu'il poursuive.

— Ce salaud, maugréa Tony. Il s'est servi de Charlene. Il l'a même persuadée de lui donner certains de ses bijoux. Vous savez ce que je pense ?

— Non.

— Je parierais qu'il a volé des objets appartenant à Charlene. Nous devrions en informer les enquêteurs.

— Comment savez-vous qu'il a fait cela ?

— Je suis monté dans sa chambre tout à l'heure pour faire un inventaire. Pour son testament. Je crois que certaines pièces ont disparu.

Si Tony disait vrai, le vol de bijoux faisait de Ramon un suspect, songea Ben, regrettant que Liz ne soit pas là. Il aurait aimé connaître sa réaction à la lecture du testament et aux révélations de Tony.

Au lieu de Liz, ce fut sa sœur qui entra dans la pièce. Elle avait dû écouter à la porte, car elle se mêla aussitôt à la conversation.

— Vous avez raison au sujet de Ramon. C'est un individu méprisable. Et il y a peut-être une autre raison pour laquelle Charlene lui donnait de l'argent.

— C'est-à-dire ? demanda Ben, perplexe.

— Le chantage.

Avant que Ben ait pu répondre, un bruit de pas s'éleva dans l'escalier, et le Dr Mancini apparut, souriant cordialement à la ronde.

— Il est un peu tôt pour se rassembler au bar, mes amis.

Ben l'accueillit d'un signe de tête.

— Bonjour, docteur.

— Des nouvelles de Jerod ?

— Pas encore. L'intervention n'est pas terminée.

— Puisque je suis là, observa le médecin en contournant le bar, je vais prendre un petit verre avec vous. Pour la route, comme on disait au bon vieux temps, avant l'alcootest.

— Les temps ont changé, avertit Tony en le menaçant du doigt. Etre en état d'ivresse peut vous conduire en prison.

— Vous avez raison, mon ami, acquiesça Mancini en sortant une canette de jus de fruits du réfrigérateur. Je vais me contenter d'une boisson non alcoolisée. Vous êtes tous témoins.

L'attitude joviale du visiteur aurait dû être une bouffée d'air frais après l'humeur sombre de Tony et les sous-entendus de Patricia, mais Ben savait que les apparences étaient parfois trompeuses.

En dépit de ses sourires bon enfant, le médecin pouvait se montrer impitoyable. Ben l'avait souvent vu prendre un malin plaisir à humilier ses adversaires sur le court de tennis. Bien qu'âgé d'une cinquantaine d'années, l'homme était en excellente condition physique.

— Je suis passé voir votre fille il y a quelques jours, dit-il à Ben en versant le jus de fruits dans son verre.

— Natalie est malade ? demanda Ben, aussitôt inquiet.

— Juste un petit rhume. Il n'y a aucune raison de s'en faire.

Curieusement, l'idée que Mancini soigne sa fille déplaisait à Ben. Une fois toute cette histoire terminée, il ferait en sorte que le médecin n'ait plus de liens avec sa famille.

— Vous êtes venu voir Patricia ?

— Pour ma migraine, répondit-elle. Il me faut quelque chose de plus fort que l'aspirine.

— Ravi de pouvoir vous rendre service, fit Mancini en soulevant sa trousse usagée.

Mancini était une pharmacie ambulante. Même si les enquêteurs n'avaient rien trouvé d'inhabituel parmi les drogues saisies lors de la perquisition, le médecin était là chaque jour. Et il ne faisait guère attention à l'endroit où il laissait son sac. N'importe qui dans la maison avait pu avoir accès à tout un cocktail de drogues.

Patricia tira sur la manche de Ben.

— Ben, il faut que je te parle. Fais attention à ce que je dis, pour une fois.

Ben n'était guère d'humeur à écouter sa sœur.

— Qu'y a-t-il, Patricia ? dit-il d'un ton impatient.

Elle l'entraîna à l'écart.

— Le chantage, répéta-t-elle tout bas. Comme Charlene, je donnais de l'argent à Ramon. Pas de grosses sommes. Mais assez pour que ce soit agaçant.

— Pourquoi ?

— Rien d'important, répondit-elle, écartant sa question d'un geste. Mais je ne veux pas que le FBI interroge Ramon. Ce serait affreux que mon secret soit révélé au grand jour.

Surtout alors qu'elle était sur le point d'entamer une carrière à la télévision, songea Ben avec ironie. La capacité de sa sœur à se concentrer exclusivement sur elle-même le stupéfiait et le révoltait en même temps.

— Combien d'autres gens faisait-il chanter ?

— Plusieurs, affirma-t-elle. Ce qui est sûr, c'est que son salaire ne suffit pas à financer son mode de vie.

Ben avait beau réfléchir, il ne voyait pas ce que Ramon pouvait savoir de gênant sur Charlene. Celle-ci n'avait jamais fait mystère de ses frasques. Elle était fière de son passé.

Il jeta un coup d'œil par-dessus son épaule et vit Mancini tendre une canette de jus de fruits à Tony. Si l'avoué avait eu une liaison avec Charlene, elle aurait pu payer Ramon pour l'empêcher de révéler cela à Jerod…

— Très bien, Patricia. En quoi cette histoire de chantage me concerne-t-elle ?

— J'ai entendu ta conversation avec Tony. Ramon est sur le point d'être mêlé à l'enquête. Je voudrais que tu le voies avant les hommes du FBI. Il le faut, Ben. Il faut que tu récupères ces photos.

Ben arqua les sourcils. Qu'avait-elle fait ?

— Des photos ?

— J'étais jeune et stupide, murmura-t-elle. J'ai posé nue pour un photographe.

— Et alors ?

Après tout, des photos nues semblaient appropriées pour sa nouvelle carrière dans les médias de bas étage.

— C'était il y a longtemps, et je…

Visiblement embarrassée, Patricia marqua une pause.

— J'étais… enfin… j'avais quelques kilos superflus.

Ben eut toutes les peines du monde à réprimer un rire. Ce n'était pas le fait d'être nue qui la gênait, mais le fait qu'elle se trouvait grosse. Quoi qu'il en soit, l'affaire n'allait certainement pas figurer en haut de la liste de ses préoccupations.

Il jeta un coup d'œil vers la porte au moment où Liz

entrait d'un pas léger, un téléphone portable à la main. Elle lui adressa un grand sourire.

— Bonne nouvelle, annonça-t-elle.
— Tu tombes bien.
— Harry vient de m'appeler pour me donner des nouvelles de Jerod. L'intervention est terminée. Il n'y a eu aucune complication.
— Et quel est le pronostic ?
— Les médecins ont leur propre jargon, mais…

Le Dr Mancini contourna le bar pour se joindre à eux.
— Qu'est-ce qu'ils ont dit ?
— Qu'il est dans un état stable.

Elle se tourna vers Mancini.
— Qu'est-ce que ça signifie, au juste ?
— Que l'opération s'est bien passée, mais qu'ils ne veulent rien promettre pour l'instant.

Il tapota l'épaule de Ben.
— Vous avez pris la bonne décision.

Ben s'abstint de dire que Mancini aurait pu recommander cette option à son grand-père des mois plus tôt. Il n'allait jeter la pierre à personne. L'important était que Jerod se rétablisse.

— Quand pourrons-nous le voir ?
— Dans deux ou trois heures, dit Liz. Jerod va être placé en soins intensifs pendant quelque temps.
— Oh, c'est parfait, intervint Patricia en prenant le bras de Ben. Cela te donne le temps de t'occuper du petit problème dont je t'ai parlé. S'il te plaît, Ben.

Ben la toisa froidement. Sa première priorité était de se rendre à l'hôpital. Tout le reste pouvait attendre. Il prit Liz par le bras et l'entraîna vers l'escalier.

Il avait hâte de quitter cette maison.

16

— Annette a essayé de te tuer en t'assommant avec une jardinière ? répéta Ben, atterré.

— Pas nécessairement de me tuer, répondit Liz. Je pense qu'elle voulait seulement se débarrasser temporairement de moi pour avoir le champ libre auprès de toi. Son Prince charmant.

— J'aurais dû renvoyer cette cinglée dès ce matin, marmonna Ben.

A côté de lui sur le trottoir devant l'immeuble de Ramon, Liz se félicita d'avoir remplacé sa tenue de femme d'affaires par un jean et des chaussures confortables.

— Peut-être, admit-elle.

— Peut-être ? D'après ce que tu m'as dit, Annette a menti sur son témoignage, elle a accepté un pot-de-vin et, pour couronner le tout, elle a essayé de te tuer !

Il eut un léger sourire.

— Avec une jardinière de pétunias.

Liz lui rendit son sourire. Il était clair qu'Annette n'était pas un assassin professionnel.

— Il n'empêche que son témoignage est important. Et que nous en avons besoin. Tout comme nous avons besoin du témoignage de Ramon. C'est pour ça que nous sommes ici, non ?

— C'est une des raisons. Patricia en est une autre. Et puis, je n'aime pas attendre.

Après avoir passé une heure à faire les cent pas dans le couloir de l'hôpital, ils avaient fini par se résigner au fait qu'ils ne pouvaient rien faire pour Jerod, et décidé de se rendre chez Ramon. La concierge les avait informés qu'elle avait vu ce dernier sortir en tenue de jogging, sans doute pour aller courir dans le parc voisin.

— Pourquoi Patricia veut-elle que tu parles à Ramon ? s'enquit Liz alors qu'ils traversaient la rue.

— Tu as vu l'immeuble où il habite ?

— Oui. Plutôt classe.

— Il conduit une BMW. Et s'habille chez des grands couturiers.

Elle acquiesça.

— Il a peut-être fait des investissements judicieux ?

— Peut-être. En tout cas, son mode de vie est largement au-dessus de la moyenne. D'après ma sœur, il arrondit ses fins de mois en faisant chanter certaines personnes.

Liz réfléchit. C'était logique. Après avoir parlé à Annette, l'agent Lattimer ne mettrait sans doute guère de temps à parvenir à la même conclusion.

Ils entrèrent dans le parc et s'arrêtèrent au bord de l'allée, parcourant du regard les arbres majestueux, les arbustes et les parterres fleuris. Deux lacs situés au centre attiraient des troupeaux de canards et de bernaches du Canada qui barbotaient bruyamment sur les bords, indifférents à la foule de coureurs, promeneurs et voitures d'enfants.

Liz suivit des yeux un groupe de joggers, regrettant de ne pouvoir se joindre à eux. Depuis qu'elle avait découvert que ses soupçons à l'égard de Ben étaient infondés, elle débordait d'énergie positive.

Et l'attirance qu'il lui inspirait n'avait fait que se renforcer.

Chaque fois qu'elle le regardait, elle rêvait de faire l'amour avec lui. Les souvenirs des baisers qu'ils avaient échangés dans la clairière étaient gravés dans sa mémoire. Tout comme le reflet du clair de lune sur ses pommettes. La sensation de sa peau tiède contre la sienne. Son torse dur et puissant alors qu'il la serrait dans ses bras.

Au prix d'un effort, elle refoula ces pensées vagabondes.

— Ramon fait chanter Patricia ? demanda-t-elle avec surprise. A quel propos ?

Ben abaissa ses lunettes de soleil pour la regarder.

— Je ne devrais pas rire. Patricia prend ça très au sérieux.

— Quoi ?

— Des photos osées, répondit-il avec un sourire en coin. Ma sœur si coincée a eu un moment de folie. Et elle veut récupérer ces photos.

Le garde du corps s'avança vers eux.

— Je suggère que nous retournions au véhicule, monsieur. Cet endroit n'est pas sûr.

— Avec tous ces gens autour de nous ?

— Sans parler des oies, renchérit Liz.

Le garde du corps n'esquissa pas l'ombre d'un sourire.

— Regardez autour de vous. Il y a quantité d'endroits où un tireur embusqué pourrait se cacher.

— Je prends le risque, dit Ben.

— Je suis chargé d'assurer votre protection, monsieur, répondit l'homme fermement. Permettez-moi d'insister. Vous devez retourner à la voiture.

Soudain, Liz aperçut une silhouette familière de l'autre côté du lac, non loin du stand de location des barques. Tout au moins pensait-elle qu'il s'agissait de Ramon. Il était vêtu d'un débardeur blanc et d'un bermuda à la mode, et courait à un rythme lent, comme si chaque foulée était une pose pour une publicité.

— Reste ici, lança-t-elle à Ben. Je vais parler à Ramon.

Elle s'élança avant qu'il ait eu le temps de protester. Derrière elle, la discussion entre Ben et son garde du corps s'envenima, mais cela ne la concernait pas. Personne n'essayait de la tuer. Hormis Annette, naturellement.

Liz retrouva naturellement son rythme. Elle adorait faire du jogging. C'était son deuxième passe-temps préféré après le karaté. Elle contourna le lac par le côté est, évitant une femme toute menue qui tentait tant bien que mal de tenir en laisse un chien énorme et apparemment résolu à sauter dans l'eau.

En approchant de l'homme, Liz constata avec soulagement qu'elle ne s'était pas méprise. C'était bien Ramon. Son torse et ses épaules étaient humides de sueur. Avec son corps sculptural et ses muscles gonflés par l'exercice, il n'était guère étonnant que certaines femmes le trouvent attirant. Mais il n'était pas son genre. Trop précieux à son goût.

Dès qu'il la vit, il s'empressa de faire demi-tour et repartit dans la direction opposée.

Très bien. Liz accéléra l'allure. Ses baskets volaient sur le ruban d'asphalte.

— Hé, Ramon. Attendez !

Il jeta un coup d'œil par-dessus son épaule et comprit qu'elle comblait la distance qui les séparait. Résigné, il ralentit et se mit à marcher tandis qu'elle le rejoignait.

— Qu'est-ce que vous voulez ? grogna-t-il en la foudroyant du regard.

— Vous avez des ennuis, avertit-elle en réglant son pas sur le sien alors qu'ils approchaient du stand de location des bateaux. Annette m'a raconté ce qui s'était passé la nuit du meurtre.

— Annette, ricana-t-il. Elle est complètement folle, celle-là.

— Mais elle est prête à tout dire aux enquêteurs.

Il s'immobilisa au bord de l'allée.

— Ce soir-là, elle était en larmes. Je lui ai offert une broche pour la réconforter.

— Une broche en diamants, précisa Liz. Qui appartenait à Charlene.

— Elle me l'avait donnée. C'était un cadeau.

— Il semble que vous acceptiez volontiers les cadeaux des femmes, Ramon.

Elle était certaine que le FBI découvrirait toutes ces informations sans difficultés. Ce n'était pas cela qui l'intéressait.

— Vous savez qui a assassiné Charlene.

Il prit une brève inspiration, puis, plantant les poings sur les hanches, l'enveloppa d'un regard calculateur. La passion qu'elle avait vue chez lui l'autre soir, lorsqu'il avait attaqué Tony Lansing, avait cédé la place à une froideur rusée. On aurait dit un escroc sur le point de conclure un marché.

— Ce genre d'information a une certaine valeur.

Liz n'en croyait pas ses oreilles. S'imaginait-il qu'il allait lui extorquer de l'argent ?

— Je n'ai pas d'argent, dit-elle. Je travaillais comme employée de maison, souvenez-vous.

— En ce cas, je n'ai aucune raison de vous parler.

— Répondez au moins à une question, insista-t-elle. Le soir de la fête, est-ce que vous avez mis de la drogue dans mon verre ?

— A vous d'en juger. C'est vous la détective, non ?

Comment pouvait-il savoir qu'elle était détective ? Cette information n'avait pu venir que d'une seule source.

Victoria.

— Moi aussi, j'ai des questions pour vous, reprit-il. Je vous les donne gratuitement.

— Je vous écoute.

— Qui avait intérêt à ce que Charlene meure pour que la petite Natalie hérite d'une fortune ? Qui veut obtenir la garde exclusive de la gosse ? Qui est prêt à tirer sur Ben pour l'empêcher d'avoir sa part de l'héritage ?

— Victoria, dit-elle lentement.

Ramon ricana.

— Mais nous savons l'un et l'autre qu'elle n'est pas l'assassin.

Jetant un coup d'œil par-dessus son épaule, Liz vit Ben qui s'approchait, flanqué de son garde du corps.

— Ramon, dites-moi qui...

Elle n'entendit rien. Pas un son.

Ramon recula en titubant, battant désespérément des bras. Une tache rouge s'étalait déjà sur le devant de son T-shirt blanc.

Ses genoux cédèrent.

Il s'effondra sur le sol.

Liz pivota sur elle-même, fouillant frénétiquement les environs du regard, cherchant à repérer le reflet du soleil sur le canon d'un fusil. Où était le tireur ? Dans les arbres ? Dans un des immeubles qui entouraient le parc ? Dans une voiture ?

Ben cria son nom, réveillant son instinct de survie.

Elle se laissa tomber à terre et s'accroupit derrière Ramon. Il y avait du sang partout. Son T-shirt en était trempé. Il dégoulinait sur ses mains, coulait au coin de sa bouche. Comme elle le regardait, la poitrine de Ramon cessa de se soulever et de s'abaisser. Ses yeux fixaient sans le voir le ciel bleu du Colorado.

Liz avait l'esprit totalement vide. Toute pensée rationnelle l'avait désertée. Elle était là, au milieu d'une scène atroce, mais elle se sentait distante, déconnectée.

L'instant d'après, Ben surgit à ses côtés. Ses bras l'entourèrent. Il l'éloigna du cadavre, lui offrant en même temps un rempart de son corps. Derrière lui, l'agent de sécurité avait dégainé son arme et criait aux gens à proximité de se jeter à terre.

La plaisante journée de printemps au parc se mua en cauchemar. Des hurlements s'élevèrent. Des femmes éperdues prirent leur bébé et se mirent à courir. Le gros chien blanc échappa à sa maîtresse et plongea dans le lac. Un troupeau d'oies affolées s'envola, décrivant un V dans le ciel.

— Liz.

Ben la secoua doucement.

— Liz, ça va ?

Incapable d'articuler un son, elle acquiesça mécaniquement.

— Tu peux marcher ?

Sans attendre sa réponse, il la souleva dans ses bras et se dirigea vers le stand. Comme ils s'engouffraient sous le kiosque ombragé, dissimulé à la vue du tireur par une série d'arches, Liz commença à se ressaisir.

Elle noua les bras autour du cou de Ben.

— Tu peux me poser, maintenant.

Quand ses pieds touchèrent le sol en ciment, ses jambes étaient assez solides pour la soutenir. Malgré tout, elle continua à se cramponner à Ben.

Le garde du corps s'assura qu'ils étaient indemnes. Puis, l'arme au poing, il fit mine de s'éloigner.

— Restez ici. La police arrive.

Ben s'adossa au mur, et Liz se laissa aller contre lui, encore sous le choc. Elle se souvint d'avoir éprouvé des sensations similaires lorsqu'ils avaient découvert le corps de Charlene.

— Je devrais être plus solide, murmura-t-elle.

Après tout, elle était ceinture noire de karaté, et elle était capable de se défendre dans des situations dangereuses.

— Je crois que c'est le sang, reprit-elle. Je déteste voir le sang.

Il lui souleva tendrement le menton et tourna son visage vers lui, la regardant avec sollicitude.

— Je n'aurais pas dû t'amener ici, se reprocha-t-il. Je n'avais pas conscience des risques.

— Ce n'est pas ta faute.

Elle n'était pas encore assez remise de ses émotions pour pouvoir sourire.

— Le tireur, souffla-t-elle. C'était le même que l'autre jour ?

— Je ne sais pas, mais je n'ai pas entendu de détonation, répondit Ben. Il a dû se servir d'un silencieux. Comme l'autre jour.

Mais cette fois, ce n'était pas Ben qu'il visait. Ni elle.

— Ramon était sa cible.
— Il a peut-être essayé de faire chanter quelqu'un qui n'était pas prêt à se laisser faire.

Au loin, elle entendit les hurlements des sirènes des voitures de police qui convergeaient vers le parc.

Elle enfouit son visage dans la chemise bleue de Ben et ferma les yeux.

17

Dans le calme relatif de la salle d'attente de l'hôpital, Ben était assis à côté de Liz, et s'efforçait de prendre son mal en patience. D'après les médecins, l'opération de Jerod avait été un succès. La tumeur avait été totalement retirée.

Cependant, son grand-père tardait à se réveiller, et des complications liées à l'anesthésie demeuraient possibles. Le vieux monsieur risquait toujours de sombrer dans un coma végétatif.

Et Ben était impuissant. Cette incapacité d'agir le rongeait, lui nouait l'estomac jusqu'à l'étouffer.

Liz lui effleura le bras et il tressaillit.

— Qu'y a-t-il ?
— Veux-tu un café ?
— Et toi ?
— Non.

Elle lui adressa un sourire tendu.

— Ça semble de rigueur dans ce genre de circonstances, c'est tout. Une tasse de thé ou de café. Ou une triple dose de whisky.

— Je reconnais là tes talents de serveuse de bar.

Elle feignit de prendre un air satisfait.

— Un de mes nombreux talents, que veux-tu.

Ben la regarda. Il était heureux qu'elle recommence à plaisanter. Quelques instants plus tôt, au parc, il avait craint qu'elle ne perde connaissance. Mais Liz était solide.

S'il se concentrait sur elle, il parviendrait peut-être à ne pas devenir fou. Il la dévisagea longuement, remarquant les différentes nuances de ses cheveux désordonnés, les légères taches de rousseur sur son nez délicat. Il espérait qu'elle dormirait dans son lit ce soir. Si elle ne voulait qu'un câlin, il s'en contenterait. Si elle désirait davantage, il ne demandait pas mieux.

— Je sais ce dont tu as besoin, dit-elle. Ferme les yeux et imagine que tu fais de la voile.

— J'aime mieux te regarder.

— Il faut te détendre. Tu es si crispé.

— Qui ne le serait pas ? Mon grand-père est entre la vie et la mort. Je viens d'être témoin d'un meurtre. Et je suis le suspect numéro un dans une enquête criminelle.

Toute sa vie avait plongé dans le chaos, alors qu'il s'enorgueillissait d'ordinaire de rester maître de la situation en toutes circonstances. Par gros temps, il se cramponnait au gouvernail et luttait contre la tempête. Lorsque le danger menaçait, il tenait bon.

Il ne se faisait pas de reproches concernant le meurtre de Ramon. Le modèle avait tenté d'escroquer des gens en les faisant chanter, et il en avait subi les conséquences. Ben n'aurait rien pu y changer.

Et il n'était pas non plus responsable de la mort de Charlene.

Malheureusement, il n'était pas sûr que les autres soient d'accord avec lui. Surtout pas Lattimer.

L'agent du FBI apparut justement au bout du couloir impersonnel de l'hôpital. Son apparence était moins soignée que d'habitude. Son nœud de cravate était de travers. Il avait la mine sombre et la mâchoire crispée.

— Il a l'air furieux, murmura Liz. Tu veux que j'appelle ton avocat ?

— Non. Je m'en occupe.

Ben se leva, prêt à affronter le policier.

Lattimer ne lui laissa pas le temps de parler.

— Monsieur Crawford, je vous ai traité avec la plus grande considération. Je vous ai tenu informé. Je vous ai permis de rester dans le confort de votre demeure plutôt que de vous interroger dans une cellule. Et qu'est-ce que vous avez fait en contrepartie ? Comment m'avez-vous remercié ? En vous retrouvant mêlé à un nouveau meurtre !

— Ce n'était pas mon intention, rétorqua Ben.

— Quand le FBI s'occupe d'une affaire, il garde le contrôle de la juridiction, aboya Lattimer. Je viens de passer deux heures avec les services de sécurité nationaux qui croyaient que nous avions affaire à un attentat terroriste.

Cela semblait pour le moins exagéré.

— A Washington Park ?

— Quatre personnes ont été blessées en prenant la fuite, riposta l'agent. Rien de grave, heureusement.

Une veine palpitait à son front.

— Une femme a failli se noyer en essayant de sauver son chien tombé à l'eau.

Ben n'envisagea pas même de s'excuser. Certes, il regrettait la tournure qu'avaient pris les événements, mais ce n'était pas sa faute.

— La prochaine fois que je tomberai dans une embuscade, je tâcherai de vous prévenir.

— Il vaudrait mieux pour vous qu'il n'y ait pas de

prochaine fois, rétorqua Lattimer sèchement. Je vous conseille de retourner à votre domicile, où vous et votre famille bénéficiez de la protection d'une société sérieuse. Compris ? Ne vous avisez pas de vous mêler à l'enquête.

Ben n'était pas d'humeur à recevoir des ordres. Il avait coopéré avec la police jusqu'ici.

— Votre enquête, agent Lattimer, ne s'est pas exactement révélée fructueuse pour l'instant.

— Je vous demande pardon ?

— En tant qu'homme d'affaires, je mesure le succès aux résultats obtenus. Pour autant que je puisse en juger, vous n'avez pas avancé d'un pas.

Lattimer fit mine de protester, mais Ben lui coupa la parole.

— Vous avez gaspillé du temps et des ressources à me soupçonner, à essayer de rassembler des preuves contre moi. Vous n'avez pas sérieusement envisagé d'autres hypothèses.

— Ne me dites pas comment faire mon travail !

— Saviez-vous que Ramon Stephens était un maître chanteur ? Avez-vous examiné ses revenus, son mode de vie ? Ç'aurait dû être une piste, pourtant. Quand Annette a commencé à raconter des histoires de monstre, vous l'avez crue sur parole. Au lieu de chercher des failles dans son récit, vous avez pensé que j'étais le monstre.

— Annette, répéta Lattimer d'un ton écœuré.

— Vous l'avez interrogée ?

En guise de réponse, Lattimer posa son ordinateur portable sur une chaise et l'ouvrit. Liz quitta son siège pour mieux voir l'écran.

— Je suis allé chez vous pour l'interroger, répondit Lattimer. Elle était déjà partie.

— Impossible, protesta Liz. Je l'ai laissée avec le garde.

— Elle est montée dans sa chambre sous prétexte de se changer et elle est sortie par la fenêtre. Elle était au volant de sa voiture avant qu'on ait eu le temps d'avertir les gardiens qu'elle n'était pas censée partir.

Il pressa une touche sur le clavier.

— Cet enregistrement a été effectué à la grille.

Ben regarda l'écran. Annette se penchait par la vitre ouverte de sa voiture, et regardait droit vers la caméra.

— J'aurais dû la renvoyer, marmonna-t-il.

— Nous allons la retrouver, affirma Lattimer. Et nous vérifierons l'histoire qu'elle a racontée à Liz.

— A propos, intervint la jeune femme, j'ai répété au policier qui m'a interrogée ce que Ramon a dit. Concernant Victoria.

— J'ai une copie de votre déposition.

— Je ne peux pas croire qu'elle soit une meurtrière, murmura Liz.

Ben en était moins sûr. Il avait vu son ex-femme en proie à des rages incontrôlables. L'idée que Victoria puisse être à l'origine de ces meurtres le troublait. Heureusement, Natalie venait passer le week-end avec lui.

— Je vais me renseigner au sujet de Victoria, fit Lattimer. Vérifier l'état de ses finances et ses contacts. Laissez-moi faire. Entre-temps, je veux que vous rentriez chez vous et que vous n'en bougiez plus.

— C'est hors de question, répondit Ben. Je dois rendre visite à mon grand-père chaque jour.

— Comment va-t-il?

— Nous ne le savons pas encore.

Lattimer s'adoucit quelque peu.

— Je comprends que cela soit difficile pour vous. J'espère qu'il va se rétablir.

— Merci.

Les deux hommes échangèrent une poignée de main sincère.

— Une dernière chose, reprit Liz. Ben est-il toujours votre suspect numéro un ? Ou avez-vous changé d'avis ?

— J'ai changé d'avis.

Lattimer referma son ordinateur.

— Soyez prudents.

Ben avait à peine eu le temps de se rasseoir lorsque Harry Schooner entra dans la salle d'attente, leur faisant signe de le suivre.

— Jerod est en train de se réveiller.

Ben bondit sur ses pieds. La tension qui s'accumulait en lui depuis que son grand-père était entré à l'hôpital se renforça encore. Il s'avança d'un pas raide, priant pour que l'intervention soit un succès, et redoutant le pire. Liz marchait à côté de lui.

— Les médecins disent que vous pouvez le voir pendant cinq minutes. Ce sera tout pour aujourd'hui.

— Bien.

Ils s'arrêtèrent devant la vitre de la chambre où Jerod était sous soins intensifs, entouré d'écrans, des perfusions dans les bras. Le chirurgien se tenait à côté de lui, et les invita à entrer.

— Cinq minutes, dit-il.

Ben effleura la main de son grand-père, et sentit une légère pression en retour. C'était bon signe. Jerod était affreusement pâle, et ses rides semblaient s'être creusées. Il s'humecta les lèvres.

— Grand-père, murmura Ben, veux-tu un peu d'eau ?

— J'aimerais mieux une bonne bière.

Ben éprouva une bouffée de soulagement. Jerod plaisantait. Il allait survivre. Il allait s'en tirer.

Lentement, il ouvrit les yeux, et se concentra sur le visage de Ben.

— Tu as besoin d'une coupe de cheveux, petit.
— Tu me vois ?
— Evidemment.

Jerod détourna les yeux, fixa Harry, puis Liz. Enfin, son regard se reporta sur Ben.

— Où est Charlene ?

Le cœur de Ben se serra.

— La visite est terminée pour aujourd'hui, coupa le médecin. M. Crawford a besoin de repos. Et il doit subir quelques tests supplémentaires.

Ben se pencha et déposa un baiser sur le front de son grand-père. Il aurait fait n'importe quoi pour lui épargner le terrible chagrin qui l'attendait. Mais il était impossible d'éviter la vérité.

La nuit était tombée sur la propriété des Crawford.

Assise sur le lit étroit de sa chambre de bonne, Liz regardait les longues ombres de la forêt se refermer autour des terrasses en cèdre. Son estomac criait famine. Elle s'était contentée de grignoter quelques sucreries pour dîner, car elle n'avait aucune envie de s'asseoir à la même table que Patricia et Monte. Elle ne tenait pas davantage à bavarder avec le personnel, surtout pas avec Rachel. Il ne serait guère plaisant de lui dire que sa grande amie Victoria était sans doute mêlée à une affaire de meurtre.

Quant à Ben… Il broyait du noir. Il s'était enfermé dans son atelier et travaillait à son bateau. Elle comprenait sa douleur. Révéler la mort de Charlene à Jerod serait une terrible épreuve.

Elle jeta un coup d'œil à sa montre.

Ben était seul depuis plus de deux heures. Peut-être devrait-elle se rendre à la grange et vérifier que tout allait bien ? En tant que secrétaire particulière, c'était son devoir de veiller à ce qu'il reste concentré sur l'enquête.

Allons, se morigéna-t-elle. Inutile de se raconter des sornettes. La vraie raison pour laquelle elle voulait voir Ben n'avait aucun rapport avec l'enquête. Après la passion interrompue de la veille, elle espérait avoir une seconde chance…

Elle enfonça ses doigts dans la couette, le corps tendu à craquer. Faire l'amour avec lui serait une erreur. Une fois cette affaire terminée, elle retournerait à son univers habituel, bien loin du mode de vie des gens riches et célèbres comme Ben. Ils vivaient dans des milieux trop différents pour qu'il soit réaliste d'envisager une relation entre eux.

Sans compter le fait qu'elle l'avait trompé. Qu'elle lui avait raconté un gros mensonge. Quand il saurait qu'elle était venue chez lui sous un faux prétexte et qu'elle travaillait en réalité pour le compte de Victoria, il ne voudrait plus entendre parler d'elle.

Mais ce soir ? Elle n'avait pas besoin de lui révéler la vérité tout de suite. Ce soir, ils pouvaient s'offrir le réconfort dont ils avaient tous les deux besoin. Ils pouvaient enfin céder à l'attirance intense qui les poussait l'un vers l'autre.

Elle voulait cette nuit avec lui.

Avant de changer d'avis, elle sauta à bas de son lit, attrapa sa veste en jean et ouvrit la porte à la volée.

Comme elle descendait les marches quatre à quatre, elle se remémora les remarques de Rachel le premier jour. La gouvernante avait raison. Elle faisait trop de bruit, elle était trop abrupte, et pas très cultivée.

Pourtant, Ben la désirait. Elle en était certaine.

Sur le palier, elle rencontra un des gardiens. Il était vêtu d'un uniforme de type militaire de couleur sombre, et portait de grosses chaussures de combat.

— Où allez-vous ? s'enquit-il.
— Ben est toujours dans la grange ?
— La scène du crime ? Oui, il est là-bas.
— J'y vais.
— Je vous accompagne.

L'homme descendit la colline avec elle. Il était équipé d'une torche, mais ils n'en avaient pas besoin. La lune offrait assez de lumière pour éclairer l'allée jusqu'aux grilles. Tout était calme. Les reporters étaient rentrés chez eux pour la nuit.

Au fur et à mesure qu'ils s'approchaient de la grange, Liz sentait sa certitude lui échapper. Faisait-elle une erreur ? Ben avait le droit de vouloir rester seul. Même s'il lui avait fait une sorte de promesse tacite la veille au soir.

Tant pis. S'il ne voulait pas la voir, il lui dirait de partir, et voilà.

Un autre gardien était posté devant la grange. Il la salua d'un signe de tête, et ouvrit la porte.

Trop tard pour faire marche arrière.

Liz pénétra à l'intérieur. Son regard se posa aussitôt sur l'endroit où on avait retrouvé Charlene. Elle s'attendait à y voir une marque à la craie dessinant les contours du corps, mais le sol en ciment avait été nettoyé. Il ne restait plus une trace de sang.

Ben jeta un coup d'œil vers elle et se remit au travail. Avec des gestes lents et fluides, il ponçait les planches de chêne.

— Il y a un problème ?
— Pas vraiment.
— Tu aurais pu m'appeler sur mon portable.

Mais elle avait eu envie de le voir. Même si le reste de la soirée ne se déroulait pas selon ses attentes, le spectacle en valait la peine. Son T-shirt gris soulignait les muscles de ses bras et de ses épaules tandis qu'il caressait les lignes incurvées de la coque. Son jean épousait ses hanches étroites. Rien de tel que de contempler un homme en train de se livrer à une activité physique pour exciter une femme.

Elle s'approcha de lui et promena les doigts sur le bois satiné.

— Il est magnifique.
— Je fais des progrès.

Il recula d'un pas pour admirer son œuvre.

— J'espérais le finir avant l'arrivée de Natalie, mais ce ne sera pas possible.
— Tu as le temps. Tout le reste de l'été. Jerod et toi pourrez lui apprendre à faire de la voile ensemble.
— Oui. Il va se rétablir.

Mais un vestige de doute perçait dans sa voix. Liz comprit qu'il ne parlait pas de l'opération. Il redoutait que le chagrin provoqué par la mort de Charlene ne soit trop dur à supporter pour le vieil homme.

Elle baissa les yeux sur l'endroit où elle avait vu le

corps. Effacer les traces de sang ne suffisait pas à effacer les souvenirs.

Ben lui effleura la joue, la forçant à se tourner vers lui.
— Pourquoi es-tu venue ?

Le cœur de Liz manqua un battement. En général, elle était assez directe avec les hommes. Elle n'hésitait pas à leur dire ce qu'elle désirait.

Mais ce soir, c'était différent.

Elle enfonça une main dans la poche de son jean et en tira une barre de chocolat.
— Je t'ai apporté à dîner.

Ben l'enveloppa d'un sourire sensuel, et une lueur espiègle surgit dans son regard.
— Je ne te crois pas.
— Tu as tort.
— Je voulais que tu viennes. Je l'espérais.
— Vraiment ?
— Oui. Très fort.
— Prouve-le.

Il l'enlaça et Liz sentit son pouls s'accélérer. A la première pression de ses lèvres sur les siennes, une vague intense de chaleur l'envahit, l'embrasant tout entière. Elle brûlait de se dévêtir, de sentir le corps nu de Ben contre elle.

— Tu as un préservatif ? demanda-t-elle, haletante.
— Euh… non.

Liz n'hésita pas une seconde. Pas question de répéter l'expérience de la veille.

— Viens ! On fait la course jusqu'à la maison !

18

Ben prit Liz par la main et s'élança sur la colline. Le garde du corps les suivit, l'arme au poing, visiblement peu amusé. Par contraste, Liz et lui gloussaient comme deux adolescents lors de leur premier rendez-vous. A l'intérieur, il se dirigea vers l'escalier, et elle lui emboîta le pas.

Une fois dans la chambre, ils se jetèrent l'un sur l'autre. Liz noua les bras autour du cou de Ben, l'attirant plus près avant de lui donner un baiser intime et passionné tandis qu'il la serrait étroitement d'une seule main, pressant l'autre sur ses fesses pour la plaquer contre lui.

Le désir submergeait Ben. Il avait besoin de cette étreinte, de cet instant de passion pure, débridée. Néanmoins, il s'enjoignit de ralentir ses ardeurs. Il ne voulait pas faire l'amour à la va-vite, et décevoir Liz. Il voulait lui offrir davantage.

Une nuit mémorable.

Il la prit par les épaules, la forçant à s'écarter de lui. Ses joues étaient d'un rose délicieux. Elle avait les lèvres entrouvertes, le souffle court.

Il lui retira sa veste en jean et la jeta négligemment de côté. Puis il défit le premier bouton de son chemisier, caressant légèrement sa peau crémeuse.

— Plus vite, ordonna-t-elle.

— Donne-moi du temps, Liz.

Elle ouvrit brutalement les pans de son chemisier. Le tissu glissa sur ses épaules. Sa poitrine était lisse et ferme, sa taille mince et féminine. Elle était aussi belle qu'une sculpture en marbre. Pourquoi dissimulait-elle son corps sous des T-shirts trop larges ? Il tendit la main dans son dos, et dégrafa son soutien-gorge en dentelle blanche, dévoilant des seins ronds, des mamelons brun rose à la pointe dressée.

Quand il se pencha vers elle pour les prendre dans sa bouche, elle s'arqua à sa rencontre avec un gémissement qui aviva encore l'excitation de Ben. Il brûlait de satisfaire sa faim, de la rassasier entièrement. Elle représentait bien plus pour lui qu'une aventure d'un soir.

Infiniment plus.

Liz avait cru en lui quand personne d'autre ne l'avait soutenu. Elle était loyale, et forte.

Elle était sa femme.

Il arracha sa chemise et l'enlaça avec fougue. Chair contre chair, le frottement de leurs corps éveillait des sensations si intenses qu'elles en étaient explosives.

Ils s'effondrèrent sur le lit, retirant à la hâte le reste de leurs vêtements. Il repoussa les couvertures. Liz s'étira entre les draps d'un mouvement languide, puis, de la pointe de l'orteil, décrivit une ligne sur le torse de Ben. Fou de désir, il déposa un baiser sur la plante de son pied, avant de remonter jusqu'à son genou. Il tendit la main, écartant délicatement les replis délicats de sa féminité.

Liz était brûlante et humide, prête à l'accueillir. Elle l'attendait.

Avec impatience.

Elle se redressa, noua ses bras autour de lui et retomba en arrière, l'entraînant adroitement avec elle.

Une amante exigeante. Cela plaisait à Ben.

Elle promena les doigts sur lui, descendant plus bas, toujours plus bas, jusqu'à se saisir de son membre durci. Lentement, avec des gestes sensuels, elle se mit à le caresser.

Ben ferma les yeux, sur le point d'exploser de plaisir, déchiré entre le désir qu'elle s'arrête et celui qu'elle continue.

Il ouvrit le tiroir de sa table de nuit, cherchant frénétiquement la boîte de préservatifs. Pendant qu'il en enfilait un, elle continua à lui caresser les bras, les épaules, la poitrine.

— Viens, supplia-t-elle.

— Tu ne veux pas que j'aille chercher la crème fouettée ? plaisanta-t-il.

— Tout à l'heure.

Sa voix pressante poussa Ben à l'action. Il prit position au-dessus d'elle.

Pendant quelques secondes, il demeura immobile, les yeux rivés à ceux de Liz, savourant déjà le moment où il s'unirait à elle.

— Maintenant, souffla-t-elle. Viens, Ben.

Il la pénétra lentement, songeant que leurs corps s'épousaient parfaitement, comme s'ils avaient été faits l'un pour l'autre.

Quand il commença à aller et venir en elle, Liz suivit naturellement son rythme. Jamais auparavant il n'avait fait l'amour avec une femme dont la passion égalait la sienne. Il dut faire appel à tout son contrôle de lui-même pour se retenir. Liz poussait de petits cris. Il attendit, luttant de toutes ses forces. Quand il sentit qu'elle succombait aux assauts du plaisir, il se laissa aller à son tour, s'abandonnant à l'extase.

Il s'effondra sur le lit à côté d'elle. Malgré tous les désastres qui s'étaient abattus sur sa vie, il se sentait heureux. Epanoui. En paix.

Sans rien dire, ils se serrèrent l'un contre l'autre. En général, il ne parlait guère après l'amour, mais il ressentit soudain le besoin de lui dire qu'elle était importante à ses yeux. Il éprouvait envers elle des sentiments très forts. Il voulait passer du temps en sa compagnie. Des jours. Des semaines.

Des années, peut-être.

Peut-être qu'il l'aimait.

Il n'osa dire le mot tout haut. C'était trop tôt.

Liz poussa un soupir de bien-être et prit appui sur un coude, baissant les yeux sur lui. Son sourire satisfait était plus énigmatique que celui de la Joconde.

— Ben, dit-elle.

— Oui, Liz.

Elle tendit la main vers les couvertures et prit son caleçon noir.

— Pourquoi ne suis-je pas étonnée que tu portes de la soie ?

— Toi aussi.

— C'est vrai, admit-elle, penaude. J'ai un faible pour la lingerie de luxe. Nous avons tous les deux des sous-vêtements de millionnaires !

Elle se mit à rire et laissa retomber le caleçon, espérant qu'il ne prendrait pas la peine de le remettre. Il avait un corps splendide, peut-être le plus beau qu'elle ait jamais vu. Un torse large et puissant, avec juste la toison qu'il fallait. Un ventre plat. Des fesses délicieusement fermes.

Elle ne pouvait s'empêcher de le contempler. Tout lui plaisait chez Ben. De plus, il était un amant accompli, qui savait se montrer tour à tour ardent et attentionné.

Si cette nuit avait été uniquement une expérience sexuelle, Liz aurait été ravie. Mais il y avait davantage. Au milieu de leurs ébats passionnés, pendant un instant inoubliable, il avait plongé son regard dans le sien, et elle avait ressenti un lien plus profond entre eux, comme s'ils étaient davantage que des amants…

Et cela la terrifiait.

Il enfouit les doigts dans ses cheveux.

— Je veux te poser une question.

Une angoisse soudaine s'empara de Liz.

— Ben, nous ne sommes pas obligés de parler. Je ne suis pas…

— Que dirais-tu d'une promotion ?

— Pardon ?

— Tu m'as entendu, dit-il en déposant un baiser sur son front. J'apprécie ton intelligence et ton efficacité. Je veux que tu travailles avec moi de manière plus permanente.

— Avec des avantages à la clé ?

— Toutes sortes d'avantages, confirma-t-il avec un sourire sexy qui suscita un délicieux frisson dans l'échine de Liz.

Elle ne savait que dire.

— Après le sexe, la plupart des hommes parlent d'avoir une relation stable ou quelque chose de ce genre. Toi, tu m'offres un emploi. J'ai presque l'impression que tu me paies pour faire l'amour.

Il la regarda avec une gravité soudaine.

— Ce qui est arrivé ce soir entre nous n'a pas de prix.

— Même avec des millions, tu ne pourrais pas m'acheter, lança-t-elle en se frottant contre lui. Ce genre de passion ne peut être que gratuit.

Cependant, elle ne pouvait accepter son offre. S'il lui versait un salaire, elle s'empresserait de le lui retourner. Prendre son argent aurait été immoral alors que Victoria continuait à la payer.

Et quand elle lui aurait révélé cette information, elle doutait qu'il veuille jamais la revoir.

— Tu as dit à Lattimer que tu jugeais le succès sur des résultats tangibles.

— C'est exact.

— Nous n'avons toujours pas découvert qui a assassiné Charlene. Je veux dire, nous avons réussi à persuader le FBI que tu ne devais pas être considéré comme suspect, mais nous n'en savons pas davantage.

— Et il faut que je trouve la réponse à cette question, murmura Ben. Jerod voudra que le coupable soit jugé.

— Voici ce que je te propose, suggéra Liz. Quand j'aurai élucidé le crime, j'aurai des résultats. A ce moment-là, je mériterai une promotion.

— Marché conclu.

Il se pencha vers elle pour sceller leur accord par un baiser, qu'elle accepta avec plaisir. L'odeur masculine de Ben affolait ses sens, et elle savait qu'ils feraient de nouveau l'amour cette nuit…

Patience, se dit-elle. Ils devaient avant tout songer à leur enquête.

Elle n'avait pas son calepin, mais elle passa mentalement en revue la liste de suspects. Patricia et Monte, Tony Lansing, le Dr Mancini, Victoria. Et quantité d'autres qui haïssaient Charlene, y compris des invités de l'autre soir et des membres du personnel.

— Pour le moment, reprit-elle, songeuse, c'est Victoria qui m'intéresse.

— Lattimer va enquêter sur elle.

— Il aurait déjà dû le faire. Ramon l'a clairement impliquée, et je ne serais pas étonnée qu'elle ait engagé un tireur. Mais je ne crois pas qu'elle ait tué Charlene.

— J'espère que non, commenta Ben d'un ton sombre. Quoi que je pense d'elle, elle est tout de même la mère de mon enfant.

— Je suppose qu'elle aurait pu persuader Tony de se charger du meurtre. En tant qu'avoué de la famille, il aura forcément beaucoup d'influence lors du transfert des biens de Jerod à Natalie.

— Ce qui n'arrivera pas avant des années, intervint Ben. Jerod va se rétablir.

Fait ironique, la guérison probable de Jerod annulait le mobile de l'assassinat de Charlene. Le tueur avait frappé quelques heures à peine après l'annonce de l'existence du nouveau testament afin de s'assurer que Charlene mourrait avant Jerod. Si elle ne s'était pas opposée à l'opération de ce dernier, elle serait peut-être encore en vie aujourd'hui.

Liz mordit dans une pêche, puis but un verre d'eau.

— Je serai gentille avec l'agent Lattimer demain. Il aura peut-être plus d'informations pour nous.

— A propos, il m'a appelé sur mon portable pendant que j'étais dans mon atelier. La perquisition n'a rien donné. Ils n'ont pas trouvé le sédatif utilisé pour droguer Charlene dans la maison.

Sans doute s'agissait-il de la même drogue que Ramon

avait glissée dans son verre, songea Liz. Elle leva les yeux sur Ben, devinant qu'il ne lui avait pas tout dit.

— Autre chose ?
— Ils l'ont trouvé ailleurs.
— Chez Ramon ?

Il acquiesça.

— Et dans la trousse du Dr Mancini.

Le lendemain matin, Liz ouvrit les yeux à regret, maudissant le gazouillis des oiseaux et les rayons de soleil qui caressaient le rebord de fenêtre. Elle n'avait pas envie de quitter le lit de Ben. Peut-être était-ce la première et la dernière fois qu'elle s'éveillait à côté de lui.

Elle devait lui révéler la vérité sur son métier. Elle ne pouvait pas continuer à lui mentir. Mais il allait la détester. Tout serait terminé entre eux. Elle ne pourrait plus savourer la douceur de ses baisers.

Jamais ils ne referaient l'amour ensemble.

Le cœur serré, elle le contempla tandis qu'il dormait. Même endormi, il l'attirait irrésistiblement. Elle avait essayé de protéger son cœur en se disant qu'une relation entre eux était impossible. Ils venaient de deux mondes différents. Elle avait essayé de lutter contre le magnétisme qui se dégageait de lui.

En vain.

Oh, seigneur. Il allait tant lui manquer...

Il ouvrit les yeux, et un sourire paresseux éclaira son visage. Avec un grognement, il l'attira à lui et l'embrassa sur le front.

— Je suis content que tu sois là. J'avais peur que tu n'aies été qu'un rêve.

— Je suis bien réelle.

Il roula sur lui-même pour jeter un coup d'œil au réveil.

— Bon sang, il est presque 8 heures. Il faut que j'aille à l'hôpital.

Aujourd'hui, il allait devoir révéler à son grand-père que Charlene avait été assassinée.

— Veux-tu que je vienne avec toi ?

Il secoua la tête.

— Merci, mais il faut que j'y aille seul.

Liz comprit. C'était une douleur qui ne pouvait être partagée.

— Je regrette que tu doives lui dire la vérité.

— Moi aussi.

— Si sa vue ne s'était pas améliorée, j'aurais pu continuer de faire semblant d'être Charlene. Même si je déteste ce parfum.

— Il n'y a pas d'autre solution, dit Ben en fixant le plafond. Et il est toujours préférable de dire la vérité.

Pas toujours, pensa Liz. Lorsqu'elle lui dirait la vérité, leur idylle naissante volerait en éclats. Elle n'avait jamais souhaité s'attacher à lui. Il aurait mieux valu qu'elle ne sache pas à quel point leurs corps s'épousaient.

A présent, ses rêves allaient être anéantis.

Elle décida de se taire pour l'instant. L'épreuve qui l'attendait avec Jerod était suffisamment douloureuse pour qu'elle n'ajoute pas à sa détresse.

Elle s'habilla et descendit au rez-de-chaussée pendant que Ben prenait sa douche.

Le petit déjeuner chez les Crawford était des plus informels. Trois gardiens étaient assis à table, en train de déguster des omelettes et du bacon.

Rachel essuyait des assiettes devant l'évier.

— Vous avez bien dormi ? demanda-t-elle à Liz froidement.

— Très bien, répondit la jeune femme sans s'émouvoir. On dirait que vous avez besoin d'aide.

— Annette avait ses problèmes, mais c'était une bonne employée. Elle obéissait aux ordres.

— Pas comme moi.

— Absolument pas.

Sans s'offusquer, Liz fit sa part des tâches ménagères pendant que le garde du corps emmenait Ben à l'hôpital.

Tout en balayant la terrasse devant la chambre de Jerod, elle réfléchit à l'enquête. Bien que Ramon n'ait pas admis avoir versé un sédatif dans le verre de Charlene ou le sien, elle ne doutait pas de sa culpabilité. Et les drogues étaient venues de la trousse du Dr Mancini.

Mancini avait pu payer Ramon pour s'assurer que Charlene et elle perdent conscience. Mais dans quel but ?

Mancini avait aussi pu revenir à la maison et éteindre les caméras de surveillance. Etait-il le tueur ?

La sonnerie de son téléphone portable retentit, coupant court à ses réflexions.

C'était Harry qui l'appelait de l'hôpital.

— Je voulais te donner des nouvelles de Jerod, dit-il. Evidemment, il a le cœur brisé, mais il va tenir le coup.

— Ben n'avait pas le choix. Il devait lui parler du meurtre.

— Il lui a fallu du courage, mais c'était la meilleure chose à faire.

— Il est toujours préférable de dire la vérité, murmura-t-elle.

Quelles qu'en soient les conséquences.

19

Lorsque Ben franchit le seuil de la maison, il avait une seule pensée en tête.

Trouver Liz.

Il avait besoin d'elle.

Dans la bibliothèque, il la prit aussitôt dans ses bras. Ils se tinrent l'un contre l'autre sans rien dire. Ben ferma les yeux, puisant force et réconfort dans la chaleur de son contact. Il demeura immobile pendant plusieurs minutes, et se sentit revenir à la vie.

Quand il la lâcha enfin, elle le guida vers le canapé et s'assit à côté de lui, gardant sa main dans la sienne.

— Parler à Jerod a été un calvaire.

Son grand-père était encore faible, et souffrait de vertiges à cause des médicaments. Mais il avait recouvré la vue, et il était clair que son état de santé s'améliorait.

— Quand je lui ai appris la nouvelle, son regard s'est éteint. Son chagrin était palpable.

— Tu n'avais pas le choix.

— Non, admit-il. Il va être transféré dans une chambre individuelle cet après-midi. Dès qu'il va allumer la télévision, il saura tout.

— Lui as-tu dit que j'avais joué le rôle de Charlene ?

A ce souvenir, Ben ne put réprimer un sourire. A vrai

dire, ç'avait été un moment mémorable. Jerod était redevenu l'homme que Ben connaissait. Il était fou de rage.

— S'il avait été assez fort, il serait sorti de ce lit d'hôpital pour me flanquer son poing dans la figure.

— Ce n'est pas drôle.

— Je préfère le voir en colère que miné par le chagrin. Ton copain Harry est d'accord avec moi, ajouta-t-il. A propos, il est très sympathique, et c'est un bon compagnon pour Jerod.

— Il t'aime bien aussi. Il me l'a dit au téléphone.

— Tu ne m'avais pas dit qu'il gérait une agence de détectives privés. Nous devrions peut-être l'engager pour trouver le meurtrier.

— C'est une idée.

Il plongea son regard dans les yeux de Liz, et vit qu'elle était troublée. Quoi de plus naturel ? Depuis quelques jours, ils avaient connu plus d'émotions fortes qu'un individu normal n'en fait l'expérience en toute une vie.

La tragédie, la peur, la douleur.

Le côté positif était que Jerod semblait en voie de rétablissement.

Et puis il y avait la nuit d'amour qu'il avait partagée avec Liz la veille. L'amour... le mot ne cessait de s'imposer à lui quand il pensait à la jeune femme.

Aucune autre description ne pouvait s'appliquer à ce qu'il ressentait.

Toute sa vie, il avait géré les affaires familiales, protégeant seul les intérêts de ses proches. Certes, il savait déléguer les tâches, mais il n'avait jamais vraiment compté que sur lui-même. Maintenant, avec Liz, c'était différent. Il avait une entière confiance en elle.

— Il faut qu'on essaie d'oublier tout ça pour l'instant, dit-il. Natalie va arriver d'une minute à l'autre.

Ils s'installèrent sur la terrasse devant la chambre de Jerod en attendant l'arrivée de la fillette. Elle n'était censée rester que trois jours, mais Ben espérait prolonger la visite.

Liz s'accouda à la rambarde et leva les yeux vers lui.

— J'ai essayé de réfléchir au meurtre, dit-elle lentement. Le Dr Mancini ne m'inspire pas confiance du tout, mais il n'a pas de mobile.

Apparemment, elle prenait très au sérieux la mission de détective qu'elle s'était imposée.

— Tu as des soupçons sur lui parce que le genre de sédatif utilisé pour endormir Charlene a été trouvé en sa possession, observa-t-il. Mais ça ne veut pas dire que ce soit lui qui le lui a administré. Il laisse souvent traîner sa trousse n'importe où. N'importe qui aurait pu voler ces comprimés. Ramon, par exemple.

— Mais Ramon n'aurait pas travaillé pour rien. L'assassin — quel qu'il soit — a payé Ramon pour mettre des drogues dans nos verres et pour persuader Annette de témoigner contre toi.

Ben n'eut pas le temps de répondre. Le portail s'ouvrait, laissant entrer la voiture qui amenait sa fille de cinq ans.

Il se hâta d'aller l'accueillir. Il ouvrit la portière, aidant l'enfant à retirer sa ceinture de sécurité. Elle se jeta dans ses bras en riant.

Il n'y avait rien de plus beau au monde que le rire d'un enfant.

Chaque fois qu'il voyait sa fille, il s'émerveillait. Elle possédait les longs cheveux bruns de sa mère, mais elle avait les mêmes yeux bleus que lui.

Il la présenta à Liz, et Natalie lui serra la main poliment.
— *Buenos Dias*, dit-elle fièrement. J'apprends l'espagnol avec ma nounou.
— *Buenos Dias*, répondit Liz en souriant.
Impressionnée, Natalie la regarda avec attention.
— Tu connais d'autres langues ?
— Un peu de japonais, dit Liz. J'enseigne le karaté, et certains de mes élèves ont le même âge que toi.
— Il y a un garçon dans ma classe qui fait du karaté. C'est un frimeur. Tu peux m'apprendre à le battre ?
— Peut-être tout à l'heure, intervint Ben, amusé. Liz n'a jamais vu ta chambre. Si tu la lui faisais visiter ?
Natalie prit Liz par la main et l'entraîna vers la maison. Ben les suivit des yeux, fier de sa fille. Elle était intelligente et animée, sans être agaçante. Elle n'était pas comme certains de ces enfants qui jouent les singes savants, et exigent constamment l'attention des autres. Elle savait observer, et apprendre.

Il avait envie de lui faire partager une foule de choses, et surtout lui enseigner à faire de la voile. Toute petite, il l'avait emmenée prendre des cours de natation. Elle avait adoré l'eau, et nageait comme un poisson.

Tous ses soucis disparaissaient lorsque sa fille était avec lui. Elle illuminait son univers. Même Patricia et Monte souriaient en sa présence.

Le bonheur de Natalie était la seule chose qui comptait. Le reste finirait par s'arranger.

Après que Natalie eut fait visiter sa chambre à Liz, Ben les entraîna dans son atelier afin de montrer à l'enfant les progrès qu'il avait accomplis dans la construction du bateau. Le nom du voilier avait déjà été choisi par Natalie. Il serait baptisé *Fifi*, comme sa peluche préférée.

Ben appréciait l'attitude de Liz envers Natalie. Elle ne traitait pas la petite fille avec condescendance, et ne semblait pas s'ennuyer avec elle. Au contraire, elles paraissaient prendre plaisir à être ensemble. Ben les regarda bavarder tout en faisant des ricochets sur le lac, le cœur envahi par une étrange émotion. Il avait l'impression qu'ils formaient une famille.

Une vraie famille.

Vers 15 heures, Natalie commença à donner des signes de fatigue. Ben la prit dans ses bras et lui donna un baiser sur le bout du nez.

— Je crois qu'il est l'heure de la sieste.

— Papa, protesta Natalie en levant les yeux au ciel. Je ne fais plus la sieste.

— Ce n'est pas ce qu'on m'a dit. Ta maman m'a expliqué que tu avais eu un rhume et qu'il fallait que tu te reposes.

— C'est parce que le Dr Mancini lui a dit ça. Mais c'était un petit rhume. Tout petit.

— Quand as-tu vu le médecin ?

— Je le vois tous les jours, répondit Natalie en levant de nouveau les yeux au ciel. Il vient surtout voir maman, mais quelquefois, il vient me voir aussi.

— Le Dr Mancini a l'air gentil, observa Liz. Tu l'aimes bien ?

— Maman l'aime beaucoup. Trop beaucoup, même.

Ben et Liz échangèrent un regard.

Ben n'avait aucune envie d'utiliser sa fille comme source de renseignements pour l'enquête, mais les révélations de l'enfant ne pouvaient être ignorées. Si Victoria et Mancini entretenaient une liaison, le médecin avait un mobile pour désirer la disparition de Charlene.

Le Dr Mancini avec ses cheveux blancs et ses nœuds papillon ne semblait guère être le genre d'homme à se laisser emporter par la passion. Et pourtant...

Ben pria Liz de l'attendre dans la bibliothèque, puis emmena Natalie dans sa chambre au premier étage. Elle s'allongea sur son lit, entourée d'une demi-douzaine de peluches, et Ben entreprit de lui lire une histoire. Elle dormait à poings fermés avant même qu'il ait terminé.

Il la contempla, le cœur gonflé d'amour.

Il devait la protéger. Si Victoria et Mancini étaient impliqués dans une affaire de meurtre, jamais il ne laisserait Natalie retourner chez sa mère.

Il devait informer l'agent Lattimer de ses soupçons le plus tôt possible.

Liz l'attendait dans la bibliothèque. Les rayons du soleil entraient à flots par les fenêtres, accentuant la blondeur de ses cheveux bouclés. Elle avait les yeux baissés.

— Ben, j'ai quelque chose à te dire.

— Attends une minute, répondit-il en tendant la main vers le téléphone. Il faut que j'appelle Lattimer.

Elle lui saisit le poignet.

— Crois-moi, je préférerais attendre. Mais il faut que je te parle tout de suite.

Ben reporta toute son attention vers elle. Il était évident que quelque chose n'allait pas.

— Je t'écoute.

— Quand je suis arrivée ici, je m'attendais à ce que tu sois une espèce d'enfant gâté égoïste qui ne savait pas ce qu'est le travail. Je n'ai pas imaginé une seconde que... j'aurais de l'affection pour toi.

— Mais c'est le cas, dit-il lentement.

— Oui. C'est pourquoi te parler est si difficile.

Il lut la douleur dans ses yeux et fit un pas vers elle, espérant la réconforter.

Elle l'arrêta d'un geste.

— Laisse-moi finir, murmura-t-elle. Mon emploi de bonne était une couverture. En réalité je suis détective. Je travaille pour Harry Schooner.

Ben la dévisagea, s'efforçant vainement d'absorber l'information.

— Tu enquêtais sur quoi ?
— Sur toi.

Il eut l'impression qu'on lui transperçait le cœur.

— Pourquoi ?
— Des sources fiables te soupçonnaient de prendre de la drogue. J'étais là pour obtenir des preuves tangibles de ta culpabilité, utilisables devant un tribunal, ajouta-t-elle, tandis qu'un long frisson la traversait. Des preuves qui auraient montré que tu ne méritais pas d'obtenir la garde de ta fille.

Une vague de nausée envahit Ben.

— C'est Victoria qui t'a engagée, dit-il d'une voix rauque, encore incrédule.

— Je pensais que c'était une bonne cause, que je protégeais un enfant de son père drogué.

Liz déglutit avec peine, marquant une pause.

— Le soir où tu as acheté les drogues à Denver, j'étais là, dans la rue. Je te surveillais. Je t'ai vu donner de l'argent à ce trafiquant, et prendre la marchandise.

— Des médicaments pour Jerod.

— Je sais, souffla-t-elle, une larme roulant sur sa joue. Je sais.

— Tu m'as espionné à Denver, et puis tu es venue

ici pour trouver des preuves, répéta-t-il, tandis qu'une rage froide le gagnait.

Elle lui mentait depuis le début. Quel imbécile il avait été !

— Tu voulais que je perde la garde de mon enfant.

— Je n'arrivais pas à te comprendre, avoua-t-elle. Je savais que tu avais des relations avec des trafiquants. Mais je savais aussi que tu étais quelqu'un de bien. C'est pour cela que je suis partie.

— Et pourquoi es-tu revenue ?

— Je ne voulais pas, dit-elle dans un souffle. Mais Victoria payait bien et Harry avait besoin d'argent. Il aimerait prendre sa retraite. Je ne pouvais...

— Pourquoi ? coupa-t-il d'une voix glaciale.

— Je voulais découvrir l'assassin. Ben, je ne mentais pas quand j'ai dit que je te croyais innocent. Je sais que tu n'es pas un tueur.

— Assez d'excuses, Liz.

Rien ne pourrait jamais le convaincre de lui pardonner.

— Pourquoi es-tu revenue ? répéta-t-il.

— Victoria voulait que je revienne.

— Tu travailles toujours pour elle ?

— Oui.

Elle avait parlé d'une voix à peine audible, et elle se tassa sur elle-même, comme si elle était prête à s'effondrer. Mais il n'avait aucune compassion pour elle, pour ses larmes de crocodile. Il avait eu confiance en elle, et elle l'avait trompé. Trahi.

Il aurait voulu la haïr, mais la colère qu'il éprouvait était dirigée contre lui-même autant que contre elle. Bon sang, comment avait-il pu être aussi stupide ?

— J'aurais dû m'en douter, dit-il. La manière dont tu

es intervenue pour séparer Tony et Ramon était trop... professionnelle.

— Je suis désolée.

— Tu as joué le rôle de Charlene avec trop d'aisance, continua-t-il amèrement. Tu as tout de suite saisi son accent, ses gestes. Ce n'était qu'une mission ordinaire pour toi.

— Je voulais t'aider.

— Et la nuit dernière ? Coucher avec moi faisait partie de ton plan, je suppose ? J'espère que Victoria t'a payé un supplément ?

Elle redressa le menton.

— La nuit dernière, je voulais faire l'amour avec toi. Plus que tout au monde. Je ne regrette pas une seconde ce qui s'est passé entre nous.

— Sors d'ici.

Sans un mot, elle tourna les talons et obéit.

20

Comme dans un état second, Liz gravit les marches qui montaient à sa chambre et rassembla ses affaires. Elle ne pouvait en vouloir à Ben de la détester. Elle était venue ici sous un faux prétexte, dans l'intention de le confondre. Il n'était guère possible de présenter sa conduite sous un jour positif.

Elle avait mal agi. Et elle avait tout perdu. L'avenir, qui aurait été si éclatant auprès de lui, s'était mué en un gouffre noir et sans fond.

Il fallait qu'elle s'en aille. Qu'elle mette un million de kilomètres entre elle et l'homme qu'elle aurait pu aimer.

Dans le couloir, son sac à la main, Liz s'arrêta devant la porte de Rachel. Sans doute devait-elle l'avertir de ce qui s'était passé. Elle n'avait pas prononcé le nom de Rachel, mais Ben aurait peut-être des questions à poser à la gouvernante.

Elle frappa un coup léger à la porte.
— Rachel ?
Pas de réponse.

Liz poussa doucement le battant pour jeter un coup d'œil à l'intérieur, et fut accueillie par une odeur familière et détestée, celle de l'eau de Cologne de Charlene. Seigneur, la chambre empestait. Son imagination lui jouait-elle des tours ? Elle éprouvait un tel sentiment de culpabilité d'avoir porté ce parfum pour jouer le rôle de Charlene que l'odeur s'était gravée dans sa mémoire.

Elle entra dans la pièce, qui était trois fois plus grande que la chambre minuscule qu'elle avait occupée. Prise d'un soupçon, elle se dirigea droit vers le placard et l'ouvrit. Il ne lui fallut que quelques secondes pour trouver ce qu'elle cherchait.

Une paire de baskets de grande taille était posée en bas de l'armoire, à côté d'un sac de linge sale qui contenait un pantalon et un pull noirs. Sur l'étagère au-dessus de la penderie, elle remarqua un bonnet noir en tricot.

Le cerveau de Liz fonctionnait à toute allure.

Tout devenait clair.

Rachel était l'assassin.

C'était elle qui avait volé les sédatifs dans la trousse du Dr Mancini. Elle avait dû payer Ramon pour qu'il en verse dans le verre de Liz parce qu'elle savait que Liz était détective.

Ensuite, Ramon avait drogué Charlene.

Rachel était au courant des sorties nocturnes d'Annette. Elle avait dû charger Ramon de persuader celle-ci qu'elle avait reconnu Ben.

Ayant accès à toutes les clés de la propriété, Rachel n'avait eu aucun mal à entrer dans la cabine pour éteindre les caméras. Ensuite, elle s'était rendue dans la chambre de Charlene. Il y avait eu une brève lutte. Le flacon d'eau de Cologne s'était brisé, et l'odeur s'était répandue partout.

Rachel était grande et athlétique. Elle avait emporté Charlene sans connaissance dans la grange.

Et elle l'avait tuée.

Un bruit lui fit tourner la tête.

Surgie de nulle part, Rachel se rua vers elle. Pour une femme aussi corpulente, elle était étonnamment rapide. Elle leva le bras, un objet à la main. Liz tenta d'esquiver, mais n'y parvint pas tout à fait. Elle ressentit un violent choc au front, assez brutal pour lui faire perdre l'équilibre. Une douleur fulgurante explosa dans son crâne.

Elle devait se relever, se défendre.

Mais elle était incapable de bouger.

Rachel se pencha sur elle et lui planta une seringue dans le bras, puis se redressa, la toisant d'un air triomphant.

— D'ici à deux minutes, vous aurez perdu connaissance.

Deux minutes. Cela suffisait pour appeler à l'aide. Pour tenter au moins une attaque. Liz se releva en titubant. La pièce tournoyait autour d'elle. Elle se sentait déjà étourdie.

— Pourquoi avez-vous tué Charlene ? articula-t-elle avec difficulté.

— Parce que Victoria est mon amie. Maintenant que cette garce de Charlene a été éliminée, la petite Natalie va hériter.

— Vous avez fait exprès d'incriminer Ben.

— Il ne mérite pas la garde de sa fille.

Liz sentit qu'elle vacillait et s'agrippa au bord du lit de Rachel. Sa ceinture noire de karaté ne lui était plus d'aucun secours à présent. C'était comme si elle avait un marteau-piqueur dans la tête.

— Je ne voulais pas vous faire de mal, grogna Rachel. Vous n'auriez pas dû revenir.

— Il le fallait, balbutia Liz d'une voix qui sembla étrange à ses propres oreilles. Il fallait que j'aide Ben.

— C'est un beau gâchis, n'est-ce pas ?

— Vous... vous êtes un monstre.

— Parlez comme il faut, Liz. « Oui, madame ».

Le sourire machiavélique de Rachel était magnifié dans la vision brouillée de Liz. Sa voix résonnait, aussi caverneuse que si elle sortait d'un puits.

— Que... Qu'allez-vous faire de moi ?

— Tout le monde a entendu votre dispute avec Ben. Il a un mobile pour se débarrasser de vous. Ce soir, je donnerai l'impression que vous êtes sa seconde victime.

Elle allait mourir, songea Liz.

Ce soir.

Et Ben serait accusé du crime.

Elle s'effondra sur le sol. Ses paupières étaient lourdes, si lourdes.

L'instant d'après, elle sombrait dans le néant.

Ben se leva et se mit à faire les cent pas dans la pièce, conscient qu'il devait prendre une décision rapidement. Natalie risquait de se réveiller d'un moment à l'autre.

Que diable allait-il faire ?

Liz était venue chez lui sous un faux prétexte. Elle l'avait espionné. Elle lui avait menti. Elle avait trahi sa confiance.

Bon sang, il avait eu raison de la chasser ! Il devait avoir une entière confiance en ceux avec qui il collaborait. C'était sur cette base qu'il gérait sa société, en déléguant des responsabilités aux gens qui agiraient dans son intérêt. Il avait besoin d'employés loyaux, travailleurs, qui...

Il abattit son poing sur la surface du bureau.

A quoi bon se mentir ? Il ne s'agissait pas d'efficacité ni d'affaires. Il s'agissait d'un petit bout de femme aux cheveux rebelles et au cœur d'or. Il revit son visage, le jade éclatant de ses yeux. Il se souvint de son rire joyeux. De son uniforme de bonne qui lui allait si mal. Il se remémora Liz debout au bar, Liz qui jouait le rôle de Charlene.

Liz dans son lit.

Il l'aimait, comprit-il soudain. Peu importaient les erreurs qu'elle avait pu commettre. Il ne voulait pas qu'elle s'en aille.

Il ouvrit la porte à la volée et gagna l'entrée de la maison. Elle n'avait pas sa propre voiture. Si elle voulait partir, elle devrait demander à quelqu'un de l'emmener.

— Vous avez vu Liz ? demanda-t-il au gardien posté près de la porte.

— Pas depuis un moment.

— Appelez le portail. Demandez-leur si elle est sortie.

L'homme s'empara d'un émetteur accroché à sa ceinture, échangea quelques mots avec son collègue, puis secoua la tête.

— Non. La seule personne à être entrée ou sortie au cours de l'heure écoulée est le Dr Mancini.

Mancini.

Ben devina sans mal où le trouver. Il descendit quatre à quatre les marches qui menaient au bar. Comme il s'y attendait, le médecin était debout au comptoir, un verre de whisky à la main.

— Un dernier pour la route.

— Qu'est-ce que vous fabriquez ici ?

— Je suis venu vous dire au revoir, répondit le médecin en ajustant son nœud papillon. Je ne vais plus venir ici chaque jour.

Ben s'approcha de lui, et planta son regard dans le sien.

— Dites-moi, doc. Depuis combien de temps avez-vous une liaison avec Victoria ?

— Une jolie femme peut persuader un homme de faire des sottises, soupira Mancini. Elle m'a dit qu'elle avait besoin d'argent. De liquide. Quand je lui ai demandé pourquoi, elle m'a embrassé, et j'ai oublié le reste.

Ben n'eut guère de mal à comprendre à quoi il faisait allusion.

— Vous lui avez donné de l'argent pour payer un tueur professionnel.

— Quand j'ai deviné, elle m'a promis de renoncer. Et puis, Ramon a été abattu.

Victoria était rusée, songea Ben. Si des soupçons se portaient sur elle, elle pourrait montrer ses relevés de compte et prouver qu'elle n'avait pas retiré de somme considérable. Elle s'était délibérément protégée au détriment de son amant.

Liz était si différente.

Certes, elle était venue ici en mission, mais à ce moment-là, elle croyait protéger Natalie. Certes, elle aurait dû se confier à lui dès qu'elle avait découvert qu'il ne se droguait pas, mais elle s'était tue parce qu'elle avait peur de le faire souffrir. N'avait-il pas caché la mort de Charlene à Jerod pour la même raison ?

Elle méritait son pardon.

Mancini se redressa.

— Je suis venu vous présenter mes excuses. J'aurais dû être plus prudent, et poser plus de questions. Et je vous jure, Ben, que je n'ai jamais fait de mal à votre grand-père.

— Vous l'avez empêché de subir l'opération dont il avait besoin.

— Je n'y suis pour rien. Croyez-moi, je savais pertinemment que je n'étais pas qualifié pour soigner une tumeur au cerveau. Je lui ai dit et répété de consulter un spécialiste. Comme vous le savez, Jerod est têtu. C'est seulement quand sa vue a commencé à se détériorer que...

— Où est Liz ? coupa soudain Ben.

Pris au dépourvu, Mancini écarquilla les yeux.

— Liz ? Je ne l'ai pas vue.

— Vous saviez qu'elle est détective privé ? Qu'elle avait été engagée par Victoria ?

— Non.

Il acheva de vider son verre de whisky.

— Victoria est une sorcière, dit-il calmement. Sa seule qualité est d'être une bonne mère. Elle aime sincèrement Natalie.

C'était une piètre consolation, mais Ben savait que le médecin disait vrai.

— L'agent Lattimer voudra vous interroger.

Mancini se versa un nouveau whisky.

— Je suis presque prêt.

Ben remonta l'escalier et se rendit dans la cuisine, où Rachel et le cuisinier préparaient le dîner.

— Rachel, vous avez vu Liz ?

La gouvernante se tourna vers lui, un couteau à la main.

— J'ai entendu votre dispute. Elle vous a menti. A votre place, je voudrais me venger.

— Savez-vous où elle est ?

— Je pensais qu'elle s'en allait.

Ben fronça les sourcils. Il commençait à connaître Liz. Elle n'aurait pas mis plus de cinq minutes à faire ses bagages. Etait-elle encore dans sa chambre ?

Il grimpa les marches à toute allure, maudissant la taille de la maison. Liz pouvait être sur une des terrasses.

A moins qu'elle ne soit redescendue dans la bibliothèque. Elle pouvait se trouver n'importe où.

Dans l'étroit couloir du deuxième étage, il se trouva face à six portes closes, trois de chaque côté. Il n'était jamais venu dans cette partie du bâtiment. Il ne savait même pas quelle chambre Liz avait occupée.

Il s'apprêtait à tourner les talons quand il crut entendre un léger grattement. Le bruit semblait venir de la pièce la plus proche.

— Liz ?
— Ben…

La voix était presque inaudible.

Ben tourna la poignée. En vain. La chambre était fermée à clé.

— Liz, ouvre-moi.

Pas de réponse.

Il essaya de nouveau de tourner la poignée. Quelque chose n'allait pas. Etait-elle blessée ? Une bouffée d'angoisse le saisit et il recula, puis enfonça la porte d'un coup d'épaule. A la troisième tentative, le bois craqua et céda brusquement.

Liz gisait sur le sol, à côté de la porte. Du sang s'écoulait d'une plaie sur sa tempe. Elle respirait avec difficulté et semblait sur le point de perdre connaissance.

Il s'agenouilla près d'elle et la prit dans ses bras. Elle battit des paupières et ses lèvres remuèrent, comme si elle essayait de parler.

— Tout va bien, dit-il. Je suis là. Je vais prendre soin de toi.

— C'est Rachel, souffla-t-elle. Fais attention.

Il fronça les sourcils, perplexe. Soudain, un bruit dans le couloir l'alerta. Il se retourna, juste à temps pour voir la gouvernante se ruer sur lui, un couteau de cuisine à la main.

Il bondit sur ses pieds et lui fit face. C'était une femme imposante. Assez forte pour maîtriser Charlene et la porter jusqu'à la grange.

Rachel. Rachel était l'assassin.

Elle s'élança, déchirant l'air de son couteau.

Ben esquiva l'attaque sans difficulté. Quand elle brandit son arme de nouveau, il lui asséna un coup sec sur la main, suivi d'un direct à la mâchoire.

Elle s'effondra lourdement sur le sol.

Il se hâta de rejoindre Liz et passa un bras autour d'elle. Puis, de sa main libre, il composa le numéro des services d'urgence. Liz avait besoin de secours, et il n'allait certainement pas la confier aux soins du Dr Mancini.

Au prix d'un effort visible, elle tendit la main et lui effleura la joue.

— Je t'aime, dit-elle dans un souffle. Je t'aime, Ben.

Et il l'aimait en retour.

— Je ne te laisserai jamais partir.

Ils seraient ensemble pour toujours. Liz, Natalie et lui. Et Jerod.

Ils formeraient une vraie famille.

Épilogue

Liz monta sur le pont alors que le yacht de Ben franchissait le détroit, abandonnant Vancouver et l'Etat de Washington pour se diriger vers le grand large. Une brise fraîche d'automne soulevait les plis de sa longue robe de mariée blanche. Elle n'avait jamais été très à l'aise dans les jupes, mais ce jour-là, elle était prête à faire une exception.

Natalie, qui portait elle aussi une robe blanche, se précipita vers elle.

— Tu es belle comme une princesse de conte de fées !

Liz eut une pensée pour Annette et son univers imaginaire.

— Je ne suis pas une princesse, mon chou. Seulement une femme.

Une femme au comble du bonheur.

Ils avaient fermé la maison du Colorado et s'étaient installés à Seattle pour prendre un nouveau départ. La villa de Ben était confortable mais sans prétention. Il n'y avait nul besoin de domestiques ou de gouvernante. Ils vivaient tous les quatre.

En famille.

Elle déposa un baiser sur la tête de Natalie et fit signe à Jerod, assis non loin de là, sa guitare à douze cordes sur ses genoux. Il s'était exercé, et il jouait maintenant une version de la Marche Nuptiale à laquelle se mêlait une demi-douzaine d'autres mélodies.

Elle glissa son bras sous celui de Harry Schooner, étonnamment élégant dans son smoking noir.

— Ça va ?
— Tu es ravissante, petite. Ben a de la chance.

Liz sourit sans répondre. Elle contempla les vagues sombres et mystérieuses au-delà de la rambarde, songeant à l'incroyable succession d'événements qui avait abouti à cet instant.

Victoria, Rachel et le Dr Mancini avaient été poursuivis en justice, avec des résultats variables. Rachel avait plaidé coupable et était emprisonnée pour de nombreuses années. Mancini avait été condamné à deux ans de réclusion pour le rôle qu'il avait joué dans les machinations de Victoria. Quant à cette dernière, elle niait tout en bloc, et son procès n'avait pas encore eu lieu.

Liz ne put s'empêcher de sourire en songeant à Patricia et à Monte. Patricia avait réalisé son rêve et présentait sa propre émission de télévision, en partie grâce aux photos nues qui lui avaient causé tant d'embarras.

Quand ils s'étaient fixés à Seattle, Ben avait demandé à Liz de travailler pour lui, mais elle avait décidé de terminer ses études et de fonder son propre cabinet d'avocats. Il y avait une foule de gens qui avaient besoin d'aide juridique et qui n'avaient pas les moyens d'engager une firme coûteuse. C'étaient ces gens-là qu'elle voulait aider.

Ben l'avait soutenue dans sa décision.

Vêtu de son smoking, il sortit sur le pont à son tour, et Liz eut le souffle coupé. Jamais encore elle ne l'avait vu plus séduisant.

Elle n'avait jamais pensé qu'elle avait besoin d'un homme pour prendre soin d'elle, mais elle se donnait volontiers à cet homme-là.

Corps et âme.

Harry la mena jusqu'à son futur mari. Quand Ben posa la main sur son bras, elle sentit une joie intense la submerger.

Il se pencha vers elle.

— Prête ? lui murmura-t-il à l'oreille.
— Et comment. En avant, mon capitaine !

ELLE JAMES

Un protecteur inattendu

Traduction française de
VÉRONIQUE MINDER

BLACK ROSE

HARLEQUIN

Titre original :
NAVY SEAL JUSTICE

Ce roman a déjà été publié en 2015.

© 2015, Mary Jernigan.
© 2015, 2021, HarperCollins France pour la traduction française.

1

« Cow-Boy, je n'ai confiance qu'en toi. »

James se répétait sans cesse cette profession de foi. Elle lui avait été adressée deux jours auparavant, lors d'une étrange conversation téléphonique.

Trois jours plus tôt, il était arrivé au Texas, précisément au Raging Bull Ranch, où se trouvait le siège de l'organisation d'élite Covert Cow-Boys Inc. La CCI.

Celle-ci avait été créée à l'initiative du millionnaire Hank Derringer.

James venait tout juste d'y être recruté. Il avait pris contact avec ses collègues et ainsi découvert, avec une stupéfaction mêlée d'admiration, les immenses ressources que Hank Derringer mettait à leur disposition.

L'homme possédait une impressionnante chambre forte où étaient conservés fusils et pistolets, et surtout, un système d'information, de communication et de traitement des données qui aurait fait pâlir d'envie le FBI et la CIA réunis. Les plus brillants informaticiens, d'anciens agents fédéraux, tous des personnalités connues et reconnues, travaillaient pour son compte.

La spécificité de Hank Derringer, c'était en effet de ne recruter et n'employer que les meilleurs. En outre, les membres de Covert Cow-Boys Inc. étaient intègres, irréprochables et incorruptibles.

Ayant consacré leur vie à la quête de justice et de vérité, ils avaient fait, à plusieurs reprises, leurs preuves sur le terrain en accomplissant de véritables prouesses, sinon des actes d'héroïsme. Car avant de rallier la prestigieuse mais très confidentielle CCI, ces hommes et femmes d'exception avaient un jour œuvré au sein de l'armée américaine, du FBI ou d'autres agences fédérales pour défendre des valeurs humaines universelles.

Lorsque James avait eu l'insigne honneur d'être recruté par Hank Derringer, il avait été étonné et très flatté.

Deux ans plus tôt, il était CPO, c'est-à-dire officier marinier en chef chez les Navy SEALs, la principale force spéciale de la marine de guerre des Etats-Unis. Plus précisément, il servait dans l'une de ses unités d'élite, la SBT-22, spécialisée dans les opérations et missions fluviales. Il avait quitté SEAL et SBT-22 pour revenir au ranch familial, et aider, soutenir et accompagner son père malade jusqu'à sa mort récente. Après les funérailles, il avait décidé de tourner la page, de reléguer dans le passé ce ranch qui avait été si longtemps son foyer, son havre de paix et son point d'ancrage. Le Triple Diamond Ranch était certes la mémoire vivante des jours heureux de son enfance et de son adolescence, mais il était surtout lié à l'agonie et la mort de son dernier parent.

Désormais, James n'avait plus de famille, proche ou lointaine.

Désormais, il n'aspirait qu'à aller de l'avant et à repartir à l'aventure, comme autrefois quand il était chez les SEALs.

A peu près au même moment, il avait reçu la proposition d'intégrer la CCI. Il l'avait acceptée sans hésiter et s'était rendu derechef au Texas, plein d'enthousiasme pour ce nouveau challenge.

Trois jours après son arrivée, son vieil ami et SEAL de la SBT-22, le CPO Cord Schafer, que tout le monde surnommait Rip, l'avait contacté pour solliciter son aide de toute urgence. Son appel avait subitement rappelé à James la solidarité et la fraternité indéfectibles qui unissaient les SEALs.

— Ecoute, James, je crois que j'ai commis une terrible erreur ! lui avait confié Rip, très inquiet. Je t'explique la situation en bref, car je n'ai pas beaucoup de temps : j'ai chargé une amie de participer, indirectement, à une mission sur laquelle je travaille en ce moment. Maintenant je le regrette, car je crains pour sa vie... Les individus que je traque sont extrêmement dangereux et sans scrupules. S'ils la soupçonnent de savoir quelque chose, ils n'hésiteront pas à la supprimer. Malheureusement, c'est déjà trop tard : je l'ai contactée et je ne peux pas la rappeler pour me raviser. Je lui ai donné rendez-vous dans deux jours, à 22 heures précises au Shoot the Bull Bar qui se trouve près du SSC, tu sais, le John C. Stennis Space Center. J'imagine que tu n'as oublié ni l'un ni l'autre ?

A ces mots, James avait souri à part lui. Il se souvenait fort bien de l'immense base de Stennis, où étaient implantées la SBT-22 ainsi que de nombreuses autres agences gouvernementales et sociétés privées. Il se souvenait également du bar où il avait passé plus de soirées qu'il ne pouvait en compter avec les SEALs de son unité.

— Qu'attends-tu de moi au juste, Cord ?
— Voilà : mon amie doit récupérer un pli dans une boîte postale de la poste centrale de Biloxi dans deux

jours, entre 9 et 10 heures. Il faut que tu t'y rendes. Assure-toi qu'elle ne court aucun danger et que le pli reste entre ses mains. Je vous contacterai sitôt que je le pourrai. La situation est devenue périlleuse. Il faut que je fasse profil bas. Il faut même que je me cache.

— Rip, bon sang, qu'est-ce qui se passe ? Et il y a quoi dans ce pli ?

— Il faut que je te laisse ! Je suis en danger ! Je te recontacte dès que possible !

Et il avait ajouté :

— Cow-Boy, je n'ai confiance qu'en toi.

Puis il avait raccroché et James, stupéfait, avait fixé son téléphone portable sans comprendre.

Suite à cette brève conversation, il avait demandé à Hank Derringer, bien à contrecœur car il venait tout de même d'être embauché, de lui accorder quelques jours de congé.

Non seulement son nouveau boss lui avait octroyé le temps requis pour régler cette étrange affaire, mais il avait aussi mis à sa disposition le soutien logistique nécessaire, les ressources informatiques et humaines de la CCI, comme s'il agissait dans le cadre d'une mission officielle de l'organisation.

Soulagé et reconnaissant, car ainsi avait-il la preuve de la fiabilité et de la flexibilité de son nouvel employeur, James se rendit à Biloxi, dans le Mississippi.

Le jour dit, il arriva à la poste centrale peu avant 9 heures, avec un colis rempli de chips en polystyrène et du gros scotch marron. Tout en surveillant la clientèle de la poste, il prit son temps pour emballer son carton.

Puis, l'amie de Rip n'apparaissant toujours pas, il se posta devant les machines d'affranchissement. Il multiplia les fausses manœuvres pour y rester le plus longtemps possible.

Mais la mystérieuse inconnue ne semblait toujours pas décidée à venir. A moins qu'il ne l'ait laissée passer ? Après tout, il ne savait rien de son physique, de son âge ou de sa tenue vestimentaire.

Et cela faisait près d'une heure qu'il traînait dans cette poste...

Il décida donc d'acheter des carnets de timbres et les rangeait dans son portefeuille avec une lenteur calculée lorsqu'une femme vêtue d'une robe à imprimé floral, coiffée d'une capeline rouge et portant des lunettes de soleil en forme de papillon entra. Sa robe révélait un léger embonpoint au niveau de la taille et des hanches, son rouge à lèvres était du même rouge vibrant que sa capeline d'où s'échappaient quelques boucles de cheveux grisonnants. Enfin, elle portait une immense besace en bandoulière.

Cette femme entre deux âges et à l'allure un peu extravagante lui évoqua spontanément ces vieilles filles passionnées de jeu — à Biloxi, les casinos pullulaient — et, dans une moindre mesure, l'une de ces élégantes du Sud qui vivaient dans ces anciennes demeures patriciennes de la Route des Plantations.

Elle avait le dos droit, les épaules rejetées en arrière et le menton levé. Surtout, sa démarche était ferme, son pas décidé. Pour une femme de son âge, songea James, c'était étonnant. Et à mieux y regarder, elle semblait plus jeune qu'elle ne voulait le laisser paraître. Ne se cachait-elle pas, sous sa capeline et ses lunettes noires qu'elle ne retirait pas en dépit du demi-jour du bureau de poste ? Les contours de son visage étaient fermes et son teint, frais. Enfin, la chevelure, même de loin, paraissait trop lustrée et parfaite pour être sa chevelure naturelle.

James continua de ranger ses timbres, la surveillant du coin de l'œil et observant les clients, nombreux. Le bureau de poste était bondé : couples avec enfants, hommes d'affaires ou employés de bureau qui faisaient la queue pour envoyer courrier et paquets partout dans le monde.

La femme à capeline n'avait, quant à elle, ni paquet ni lettre.

Seulement une petite clé qu'elle était en train d'introduire dans la serrure d'une boîte postale.

Sitôt qu'elle entra dans la poste principale de Biloxi, Melissa ralentit le pas afin que sa vision s'adapte à la pénombre qui contrastait avec la vive luminosité du dehors. Ses lunettes de soleil, destinées à cacher son regard, ne lui rendaient pas la tâche facile.

Par le fait, elle était assez fière de son déguisement — robe portefeuille à imprimé floral et derbys à talons bobines du même pourpre que sa capeline et son rouge à lèvres. A cela s'ajoutait une perruque grise. Elle ressemblait à l'une de ces vieilles filles extravagantes passionnées de jeu et de casino.

Dans le creux de sa main, elle serrait la petite clé de la boîte postale qui était arrivée par courrier, deux jours plus tôt, à son adresse à San Antonio, Texas.

Cette journée-là avait été harassante, elle l'avait passée à faire de la paperasserie et n'avait d'autre hâte que de se prélasser dans un bain moussant. Dans sa boîte aux lettres, elle avait trouvé une lettre parmi les publicités et autres bons de réduction. Curieuse, elle en avait vérifié la provenance avant de la décacheter. Mississippi ? Elle ne connaissait personne dans le Mississippi, sauf Cord. Or Cord ne lui écrivait jamais. Il lui téléphonait ou lui envoyait des SMS.

Folle de joie d'avoir des nouvelles de son ami d'enfance, qu'elle considérait aussi comme son frère, Melissa avait décacheté la missive à la hâte. Une petite clé plate en était tombée…

Surprise, elle avait pris connaissance d'un message pour le moins lapidaire dont l'en-tête avait été rédigé en capitales d'imprimerie :

A L'AIDE.

Dessous, Cord lui adressait des instructions : prendre livraison, discrètement et éventuellement déguisée, d'un pli à la poste principale de Biloxi, dans le Mississippi, entre 9 et 10 heures deux jours plus tard.

Ensuite, il lui fixait rendez-vous au Shoot the Bull Bar, non loin du John C. Stennis Space Center, à 22 heures le même jour.

Il n'avait signé que de ses initiales.

Melissa avait été désagréablement intriguée, tant par la démarche de Cord que par la teneur de son message. Jamais il ne lui demandait son aide. Il ne la contactait que pour son anniversaire ou pour les fêtes. Cord était Navy SEAL et, à ce titre, participait souvent à des missions périlleuses qui le conduisaient partout dans le monde. Si soudain il la contactait, et de la sorte, cela signifiait qu'il avait de sérieux problèmes. C'était très inquiétant.

Le lendemain, Melissa avait donc contacté son patron du FBI de l'antenne locale de San Antonio et lui avait expliqué qu'elle était obligée de prendre quelques jours de congé pour régler des problèmes familiaux.

De là, elle avait sauté dans son pick-up et conduit d'une traite jusqu'à Biloxi. Dès son arrivée, elle avait préparé sa couverture pour se rendre à la poste principale le jour suivant.

Mais, en entrant dans le bâtiment, elle se surprit à hésiter. Et si Cord lui avait joué un tour, comme autrefois ? Il lui en avait fait tellement... D'un autre côté, son courrier était vraiment alarmant.

Derrière ses lunettes noires, Melissa détailla donc tous les clients puis se dirigea vers les boîtes postales. A priori personne ne la filait, cependant elle repéra un grand brun plutôt séduisant qui farfouillait dans son portefeuille. Il avait des airs de baroudeur avec ses cheveux un peu longs, sa barbe de deux jours et sa casquette de base-ball des Texas Rangers. Au même instant, elle croisa son regard, si attentif qu'elle redoubla de méfiance.

Sur ces entrefaites, elle trouva la boîte postale numérotée 1411 et introduisit la petite clé dans la serrure. Le beau brun l'observait toujours, sentait-elle dans son dos.

Elle ouvrit la boîte et en sortit une enveloppe de format A4 assez épaisse. Elle la fourra aussitôt dans sa besace, referma à la hâte et fit demi-tour.

En traversant le bureau de poste, elle dévisagea le beau brun avec attention afin de graver dans sa mémoire ses traits, la couleur de ses yeux, la forme de son menton et de ses lèvres, au cas où elle devrait communiquer sa description pour un portrait-robot.

Cela fait, Melissa sortit dehors, soulagée. Mais une fois sur le perron, elle avisa deux hommes vêtus identiquement d'un jean et d'un T-shirt, et portant des lunettes de soleil. Ils émergeaient d'une voiture noire et couraient dans sa direction. En même temps, le grand brun surgit derrière elle.

Elle était prise au piège !

Melissa s'efforça de rester calme, mais elle n'en accéléra pas moins le pas. Avec un peu de chance, elle se méprenait sur les intentions de ces individus. Là-dessus, elle regretta amèrement d'avoir garé sa voiture de location à un bloc de la poste, par prudence. Par imprudence plutôt ! se morigéna-t-elle. Les deux inconnus se rapprochaient à une vitesse inquiétante. Elle ne réussirait jamais à gagner son véhicule à temps.

Aussi se hâta-t-elle vers le petit café qui se trouvait derrière le bureau de poste. Peut-être y trouverait-elle une échappatoire. En chemin, elle avisa un couple qui marchait dans sa direction. Mue par une impulsion, elle courut à leur rencontre puis posa la main sur l'épaule de l'homme.

— Ah, mais je pensais que vous m'attendriez à l'intérieur ! s'exclama-t-elle.

Les deux la dévisagèrent avec stupéfaction. L'homme, clairement inquiet, serra la femme dans ses bras.

— Je suis désolé, madame, lui dit-il d'une voix posée et ferme, mais nous ne vous connaissons pas.

Melissa rit avec ostentation, tout en jetant un œil par-dessus son épaule. Les deux individus qu'elle avait repérés la suivaient toujours. Par chance, le café, sur sa droite, était proche.

— Désolée, je vous ai confondus…, conclut-elle avec un sourire.

Et, sans autre forme de procès, elle pressa le pas vers le café, puis y entra.

— Où sont les toilettes ? demanda-t-elle à une serveuse, en retirant ses lunettes de soleil.

L'employée lui désigna un petit couloir.

— Au fond à gauche.

Melissa ne prit pas le temps de vérifier la progression des individus à ses trousses et s'y précipita. Par bonheur, la porte d'entrée principale des toilettes était munie d'une serrure. Surtout, la cabine de W-C où elle entra était surmontée d'une lucarne. Elle retira sa capeline, sa perruque et sa robe à imprimé floral. Dessous, elle portait un short en stretch et un sweat-shirt à capuche — lequel avait contribué à enrober sa silhouette plutôt svelte. Puis, elle sortit de sa besace un sac à dos cordon ultraléger. Celui-ci renfermait une paire de tennis qu'elle enfila vite. Enfin, elle rangea le pli dans son sac à dos et monta sur la lunette des W-C. La lucarne était étroite, peu importait, elle avait déjà dû franchir de plus petits espaces.

Des coups assenés contre la porte la firent sursauter et ravaler un cri de frayeur. Les battements de son cœur furent soudain si rapides qu'ils se confondirent avec de nouveaux martèlements. Elle en fut assourdie mais se ressaisit presque aussitôt.

Elle abandonna son déguisement et se jucha sur le réservoir de la chasse d'eau pour atteindre la lucarne. Après s'y être faufilée, elle sauta et retomba au milieu d'azalées.

Elle mit prestement la capuche de son sweat-shirt et courut, en bonne joggeuse, dans l'ombre des bâtiments et des arbres. Elle ne regagna pas sa voiture de location : ces hommes l'avaient peut-être suivie depuis l'agence de location, voire depuis son hôtel.

Un cri lui fit alors tourner la tête. Les deux individus l'avaient repérée et la prenaient en chasse.

Melissa partit cette fois à grandes foulées. Elle allait traverser quand une moto s'interposa. Son occupant releva la visière de son casque et elle reconnut le regard sombre et cependant pénétrant du beau brun qu'elle avait repéré tout à l'heure au bureau de poste.

— Montez vite ! lui intima ce dernier.

Méfiante, Melissa le contourna et se remit à courir, fâchée qu'il ait ralenti sa progression. Ses poursuivants se rapprochaient dangereusement.

Mais le motocycliste ne se laissa pas décourager et monta sur le trottoir pour la rejoindre. Il s'obstina tant et si bien qu'il faillit même renverser une passante. Melissa redoubla d'efforts. Ses poumons lui brûlaient.

— C'est Cord qui m'envoie ! lui cria-t-il. Montez à la fin !

Hésitante, hors d'haleine, Melissa risqua un regard derrière elle. L'un de ses poursuivants avait cessé de courir pour dégainer un pistolet. Paniquée, elle monta sur la moto et noua ses bras autour de la taille du motocycliste.

— Vite ! lui intima-t-elle. Ils sont armés !

Au même instant, un coup de feu retentit. La balle toucha un panneau de circulation, mais Melissa n'en baissa pas moins la tête d'instinct, se pressant davantage contre le motocycliste, tout en espérant ne pas se méprendre sur son compte.

Celui-ci accéléra, descendit du trottoir et s'engagea si rapidement dans la rue qu'il faillit entrer en collision avec une voiture. Le danger passé, de nouveau il accéléra.

Melissa serra plus fort les bras autour de cet inconnu tombé du ciel, puis se retourna légèrement.

La voiture noire qu'elle avait remarquée un peu plus tôt louvoyait dans la circulation pour les rattraper.

— Ils sont proches ! Vite !

— Accrochez-vous !

Elle obtempéra, se moula à lui tandis qu'il tournait si vite que le pneu arrière de sa moto crissa.

Leur poursuivant roulait à une telle vitesse qu'il négocia mal son virage, fit un tête-à-queue et perdit un temps considérable à manœuvrer et à reprendre la route. Melissa en souffla de soulagement. Le motocycliste prenait de l'avance, il tourna et tourna encore jusqu'à les semer. Il ne ralentit qu'une fois sorti du centre de Biloxi et, a priori, en sécurité.

Peu après, il entra dans le parking souterrain d'un immeuble et coupa le moteur.

Melissa bondit aussitôt de la moto et recula.

Désormais débarrassée de ses poursuivants, elle redevenait méfiante. N'avait-elle pas commis une erreur, en montant sur cette moto ? Elle se trouvait seule avec cet inconnu dans un garage désert, plongé dans une inquiétante pénombre. Il pouvait aisément la tuer et lui voler le pli de Cord, qui avait déjà failli lui coûter la vie.

— Qui êtes-vous ? lui lança-t-elle sans détour.

Il descendit de la moto.

Il la dominait d'une bonne tête, constata-t-elle avec une inquiétude de plus en plus vive.

Puis il retira son casque, le posa sur sa moto et secoua la tête. Enfin, il la dévisagea avec une troublante intensité.

— Je m'appelle James Monahan. C'est Cord qui m'envoie. Il m'a demandé d'assurer votre sécurité.

— Donnez-m'en la preuve. Vous pourriez être complice de ces criminels.

— Vous pouvez me croire sur parole.
Il hocha la tête.
— Mais j'imagine que ma parole ne suffit pas...
Melissa croisa les bras.
— Vous m'arrachez les mots de la bouche !
— Cord m'a expliqué que vous deviez prendre possession d'un pli et que cela vous mettrait en danger.
Melissa plissa les yeux.
— Il vous a précisé pour quelle raison ?
— Non.
— Cela ne m'explique toujours pas pourquoi vous êtes ici. Comment connaissez-vous Cord ?

Cet homme était par trop séduisant. En plus, il avait une façon délicieusement troublante de l'observer... Elle devait absolument se ressaisir. Rien ne lui assurait que cet homme était fiable.

— Rip et moi, on était dans la SBT-22, la Special Boat Team 22, l'unité d'élite des SEALs basée à Stennis, précisa-t-il.

Elle leva les sourcils.
— Vous *étiez* ?
— J'ai quitté les SEALs il y a deux ans.
Melissa ajusta son sac à dos.
— Vous ne savez vraiment pas ce que contient le pli de Cord ? Vous ne savez rien du tout ?
— Non.
— Bon... Eh bien, dans ce cas...
Melissa inspecta les alentours.
— Merci pour votre aide, conclut-elle.
— Je vous en prie.
Et elle s'éloigna.
— Excusez-moi..., la rappela James Monahan.

Elle se retourna.

— Vous ne m'avez pas dit votre nom…

Elle sourit.

— C'est juste.

Et là-dessus, elle se remit à marcher.

La moto démarra quelques instants plus tard.

Melissa n'avait pas atteint la rue que James Monahan la rejoignait.

— Je vous dépose ?

Melissa secoua la tête sans cesser de marcher.

— Si cela ne vous gêne pas, je préfère ne pas être vue sur cette moto avec vous. Raison de sécurité, vous comprenez.

— Vous avez raison. Dites-moi, dans quel hôtel vous êtes descendue ?

Melissa sourit.

— Je suis désolée, mais je ne le peux pas.

— Parce que si vous me l'avouez, ensuite, vous devrez me tuer ? plaisanta-t-il.

— Vous ne croyez pas si bien dire !

Elle lui adressa un petit signe.

— Merci pour tout. Et au revoir James Monahan.

Elle accéléra le pas, pressée de regagner son hôtel. Si elle devait rencontrer Cord à 22 heures, il fallait qu'elle réfléchisse à une stratégie pour éviter les individus à leurs trousses.

Comme James Monahan la suivait toujours, elle fit volte-face.

— Vous allez me laisser tranquille à la fin ?

Il remonta sa visière et lui sourit.

— Non madame.

Melissa leva les yeux au ciel.

— Bon d'accord… J'accepte que vous me déposiez à mon hôtel.

— Et si finalement je refuse ?

— Vous êtes toujours aussi contrariant ?

Il opina.

— Seulement lorsque l'inconnue est très jolie.

Puis il lui fit signe de la tête.

— Allez, montez. Je vous promets de prendre les petites rues.

Elle le dévisagea avec attention.

— Mon instinct me souffle que vous pourriez être aussi dangereux que ces hommes.

— Je suis un SEAL, je sais me défendre et me battre. Alors en cas de danger, je vous assure que je peux être dangereux…

Sur ces mots, il lui adressa un sourire terriblement sexy et ambigu.

— Mais je ne suis pas complice de ces criminels, donc je suis complètement inoffensif.

Melissa monta derrière lui. Aussitôt, des picotements la parcoururent. James Monahan était trop séduisant pour être inoffensif.

2

James déposa la belle inconnue à son hôtel, puis ne s'éloigna que le temps de se cacher derrière un buisson.

A peine cinq minutes plus tard arriva un taxi dans lequel elle monta.

James le suivit à moto, d'assez loin pour ne pas se faire repérer.

Une fois que le véhicule se fut arrêté devant un second hôtel, l'amie de Rip en descendit et s'engouffra à l'intérieur.

James attendit un bon quart d'heure.

Manifestement, cet hôtel était bien le sien, contrairement au précédent. Il pouvait donc retourner au magasin de motos où il avait emprunté ce modèle, prétendument pour le tester. Le commercial avait déjà préparé le contrat de vente, mais James demanda un délai de réflexion avant de signer.

Bien sûr, c'était tout réfléchi et il remonta dans le vieux pick-up que Hank Derringer avait mis à sa disposition.

Il en profita pour téléphoner à celui-ci.

— Etes-vous entré en contact avec l'amie de Cord Schafer ? lui demanda Hank sans ambages.

James repensa à la jeune femme dans sa robe à fleurs

puis dans son short en stretch moulant. Il se souvenait précisément de son corps pressé contre le sien sur la moto et de ses bras noués étroitement autour de sa taille.

— Oui.
— Comment s'appelle-t-elle ? Qui est-ce ?
— Je n'en sais rien, avoua James sans détour. Elle a refusé de me le dire.
— Où se trouve-t-elle maintenant ?
— A son hôtel.
— Elle a refusé de vous divulguer son identité, mais elle a accepté que vous la déposiez à son hôtel ? s'étonna Hank.

James se mit à rire.

— Je l'y ai déposée, mais je suis resté pour l'épier. Et j'ai bien fait. Peu après, elle a pris un taxi que j'ai suivi vers un second hôtel, où elle est vraiment descendue.
— Cette inconnue m'a l'air très astucieuse.
— Je vous l'accorde. Je vais moi aussi prendre une chambre dans cet hôtel.
— Très bien. Maintenant, écoutez-moi, James, j'ai obtenu quelques nouvelles, de mon côté.

Hank avait repris son sérieux et James se tendit.

— Je vous écoute.
— J'ai appris qu'un SEAL de l'unité d'élite SBT-22 de Stennis avait disparu ce matin pendant un entraînement sur la rivière Pearl.

James serra le volant.

— Vous avez son nom ?
— Oui : il s'agit de Cord Schafer... Je suis désolé, James. Mais Brandon Pendley, notre informaticien virtuose, s'est mis en quête d'informations. Il a réussi à consulter les dossiers des SEALs de la SBT-22 : il peut

agir de sorte que vous réintégriez votre ancienne unité. Du moins, si vous désirez aller au bout de cette mission.

Le cœur de James fit un bond. Quitter les SEALs de la SBT-22 avait été la décision la plus difficile de sa vie, car les réintégrer était impossible.

Et voilà qu'on lui proposait justement d'y retourner ! C'était complètement inespéré…

— Cette mission, dites-vous ?

— Retrouver l'officier marinier, enfin le CPO Cord Schafer.

— Et lorsque j'aurai terminé ?

— Au choix : rester chez les SEALs ou intégrer définitivement la CCI.

Sur ces mots, Hank se tut et attendit.

James retint son souffle. C'était incroyable : Hank lui offrait vraiment une réintégration, momentanée ou non, en tout cas un délai.

Cela relevait du miracle.

James prit une grande inspiration.

— J'accepte.

— Parfait. Vous devez maintenant reprendre contact avec cette jeune femme. Essayez d'en apprendre le plus possible sur son compte. Savoir pourquoi Cord l'a contactée pour prendre possession du pli. Découvrir ce que celui-ci contient.

— D'accord ! répondit de nouveau James.

Sur ce, il revint à l'hôtel de la belle inconnue. Il la décrivit à l'employé de l'accueil, lui donnant un prétexte fallacieux pour expliquer son désir de la rencontrer.

L'employé inclina la tête et plissa les yeux.

— Environ un mètre soixante-dix, mince, cheveux bruns et yeux bruns ?

— Oui.
— Short de cycliste en stretch et sweat-shirt à capuche ?
— C'est exact !

L'employé secoua la tête.

— Je suis navré, monsieur, mais la personne en question a appelé un taxi et a quitté notre établissement il y a un petit quart d'heure.

Melissa se félicitait d'avoir si habilement semé James Monahan. Elle avait pris un second taxi pour se faire conduire à l'hôtel où elle avait pris une chambre, le temps de troquer son sweat-shirt et son short de cycliste contre un corsaire et un T-shirt. De là, elle était partie pour Stennis, qui se trouvait à une heure de route de Biloxi. C'était dans le comté de Hancock, un endroit reculé du Mississippi, que les SBT-22, unité d'élite de l'US Navy SEAL, avaient en effet leurs quartiers.

Elle avait rendez-vous à 22 heures avec Cord au Shoot the Bull Bar et sans doute lui demanderait-il de lui restituer le pli. Elle y serait mais, par mesure de précaution, pas en tant que cliente. Plutôt comme serveuse. Dans un premier temps, elle devait donc convaincre le gérant de ce bar de l'embaucher.

Son pick-up portant une plaque d'immatriculation texane, elle avait subtilisé celle d'un véhicule de la région qui était garé à quelques blocs de son hôtel. Puis, par le biais du GPS intégré à son Smartphone, elle avait vite trouvé le bar, qui se trouvait non loin de Stennis.

Quand elle y arriva, il était 14 heures et l'établissement était ouvert mais désert. Un homme, derrière le comptoir, rangeait des bouteilles sur les étagères.

— Excusez-moi..., commença-t-elle.

— Le bar n'ouvre qu'à 17 heures, coupa l'homme sans daigner se retourner.

— Je ne suis pas venue consommer.

L'homme se retourna, sourcils froncés.

— Quoi que vous vouliez vendre, je n'achète pas.

— Je ne vends rien non plus.

Melissa sourit et s'approcha.

— En réalité, je cherche un emploi.

Il lui tourna le dos.

— Je n'ai pas besoin de serveuse, lança-t-il par-dessus l'épaule, continuant de ranger ses bouteilles.

— Mais vous avez besoin de moi, insista-t-elle.

L'homme passa son torchon sur son front en sueur.

— Qu'est-ce qui vous rend si spéciale ?

— Je ne veux pas de salaire : je me contenterai de pourboires.

— Vous devez donc être une serveuse exceptionnelle s'ils vous suffisent.

Melissa inclina la tête, souriant toujours.

— Je le suis.

Son interlocuteur soupira.

— Ecoutez, je ne veux pas d'histoires. Je n'embauche pas, un point c'est tout.

— Une soirée, c'est tout ce que je vous demande ! Je suis facile à vivre et je n'aime pas non plus les histoires. Je suis rapide, efficace et j'apprends vite.

Elle lui tendit la main.

— Melissa Bradley. Appelez-moi Mel. Je peux vous aider à ranger ces bouteilles ?

Longtemps, l'homme la dévisagea. Enfin, il baissa les yeux sur sa main tendue et la lui serra fermement.

— Il y a un autre carton dans la réserve. Apportez-le.
— D'accord. Comment vous appelez-vous ?
— Eli Vincent. Je suis le gérant.
— Ravie de faire votre connaissance, monsieur Vincent.
— Appelez-moi Eli.

Melissa opina.

— Eli…

Il désigna la réserve d'un signe.

— Au travail.
— Oui, Eli.

Melissa passa le reste de l'après-midi à sortir et ranger des bouteilles, à laver verres et tasses et à nettoyer la salle.

Vers 17 heures, au moment où les premiers clients arrivèrent, le bar était propre et impeccable, mais Melissa moulue.

Elle se massait les reins quand Eli lui jeta un paquet qu'elle rattrapa au vol.

— Qu'est-ce que c'est ?
— Un uniforme de serveuse.

Melissa déploya le T-shirt bleu clair qui portait l'inscription « Shoot the Bull ».

— « Tirez sur le taureau. » Vous plaisantez ?
— Vous vouliez le job, vous avez l'uniforme.
— Dans ce cas…

Melissa se rendit dans les toilettes pour se changer. Le vêtement en stretch, trop petit, moulait son buste et révélait son décolleté. Contrariée, elle tira dessus au maximum avant de renoncer avec un soupir résigné. Si cela lui permettait de s'acquitter de sa mission, tant mieux. C'était l'affaire de quelques heures seulement. Elle n'en mourrait pas.

— CPO James Monahan, au rapport !

James entra dans le bureau du commandant Paul Jacobs, au terme d'un après-midi bien rempli.

Pour commencer, il était passé à la base de l'Air Force de Biloxi avec ses papiers militaires. Il les avait scannés et envoyés à Hank, afin que son informaticien de génie puisse le réintégrer dans son ancienne unité, la SBT-22.

Il s'était ensuite rendu au magasin de la base militaire aérienne. Il s'y était procuré les tenues et uniformes nécessaires, et avait donné à la couturière cent dollars de pourboire pour qu'elle y couse immédiatement les insignes de son grade.

Ainsi vêtu de pied en cap, il s'était dirigé vers les bureaux de la gestion du personnel militaire pour mettre sa situation en conformité.

Après quoi, il avait quitté Biloxi pour gagner Stennis.

Le commandant Jacobs venait d'être promu à la tête de la SBT-22. James avait appris, par Hank Derringer, qu'il avait participé à six missions au Moyen-Orient et été décoré à plusieurs reprises. Enfin, après s'être distingué en Afghanistan, il avait obtenu la Médaille de l'étoile de bronze, la quatrième plus haute distinction des armées des Etats-Unis. Il était respecté pour son intégrité, son efficacité et son intelligence.

— Comment avez-vous fait pour être réintégré ? demanda le commandant. Et pourquoi maintenant précisément ?

James s'était attendu à cet étonnement et ces questions, surtout après la disparition, dans la journée, d'un officier marinier de la SBT-22.

— J'ai quitté la Navy pour soutenir mon père gravement malade. Il est mort il y a un mois, expliqua-t-il, carrant les épaules et sans dérober son regard à celui, perçant, de son supérieur. Suis-je autorisé à rejoindre les rangs de mon ancienne unité, mon commandant ?

Jacobs se leva et contourna son bureau. Puis il s'approcha de James et le fixa droit dans les yeux.

— N'étiez-vous pas un ami du CPO Cord Schafer ?

James ne flancha pas.

— Oui monsieur.

— Savez-vous que nous avons perdu Schafer aujourd'hui, au cours d'un exercice de tir à balles réelles ?

— Oui monsieur.

— Vous avez quitté votre unité il y a deux ans et vous y revenez précisément le jour de la disparition de Schafer. A votre avis, comment suis-je censé réagir ?

— Avec méfiance, monsieur.

— Effectivement.

Le commandant Jacobs continua sans la moindre complaisance :

— Monahan, vous avez droit à une période de trente jours de probation. Si vous commettez le moindre écart, au cours de ces trente prochains jours, vous serez éjecté de mon unité à une telle vitesse que vous ne comprendrez pas ce qui vous arrive. Si je vous soupçonne de représenter la moindre menace pour la SBT-22, je vous écraserai sans pitié.

Il se rapprocha encore.

— Me suis-je bien fait comprendre ?

— Oui monsieur.

— Maintenant filez.

James sortit et passa devant le bureau de l'assistant du commandant. Celui-ci lui fit signe.

— CPO Monahan, attendez !

Il lui tendit la main.

— Matelot Randall, se présenta-t-il. Vous avez vos quartiers ?

— Non, pas encore.

— Pour le moment, vous séjournerez dans un hôtel de votre choix dans les environs.

James en fut ravi, il avait redouté de devoir rester à Stennis. Il aurait donc une plus grande liberté de mouvement pour enquêter sur la disparition de Cord. Car il en était quasi sûr : Rip n'avait pas été tué pendant l'exercice de tir à balles réelles, il avait été blessé, délibérément sans doute, et en avait profité pour disparaître et faire profil bas, comme il le lui avait annoncé.

Quelle que soit l'affaire à laquelle il était mêlé, celle-ci était donc grave.

James était résolu à découvrir ce que renfermait le pli dont s'était emparée l'inconnue à la poste de Biloxi pour faire la lumière, au plus vite, sur les dangers que Cord courait.

Quand il fut sorti du bureau du commandant et de son assistant, il croisa des SEALs de la SBT-22 dans leur tenue de camouflage, le visage grimé en noir, marron et vert. Ils étaient indissociables les uns des autres, mais l'un d'eux se détacha du petit groupe avec un immense sourire aux lèvres.

— Salut Cow-Boy ! Comment vas-tu ?

James le dévisagea avec attention avant de le reconnaître.

— Duff ?

— Oui !

Dutton Callaway lui donna une accolade virile.

— Je pensais que tu avais quitté la Navy pour devenir rancher !

— Je l'ai été pendant quelque temps, convint James, le serrant à son tour contre lui. Et toi, toujours spécialiste des explosifs ?

— Tu parles ! Plus ça explose, plus je suis content !

Duff se tourna vers l'un de ceux qui l'accompagnaient.

— Lovett, je te présente le CPO James Monahan. Il faisait partie de la SBT-22 avant ton arrivée. On le surnommait « Cow-Boy » parce qu'il portait toujours un Stetson dans le civil !

— PO Quentin Lovett, se présenta l'homme, lui tendant la main.

James la lui serra.

— Ravi de faire ta connaissance.

— Et tu te souviens de Sawyer, pas vrai ? reprit Duff qui se retourna.

Sawyer Houston était dans la SBT-22 depuis un an quand il en était parti.

— Oui évidemment ! déclara James.

Sawyer le serra à son tour dans ses bras.

— Ravi de te revoir parmi nous.

— J'imagine que tu as déjà entendu la nouvelle, murmura Duff.

— A propos de Rip ? Oui…

— C'est arrivé ce matin, pendant l'entraînement à balles réelles.

— On a constaté sa disparition trop tard, renchérit Sawyer. On a dragué la rivière Pearl toute la journée. Rien. On vient d'être relevés.

— Qui était avec lui quand c'est arrivé ?

— Gunny, Hunter et Garza, répondit Duff.

— Je ne les connais pas.

— De braves types. Ils regardaient dans les airs,

parce qu'il y avait des hélicoptères partout. Il y avait un raffut terrible !

— C'est seulement après qu'ils ont remarqué la disparition de Rip, enchaîna Sawyer.

Sur ces entrefaites, le commandant Jacobs sortit de son bureau.

— Dutton, Lovett et Houston, allez vous reposer. Vous reprendrez les recherches demain. Si Cord est vivant, nous le retrouverons.

— S'il est blessé, les alligators le retrouveront plus vite, protesta Duff. Nous devons continuer à chercher, malgré la nuit.

— Non. Le garde-côte et le shérif du comté ont pris le relais. Vous, allez vous reposer.

Duff serra les dents. Il semblait sur le point de protester, mais il se ravisa et acquiesça.

— Oui monsieur.

Il se tourna vers Sawyer, Quentin et James.

— Vous venez les gars ?

Une fois que le commandant se fut éloigné, Duff reprit la parole :

— Rendez-vous au Shoot the Bull Bar pour un verre. Tu en es, Cow-Boy ?

James sourit à la mention de ce bar où les SEALs de la SBT-22 avaient l'habitude de se réunir, le soir, et où Cord avait justement donné rendez-vous à la belle et fougueuse inconnue.

— D'accord. Mais avant, je dois trouver un hôtel. Je vous rejoins dans une heure.

Duff posa la main sur son épaule.

— Ravi que tu sois de retour parmi nous, Cow-Boy.

— Ravi d'être de retour parmi vous ! conclut James.

Il aurait préféré revenir dans de meilleures circonstances. Mais il ne pouvait rêver meilleure position pour élucider la disparition de Cord et mettre la main sur le mystérieux pli de Biloxi.

Surtout, il espérait retrouver Rip en vie. Cet exercice à balles réelles avait probablement été truqué. Mais par qui ?

3

Dès l'ouverture du Shoot the Bull Bar, les clients affluèrent et Melissa ne chôma pas. Il y avait de nombreux ouvriers et employés de bureau à servir : ils buvaient une bière avant de rentrer dans leurs foyers.

Heureusement, une serveuse arriva vers 17 h 30. Elle était si pressée qu'elle entra en fourrant les pans de son T-shirt dans son jean.

— Tu es encore en retard, Cora Leigh ! gronda Eli.

— Ah, fiche-moi la paix ! lui lança Cora Leigh. Il n'y a presque personne !

Puis elle avisa Melissa.

— Qui c'est celle-là ?

— Ta remplaçante, bougonna Eli.

— Tu parles ! s'exclama Cora Leigh en éclatant de rire.

Melissa lui sourit et s'approcha avec son plateau chargé de tasses et de bouteilles de bière vides.

— Bonjour. Mel Bradley.

Elle posa son plateau pour lui tendre la main.

— Ravie de faire ta connaissance.

Cora Leigh la lui serra.

— Toi, t'es pas d'ici.

— En effet, je viens de Jackson.

Cora Leigh haussa les sourcils.

— Plus loin que Jackson et le Mississippi. Tu n'as pas l'accent du Sud. Qu'est-ce qui t'amène dans le coin ?

Mel lui adressa un demi-sourire.

— C'est vrai, je ne suis pas d'ici. J'ai quitté l'Ohio pour suivre mon petit ami à Jackson. Puis j'ai quitté Jackson pour m'éloigner de mon petit ami.

Cora Leigh sourit.

— Tu as bien choisi ton endroit pour te planquer ! On est au bout du monde, ici, je te le garantis ! Bienvenue au Shoot the Bull Bar !

— A propos, tu n'as rien à craindre, je n'ai pas l'intention de te piquer ton boulot, ajouta Mel.

Cora Leigh renifla dédaigneusement.

— T'inquiète. Je travaille ici depuis trois ans. Aucune autre serveuse n'est restée aussi longtemps. Eli ne peut pas s'offrir le luxe de me virer.

— Ne me pousse pas à bout, sinon je te vire dans la minute ! intervint Eli.

Cora Leigh lui tira la langue.

— Je t'aime moi aussi, espèce de grand imbécile !

Melissa se retint de rire. D'emblée, Cora Leigh lui était sympathique. Effrontée, elle ne redoutait pas son boss et semblait même avoir de l'affection pour lui. Dans tous les cas, si elle travaillait, pratiquement seule, depuis trois ans dans ce bar fréquenté essentiellement par des militaires et des ouvriers, elle avait du cran.

— Tu dois recevoir de bons pourboires ? s'enquit Melissa.

— Plutôt, oui ! Les gars sont généreux tant que je leur souris !

Cora Leigh regarda autour d'elle.

— C'est bien calme. C'est drôle, les SEALs sont déjà là, à cette heure ?

Le pouls de Melissa s'emballa.

— Ils viennent souvent ?

— Mon chou, ce bar n'est fréquenté que par les SEALs, le soir. Ils donnent les meilleurs pourboires.

Puis, du menton, elle lui montra son décolleté.

— Mets tes atouts en avant et je te jure qu'ils te mangeront dans la main. Mais attention à ce qu'ils ne te dévorent pas toute crue !

Elle lui adressa un clin d'œil et s'éloigna pour prendre la commande d'un client.

Les Navy SEALS de la SBT-22 n'arrivèrent, eux, que vers 19 heures. Tout à coup, le bar fut complètement bondé. La plupart étaient impeccables et rasés de frais, mais d'autres portaient encore des traces des peintures de camouflage nécessaires aux manœuvres qu'ils avaient effectuées au cours de la journée.

Tous étaient silencieux et avaient l'air abattus. Melissa guetta l'arrivée de Cord, prête à lui rendre son pli, le cas échéant, et quoi qu'il en soit, à en terminer avec sa mission.

— On dirait qu'il y a un problème…, murmura Cora Leigh, à côté d'elle devant le comptoir. En général, les gars parlent fort et rient.

— Que se passe-t-il ?

Cora Leigh plissa les yeux.

— Aucune idée, mais je ne vais pas tarder à le savoir.

— Pas la peine, Cora Leigh, intervint Eli. Je suis déjà au courant.

Melissa se tourna d'un bloc vers son nouveau patron.

— Ah bon ?

Eli essuya son comptoir avec son torchon.

— Tout à l'heure, j'ai entendu, sur la fréquence radio de la police, que les SEALs avaient perdu l'un des leurs au cours d'un exercice à balles réelles sur la rivière Pearl. Il aurait été touché et serait tombé du zodiac. On a retrouvé des traces de sang à l'endroit où il se tenait. Personne n'a rien vu. Tout a été très soudain. Personne ne sait ce qui s'est passé.

Melissa déglutit avec difficulté et baissa les yeux sur son plateau, qu'elle chargeait de bouteilles de bière et de mugs.

— Oh mon Dieu… Ont-ils mentionné son nom ? balbutia-t-elle.

— C'est l'un de nos plus fidèles clients, l'informa Eli. Cord Schafer.

Tremblante, Melissa reposa le plateau. Elle était à deux doigts de le laisser tomber.

— Rip Cord ! s'exclama Cora Leigh en ouvrant de grands yeux. C'est le plus gentil de tous ! Il ne me pince jamais les fesses, il ne me fait jamais de propositions indécentes !

Elle secoua la tête.

— Bon sang ! Quelle mauvaise nouvelle !

Les mains peu sûres, l'esprit embrumé, Melissa reprit son plateau et slaloma entre les tables pour s'approcher, et servir les hommes dont les visages étaient sinistres.

Cord Schafer, son ami d'enfance, était mort… Cord, toujours là quand elle l'appelait à la rescousse.

Un jour, ils s'étaient embrassés mais ils avaient tous les deux convenu n'avoir rien ressenti et avaient décidé de rester amis. Quand Cord était entré dans l'US Navy et elle, au FBI, ils étaient restés en contact malgré l'éloignement et leurs déplacements mutuels incessants. Il lui faisait livrer des fleurs pour son anniversaire, et pour le sien, elle lui offrait invariablement un T-shirt avec un graphisme insolite. Cord était sa seule famille, elle le considérait comme son frère, et leur amitié était restée indéfectible, en dépit de la distance et des années.

Elle avait tant de peine, elle était tellement oppressée qu'elle avait du mal à respirer.

— Ça va, mon chou ? lui demanda Cora Leigh, l'air inquiet.

— Non, pas trop. J'ai dû manger quelque chose d'avarié… Tu peux t'occuper de mes tables pendant que je vais aux toilettes ?

— D'accord, mais ne sois pas trop longue. On a du monde et la soirée vient seulement de commencer.

Melissa enfila le couloir qui conduisait aux toilettes. Ses yeux piquaient, sa gorge était serrée et les larmes commençaient à l'aveugler. N'y voyant plus rien, elle heurta un homme, plutôt musclé vu le choc à son contact.

Ce dernier la rattrapa.

— Lâchez-moi… Laissez-moi tranquille, murmura-t-elle dans un sanglot. Ce n'est pas le moment.

— Le moment de quoi ?

La voix, étonnamment familière, lui fit lever les yeux.

Elle cilla à travers ses larmes. C'était James Monahan. Mais en l'espace de quelques heures, il s'était métamorphosé. Le beau brun de la poste, le séduisant baroudeur qui, le matin même, lui avait sauvé la vie s'était fait couper les cheveux très court et n'avait plus de barbe. Il n'en était que plus attirant.

— Ça va ? s'enquit-il, les sourcils froncés par la perplexité.

A ces mots, de nouvelles larmes lui montèrent aux yeux. Elle pleura, les doigts crispés sur l'encolure de son T-shirt.

— Cord... il est mort..., balbutia-t-elle.

James Monahan noua la main derrière sa nuque et la serra dans ses bras.

— Attendez... on n'en est pas encore sûrs, souffla-t-il.

Elle se nicha contre lui et mit un moment à digérer ses propos. Alors, elle recula.

— Que voulez-vous dire ?

Il tiqua.

— On n'est pas encore sûrs que Cord soit mort.

— Expliquez-vous à la fin !

— On n'a pas retrouvé son corps.

— Mais il s'agissait d'un entraînement à balles réelles. Il y aurait des traces de sang, paraît-il.

— Oui, mais pas de corps, précisa James Monahan, sourcils toujours froncés.

— Mais il est tombé dans la rivière !

— Moi, je préfère penser qu'il a profité de ce qu'il venait d'être blessé pour disparaître.

Il leva son menton et la regarda droit dans les yeux.

— Soyez optimiste. Donnez le bénéfice du doute à votre petit ami.

Soudainement soulagée, Melissa se détendit et parvint à déglutir.

— Cord n'est pas mon petit ami, le corrigea-t-elle. Mais pourquoi vouloir disparaître ?

— Parce qu'il se sait en danger à cause de son enquête...

Melissa essuya ses larmes.

— Quelle enquête ?

James Monahan lui prit une mèche de cheveux et la lui replaça derrière l'oreille.

— Justement, nous devons le découvrir si nous voulons l'aider.

— *Nous ?*

Il sourit.

— Cord nous a contactés parce qu'il est confronté à une affaire qui le dépasse. Il envisageait de disparaître par sécurité. Je sais pourquoi il m'a contacté ; en revanche, je ne sais pourquoi ni en vertu de quoi il vous a contactée. Car je ne sais toujours pas qui vous êtes, pour qui vous travaillez... Ce que vous êtes pour Cord. Vous ne m'avez même pas dit comment vous vous appelez.

Melissa le dévisagea. Il était terriblement séduisant et un frisson d'émoi la parcourut, en particulier là où son corps s'était blotti contre le sien.

Cependant, elle ne pouvait se laisser aller.

— Pourquoi devrais-je vous faire confiance ? Vous prétendez que Cord vous a demandé de venir à la poste de Biloxi. Et si vous mentiez pour que je vous transmette son pli ?

— Mon chou, si je l'avais voulu, je vous l'aurais arraché sans peine à Biloxi. Je sais que Cord vous a demandé d'aller le chercher. J'en déduis donc qu'il vous fait totalement confiance. Il vous a aussi donné rendez-vous dans ce bar, ce soir, à 22 heures, n'est-ce pas ? D'où votre présence ici, pas vrai ?

Toujours méfiante, Melissa fouilla ses yeux bleus.

— C'est exact.

— Maintenant que Cord a disparu, je doute sérieusement qu'il vienne au rendez-vous de 22 heures. Si d'aventure il surgissait, je suis à peu près certain que l'individu qui a tenté de le supprimer aujourd'hui serait sur les lieux pour achever sa besogne.

Melissa secoua la tête

— Cord ne viendra donc pas…

— Il ne le peut pas. Il est en danger, comme vous l'avez été, ce matin. Vous avez été bien inspirée de vous déguiser pour vous rendre à la poste de Biloxi. J'espère que les individus qui vous ont acculée et qui ont cherché à vous voler ne soupçonneront pas que la nouvelle serveuse du Shoot the Bull Bar est l'élégante à capeline rouge et la sportive avec son sweat-shirt à capuche. Bon, vous allez enfin vous décider à me donner votre nom ?

— Melissa Bradley, lâcha-t-elle.

— Pourquoi Cord vous a-t-il contactée, Melissa Bradley ?

Elle souffla.

— Je connais Cord depuis l'enfance : nous avons grandi dans des fermes voisines dans l'Ohio. Je lui fais une confiance absolue, et lui aussi. Et vous ? Pourquoi Cord vous a appelé ?

— Comme je vous l'ai déjà dit, on était dans la même unité. Je lui ai sauvé la vie, il a sauvé la mienne.

James Monahan soupira à son tour.

— Je crois surtout qu'il m'a appelé parce que j'ai quitté les SEALs. Selon lui, j'étais le seul en qui il pouvait avoir confiance.

— Il m'a dit la même chose.

Un grand musclé aux biceps tatoués surgit dans le couloir.

Aussitôt, Melissa se tendit.

— Nous ne pouvons pas rester ici, murmura-t-elle.

Si l'on nous voit en train de chuchoter et de tenir des conciliabules, on va se méfier.

Elle l'attira donc à elle.

— Embrassez-moi.

— Mais…

Elle se hissa sur la pointe des pieds.

— Je vous ai demandé de m'embrasser, bon sang !

Etonné mais ravi, James obtempéra. A peine ses lèvres eurent-elles touché les siennes qu'une décharge d'électricité le traversa. Stupéfait, il l'enlaça plus étroitement et caressa sa bouche avec la pointe de la langue.

La jeune femme, manifestement surprise elle aussi, poussa un cri étouffé qui lui fit entrouvrir les lèvres. James en profita, prenant définitivement possession de sa bouche et lui donnant un baiser beaucoup plus profond et intime. Pour finir, il entremêla sa langue à la sienne sans bouder son plaisir.

Un plaisir qu'il n'avait jamais éprouvé à vrai dire.

Bien qu'ayant initié leur baiser, Melissa fut au début un peu raide. Elle se détendit cependant vite et finalement se fondit dans son étreinte en nouant même ardemment les bras autour de son cou.

— Eh bien ! s'exclama l'individu qui venait d'apparaître et s'approchait. Tu es à peine de retour, mais tu as déjà séduit la nouvelle serveuse, Cow-Boy. Il n'y a pas de justice !

James recula, gardant son regard rivé à celui de Melissa.

— Chasse gardée, Duff.

— J'ai bien compris. Mais laissez-moi passer tous les deux. Il faut que j'aille pisser.

James attira Melissa à lui pour libérer le passage à Duff.

— Mmm... Dans tous les cas, elle sent drôlement bon ta copine. Tu en as de la chance, mon gars !

Sur ces entrefaites, Duff entra dans les toilettes des hommes et en referma la porte.

James garda la jeune femme contre lui, furetant de part et d'autre du couloir.

— Il faut qu'on parle, Melissa, chuchota-t-il à son oreille. Mais pas ici. Pas maintenant. Dans quel hôtel êtes-vous descendue ?

Elle biaisa.

— Et vous ?
— Je n'en ai pas encore trouvé.
— Vous avez un portable ?
— Oui.
— Donnez.

Il sortit son Smartphone, en déverrouilla l'accès et le lui tendit. Melissa tapa son numéro dans sa liste de contacts, puis le lui rendit.

— Appelez-moi sitôt que vous aurez trouvé un hôtel. Je vous y rejoindrai.

James lui sourit.

— Vous n'avez pas peur que je vous vole le pli de Cord ?
— Non. Parce que je l'ai bien caché.
— Je m'en réjouis. Je ne sais pas sur quoi Rip enquête, mais quelqu'un a évidemment intérêt à étouffer l'affaire.

Il inclina la tête et fronça les sourcils.

— Vous ne voulez pas me dire dans quel hôtel vous êtes descendue ? Ce serait tout de même plus pratique, non ?

A cet instant, la porte des toilettes des hommes s'ouvrit

de nouveau. James reprit Melissa dans ses bras et la plaqua contre le mur.

— Je ne crois pas…, murmura-t-elle.

Il ne la laissa pas terminer et l'embrassa de nouveau.

D'une part dans un sursaut d'orgueil masculin. N'était-ce pas à son tour de prendre l'initiative et de la surprendre ? D'autre part, et sans doute était-ce la vraie raison, il avait aimé leur premier baiser délicieux, au goût de cerise — sans doute la fragrance de son baume pour les lèvres.

Après un bref mouvement d'étonnement, Melissa ne résista pas et leur baiser devint plus ardent, intime et profond. L'excitation de James ne fit que croître. Il était transporté, galvanisé comme jamais.

La voix de Duff le ramena sur terre.

— Si j'ai bien compris, pour conquérir les filles, il faut quitter l'US Navy pendant deux ans ?

James s'obligea à rire.

— Non, il suffit d'une bonne douche et d'une bonne coupe de cheveux. Je te jure que tu auras toutes les femmes à ton bras et à tes pieds !

Duff éclata de rire.

— Merci de l'information, Cow-Boy. Comment ai-je pu me passer de si bons conseils pendant deux ans ?

Sur ces mots, il lui assena une grande tape dans le dos.

— A propos, quand tu auras une minute, j'aimerais te parler de Rip.

Il s'éloigna. James relâcha Melissa.

— Il faut que j'y aille. On s'appelle plus tard ?

— Je travaille jusqu'à la fermeture du bar. Laissez-moi un message et je vous rappellerai…

— J'espère bien ! Apportez le pli, surtout, et faisons

équipe. Rip est un ami, et je ferai tout ce qui est en mon pouvoir pour le retrouver vivant.

— En espérant qu'il le soit toujours..., dit Melissa avec une petite moue de ses lèvres pulpeuses. Dans le cas contraire, je vous jure que je retrouverai son meurtrier et que je le tuerai de mes propres mains !

— Vous m'arrachez les mots de la bouche ! déclara James en la suivant.

Il rejoignit la table des SEALs de la SBT-22. S'il en connaissait la plupart, certains lui étaient inconnus.

Il n'eut pas besoin de s'enquérir des tragiques événements de la journée, car les hommes ne parlaient que de Cord, mais cependant à mots couverts, avec des murmures et des regards méfiants, comme s'ils craignaient une quelconque et invisible menace.

— Jamais un exercice à balles réelles n'a fait de victimes, martela Duff.

— Peut-être une balle perdue ? Un problème avec une arme ? hasarda le CPO Juan Garza.

Le CPO Benjamin Raines, que tous surnommaient « Montana », secoua la tête.

— Je ne crois pas. Moi, il y a quelque chose qui me titille. Vous ne trouvez pas que Rip était bizarre depuis peu ?

— Toi aussi, tu l'as remarqué ? Je pensais que je me faisais des idées, répliqua Duff.

— En vérité, Cord va mal depuis son retour du Honduras, insista Montana.

— La mission du Honduras. Bon sang, sale histoire..., laissa tomber Quentin Lovett.

— Que s'est-il passé au juste ? Les gars qui y ont participé n'en ont pas soufflé mot, reprit Duff.

— On n'a pas eu le droit, intervint Quentin en jouant distraitement avec sa bouteille de bière.

Duff renifla avec dédain.

— Mais il y a eu des rumeurs.

— Comme quoi l'opération avait dérapé…, acheva Sawyer Houston sans regarder personne.

— L'ordre de mission a fuité, enchaîna Montana. C'était comme d'aller au casse-pipe. L'un des nôtres a trouvé la mort.

Un lourd silence tomba.

— Depuis le Honduras, Rip était déprimé, termina Duff.

James fit mine de boire sa bière pour garder les idées claires, enregistrer et analyser ces intéressantes informations.

— Rip montrait-il des signes de stress post-traumatique ? interrogea-t-il.

Montana plissa les yeux.

— Non. C'était autre chose.

— De toute façon, cela n'a plus aucune importance, désormais, conclut Sawyer d'un air sinistre.

— Pourquoi ? Tu penses que Rip est mort ? s'enquit James.

— Oui. J'ai vu des traces de sang.

Duff se passa la main sur le visage.

— Et s'il était seulement blessé, quand il est tombé dans la rivière, les alligators l'ont dévoré !

A ces mots, il donna un coup de poing sur la table.

— Bon sang, on aurait dû continuer de chercher malgré la nuit !

— N'oublie pas que le garde-côte et les unités de recherche locales ont pris la suite, rappela Quentin.

Sawyer pinça les lèvres.

— Moi, ça m'est égal. Je suis de l'avis de Duff, on aurait dû continuer. Plonger.

— Tu sais que la Pearl est trop boueuse. On n'y voit rien. Il faut la draguer.

James avait du mal à supporter cette discussion. Mais il s'obligea à garder confiance. Le corps de Rip n'avait pas été retrouvé. Son ami était probablement toujours en vie.

La priorité, c'était donc de découvrir ce que contenait le pli de Biloxi. Sans doute des informations essentielles qui donneraient un point de départ.

James passa tout le reste de la soirée au Shoot the Bull Bar. D'abord pour collecter un maximum d'informations. Ensuite pour garder un œil sur Melissa au cas où les hommes qui l'avaient pourchassée dans Biloxi réapparaîtraient.

Mais à 22 heures, les clients se firent plus rares. Les SEALs se levèrent d'un seul élan et s'étirèrent.

— On a entraînement demain matin à l'aube, déclara Duff en bâillant. Il faut rentrer.

James se leva.

— Je vous rejoins, les gars.

Il se dirigea vers le comptoir avec une lenteur calculée et chercha Melissa du regard.

— Si vous voulez parler à Mel, l'informa la serveuse qui s'appelait Cora Leigh, elle est partie il y a cinq minutes.

— Ah bon. Merci, répondit James qui cacha mal sa déception.

Il sortit aussitôt du bar et en fit le tour à la hâte, sans perdre espoir de tomber sur elle. Mais la jeune femme avait déjà disparu.

Quelles étaient les chances pour qu'elle le rejoigne

comme convenu à son hôtel, du moins quand il en aurait trouvé un ?

James prit la route et chercha, par le biais de son Smartphone, l'hôtel le plus proche.

Soudain, il ne put contenir plus longtemps sa frustration et donna un coup de poing sur son volant. Il avait besoin des informations du pli pour retrouver Cord, mais Melissa s'était volatilisée. Bon sang, comment avait-il pu être aussi bête pour se laisser, de nouveau, berner ?

4

Melissa quitta le bar bien avant sa fermeture. Depuis qu'elle savait Cord porté disparu, elle avait hâte de découvrir ce que contenait le pli de Biloxi, mais elle ne voulait pas non plus l'ouvrir au bar et à proximité des SEALs. Cord se méfiait de sa propre unité, donc elle aussi.

Elle prit la route en s'assurant que personne ne la suivait.

Au bout de quelques kilomètres, son Smartphone sonna. Elle consulta son écran. Le numéro était inconnu mais elle n'avait aucun doute sur l'identité de son interlocuteur.

Elle sourit et prit la communication.

— Eh bien, vous avez mis le temps à comprendre que j'avais filé, Monahan !

— J'ai pris une chambre à Slidell, lui annonça celui-ci de sa voix aux inflexions riches et chaleureuses. Rendez-vous dans une dizaine de minutes.

— D'accord.

— Apportez ce que vous savez.

— Je vais y réfléchir.

— Si nous voulons retrouver Cord, nous devons découvrir les raisons de sa disparition. Ce pli en est certainement la clé. Ou l'une des clés.

— J'ai compris, mais je vous répète que je vais y réfléchir. A plus tard.

Melissa raccrocha.

Elle avait caché le pli dans son pick-up, plus exactement dans le panneau secret de la portière conducteur. Ce véhicule avait été customisé à sa demande, quand elle s'était établie au Texas. Lors de ses missions FBI, elle devait souvent utiliser des voitures banalisées afin de passer inaperçue. Aussi avait-elle voulu, pour son usage personnel et à titre privé, un véhicule un peu extravagant et voyant, agrémenté de quelques gadgets.

N'était la disparition de Cord, la vie lui souriait depuis qu'elle avait été mutée au Texas, au bureau local du FBI de San Antonio. Elle y était même si heureuse qu'elle projetait de se fixer dans le Texas Hill Country. Là, les gens étaient ouverts et amicaux, et en plus il ne neigeait pas. Après une enfance passée dans l'Ohio et ses hivers glacés, Melissa aspirait au soleil toute l'année. Elle envisageait de construire une maisonnette sur une colline où elle élèverait un peu de bétail, des chèvres et peut-être un ou deux chevaux.

Elle soupira. La réalisation de son rêve n'était pas pour demain...

Car aussi longtemps qu'elle travaillerait au FBI, elle serait appelée à effectuer de fréquents déplacements professionnels. Son avenir restait incertain, mais elle voulait avoir un jour sa propre maison, se marier et fonder une famille, car elle était seule au monde et en souffrait.

Mais chaque chose en son temps...

Car en dépit de sa volonté de se fixer, elle adorait son métier, sa liberté et sa disponibilité. Rares étaient les hommes qui le comprenaient. Ainsi, pour éviter déboires et déceptions, elle gardait ses distances et refusait de s'investir dans une relation amoureuse.

Elle n'était pas prête à s'engager et vivre la vie de ses rêves.

Tout simplement.

Et d'autant moins que, ces jours-ci, elle devait démêler le mystère lié à la disparition de Cord. Avec James Monahan. Elle était disposée à lui faire confiance, car il lui avait sauvé la vie et n'avait pas non plus tenté de lui subtiliser le pli de Biloxi. Et puis, Cord l'avait contacté. C'était en tout cas ce que James affirmait. Malgré ses doutes, elle inclinait à le croire.

Elle décida de se rendre à l'hôtel de James Monahan une fois qu'elle aurait photographié le contenu du pli avec son Smartphone. Au cas où Monahan tenterait de le lui voler, elle ne serait pas démunie.

Elle scruta la route et avisa un sentier dans lequel elle tourna. Elle parcourut quelques mètres et se gara derrière des buissons, coupa le moteur et observa les alentours. Personne ne pouvait la voir depuis la grand-route et il n'y avait aucune habitation à proximité. Elle déclencha donc le système d'ouverture secret logé dans sa portière conducteur et en retira le pli qui s'y trouvait depuis son départ de Biloxi.

A la faveur du clair de lune, elle le décacheta et en sortit documents et photographies qu'elle éparpilla sur le siège passager. Pressée, elle les photographia sans les compulser.

Quand elle eut terminé, elle consulta sa montre : elle serait en retard au rendez-vous fixé avec Monahan. Elle haussa les épaules. Peu importait. Au moins Monahan aurait-il eu le temps de s'installer dans sa chambre.

Un petit quart d'heure plus tard, elle entra dans le parking de son hôtel et se gara derrière un énorme camion. Une fois le moteur coupé, elle resta immobile. Laissait-elle le pli dans son pick-up ou l'emportait-elle ?

Au même moment, on frappa à sa vitre de portière et elle sursauta. Mais ce n'était que James. Elle soupira de soulagement.

— James…

Elle ouvrit sa portière.

— Vous m'avez fait une peur bleue !

— Désolé. J'ai attendu, en espérant que vous finiriez par me remarquer, mais vous sembliez plongée dans vos pensées…

Il lui sourit.

— Alors ? Vos conclusions ? Allez-vous me montrer le contenu de ce pli, oui ou non ?

Mue par une impulsion, Melissa prit l'enveloppe, toujours sur le siège passager.

Elle sortit de son pick-up et la lui tendit.

— Rentrons vite !

— Ma chambre est au deuxième étage, au bout de l'hôtel, l'informa-t-il en prenant l'enveloppe d'une main et son coude de l'autre.

Une fois qu'ils y furent, il ferma et verrouilla la porte, puis ouvrit le pli sans tarder.

— Vous l'avez ouvert ? Qu'y avez-vous découvert au juste ?

— Des photos et de nombreux documents. Je ne peux rien vous dire de plus, j'allais les examiner quand vous avez toqué contre ma vitre de portière.

C'était un demi-mensonge, et elle ne put s'empêcher de rougir. Mais James n'avait pas besoin de savoir qu'elle avait photographié les documents.

Il parcourut les premiers feuillets.

— C'est au sujet d'une opération récente appelée *Pit Viper*...

Il tourna les yeux vers elle.

— Précisément, il s'agit du compte rendu ainsi que du rapport de débriefing d'une mission top secret qui s'est déroulée au Honduras et à laquelle Cord a participé avec cinq autres SEALs de la SBT-22.

— Certes, mais encore ? s'enquit Melissa.

Elle s'assit sur le lit et s'empara des photos.

— Ce soir, reprit James, des gars ont affirmé que Cord avait changé depuis son retour du Honduras. Six hommes participaient à cette opération, l'un d'eux a trouvé la mort.

— Et les cinq autres culpabilisent ?

James opina.

— Sans le moindre doute. Quand un SEAL perd la vie en mission, c'est un véritable choc. C'est comme de perdre un membre de sa famille. La SBT-22 est une unité d'élite. Ses hommes sont bien entraînés, ils participent à des missions et des opérations dans des conditions extrêmes. La solidarité et la confiance ne sont pas des vains mots chez nous : ce sont des gages de survie.

A ces mots, James s'assombrit, nota Melissa. Son regard revint sur le document qu'il parcourait.

— Et c'est justement ce qui m'inquiète : Cord se méfie des gars de la SBT-22.

— Que dit le rapport de débriefing au juste ? demanda Melissa en se penchant mieux par-dessus son épaule.

James Monahan sentait si bon l'air frais et l'après-rasage qu'elle eut envie de poser la tête sur son épaule, mais elle se ressaisit et aussitôt recula.

— *Pit Viper* était une mission destinée à exfiltrer Dan

Greer, un agent de la Drug Enforcement Administration, autrement dit la DEA. Il s'était infiltré dans un camp de rebelles au Honduras.

James marqua une pause afin de continuer sa lecture.

— Manifestement, le début de l'opération s'est déroulé à la perfection. Les gars s'éloignaient du camp quand il y a eu deux coups de feu. Un SEAL de la SBT-22, celui qui était le plus proche de l'agent de la DEA, donc qui assurait sa protection, a été touché, ce qui a davantage exposé Dan Greer, qui a été touché à son tour.

— Qui participait à la mission ?

James lui montra la liste.

— Les PO Quentin Lovett et Lyle Gosling. Les CPO Cord Schafer, Sawyer Houston et Benjamin Raines, dit « Montana », et enfin, le sergent-chef Frank Petit. Ce pli contient leurs témoignages individuels.

— Qui a rédigé le compte rendu ?

— Gunny. C'est le surnom du sergent-chef Frank Petit. Et c'est Lyle Gosling qui a été touché à mort. Gunny s'est porté à son secours.

— Et qui a secouru l'agent de la DEA ?

— Cord.

Un frisson parcourut Melissa.

— L'agent de la DEA aurait confié un message, des informations à Cord avant de mourir ?

— C'est difficile à dire. Le rapport ne mentionne pas si Dan Greer est mort sur le coup. Dans tous les cas, une chose est sûre : il l'était quand les gars ont atteint le SOC-R — c'est le nom du zodiac que nous utilisons pour l'entraînement et nos opérations.

Melissa se mordilla la lèvre inférieure.

— Si seulement je pouvais interroger Cord…

James posa le rapport pour s'intéresser aux photos.

— Ces clichés sont récents. Du moins, développés depuis peu.

Il les lui tendit et Melissa les observa.

Les photos représentaient un campement au cœur d'une forêt tropicale luxuriante. On y voyait des hommes qui soulevaient des caisses portant l'acronyme de l'Organisation mondiale de la santé et qui contenaient, à première vue, des biens de consommation courante.

— Intéressant..., déclara James, se penchant pour mieux regarder.

Au même instant, une caisse sur une des photos attira l'attention de Melissa : les produits de l'aide humanitaire en avaient été retirés pour laisser place à de tout autres marchandises.

Un cri lui échappa.

— Ce sont...

— Des armes. Des grenades, acheva James. Fabriquées aux Etats-Unis.

Il pointa le doigt sur le cliché.

— C'est un AR-15. Un fusil d'assaut.

— Ces armes paraissent neuves.

Melissa se tut et mâchonna l'intérieur de sa joue.

— Quelqu'un vendrait des armes à des rebelles du Honduras, suggéra James.

— Un Américain ? s'interrogea Melissa.

— Quoi qu'il en soit, Cord s'est procuré une copie du compte rendu du sergent-chef et du rapport de débriefing. Quant à savoir comment il a pu mettre la main sur ces photos...

— Les SEALs de la mission *Pit Viper* ont peut-être été en contact avec l'agent de la DEA avant son exfiltration ?

— C'est peu probable. Normalement, on ignore tout de l'identité de la personne à exfiltrer jusqu'au jour J.

— Je vois. En plus, les SEALs ne sont pas restés assez longtemps sur les lieux pour que Cord ait eu le temps de prendre ces photos.

— Effectivement, confirma James qui les observait de nouveau attentivement. J'en déduis que c'est l'agent de la DEA qui en est à l'origine. Regardez, ces photos ont été prises de loin, comme si leur auteur était caché et ne voulait surtout pas se faire surprendre.

— Avant de mourir, l'agent de la DEA a pu transmettre, à Cord, une clé USB les contenant ?

— Cord en aura ensuite pris connaissance, et les aura tirées.

— Il aura alors compris qu'il était en possession d'informations très sensibles, conclut Melissa.

— Il a surtout couru un risque en volant ces papiers.

James posa les photos pour parcourir de nouveau les documents.

Prise d'appréhension, Melissa frissonna. Non seulement Cord était en possession de photos accablantes, mais il avait subtilisé des documents strictement confidentiels. S'il avait été surpris, sa carrière chez les SEALs aurait été terminée et il aurait même pu passer en cour martiale. Il devait être aux abois pour avoir agi de la sorte.

— Quelqu'un a découvert que Cord était en possession de ces informations, avança Melissa. On redoute qu'il n'en sache peut-être plus. Qu'il révèle l'affaire au grand jour. Et qu'une enquête soit ouverte.

James passa la main dans ses cheveux.

— Pour protéger ses preuves à charge, il les a cachées

dans une boîte postale à Biloxi. Il ne pouvait les garder, car il se savait menacé.

Melissa se leva, se mordillant la lèvre.

— Si ces documents étaient en sécurité, pourquoi m'avoir demandé d'aller les chercher ?

— Pour que vous les récupériez et les utilisiez, au cas où il disparaîtrait. Quelqu'un devait être au courant de l'affaire. Et comme il se méfiait des SEALs de la SBT-22, il s'est s'adressé à vous.

— Mais pourquoi me donner rendez-vous, ensuite, dans un endroit public ?

— Vous êtes une femme, vous pouvez aisément passer pour sa petite amie. Cord aurait ainsi pu vous confier ses soupçons et ensuite vous éloigner sans que personne ne se doute de rien.

— Alors que vous, en tant que SEAL, vous auriez pu attirer les soupçons...

— Exact. Tout ce que Cord m'a demandé, c'est de vous protéger pendant que vous alliez chercher le pli. Il ne m'a pas demandé de m'acquitter de cette mission. Il ne s'inquiétait que pour vous. Il se savait menacé, la suite a prouvé qu'il avait raison : blessé, sans doute suite à une tentative de meurtre, il en a profité pour disparaître...

— Il avait peur...

— Et peur pour vous. C'est pourquoi il m'a demandé de l'aide.

James sourit.

— A propos, bravo pour le déguisement !

— Merci.

Melissa se leva et fit les cent pas.

— Et maintenant ? Que faire ?

— Mon patron vient de jouer de ses relations et

de ses ressources, illimitées, pour que je réintègre la SBT-22. L'unité de Cord. Mon ancienne unité. Je peux donc enquêter de l'intérieur.

— Je suis impressionnée, Cow-Boy, mais expliquez-moi : votre boss tout-puissant vous a fait réintégrer la SBT-22 d'un simple claquement de doigts ?

— Je travaille pour un homme qui a beaucoup d'influence. Le bras long. A ce qu'il semble.

— Parce que vous n'en êtes pas certain ? Eh bien...

— Je ne travaille pour lui que depuis quelques jours. A vrai dire, il me fait une immense faveur en me confiant cette mission qui est avant tout une affaire personnelle.

— Et vous accordez votre confiance à votre boss que vous connaissez à peine ?

Melissa secoua la tête.

— Cord, le pli, l'opération *Pit Viper*. Vous. Votre boss... Ecoutez, cela fait beaucoup.

Sur ce, elle reprit photos et documents dont elle fit deux piles avant de les remettre dans l'enveloppe.

— Il y a trop de coïncidences dans cette histoire, et je ne crois pas aux coïncidences. Restons-en là, voulez-vous ?

James lui saisit le poignet.

— Je suis venu à Biloxi parce que Cord me l'a demandé. Mon nouveau boss est un homme respectable. Mes collègues m'ont raconté certaines des opérations qu'il a montées.

— Son nom ?

— Je ne sais si je peux vous le révéler.

— Alors j'en ai fini avec vous. Adieu James Monahan.

— Excusez-moi, mais vous ne m'avez pas dit pourquoi Cord vous faisait une confiance aveugle ?

— Si. Je vous ai expliqué que nous étions des amis d'enfance.

— Je me suis mal exprimé : je veux savoir pour qui vous travaillez.

Elle hésita.

— Ça, ce sont mes affaires.

James pinça les lèvres et lui lança un regard de défi.

— Je vous ai révélé qui j'étais, pour qui je travaillais. A votre tour maintenant.

Elle soupira.

— Le FBI...

James haussa les sourcils.

— La preuve ?

Elle fouilla dans son soutien-gorge et en sortit sa carte qu'elle lui tendit.

— Voilà. Vous êtes satisfait ?

Quand leurs mains se touchèrent, une décharge électrique la traversa. C'était incroyable, chaque fois qu'il la touchait, James l'électrisait.

Il serra sa main et soudain l'attira contre lui, non pour l'étreindre, mais plutôt pour la neutraliser.

— Qui vous envoie ?

— Je viens de vous le dire ! Cord m'a fait parvenir la clé de la boîte postale par courrier et m'a demandé d'aller chercher ce pli.

— En vertu de quoi devrais-je vous croire, Melissa ? Vous affirmez que vous travaillez pour le FBI. Et si c'était les fédéraux qui vous avaient envoyée à Stennis ?

— Et moi, je devrais croire un homme qui part à la rescousse d'un ami sur la foi de son seul appel, qui a quitté les SEALs il y a deux ans, mais qui vient d'y être réintégré par l'opération du Saint-Esprit ? Et par-dessus le marché, refuse de me révéler l'identité de son patron ?

Elle essaya de se dégager.

— Moi, je vous ai révélé qui était mon employeur ! A votre tour ! insista-t-elle.

Il la regarda droit dans les yeux et soupira à son tour.

— Je viens d'être engagé par une organisation appelée Covert Cow-Boys Inc. La CCI. Créée par Hank Derringer.

— Hank Derringer, le millionnaire texan ?

— Celui-là même.

— Un agent du FBI du bureau de San Antonio a récemment quitté l'agence pour la CCI.

— Son nom ? Je l'ai peut-être rencontré au ranch de Hank ?

— C'est une femme. Tracy Kosart.

James sourit.

— Grande avec de longs cheveux bruns ?

Melissa opina.

— Je la connais, reconnut James. Elle est arrivée une semaine avant moi. Nous sommes les dernières recrues de Hank Derringer.

— Covert Cow-Boys Inc. Qu'est-ce que c'est au juste ?

— Une organisation en quête de justice et de vérité.

— Génial ! Comme si nous avions besoin d'un millionnaire altruiste et justicier.

— Hank n'a d'autre ambition que de mettre ses ressources à profit quand les agences fédérales ou gouvernementales arrivent au bout des leurs. Il a fait l'expérience de leurs limites à titre personnel.

— Vous voulez sans doute parler de l'affaire du directeur du bureau local de San Antonio, Grant Lehman. Il a été lié à la disparition de la famille de Derringer.

— Il en a kidnappé les membres qu'il a séquestrés au Mexique pendant deux ans !

Melissa baissa les yeux sur la main de James toujours sur son poignet.

— L'agent Kosart a décidé de travailler pour Derringer après avoir été enlevée par un cartel de la drogue, enchaîna-t-elle. Je ne la connaissais que depuis quelques semaines quand c'est arrivé.

— Hank Derringer a de nombreuses connexions que seul l'argent permet.

— Oui, et alors ?

— Alors nous devrions lui confier les documents de Cord et laisser ses informaticiens de génie agir, suggéra James.

— Je pourrais tout aussi bien confier cette affaire au FBI !

James plongea ses yeux dans ceux de la jeune femme. Son instinct lui soufflait de ne faire confiance à personne, sauf à la CCI. Et peut-être à Melissa. Mais certainement pas au FBI.

— Non. Pas au FBI. Ni à la DEA. Il est possible que l'opération *Pit Viper* ait été sabotée : aussitôt après son exfiltration, Dan Greer devait être supprimé pour ne pas transmettre ses découvertes.

— Un rebelle du campement l'aurait tué ?

— Non. Selon ces documents, les SEALs en étaient déjà loin au moment où l'on a fait feu sur eux. Greer a été tué parce que sa véritable identité et le but sa mission ont été devinés et révélés bien avant son exfiltration.

— Je persiste à penser qu'une sentinelle les a rattrapés et a tiré.

— Je ne crois pas : une sentinelle aurait tiré à vue et tué tous les SEALs. Pourquoi ne supprimer que Greer ?

James secoua la tête.

— Le sniper n'a pris que l'agent de la DEA pour cible, insista-t-il.

— Erreur. Vous oubliez qu'un SEAL aussi a perdu la vie.

— Gosling ? Et s'il avait reçu la balle destinée à Greer ? Il désigna les documents et les photos.

— J'aimerais que l'on en revienne au pli laissé par Cord. Vous pensez vraiment qu'il aurait voulu que vous le remettiez au FBI ?

— Il a seulement déclaré que j'étais la seule en qui il avait confiance, biaisa-t-elle en se mordillant de nouveau la lèvre.

— Il m'a dit la même chose, déclara-t-il assez distraitement.

Car il était concentré sur les lèvres de la jeune femme qu'elle agaçait sans cesse. Il en perdait la tête, à la fin.

Il contint un soupir et essaya de se concentrer sur le problème qui les occupait.

— Cord a peut-être compris, découvert ou déduit qu'un SEAL de la SBT-22, qu'un ou plusieurs agents de la DEA ou d'autres organisations fédérales avaient organisé l'exfiltration de Greer dans le but de le supprimer, donc de rendre inaccessibles les informations qu'il avait réunies. Mais Greer aura eu le temps de les transmettre à Cord.

Melissa se mordilla de nouveau la lèvre. Les yeux fixés dessus, James n'y tint plus. Il lui prit le menton et la lui caressa.

Surprise, elle se figea.

— Je suis inquiet pour vous, Melissa…, confia-t-il tout à trac.

La jeune femme riva son regard au sien. Il posa cette fois la main sur sa joue, le cœur battant de plus en plus fort.

— N'oubliez pas que je travaille pour le FBI, murmura-t-elle. Je sais comment assurer ma protection.

— Mais habituellement, vous travaillez en binôme, n'est-ce pas ?

Elle ne pouvait le réfuter. James sourit face à son silence et effleura ses lèvres d'un léger baiser. C'était un mouvement si naturel que s'en dispenser était impensable.

Melissa ouvrit de grands yeux.

— Pourquoi ?

— Pourquoi quoi ?

Sa confusion l'amusait.

— Pourquoi je vous embrasse ?

Pour seule réponse, il reprit ses lèvres, lui donnant un baiser plus profond. Quand elle entrouvrit les siennes, il savoura, avec une délicieuse complaisance, le goût de sa bouche.

Chaque nouveau baiser était décidément meilleur que le précédent.

— Pourquoi est-ce que vous m'embrassez tout le temps ? susurra-t-elle.

— Parce que c'est plus fort que moi…, souffla-t-il, reprenant derechef sa bouche.

Au bout d'un moment, hors d'haleine, il recula. Aussitôt, elle appuya le front contre son torse.

— Nous ne devons pas nous laisser distraire, James.

Elle serra l'encolure de son T-shirt entre ses doigts et ajouta à voix basse :

— Cord a disparu, il est sans doute blessé et toujours en danger.

James lui recoiffa une mèche derrière l'oreille.

— Mon chou, si jamais on devine que la serveuse du Shoot the Bull Bar et la femme qui est venue chercher le pli, à la poste de Biloxi, sont une seule et même personne, vous êtes autant en danger. Sinon plus.

5

En dépit de ces prédictions pour le moins inquiétantes, Melissa luttait contre le désir de se presser dans les bras de James. Elle aimait son regard magnétique, son odeur, la sensation de son corps contre le sien, et en oubliait ses priorités.

Elle devait se ressaisir, résister au désir de se hisser sur la pointe des pieds et de nouveau l'embrasser. Lui arracher ses vêtements, se jeter avec lui sur son lit et enfin, satisfaire son désir.

De telles pensées étant loin de la calmer, elle s'intima l'ordre de reprendre immédiatement son sang-froid et recula avec effort.

— Oui, oui… Sans doute avez-vous raison, balbutia-t-elle.

Ses joues étaient en feu. Elle détourna le visage et toussota pour tromper sa gêne.

— Dans ce cas… nous devons, hum… être discrets. Très vigilants.

— En ce qui me concerne, enchaîna James, je vais essayer d'en savoir davantage sur les quatre autres participants à l'opération *Pit Viper*.

Soulagée de revenir à la réalité et ainsi de détendre la tension sexuelle entre eux, Melissa acquiesça avec élan.

— Et moi, pendant ce temps, je vais enquêter sur les familles et les proches de ces quatre hommes. En continuant à travailler au bar. Sait-on jamais…

— Je vais demander à Hank de me faire parvenir les adresses personnelles de ces quatre SEALs. Et je lui communiquerai, *via* mon Smartphone, photos et rapport.

— Je vous le dis tout net, cela m'ennuie, objecta Melissa, se mordillant la lèvre. Souvenez-vous, Cord se méfie de tout le monde.

— Mais vous oubliez que nous avons des ressources limitées et que Hank Derringer est prêt à mettre les siennes à notre disposition, déclara James en levant un sourcil. A moins que vous ne vouliez demander au FBI de nous aider ?

— Ah non !

— Hank Derringer collabore avec des informaticiens chevronnés, et je vous jure qu'il est digne de confiance. Enfin, il y a un autre avantage à le mettre dans le secret : il n'est pas lié au gouvernement de quelque façon que ce soit, donc il ne subit aucune pression. Les informations que nous lui confierons et que nous lui demanderons ne fuiteront pas.

— Je l'espère de tout cœur. Pour Cord.

— Parfait, je vais photographier documents et photos, et les lui envoyer. Vous garderez donc les originaux.

Melissa opina, puis considéra la chambre.

— D'accord. Bon… maintenant, je ferais mieux de vous laisser et de me trouver un hôtel pour la nuit.

James fronça les sourcils.

— Comment, vous n'avez pas de chambre ?

— Non. De Biloxi je suis venue directement au Shoot the Bull Bar.

— Je vous proposerais volontiers de passer la nuit ici, mais quelque chose me dit que vous allez refuser…

Il sourit.

— D'un autre côté, comme nous faisons désormais équipe, je vous conseille de séjourner dans mon hôtel. Ainsi, nous pourrons facilement faire le point chaque soir ?

— Cette trop grande proximité me gêne.

— Nous avons déjà des rapports de grande proximité qui ne paraissent pas vous gêner. Au contraire, insinua-t-il. Soyez logique : vous êtes déjà dans un hôtel, alors pourquoi en chercher un ? Si tard en plus ?

Elle biaisa de nouveau.

— Dites, pourquoi vous n'avez pas vos quartiers sur le site de la SBT-22 ?

— Parce que nous avons la possibilité d'habiter à l'extérieur de la base. Je vais tout de même feindre de chercher un appartement et prétendre que mon séjour à l'hôtel est temporaire.

— Bon… Je vais voir s'il reste des chambres.

Etait-ce bien raisonnable ? Certes, ils pourraient plus facilement échanger leurs découvertes, mais son attirance spontanée pour James l'inquiétait tout en donnant à cette enquête un danger supplémentaire imprévu. Et délicieux. Ne risquait-elle pas son cœur dans une histoire sans avenir ? Sa vie était pour le moment dévolue au FBI, et celle de James, à la CCI où il venait d'être recruté.

La main sur la poignée, elle baissa les yeux sur le pli qu'il venait de lui rendre, évitant de le regarder.

— Avisez-moi au plus vite des informations que Hank Derringer vous transmettra.

— Et vous, donnez-moi le numéro de votre chambre.

— Pourquoi ?

— Au cas où vous auriez des problèmes…

Son visage s'adoucit quand il ajouta :

— Je vous promets de ne pas vous harceler.

— D'accord.

Et Melissa se hâta vers la réception.

Dix minutes plus tard, sa carte magnétique en main, elle revint vers son pick-up pour y prendre sa valise et monter dans sa chambre, qui se trouvait au troisième étage. De là, elle en envoya, par SMS, le numéro à James.

C'était presque le même, réalisa-t-elle. Seul le chiffre des dizaines changeait ! Elle était donc juste au-dessus de lui… Pour attirer son attention, elle n'avait qu'à taper du pied sur le sol.

Repoussant cette dangereuse pensée, elle fila dans la salle de bains, prit une longue douche, puis enfila un T-shirt et un boxer.

Epuisée mais encore trop agitée pour trouver le sommeil, elle s'approcha de la fenêtre, écarta les rideaux et observa le parking.

Où était Cord ? Etait-il vivant ? Si oui, allait-il trouver un moyen de les contacter ?

Une autre question déconcertante jaillit dans son esprit. Pourquoi avait-elle toujours envie d'embrasser James Monahan ? C'était agaçant à la fin. Mais tellement tentant… Et si bon.

Oui, mais ce n'était ni l'endroit ni le moment de s'adonner au plaisir, de s'engager dans une relation, même éphémère, avec un homme qu'elle ne reverrait sans doute jamais plus, une fois que Cord serait retrouvé et tiré d'affaire.

Bon, mais il n'en restait pas moins qu'elle aimait

vraiment ses étreintes et ses baisers. Sa vigueur et ses muscles.

Et d'ailleurs, à ces seules évocations, son cœur se mit à battre plus vite, son souffle s'accéléra.

C'était insensé, elle était obsédée par James Monahan, son envie de lui arracher ses vêtements et de presser ses seins contre son torse nu !

Elle porta la main à sa poitrine. Son cœur s'emballait.

James Monahan l'aurait-il déjà conquise ? Non ! Elle n'allait pas se complaire à ces pensées et, pire, céder à son envie.

Eh bien justement, pourquoi pas ? Sa chambre est tellement proche, murmura une petite voix intérieure tentatrice.

Elle n'avait en effet qu'à descendre l'escalier et frapper à sa porte. Vu l'ardeur avec laquelle il l'avait embrassée, il serait évidemment prêt à aller plus loin...

Melissa soupira et s'efforça de se ressaisir.

Soudain, une ombre bougea entre son pick-up et le camion de routier. Etait-ce un effet de son imagination ?

Non, l'ombre était bel et bien en train de se déplacer. Vu la carrure, c'était un homme. Vêtu d'un sweat-shirt noir dont la capuche, avec la nuit, masquait complètement le visage. Et il semblait s'intéresser, de près, à son pick-up.

Mais, tout à coup et contre toute attente, il fourra les mains dans ses poches et s'éloigna sans hâte.

Melissa soupira. Sa vive imagination l'avait sans doute égarée, les événements de la journée l'avaient rendue impressionnable. Cet individu était à l'évidence un client qui traversait le parking et qui, en passant, avait admiré son pick-up.

Mais au même instant, l'homme s'arrêta et leva les yeux vers sa fenêtre.

Affolée, Melissa recula aussitôt.

Heureusement, sa lumière était éteinte. Mais bon sang, elle n'avait qu'une envie : courir se réfugier dans les bras de James. C'était ridicule ! Elle travaillait au FBI, elle avait été formée à l'académie de Quantico, donc elle était capable de se défendre et d'affronter un homme plus grand et plus fort.

En outre, elle connaissait à peine James. Il ne serait pas toujours là pour la soutenir ou venir à sa rescousse !

Elle ne voulait pas dépendre d'un homme, et de quelque façon que ce soit !

Enfin, aussi longtemps qu'elle travaillerait pour le FBI, elle ne s'engagerait certainement pas dans une relation amoureuse ! Elle ne voulait pas renouveler la cruelle expérience du passé.

Son ex-petit ami avait initié leur rupture pour épouser, quelques mois plus tard, une autre femme, qui n'avait d'autre ambition que de devenir une parfaite maîtresse de maison et une non moins parfaite mère de famille.

Melissa s'était réjouie qu'il ait enfin trouvé son bonheur. Rétrospectivement, elle s'était rendu compte que cet homme ne lui était pas destiné. Au moins avait-il eu le mérite de lui ouvrir les yeux sur ses priorités : elle ne pouvait et ne voulait avoir une relation stable et durable tant qu'elle privilégierait son activité professionnelle avec ce que cela impliquait de danger et de déplacements permanents.

Et cependant, elle raisonnait comme si James Monahan, un inconnu le matin même, lui avait déjà demandé de partager sa vie !

Elle le désirait seulement, et n'en était certainement pas amoureuse !

Ces conclusions faites, elle décida d'aller se coucher.

Elle gagnait son lit, espérant enfin trouver le sommeil, quand on frappa à sa porte. Rappelée à ses angoisses, elle tressaillit. Et avant d'ouvrir, elle jeta un œil par le judas. C'était James.

Rassurée quoique étonnée, elle ouvrit.

— C'est vous ?

Il fronça les sourcils.

— Pourquoi ? Vous attendiez quelqu'un ?

Melissa pensa à l'individu qu'elle avait vu rôder sur le parking. Sans doute une élucubration de son imagination survoltée.

Elle secoua la tête.

— Personne.

— Vous redoutiez que les hommes à vos trousses ne vous aient retrouvée, n'est-ce pas ?

— Eh bien... je...

Melissa se tut, étonnée par sa subite hésitation et, en même temps, agacée par sa pusillanimité, inhabituelle. Elle était un agent du FBI, que diable ! Elle n'était pas facilement impressionnable.

— Je viens de voir un homme tourner autour de mon pick-up, sur le parking, avoua-t-elle d'un seul élan. Ce n'était probablement rien, mais j'ai eu peur d'instinct.

— Il faut toujours écouter son instinct. Le mien m'a rarement trompé. Si cela peut vous rassurer, je vais aller jeter un œil au parking.

— Merci... Mais à propos, qu'est-ce qui vous amène ?

A peine avait-elle posé sa question qu'un frisson d'excitation la parcourut. Un instant plus tôt, elle avait fantasmé sur James Monahan. Lui aussi ? Au point de ne pouvoir résister à la tentation ?

James mit la main dans la poche arrière de son pantalon de survêtement et en sortit un feuillet.

— L'informaticien de Hank a déjà trouvé les adresses des hommes de la SBT-22 qui ont participé à la mission *Pit Viper*. Je préfère vous remettre ces informations maintenant, pour ne pas devoir vous réveiller à 5 heures du matin, quand je partirai à l'entraînement.

Il lui tendit un papier.

Quel dommage qu'il ne soit pas venu dans ma chambre avec des intentions plus… sensuelles, songea Melissa, vraiment dépitée.

Elle parcourut le feuillet avec concentration pour se soustraire à l'attirance irrésistible que James Monahan ne cessait d'exercer sur elle.

— Vous avez eu raison. Merci.

— Surtout, soyez prudente. Si l'un de ces hommes est lié de près ou de loin à la disparition de Cord, à la mort du SEAL ou à celle de l'agent de la DEA, il est évidemment dangereux. Sur le qui-vive.

— Ne vous inquiétez pas. Je serai discrète, j'ai l'habitude.

— Je ferais mieux d'aller vite me coucher ! Cela fait deux ans que je ne me suis pas entraîné avec des SEALs et il est plus de minuit.

Il partait, mais Melissa le retint. Sitôt qu'elle le toucha, une sensation d'électricité de nouveau la traversa, et une connexion subtile mais troublante parut s'établir entre eux.

— C'est réciproque, vous savez.
— Pardon ? fit-il.
Le souffle plus court, elle parla lentement.

— Je veux dire, je vous invite aussi à la plus grande prudence, James. Si l'on soupçonne que vous êtes revenu à Stennis à cause de Cord, vous êtes en danger, autant que moi, sinon plus. Toutes les occasions sont bonnes pour supprimer un homme au cours des entraînements. La preuve : la disparition de Cord lors d'un exercice à balles réelles.

James serra sa main.

— Vous vous inquiétez pour moi, Melissa ?

— Ecoutez, je n'aimerais pas que quelqu'un d'autre soit blessé au cours de cette enquête…

— Ce quelqu'un, c'est moi ?

A ces mots, il l'attira dans ses bras.

Elle se raidit un instant, puis se ravisa et posa les mains sur son torse.

— Là, oui, je me fais du souci pour vous !

— Il ne faut pas. Je suis un grand garçon. Je peux me débrouiller tout seul.

— Je suis certaine que Cord tenait le même discours !

Il sourit.

— Ne vous faites pas prier et dites-moi la vérité : vous ne pouvez déjà plus vous passer de moi, n'est-ce pas ?

Il noua les bras autour de sa taille.

— Allez plutôt vous coucher ! lui intima Melissa dans un soupir. Et ne vous faites pas d'illusions ! C'est vrai, vous m'attirez, mais je n'ai pas l'intention de succomber !

Elle avait prononcé ces mots tête baissée, de peur de trahir son envie de lui céder sur-le-champ.

— Je n'en ai pas moins l'intention de vous embrasser…, murmura-t-il.

Il leva son menton.

— Parce que vous aussi vous m'attirez, Melissa.

Elle riva son regard au sien et reprit dans un souffle :
— Ecoutez, James, n'insistez pas. Nous deux, ça ne marchera jamais. Nous venons de nous rencontrer. Et puis, ce serait vraiment une épouvantable erreur que de...

James ne la laissa pas terminer, il écrasa ses lèvres sous les siennes, étouffant ainsi ses dernières objections. Et Melissa, comme toutes les fois où il l'avait embrassée depuis le début de la soirée, n'eut plus ni volonté ni résistance. Elle noua au contraire, et avec élan, les mains autour de son cou pour lui rendre son baiser avec délectation et passion. Sa bouche avait un goût de menthe, il sentait bon le savon. Son odeur virile la grisait.

Les lèvres de James descendirent dans son cou, et elle rejeta la tête en arrière pour qu'il l'embrasse mieux et continue sa progression plus bas. Il ne fallait pas qu'il s'arrête en si bon chemin ! Au cas où il ne le comprendrait pas, elle enroula sa cheville autour de la sienne et caressa sa jambe.

Mais brusquement, James la lâcha et recula.
— A demain, au bar. Bonne nuit, Melissa...

Et sur ces mots, il sortit de sa chambre sans autre forme de procès.

James s'était fait violence pour s'arracher aux baisers de Melissa Bradley, troublante, tentatrice à demi vêtue d'un T-shirt trop court sous lequel pointaient ses seins.

Mais elle avait raison. A chacun ses priorités. La vie de Melissa était dévolue au FBI, et la sienne, à la CCI. Céder à leur attirance, même indiscutable, et avoir une liaison ralentirait la progression de leur enquête.

Surtout, il n'avait pas la moindre envie de s'engager dans une relation amoureuse à court ou long terme. Il venait de commencer une nouvelle vie, avait un nouvel emploi dans l'organisation d'un millionnaire altruiste. Ce n'était pas le moment idéal pour s'investir avec une femme.

De plus, si au terme de cette histoire, il décidait de rester dans l'US Navy, il ne pourrait être en couple avec un agent du FBI.

En dépit de ses exhortations à la sagesse, le désir couvait en lui et l'envie de retourner dans la chambre de Melissa le démangeait plus que de raison. Mais il fit appel à toute sa volonté et se rendit sur le parking. Il examina les environs de l'hôtel. Puis, se postant près du pick-up rouge de Melissa, il sourit à part lui.

Sa couleur ne faisait que renforcer l'image qu'il avait de la jeune femme : volontaire, impétueuse et intelligente. Il la connaissait à peine, il l'appréciait déjà.

Surtout, l'effet qu'elle produisait sur lui, sitôt qu'ils se touchaient et s'effleuraient, le mettait dans un état... indescriptible. Il s'embrasait, et jamais une femme ne l'avait troublé de la sorte... C'était d'autant plus flagrant que, au cours de ces deux dernières années, il avait été concentré sur son père et avait négligé sa vie sentimentale.

Sur ce, il fit le tour du pick-up. Tout semblait normal. Le rôdeur avait disparu, mais cela n'empêchait pas de rester vigilant.

Le lendemain, Melissa serait livrée à elle-même pour enquêter, et il s'en inquiétait. Cord ne lui avait-il pas demandé de veiller sur la jeune femme ?

James regagna sa chambre et se coucha. Il ne lui restait que quelques heures avant le lever du jour. Pour trouver le sommeil, il s'efforça de ne plus songer à Melissa.

Au lieu de quoi, il pensa à Cord. Où pouvait-il donc être ? Etait-il blessé ? Si oui, par qui ? Gisait-il, à l'agonie, sur les rives de la Pearl ?

Non ! Cord était vivant. Cela ne faisait aucun doute.

6

Le réveil sonna trop tôt, mais au ranch, James avait l'habitude de se coucher tard et de se lever aux petites heures du jour.

Il se prépara en un tournemain, puis rejoignit son unité en survêtement, mais muni de son uniforme, de ses bottes et de son Stetson.

Qu'il ait réintégré la SBT-22 le stupéfiait encore, même si, dans un sens, il n'en était jamais parti. La veille, il y avait retrouvé ses amis, sa famille, la seule qui lui restait.

En l'espace de deux ans, son père était mort, il avait mûri et se sentait plus vieux que certains SEALs de son unité, en particulier, les derniers arrivés.

Il se souvint du jour où il avait été recruté à l'issue d'un stage intensif, durant lequel il avait fait la connaissance de Cord. De là, tous deux avaient intégré la SBT-22.

La SBT-22 sans Cord, c'était donc déconcertant. James voulait le retrouver d'autant plus vite que son vieil ami était blessé et confronté à une affaire sérieuse.

— Salut James ! lança Duff qui, le rejoignant, lui donna une grande claque dans le dos. Prêt pour un petit jogging ? Ça va te changer de l'entretien de tes écuries, pas vrai ?

James s'était entraîné chaque jour au ranch, mais il ne

prit pas la peine de le préciser. A quoi bon ? Il ne devait pas vanter son endurance, mais la prouver, en particulier en relevant le défi de la matinée. Même si, pour cela, il devait redoubler d'efforts.

On le jugerait avant tout sur sa forme physique et il le savait.

Gunny initia les échauffements, puis lança différents exercices et termina par une course de dix kilomètres autour de Stennis.

Après quoi, il indiqua à ses hommes leur première mission de la journée : nettoyer le bateau militaire semi-rigide de dix mètres, le *Special Operations Craft Riverine* appelé simplement SOC-R et servant aux opérations d'infiltration et d'exfiltration ainsi que d'appui feu en milieu fluvial.

C'était précisément sur ce SOC-R que Cord, blessé, avait disparu, la veille. James décida de profiter de l'occasion pour en apprendre davantage sur les circonstances de sa disparition.

— Toi et Rip, vous étiez liés il y a deux ans ? lui lança Benjamin Raines, dit « Montana ».

Ils étaient en train de laver les sols du SOC-R.

— Oui, répondit James, ravi que Raines évoque Cord d'emblée. J'espérais d'ailleurs le revoir... J'ai été déçu.

— Tout a changé.

— J'ai remarqué. De nouveaux visages.

James jeta un œil autour de lui : les autres hommes s'étaient éloignés.

— A ton avis, que s'est-il passé, hier ? demanda-t-il à Montana.

Celui-ci pinça les lèvres.

— Aucune idée. Jamais personne n'a été blessé lors des exercices à balles réelles.

— Tu es un tireur d'élite si je me souviens bien ? insista James.

Il continuait de frotter, tout en étudiant le jeune homme d'un regard en coin.

Montana se redressa, sourcils froncés et l'air ombrageux.

— J'étais avec Rip, mais je n'ai pas tiré sur lui !

— Je n'insinuais rien, je constatais seulement. A ton avis, pourquoi tirer sur lui ? Rip, c'est un type bien. Toujours solidaire.

Les épaules de Montana s'affaissèrent. Il se remit à récurer une partie du pont qui l'avait déjà été.

— L'un des meilleurs ! Je donnerais tout pour savoir qui a tiré. Et pourquoi.

— Moi aussi…, confia James. L'unité n'est plus la même sans lui.

— C'est déjà terrible d'avoir perdu Gosling, marmonna Montana. Et maintenant Rip. Ce n'est pas juste.

— Gosling ? Qui est Gosling ? s'enquit James, jouant les innocents.

— On a été recrutés en même temps, lui et moi, expliqua Montana qui se perdit dans l'évocation du passé et se figea. Il était tellement fier d'être un SEAL… C'était sa première mission, et il a été tué.

— Que s'est-il passé, au juste ?

— Ah si je le savais ! J'aurais préféré mourir à sa place ! Sa femme était enceinte…

— C'est terrible, reconnut James en secouant la tête.

Les SEALs mettaient leur vie en péril à chaque opération, et c'était l'une des raisons pour lesquelles il ne voulait pas s'engager avec une femme et fonder une famille.

— Comment Gosling est-il mort ?
— Tir de sniper, répondit Montana sans hésiter.
— Il a été la seule victime ?
— Non. Le sniper a aussi descendu l'agent que nous devions exfiltrer.

Il soupira.

— Le sniper n'a tiré que deux fois. Comme s'il visait Gosling et l'agent.
— A moins que Gosling n'ait été, par hasard, dans sa ligne de mire ?

Montana le dévisagea, l'air pensif.

— Possible, oui. Gosling, une fois touché, s'est effondré. Presque aussitôt après, c'est l'agent de la DEA qui a été à son tour touché, également à la poitrine.

La voix de Gunny leur parvint.

— Vous vous croyez où ? Dans un salon de thé ?
— On a presque fini, sergent.
— Tant mieux. J'aimerais vérifier quelles sont les aptitudes au tir de Monahan après ses deux ans de vacances.

James ne prit pas la peine de corriger Gunny sur ses prétendues vacances. Le travail au ranch était dur à bien des égards, et parfois périlleux. Les journées étaient longues, chaudes et éreintantes. En dépit de ses corvées journalières, il avait continué de s'entraîner, mais aux yeux de Gunny, il était débutant et devait donc faire ses preuves.

Gunny le conduisit dans le parking, vers un véhicule militaire. Le CPO Sawyer Houston était au volant.

— Monte Monahan, lui dit ce dernier. Nous allons

faire quelques exercices de tir et voir si tu as toujours la forme.

James se tourna vers le sergent-chef.

— Tu viens avec nous, Gunny ?

Ce dernier étrécit les yeux, mais si imperceptiblement que James ne l'aurait pas remarqué s'il n'avait été attentif.

— Evidemment.

Il plaça les armes dans le coffre pendant que James montait.

— Deux ans, c'est long…, commenta Sawyer en démarrant.

— Le temps a passé si vite que je n'ai pas l'impression d'être parti, nuança James.

Il a même passé trop vite, se dit-il, songeant à son père.

— Si mes souvenirs sont bons, tu étais un as du tir, reprit Sawyer en lui souriant. J'imagine que tu l'es toujours ?

— On verra.

Gunny garda le silence pendant la route. Sitôt qu'ils furent arrivés devant le stand de tir, il sortit sans attendre et ouvrit le coffre.

Sawyer le suivit et tendit l'un des deux Colt M4 à James. James le soupesa ; un sentiment familier l'envahit alors, lui arrachant un sourire. Au cours des six années qu'il avait passées dans l'US Navy, il avait si souvent tenu ces Colt qu'ils étaient presque devenus une extension de son bras. Aussi retrouva-t-il d'instinct le bon geste.

Sawyer lui tendit ensuite un chargeur et des balles. Tandis qu'il chargeait le M4, Gunny s'éloigna et observa le stand de tir.

— C'est bon de te revoir, conclut Sawyer. Même si

c'est bizarre parce que Rip est porté disparu. Vous étiez comme deux frères.

James opina, le regard toujours sur Gunny.

Il aurait aimé interroger Sawyer sur les événements qui s'étaient déroulés au Honduras quelques semaines plus tôt et sur le SOC-R la veille. Mais Gunny était trop proche.

James préférait s'entretenir avec chacun des quatre participants à l'opération *Pit Viper* individuellement. Pour pouvoir comparer et confronter leurs versions des événements, le cas échéant.

Il entra avec Sawyer dans le stand de tir et tous deux tirèrent une bonne trentaine de fois.

James était soulagé. Manifestement, il n'avait rien perdu de ses aptitudes.

Sawyer lui donna d'ailleurs une grande claque dans le dos.

— On ne croirait jamais que tu as pris deux ans de vacances !

James ne répondit pas tout de suite. Gunny s'était en effet éloigné pour prendre une communication téléphonique. S'il voulait obtenir des informations de la part de Sawyer, c'était le moment.

— Justement, après mes deux ans de villégiature au ranch, j'ai envie d'entendre des récits palpitants ! Tu as participé à des missions intéressantes ces derniers temps ?

Mais Sawyer se figea et resta silencieux.

— Désolé..., se ravisa James. Je ne voulais pas être indiscret...

Sawyer regarda dans la direction de Gunny. Le sergent leur tournait toujours le dos et continuait de parler au téléphone.

— Notre dernière mission a été un terrible fiasco, déclara-t-il à voix basse.

— Que veux-tu dire ?

— C'était une mission d'exfiltration. On savait qu'on aurait des difficultés. Tu sais ce que c'est… On avait répété le scénario et paré à toutes les éventualités avant de nous déployer sur le terrain.

Il secoua la tête.

— On ne s'attendait donc pas à ce que tout se déroule si… facilement.

— Facilement ?

— Oui. Sans la moindre anicroche. C'était même trop beau pour être vrai. On revenait au point de ralliement quand tout a dérapé.

Il serra les poings.

— On n'aurait jamais dû perdre Gosling… Son fils ne le connaîtra jamais.

— Mais que s'est-il passé au juste ? Il y a eu une fusillade ?

— Un tir de sniper. Il semblait cibler Gosling et l'agent de la DEA qu'on exfiltrait.

— Les deux seulement ? Pas les autres ?

Sawyer secoua la tête.

— Je suivais Gosling. On protégeait l'agent et jusque-là, on n'avait pas rencontré la moindre résistance. Mais soudain, Gosling a été touché et s'est effondré. Puis l'agent de la DEA. On s'est tous jetés à terre.

Après un bref silence, il poursuivit :

— Mais il n'y a plus eu un seul autre coup de feu. Pourtant, le sniper aurait pu tous nous tuer.

— Il aurait touché Gosling par erreur ? Par un hasard malheureux ? conclut James.

Sawyer hocha la tête sans répondre.

— Qu'est-ce que vous fichez tous les deux ? demanda Gunny qui avait raccroché et revenait.

— On t'attendait, répondit James.

— Parfait. On file ! J'ai hâte qu'on relève le garde-côte pour repartir patrouiller sur la rivière en SOC-R. Je veux que ce soient les nôtres qui retrouvent Schafer. Mort ou vif ! J'ai le feu vert du commandant : on y va !

L'adrénaline se mit à pulser dans les veines de James. Il ne connaissait pas meilleure aventure, meilleure sensation que patrouiller sur la rivière en SOC-R.

Melissa ouvrit difficilement un œil. La nuit n'avait pas été bonne. Elle n'avait cessé de songer à la disparition de Cord et également aux baisers de James. Elle avait aussi rêvé de tirs de sniper et de fuite éperdue dans le bayou du Mississippi, suite à quoi elle avait été capturée par un SEAL musclé. Au bayou s'était alors substituée une chambre d'hôtel avec un lit immense. Nue dans les bras de James, elle faisait passionnément l'amour avec lui, s'abandonnant, malgré la menace qui planait sur eux.

Au terme de cette nuit étrange, Melissa renonça à chercher plus longtemps le sommeil et se leva. Quand elle eut pris une douche et se fut habillée, le soleil était déjà levé. Elle petit-déjeuna d'un toast et d'un café, et sortit de l'hôtel à la hâte, sa liste en main. Elle avait décidé de se rendre chez les quatre hommes qui avaient participé à la mission *Pit Viper*.

L'informaticien de Hank Derringer avait non seulement trouvé leur adresse, mais aussi leur situation maritale. Par le fait, seul Gunny était marié.

Pour commencer, Melissa décida de se rendre chez

Benjamin Raines, dit « Montana ». Il n'était pas marié, mais il avait peut-être une compagne.

Melissa monta à l'étage où se trouvait son appartement, frappa et attendit. Personne. Elle frappa de nouveau. Toujours sans succès. Pour finir, elle fouilla dans son sac et en retira une petite tige métallique qu'elle y conservait, au cas où elle oublierait ses clés dans son appartement. C'était l'instrument idéal pour crocheter les serrures à barillet. Tandis qu'elle s'activait sur celle de Montana, un soupçon de culpabilité la gagna, mais elle le repoussa bien vite.

Enfin, après un dernier regard par-dessus l'épaule, elle ouvrit la porte.

— Il y a quelqu'un ?

Rien. Pas un bruit. Le soleil pénétrait à flots dans l'appartement.

Celui-ci ne semblait rien présenter de notable. C'était un appartement typique de célibataire, meublé de façon minimaliste avec un canapé en cuir et une télévision à écran géant. Sur la table basse s'empilaient, sans surprise, des cartons à pizza et des bières vides.

Un sac de marin rempli de sous-vêtements et de tenues propres se trouvait dans un coin, et était sans doute destiné à un départ en urgence.

De là, Melissa se rendit dans la chambre. Le linge sale y était empilé dans un coin. Le lit n'était pas fait, et la salle de bains attenante aurait mérité un bon nettoyage. Bonjour le cliché du militaire de métier ordonné, adepte du lit au carré et rangeant ses vêtements en piles bien nettes.

Elle ouvrit la commode, remplie de T-shirts, de sous-vêtements et de chaussettes. Dans l'un des tiroirs se trouvaient des billets froissés et des pièces de monnaie ainsi que des lettres émanant de la famille de Raines, à en croire les noms sur les enveloppes. Rien d'intéressant.

Elle s'approcha de la table de nuit.

Dessus, une photo représentait des hommes en tenue de combat, souriant, mal rasés et portant des casques.

Melissa reconnut Cord à son sourire si familier. Que s'était-il passé ? Pourquoi avait-il disparu ? se demanda-t-elle de nouveau avec tristesse.

Cord avait l'habitude du danger et il devait être désespéré pour lui demander de lui rendre service. Avait-il été épié ? Menacé ? Comme elle à la poste centrale de Biloxi ? Sans doute, sinon il ne l'aurait pas sollicitée de façon si pressante.

Melissa souleva le matelas. Rien non plus. Sous le lit ne traînaient que des chaussettes et de vieilles boîtes à chaussures. Raines aurait eu besoin d'une femme de ménage.

Aussi, après un bon quart d'heure de recherches vaines, Melissa quitta l'appartement, refermant soigneusement derrière elle.

Quentin Lovett était le suivant sur sa liste et, par chance, il habitait dans le même immeuble que Raines. Il n'était pas non plus marié.

Ainsi, à peine quelques minutes plus tard, Melissa crochetait la serrure de son appartement et entrait.

Le salon-salle à manger était impeccable. Dans la kitchenette, la vaisselle était faite et rangée. Il y avait des paniers, l'un pour les chargeurs de téléphone portable, l'autre pour divers papiers, un troisième destiné aux clés. Des cartes en plastique de casino se trouvaient dans le quatrième panier. En résumé, Lovett était ordonné et aimait le jeu.

Pour finir, Melissa ouvrit la porte de la chambre à coucher. La couette était rabattue, mais elle discerna une forme, dessous.

Une voix de femme s'en éleva.

— Quentin?

Melissa se figea, le cœur battant.

Elle n'avait pas frappé ni sonné et s'en voulait brusquement de son imprudence.

De nouveau, la couette bougea.

Melissa recula sur la pointe des pieds et referma la porte.

— Quentin? C'est toi?

La voix était plus forte et plus claire.

Melissa revint à la hâte dans le salon-salle à manger. Elle se dirigea vers la porte d'entrée mais se prit les pieds dans le tapis.

— Arrête, Quentin! Reviens te coucher!

Melissa se releva et se précipita.

Trop tard, la voix s'éleva derrière elle.

— Mais enfin... qui êtes-vous?

Prise sur le fait, Melissa fit volte-face pour se trouver devant une jeune femme blonde enveloppée dans un drap.

7

Melissa carra les épaules et leva le menton.

— Je pourrais vous poser la même question !

La jolie blonde plissa les yeux.

— C'est moi qui l'ai posée la première.

— Quentin m'a demandé de venir faire le ménage, repartit Melissa avec aplomb. Il ne m'a pas informée que son appartement était occupé. Je reviendrai quand vous serez partie.

La jeune femme leva les sourcils.

— Ah, vous êtes la femme de ménage…

Elle retourna dans la chambre à coucher.

— A d'autres ! Je savais bien que je ne pouvais pas lui faire confiance…, s'emporta-t-elle. Il prétendait que je n'étais pas seulement une liaison… Que j'étais la seule qui comptait… Eh bien, il a menti.

Quand elle revint, elle portait une robe bain de soleil et enfilait des spartiates.

— Je vous le laisse ! lança-t-elle.

— Je ne veux pas de Quentin ! Je suis venue pour le ménage. Demandez-le-lui !

— Vous pensez que je vais vous croire ? lança la jeune femme d'un air méprisant.

Sur ces mots, elle sortit en claquant la porte.

Une fois seule, Melissa se précipita dans la chambre mais n'y trouva aucun indice. Rester plus longtemps était vain. Pire, elle avait été vue, et c'était de mauvais augure.

Elle se promit d'être plus prudente pour la suite de ses investigations.

Consultant sa liste, elle avisa l'adresse du sergent-chef Frank Petit. Le seul qui était marié. Si son épouse était à la maison, elle n'aurait pas la tâche facile.

Melissa arriva dans sa rue au moment où une BMW blanche conduite par une jeune femme sortait du garage et s'éloignait.

Etonnée par ce véhicule pour le moins luxueux, Melissa le suivit jusqu'au parking d'un club de gym où la conductrice de la BMW se gara.

L'épouse du sergent Frank Petit hâta ensuite le pas vers l'entrée du club. C'était une fort belle femme avec une magnifique chevelure blond platine et un corps sublime. Elle était vêtue d'un pantalon de yoga griffé et d'une brassière de sport coordonnée. Elle semblait prête à faire la couverture d'un magazine de mode sportive, et non à s'entraîner. Sa coiffure était impeccable. Son maquillage aussi. Et ses tennis, flambant neuves.

De plus en plus curieuse, Melissa se gara non loin de la BMW et chercha, sur sa banquette arrière, son sac de sport qu'elle laissait toujours au cas où l'envie lui prendrait d'aller à son club de gym. Puis elle se précipita à la suite de l'épouse du sergent-chef Petit.

— Excusez-moi ?

La blonde se figea, fit une volte-face parfaite et haussa les sourcils.

— Oui ?

— Vous connaissez bien ce club ?

— Oui.

Elle se tut, attendant manifestement que Melissa poursuive.

— Je voulais suivre un cours de yoga ou de danse jazz, improvisa Melissa. Je viens d'emménager dans le quartier...

Sur ces mots, elle tendit sa main.

— Je m'appelle Melissa.

La femme la lui serra.

— Lillian. Ravie de faire votre connaissance.

— Moi aussi.

Lillian lui montra le club.

— Je me rends justement au cours de yoga, alors si vous voulez vous joindre à moi...

— Avec plaisir !

— Mais avant toute chose, vous devez vous adresser à la réception pour avoir accès au club.

— Merci. C'est toujours difficile d'arriver dans un lieu inconnu.

Lillian Petit ouvrit la porte et la lui tint.

— Je vous garderai une place. A tout de suite !

— Merci encore !

Melissa suivit des yeux Lillian afin de voir dans quelle salle elle entrait. Elle s'approcha ensuite de la jolie brune à l'accueil pour s'informer des conditions et modalités d'adhésion, et pour obtenir une semaine d'essai.

— Tous les équipements et espaces du club sont à votre disposition. Vous devez seulement payer les cours, lui expliqua la jeune femme à l'accueil.

Dans sa hâte de rejoindre Lillian, Melissa paya sans discuter. Elle fit ensuite un passage éclair dans les vestiaires pour se changer et se rendit au cours de yoga.

Comme elle le lui avait promis, Lillian lui avait gardé une place, au fond de la salle. Quand elle entra, l'instructeur avait pris la posture du chat, à genoux, mains à plat sur le sol et dos rond.

— Merci…, murmura Melissa à l'adresse de Lillian qui opina simplement.

Pendant près de trente minutes, Melissa fit travailler des muscles dont elle avait oublié l'existence…

La séance terminée, elle rendit le tapis de yoga et rejoignit Lillian qui roulait le sien.

— Merci pour votre aide, commença Melissa avec un sourire. Vous avez le temps de boire un café, ou un thé ?

Lillian consulta la pendule murale.

— Eh bien, j'ai un rendez-vous chez mon coiffeur dans une heure, donc je n'ai pas beaucoup de temps. Ceci dit, il y a un charmant petit café, non loin, si cela ne vous gêne pas de vous y rendre en tenue de sport.

Melissa rit.

— Non, pas du tout. En plus, j'ai vraiment soif ! Cela faisait une éternité que je n'avais pas suivi un cours de yoga ! Je suis toujours sidérée de constater ses effets !

— Oh oui, je sais. Mon mari ne l'a jamais compris ! Lui, il pense que le sport, c'est beaucoup de sueur et d'effort physique.

Melissa ouvrit la porte et la tint.

— C'est un vrai sportif !

— Disons que c'est son métier. Il est Navy SEAL.

Lillian haussa les épaules tandis qu'elles longeaient un centre médical de diététique.

— Les SEALs ont un drôle de métier… Ils sont toujours couverts de boue, en sueur et souvent grimés. Si vous saviez combien c'est difficile de laver leurs vêtements !

Lillian secoua la tête.

— Je préférerais que mon mari travaille pour une grosse société cotée en Bourse...

— Et moi qui pensais que toutes les femmes rêvaient d'avoir un SEAL pour époux !

Sur ces mots, Melissa suivit Lillian dans le salon de thé.

— Pas moi ! J'attendais plus, non, j'attendais mieux de la part de Frank ! Il pouvait tout être, tout faire, sauf entrer dans l'US Navy.

Melissa contint son agacement devant la grimace de dépit de Lillian. Suite à quoi cette dernière, en habituée, commanda un thé chai latte, sans consulter le menu.

Melissa l'imita et paya pendant que Lillian s'installait. La serveuse leur apporta leurs consommations sans tarder.

Malgré son peu de sympathie envers Lillian, Melissa se força à lui sourire pour susciter ses confidences.

— C'est donc si difficile d'être l'épouse d'un SEAL ?

— Ah, vous n'imaginez pas ! Je ne sais jamais quand Frank va rentrer de mission ! C'est à moi de tout gérer à la maison ! Sans ma vigilance, le jardin serait à l'état de forêt vierge !

— Je vous comprends, j'aime les jardins entretenus, confia Melissa. J'adore jardiner...

— Pas moi. J'ai un jardinier paysagiste qui s'occupe de tout.

— Vous travaillez ? demanda Melissa.

— Moi ?

Lillian ouvrait de grands yeux.

— Je m'occupe de mon mari et de ses besoins.

— Vous n'avez donc pas d'emploi ?

— Oh mon Dieu, non.

— Alors vous devez être une de ces femmes d'intérieur et mamans parfaites !

Lillian fronça les sourcils.

— Vous pensez vraiment que si j'avais des enfants, j'aurais cette silhouette-là ?

Elle agita la main et reprit :

— J'ai expliqué à Frank, oh c'était il y a longtemps, que je m'occuperais bien de lui aussi longtemps qu'il s'occuperait bien de moi. Mon boulot, c'est donc de rester en forme et de m'assurer qu'il a un bon repas, du moins quand il dîne à la maison. J'ai une femme de ménage et un jardinier. Je fais réviser la voiture deux fois par mois.

Avec le seul salaire d'un sergent-chef ? s'étonna Melissa qui se garda bien de formuler cette remarque.

— C'est un miracle qu'on arrive à joindre les deux bouts…, concéda Lillian. C'est pourquoi j'aimerais que Frank quitte les SEALs et trouve un vrai emploi mieux payé, afin que nous puissions vivre ailleurs que dans ce trou perdu. Je déteste le Mississippi : j'ai beau aller chez le coiffeur, quand je reviens à la maison, mes cheveux n'ont plus l'air de rien.

— Oh ma pauvre ! s'exclama Melissa qui avait envie de rire.

Et cependant, Lillian était sérieuse.

— Mon père avait raison… Je n'aurais jamais dû épouser un militaire… Mon père était colonel dans le corps des marines des Etats-Unis, il savait de quoi il parlait ! Et d'ailleurs, si je l'avais écouté, j'aurais étudié à l'université et j'aurais rencontré un homme ambitieux, avec une carrière. Je ne serais pas coincée ici !

Lillian était décidément un monstre d'égoïsme, mais Melissa se garda bien de le lui dire.

— Par amour, on se sacrifie souvent pour l'homme qu'on aime, pas vrai ?

Lillian leva les yeux au ciel avec ostentation et soupira.

— Et vous ? Vous êtes mariée à un militaire ? reprit-elle.
— Non.

Son métier ne lui permettait pas de suivre l'élu à travers le monde.

— Vous en avez de la chance ! s'exclama Lillian. N'en épousez surtout pas ! Ils ne cessent de déménager, et leur salaire est ridicule. Qu'est-ce qui vous amène dans la région ?

Melissa sourit.

— Mon petit ami est SEAL.

Elle le savait : son mensonge allait faire bondir Lillian. Elle ne s'était pas trompée.

— Oh ma pauvre ! s'exclama cette dernière, horrifiée.

Elle lui serra ensuite les mains avec affection.

— Laissez-le tomber et fuyez !

— Merci pour votre conseil, dit Melissa en buvant son thé. Votre mari vous parle un peu de ses activités ?

— Parfois, mais je ne l'écoute que d'une oreille. Il ne cesse de parler d'exercices de tir et d'opérations en milieu fluvial, bla-bla-bla. Quand vous avez entendu parler d'une mission, vous avez entendu parler de toutes les missions.

— Vous avez de la chance, mon ami ne me parle guère de ses journées… Et cependant, il m'a raconté qu'un membre de l'unité avait trouvé la mort lors d'une opération récente. Vous savez, j'ai peur qu'il lui arrive la même chose, qu'on lui tire dessus…

— Frank n'est pas censé me parler des missions, qui sont toujours secrètes, mais il laisse glisser des indices de temps à autre. Je crois savoir de quoi vous voulez parler... Frank est revenu de sa dernière mission très affecté... Il est même resté mutique pendant près de deux jours ! J'ai dû le menacer de divorce pour qu'il me parle enfin. Il m'a alors révélé que l'une des dernières recrues avait été tuée.

— Vous savez ce qui s'est passé au juste ?

— Non. Je sais seulement que cette opération a été un fiasco. Malheureusement, Frank se sent responsable de la mort de ce jeune homme. Pourtant, les SEALs savent qu'ils risquent leur vie à chaque mission. Entre nous, je pense que ces hommes sont shootés à l'adrénaline !

Lillian secoua la tête.

— Cela dit, je ne sais pas pourquoi Frank se sent à ce point coupable...

Mais, consultant l'horloge, elle poussa un petit cri.

— Oh mon Dieu, il faut que je vous laisse ! Si j'arrive trop tard chez le coiffeur, il donnera ma place à une autre. Et pire, je n'aurai pas droit à ma pédicure et à ma manucure.

Sur ces mots, Lillian se leva.

— Merci pour cet agréable moment. Nous pourrons peut-être recommencer, après notre prochain cours de yoga ? Je me rends chaque matin au club de gym.

— Avec plaisir ! répondit Melissa qui sortit avec Lillian.

Quand elles furent revenues sur le parking, Melissa la suivit des yeux. Elle était déçue. Elle n'avait pas avancé dans son enquête.

Dépitée, elle monta dans son pick-up, sortit son Smartphone et chercha l'adresse des marinas locales. Si elle parvenait à louer une embarcation et à remonter la rivière pour chercher Cord, elle aurait peut-être une chance de le retrouver, ou au moins de tomber sur un indice.

Avec huit autres SEALs et Gunny, James monta à bord du SOC-R, décidément impressionnant avec ses dix mètres de longueur. Après deux années passées sur la terre ferme, il lui fallut un instant pour s'ajuster et trouver un équilibre.

— Ça fait du bien, pas vrai ? s'enquit Quentin Lovett.

Les armes embarquées étaient des mitrailleuses et lance-grenades fixés sur les bords ou sur un affût au centre de l'embarcation. Chaque homme avait ainsi sa position bien définie sur le SOC-R, et Gunny intima à James de prendre celle que Rip occupait, le jour de sa disparition.

En dépit de la touffeur ambiante, un frisson parcourut James tandis qu'il prenait la place vacante de son ami porté disparu.

Une fois qu'il se fut bien installé derrière la mitrailleuse et eut repris ses marques, le moteur vrombit. Le bateau s'écarta de l'embarcadère et au bout de quelques instants se propulsa sur la Pearl à près de quarante nœuds de vitesse.

C'était une sensation unique de naviguer avec les autres SEALs, comme lui concentrés sur leur mission. Combien cette camaraderie silencieuse, cette indéfectible solidarité lui avaient manqué au cours de ces deux dernières années.

Il fouilla les rives du regard, dans l'espoir d'y trouver trace de Cord, tout en récapitulant ce que Montana et Sawyer lui avaient révélé sur la mission *Pit Viper*.

Les rebelles du camp au Honduras n'avaient pas

remarqué l'opération d'exfiltration jusqu'aux deux coups de feu. Le PO Gosling avait été tué parce qu'il se trouvait dans la ligne de mire du sniper qui visait principalement l'agent de la DEA. Ralentis par les deux blessés, les SEALs avaient regagné tant bien que mal leur point de ralliement avant que les rebelles se lancent à leur poursuite et s'interposent avec leurs véhicules équipés de mitrailleuses.

Le sniper avait été informé, d'une façon ou d'une autre, de l'opération et s'il avait épargné les autres SEALs, c'était pour une raison simple : il n'avait été engagé que pour éliminer l'agent de la DEA. Ainsi, celui-ci ne révélerait pas que des armes fabriquées aux Etats-Unis étaient livrées, dans des caisses de l'OMS, à un camp de rebelles du Honduras.

Si l'agent de la DEA avait été exfiltré, c'était parce qu'il avait réuni suffisamment d'indices pour remonter la filière.

James en était convaincu.

Le sniper connaissait sa cible : la mort de l'agent de la DEA n'était pas due au hasard. Donc il y avait eu des fuites sur l'opération d'exfiltration. Par quelqu'un qui avait un accès direct à des informations militaires, et était à la solde de l'organisation qui fournissait les armes aux rebelles.

Si Cord avait reçu des informations de la part de l'agent de la DEA, il était à son tour devenu une cible et avait vite compris qu'il était en danger de mort. Blessé, il avait décidé d'en profiter pour « faire le mort » et disparaître.

Gunny ralentit alors qu'ils s'approchaient d'un bras de la rivière. Puis il s'arrêta.

— C'est là que Rip a basculé par-dessus bord, expliqua Lovett.

Tous les hommes se levèrent en silence et observèrent les alentours. James les imita, mais il ne pensait pas trouver grand-chose. Si Cord avait été grièvement blessé, l'équipe de recherche l'aurait récupéré là, ou à peine plus en aval. En revanche, il y avait peut-être des traces, non de Cord, mais du sniper. Ce dernier savait que Cord serait à la proue du SOC-R et il s'était par conséquent positionné de façon à avoir le meilleur angle de tir.

— Que cherchons-nous au juste, Gunny ? demanda Montana fort à propos.

Le sergent-chef observait les rives avec ses jumelles.

— Des indices.

— Tu ne crois pas que les équipes de recherche locales en auraient déjà relevé ? interrogea Lovett.

— Oui, mais nous, nous connaissons Rip. S'il a survécu, nous sommes plus à même de trouver des indices.

Gunny orienta le SOC-R vers la rive.

— Vous voyez quelque chose, les gars ? insista-t-il.

— Non, rien…, répondit Sawyer.

— On ne devrait pas plonger ? demanda Duff, le plongeur le plus impatient et le plus intrépide de l'unité.

Il passait ses vacances sur la côte pacifique du Mexique ou au Costa Rica, et y faisait de la plongée. En outre, il excellait à poser des mines sous-marines, et les eaux sombres de la Pearl ne le gênaient pas.

Gunny secoua la tête.

— Non. La rivière est trop boueuse. En plus, elle a été draguée et on n'a rien trouvé.

Ils continuèrent à longer la rive en aval sur une centaine de mètres.

Puis Gunny fit demi-tour.

— Rien…, conclut-il en baissant ses jumelles.

— A ton avis, qu'est-ce qui s'est passé ? s'enquit Montana, le visage solennel, comme les autres membres de l'équipage.

Gunny pinça les lèvres.

— Si je le savais !

Duff baissa la tête.

— Bon sang, Cord était l'un des meilleurs ! s'exclama-t-il, rageur.

James garda le silence. Il en avait la certitude : Cord était blessé, mais pas mort. Et de nouveau, il se jura de chercher jusqu'à ce qu'il le trouve.

Sur ce, Gunny accosta non loin de l'endroit où Cord avait disparu et ordonna à Duff et à Garza de chercher des empreintes, des traces de sang ou de branches cassées, enfin tout ce qui indiquerait un passage récent.

Les deux hommes disparurent dans la végétation dense et revinrent bredouilles quelques minutes plus tard.

Après avoir répété cette opération à plusieurs reprises le long de la rive, Gunny regagna l'embarcadère.

James le savait : si Cord avait voulu disparaître, il serait allé aussi loin que possible en aval, il n'aurait pas nagé en amont. Il aurait laissé le courant l'entraîner jusqu'à l'un des bras de la rivière qui recélait des criques et niches masquées par une végétation luxuriante, et il aurait effacé ses traces de son mieux.

Mais James s'exhorta au silence. Cord ne s'était-il pas méfié des siens ?

Il se promit de revenir au plus vite sur les lieux avec Melissa.

8

Dans l'après-midi, Melissa reçut un SMS de James lui fixant rendez-vous à 18 h 30 à la marina. Cela rejoignait idéalement ses plans. Aussi, elle revêtit le parfait attirail du pêcheur : bob sur la tête, veste de sauvetage, canne à pêche et seau rempli de vers pour se fondre dans la masse des plaisanciers.

Sur ce, elle loua une barque munie d'un moteur de trente chevaux, plus facilement maniable qu'une barque à rames sur la rivière et ses multiples bras d'eau encombrés par une végétation abondante.

Une fois cela fait, elle téléphona à Eli, le patron du Shoot the Bull Bar. Elle avait bon espoir d'y glaner de nouvelles informations mais ne pourrait s'y rendre avant 21 heures. Eli ronchonna un peu : le vendredi soir, les clients étaient nombreux, restaient plus tard et l'ambiance devenait parfois franchement électrique.

Elle lui promit d'être ponctuelle.

De toute façon, si James n'arrivait pas à l'heure convenue, elle partirait seule, munie du plan de la rivière et de ses affluents, ainsi que du GPS de son Smartphone, car se perdre dans les entrelacs de rivières et de bayous était malheureusement facile.

Pour distraire son attente, elle repositionna son seau.

— Bon sang, mais qu'est-ce qu'il fait ? Où est-il ? grommela-t-elle.

La sueur lui coulait désagréablement sur le visage et dans la nuque.

— Juste en face de vous !

La voix profonde de James la fit sursauter et se retourner. Elle se leva et mit la main en visière.

James était sur le quai. Il portait un short et de vieilles tennis ainsi qu'un débardeur qui révélait ses biceps musclés et d'autant plus impressionnants qu'ils exhibaient des tatouages à motif floral.

— Ah, ce n'est pas trop tôt ! s'exclama-t-elle. Je n'ai que deux heures devant moi, parce que je dois bosser au bar ce soir !

James lui tendit sa canne à pêche et monta sur la barque. Avec ses tatouages, il ne passait pas inaperçu, s'alarma Melissa.

— Vous auriez un T-shirt pour cacher vos… vos trucs, là sur les bras ?

Riant, James ouvrit son sac à dos de camouflage.

— Mais oui !

— Alors enfilez-le vite parce que, côté discrétion, on est mal partis ! Personne dans la marina n'oubliera vos tatouages !

— Oui, madame.

James retira son débardeur et se retrouva torse nu, dévoilant le tatouage d'un aigle dont les ailes se déployaient jusque sur ses omoplates. Troublée, Melissa déglutit avec difficulté. Puis elle se rappela à l'ordre. Peine perdue… La vue de ses tatouages et de ses muscles la faisait frémir d'admiration et de désir, et accélérait les mouvements de son cœur.

Décidément, James Monahan était un très bel homme. Elle humecta ses lèvres sèches.

Par chance, James, fouillant dans son sac à dos, était inconscient de son émoi. C'était incroyable comme ses muscles jouaient sous sa peau…

Enfin, il sortit un T-shirt gris qu'il enfila et ajusta. Elle le suivit des yeux avec une complaisance muette.

— Vous voulez que je pilote ? demanda-t-il en souriant, tandis qu'il sortait une casquette de base-ball des Texas Rangers et s'en coiffait.

Elle s'arracha difficilement à sa contemplation.

— Heu… oui, merci, articula-t-elle.

Encore mal remise de ses émotions, elle perdit l'équilibre. James lui saisit le bras.

— Attention !

Oh ça oui, attention à ne pas s'éprendre de ce beau Navy SEAL.

C'était un homme comme il en existait des milliers d'autres ! se raisonna-t-elle. Peut-être à peine plus musclé que ses pareils… N'empêche, elle mourait d'envie de caresser ses muscles et s'y voyait déjà.

Non ! s'écria une petite voix dans sa tête. Pas question de fantasmer comme la nuit précédente !

James la tint peut-être plus longtemps que nécessaire, tandis qu'elle reprenait son équilibre. Leurs corps s'effleuraient, les mêmes sensations délicieuses la gagnaient. Depuis combien de temps n'était-elle pas sortie avec un homme ? Trop longtemps…

Elle se détacha de lui à regret et retint son souffle jusqu'à ce qu'elle ait pris place sur le banc à la proue. Alors James démarra et leur embarcation s'éloigna du débarcadère.

— Qu'avez-vous découvert, aujourd'hui ? l'interrogea-t-il.

Melissa l'informa de ses visites chez Raines et Lovett.

— Sans blague, vous êtes entrée chez eux par effraction ! Mais c'est illégal, même pour un agent du FBI.

Vexée, Melissa pinça les lèvres.

— Cord est mon meilleur ami. Si quelque chose m'arrivait, il ferait tout pour m'aider.

— C'est juste, on peut compter sur Rip à cent pour cent... Mais ce n'est pas une raison pour agir au mépris de toute prudence.

Un silence tomba. Ils naviguèrent pendant vingt minutes avec une lenteur exaspérante.

— Nous arrivons près de l'endroit où il a disparu, l'informa James. La question, maintenant, c'est de savoir s'il a réussi à gagner la rive.

— Il y a réussi ! corrigea Melissa. Soyons optimistes !

James opina.

— A mon avis, même blessé et mal en point, il est resté dans l'eau jusqu'à la fin des recherches et ensuite, il a nagé assez loin, autant que ses forces le lui permettaient, pour brouiller les pistes.

— Cela me semble logique, acquiesça Melissa.

James lui montra les arbres qui jalonnaient la rive.

— Le sous-bois est très dense à cet endroit, et difficilement franchissable. Soit il aura trouvé un passage dans les branches ou les ronces, soit il se sera engagé dans un bras de la rivière et l'aura remonté.

— Celui-là, par exemple ? Allons-y.

James obtempéra.

Sitôt qu'ils eurent quitté la Pearl, il coupa le moteur.

Melissa observa attentivement les deux rives, mais elle ne repéra rien en particulier.

— Regardez ! s'exclama soudain James, lui désignant une espèce de grosse branche.

Un frisson d'excitation parcourut Melissa.

— Mais... ça bouge ! Qu'est-ce que c'est ?

Pour seule réponse, James leva l'une des rames qui se trouvaient au bout du bateau et l'abattit sur la prétendue branche.

Des mâchoires s'ouvrirent, exposant des dents coupantes comme un fil de rasoir. C'était un alligator qui, furieux d'avoir été dérangé, fouetta, de sa queue, le sol avec fracas.

James retira prestement la rame.

— J'espère que Cord n'a pas essayé de mettre les pieds par là ! lâcha-t-il. Vous avez vu le nid, derrière cette femelle ?

Melissa en eut la chair de poule. Avec méfiance, elle se remit à observer les rives.

— Il y a beaucoup d'alligators dans ces bras de rivière ?

— Disons qu'il vaut mieux ne pas y tomber. Et dans le cas contraire, vous avez intérêt à atteindre la bonne rive.

Melissa fut soudain accablée.

— Et vous pensez que Cord...

— Non ! Il connaît ces bayous.

— Mais s'il a nagé sur des kilomètres, vous imaginez le nombre d'alligators qu'il a pu croiser ?

James lui adressa un sourire de guingois.

— Vous voulez rester optimiste ? Restez-le !

Sur ce, ils revinrent dans la Pearl. James redémarra le moteur et le bateau reprit le fil de l'eau.

Une centaine de mètres plus loin, il se dirigea vers

un saule pleureur dont les branches les plus basses et le feuillage argenté effleuraient le cours de la Pearl. Melissa agrippa le bord de la barque.

— On va s'arrêter là ?

— Pas encore. Penchez-vous. Et baissez la tête, surtout.

Au même instant, la barque s'engagea sous le saule. Melissa se pencha davantage, croisant les bras sur sa tête, mais les branches souples comme des lianes effleurèrent tout de même sa chevelure et son dos.

— Vous pouvez vous redresser maintenant ! lui annonça James en coupant le moteur.

Le bateau se trouvait dans une espèce d'enclave formée par des feuillages en berceau. Le courant, assez fort, le conduisit dans une petite crique où la végétation était extraordinairement luxuriante.

Melissa chercha de nouveau des indices, et surtout, des traces de la présence d'alligators.

— Vous voyez quelque chose, James ?

— Si j'avais été à la place de Cord, c'est précisément cet endroit que j'aurais choisi pour disparaître. Cette crique est impossible à découvrir, car elle est complètement masquée par les saules pleureurs. Et il ne semble pas y avoir d'alligators.

— Je ne vois pourtant aucune trace qui dénote un passage récent, murmura-t-elle.

— Cord les aura effacées.

— On se rapproche ?

James rama vers la rive. Une tortue en glissa et disparut dans l'eau.

— Juste pour votre information : c'est une chélydre serpentine.

— Une espèce dangereuse ? s'alarma Melissa.

— Disons qu'elle peut vous arracher un doigt.

Melissa retira aussitôt ses mains toujours sur les bords de la barque.

— Il y a d'autres dangers dans ces bayous ?
— Oui : les serpents.

Un frisson la fit trembler de la tête aux pieds.

— Je dois avouer qu'on n'en voit guère, dans mon Ohio natal. Je déteste les serpents. Quelles espèces trouve-t-on ici ?
— Beaucoup. Il faut surtout redouter les mocassins d'eau que certains surnomment « serpents bouche de coton ».
— Qu'est-ce qui les différencie des autres ?
— En apparence ? C'est difficile à dire, parce qu'ils sont marron, comme la plupart des serpents. Mais l'intérieur de leur gueule est blanc.
— Génial. Je dois donc attendre qu'ils ouvrent grand leur gueule pour déterminer s'il s'agit de mocassins d'eau ?

Elle secoua la tête, fataliste.

— Eh bien… quel endroit charmant !
— C'est le sud du Mississippi, Melissa ! Et attendez un peu que l'on quitte la rivière pour s'enfoncer dans le sous-bois ! Lieu de prédilection de toutes sortes de bestioles peu ragoûtantes.

Un pur réflexe lui fit se gratter le bras.

— Bon, j'espère que Cord est vivant et qu'on va vite le retrouver parce que je n'ai pas envie de moisir au cœur de cette jungle infecte !
— Chut, coupa James, en levant la main à ses lèvres. Vous avez entendu ?

Des voix s'élevaient du sous-bois ainsi que des bruits de branches et de brindilles.

— Des individus dangereux ? souffla Melissa.

James plissa les yeux dans la direction des branches.

— Je ne sais pas, mais je veux en avoir le cœur net.

— Et si nous pénétrons sur une propriété privée ?

— Non, nous sommes dans un parc naturel protégé, Melissa.

— Ecoutez… On dirait qu'ils se disputent… On va voir de plus près ?

Elle montra l'eau du doigt.

— Mais je vous jure que je ne mettrai pas le pied là-dedans.

— Ne vous inquiétez pas.

Melissa fit la grimace, regrettant ses missions en milieu urbain où elle risquait surtout de côtoyer des gangs armés, de se frotter à des homicides au volant, involontaires ou non, avec circonstances aggravantes au lieu d'alligators, serpents, tortues ou autres bestioles.

James accosta une rive boueuse. Melissa bondit de la barque et en tint l'extrémité pour qu'il puisse à son tour en sauter et la rejoindre.

Il tira ensuite une partie du bateau sur la rive et l'amarra.

— Ne pensez pas aux alligators et autres animaux sauvages : c'est le dernier de nos soucis.

Il lui adressa un clin d'œil puis ouvrit la voie, écartant les branches et feuillages.

Melissa se félicita de porter un jean et un T-shirt à manches longues, mais ses tennis, trempées, imbibées de boue, étaient complètement fichues.

Ils progressèrent en silence dans le sol spongieux qui avait au moins le mérite d'absorber les sons.

Un bruit de branches cassées, tout proche, s'éleva de nouveau, suivi des mêmes voix furieuses que plus tôt.

— Je ne sais pas pourquoi vous vous donnez autant de peine ! On n'arrivera à rien ! s'exclamait quelqu'un avec un fort accent du Sud.

— La ferme, on continue. Je t'ai payé pour me conduire dans le bayou ! tempêta la seconde voix, rauque et mauvaise.

— Vous m'avez payé pour que je vous conduise dans la vieille cabane qui se trouve de ce côté du bayou. Vous avez constaté qu'elle était déserte. Mission accomplie, on rentre.

— On rentrera quand je l'aurai décidé.

— Non, je m'en vais.

— Pas encore !

La voix rauque et mauvaise devint menaçante.

James écarta prudemment une branche, et Melissa étouffa un cri.

Un homme musclé, vêtu d'une veste de sauvetage noire, d'un jean, également noir, coiffé d'une casquette de base-ball et le visage masqué par des lunettes de soleil, menaçait son guide de la pointe d'un pistolet.

— Je n'ai jamais accepté de crapahuter dans le bayou ! protesta ce dernier.

Il portait un vieux jean délavé et déchiré, un T-shirt fatigué, orné d'un poisson, ainsi que des bottes en caoutchouc et un chapeau de pêcheur. Il transpirait abondamment, était écarlate et brandissait une machette.

— Je peux vous neutraliser d'un seul coup de ma machette !

— Et moi, je peux presser sur la gâchette plus vite.

— On parie ?

Melissa déglutit.

— Bon sang, il ne manquait plus que ça…, murmura-t-elle.

Un homme armé et animé d'intentions criminelles au cœur du bayou où Cord avait disparu…

La situation devenait intéressante mais elle semblait aussi se compliquer. Inquiet, James se figea, sa main sur la branche, de peur d'attirer l'attention.

L'homme en noir fit signe à son acolyte avec le canon de son arme.

— Avance ! Vite.

Le guide obtempéra à contrecœur et se dirigea dans leur direction, sans cesser de manier sa machette.

James fit signe à Melissa de reculer et ils rebroussèrent chemin à la hâte.

— J'ai entendu du bruit. Il y a quelqu'un ! s'exclama le guide.

— Courez ! intima James à Melissa.

Avec un peu de chance, ils réussiraient à distancer les deux individus, surtout celui qui était armé.

Melissa s'élança.

Mais au bout de quelques mètres, James retint un juron : ils avaient pris la mauvaise direction et s'étaient considérablement écartés du lieu où ils avaient amarré leur barque. Courir à l'aveuglette les épuiserait. Ils ne pourraient pas soutenir leur rythme pendant longtemps dans cette touffeur infernale, d'autant qu'aux bruits de branches cassées, les deux hommes se rapprochaient.

— Cachez-vous ! ordonna James à Melissa, qui était hors d'haleine. Moi, je vais les éloigner.

— Non, prononça Melissa, en hochant la tête tandis

qu'ils arrivaient à la hauteur d'un véritable mur de végétation. Je… je ne vous laisserai… pas seul !

— Nous ne pourrons pas continuer longtemps.
— Eux non plus !

Elle était toute rouge, la sueur coulait sur son visage.

— Ces deux hommes sont bien entraînés, insista James.

L'humidité et la chaleur auraient bientôt raison de Melissa, qui n'y était pas habituée.

— Obéissez à la fin !

Là-dessus, il avisa un arbre recouvert de vigne kudzu. Il prit la main de Melissa et la cacha derrière.

Puis, comme l'homme en noir se profilait, il se remit à courir afin de l'éloigner.

Le guide, lui, semblait s'être évaporé. Sans doute avait-il profité de tout cela pour s'éclipser et garder la vie sauve.

L'homme en noir tira un coup de feu et James, à bout de souffle, décida finalement de trouver une cachette au lieu de continuer de courir ou, au contraire, de l'affronter. Au même instant, il bondit par-dessus un rondin, mais celui-ci bordait une rive escarpée et boueuse que l'eau avait creusée, créant un surplomb de terre meuble.

James atterrit donc dans une espèce de petite crique et, aussitôt, roula sous le surplomb. Avec un peu de chance, l'homme à ses trousses ne l'avait pas vu sauter. Le souffle court, il se cala sous le surplomb et s'enduisit le visage et les bras de boue et de vase afin de se camoufler au maximum.

L'homme se rapprocha lentement, puis ce fut le silence.

James prêta l'oreille, décidé à ne sortir de sa cachette que lorsque l'inconnu aurait rebroussé chemin.

Au bout d'une minute et quelques, une branche craqua non loin.

James se figea. Se retint de respirer.

Une autre branche craqua et l'homme repartit, comme le signala le bruit de ses pas s'éloignant.

Mais James se donna encore cinq bonnes minutes avant de sortir de sa cachette. Quand elles se furent écoulées, il remonta le surplomb et s'assura que la voie était libre. Certain d'être seul et hors de danger cette fois, il revint sur ses pas, espérant retrouver Melissa derrière le rideau de lianes et de vigne kudzu.

9

Après que James l'eut obligée à se cacher, Melissa resta coite, scrutant la végétation. Celle-ci était-elle toxique ?

Cela dit, elle préférait encore la proximité de plantes vénéneuses à celle de ces deux malfrats.

Des voix et des craquements sous des pas l'alertèrent. Elle se raidit et retint son souffle.

— Bon sang, ils ont pris chacun une direction différente, s'exclama l'homme en noir à son guide. Je m'occupe de l'homme. Toi, occupe-toi de la femme.

Son cœur battit plus fort alors qu'elle se baissait lentement, très doucement. Et cependant, elle se faisait violence pour ne pas bondir de sa cachette, courir pour distraire ce sinistre individu et l'empêcher de se lancer aux trousses de James.

Heureusement, son bon sens triompha.

Car si les deux inconnus la repéraient, James, alerté, reviendrait à ses côtés. Elle le savait, dans le fond de son cœur : c'était un homme d'honneur, jamais il ne l'abandonnerait à son sort.

Elle devait donc rester absolument silencieuse jusqu'à ce que ces deux individus se soient éloignés.

James allait sûrement trouver une échappatoire.

L'homme en noir prit la direction par laquelle James

avait disparu, mais l'autre resta sur place. Grommelant et jurant, il se rapprocha de sa cachette. Mue par une inspiration, Melissa sortit son Smartphone qu'elle avait au préalable logé dans un Ziploc pour le protéger de l'eau et de l'humidité. Elle le mit en mode silencieux et le tendit par un espace ménagé dans la vigne kudzu. Elle voulait prendre une photo de l'homme.

— Il pense que je suis à ses ordres ? monologua le guide. Et si je l'abandonne dans ces marécages remplis de bestioles, il sera bien avancé. La fille a filé, je ne la retrouverai pas, c'est certain.

Tout en parlant, il se rapprochait. Melissa tendit son Smartphone, attentive à ne pas trahir sa présence.

— Sors de ta cachette ! cria-t-il. Et je te laisserai filer.

Bien qu'il soit plus grand et plus fort qu'elle, Melissa n'en avait pas peur. C'était l'autre homme, le chef des opérations manifestement, qui l'inquiétait davantage.

En définitive, le guide s'éloigna.

Melissa, sur ses gardes, resta longtemps immobile, ignorant les insectes qui vrombissaient autour d'elle. Plus elle attendait, plus elle prenait conscience de son environnement. Chaque insecte, chaque feuille qui la frôlait la pétrifiait d'horreur. La pensée qu'un serpent, ou un alligator, puisse être tapi non loin, l'épouvantait. Et elle se refusait à songer aux minuscules insectes tapis dans les replis du feuillage ou sous ses pieds.

Mais elle eut soudain une si terrible envie de se gratter qu'elle dut serrer les dents et fermer les yeux pour ne pas y céder.

Un coup de feu les lui fit rouvrir à la hâte.

James ?

Il lui avait intimé de rester là jusqu'à son retour, mais elle ne le pouvait s'il avait été blessé…

Immobile, hésitante et en sueur, elle tergiversa. La vision de James baignant dans son propre sang lui traversa l'esprit et lui fit monter les larmes aux yeux.

Oh James, par pitié…

Des bruits de branches et de brindilles lui signalèrent une présence. Amie ? Ennemie ?

C'était l'homme en noir qui revenait, et elle se félicita d'être restée prudente. D'autant qu'il tenait toujours son arme à la main. Avait-il tué, blessé James ?

Elle brandit prudemment son Smartphone pour le photographier et, au moment où il passa, réussit à prendre plusieurs clichés. Peut-être que l'un d'entre eux les aiderait à identifier cet individu et à découvrir ses motivations.

L'homme en noir marqua une pause, tête inclinée comme s'il prêtait l'oreille. Melissa retint son souffle. Qu'attendait-il pour s'éloigner ? Elle avait hâte de partir à la recherche de James et surtout de quitter ce maudit bayou.

L'homme tourna sur lui-même, méfiant. Et enfin, il s'éloigna.

Quand il fut assez loin, au point que ses bruits de pas dans le sous-bois devinrent imperceptibles, Melissa compta jusqu'à cent et écarta la vigne kudzu avec la plus grande prudence.

Le regard ne portait pas très loin dans cette végétation luxuriante.

Lentement, pour faire le moins de bruit possible, elle remit son Smartphone dans son Ziploc, sortit de sa cachette et se posta derrière un arbre.

Elle s'adossa au tronc dans la direction que l'homme

en noir venait de prendre. Elle y repéra des mouvements et se cacha mieux.

La voix du guide s'éleva.

— Je vous ai dit que je ne l'avais pas retrouvée ! Elle a filé depuis longtemps. J'ai entendu un coup de feu. Vous avez trouvé l'autre ?

— Je me suis occupé des deux. Maintenant, conduis-moi hors de cet enfer !

— Et le type que vous recherchez ?

— Un autre jour.

— Parfait. Parce que c'est difficile de retrouver quelqu'un, par ici, la nuit, et je n'ai pas envie de me retrouver nez à nez avec un alligator.

— La ferme. Partons.

Quelques instants plus tard, un moteur ronronna. Puis le silence retomba.

Peu à peu, criquets, grenouilles et cigales commencèrent leur chant. Bien qu'il ne fasse pas froid, loin de là, Melissa frissonna.

Elle plissa les yeux dans la direction par où James était parti.

Et soudain, il apparut, le visage couvert de boue et de vase mais avec un grand sourire et le regard étincelant.

— Je vous ai manqué ?

Melissa poussa un petit cri et porta la main à sa bouche. Puis elle se jeta à son cou et s'accrocha à lui, sans se soucier de la boue dont il était couvert.

— J'ai pensé qu'il vous avait tué !

— Je vais bien, comme vous le constatez. Il a tiré, mais il ne m'a pas touché.

Elle recula et s'assura qu'il n'était pas blessé.

— Partons vite avant qu'il ne fasse trop noir !

Il la précéda et ils revinrent rapidement là où ils avaient amarré leur barque. Celle-ci était remplie d'eau et sa poupe noyée.

— Je pense savoir où la balle s'est fichée, commenta James d'une voix bien trop plaisante pour les circonstances.

Il inspecta la barque et repéra l'impact.

— Que faire maintenant ? s'enquit Melissa.

Autour d'eux, le sous-bois était plongé dans la pénombre grandissante.

— Ne me dites pas que les alligators ont une bonne vision nocturne ?

— Malheureusement si. Ecoutez, la situation n'est pas dramatique. Il faut juste écoper, retirer la balle, boucher le trou et redescendre la rivière en espérant tomber sur une bonne âme...

Sur ces mots, James tira complètement la barque sur la rive. Melissa l'y aida. Puis ils renversèrent l'embarcation sur le flanc pour la vider. Enfin, James retira la balle avec un mouchoir.

— Vous avez toujours votre sachet étanche Ziploc ? Je vais la mettre dedans pour ne pas effacer les empreintes.

Ensuite, il évalua le dommage causé à leur embarcation.

— Le trou est net, ç'aurait pu être pire.

Sur ce, il retira son T-shirt.

En dépit de leur situation pour le moins précaire, Melissa retint son souffle, admirant de nouveau son corps musclé et mis en valeur par les tatouages. Si elle n'avait pas redouté alligators et serpents, elle aurait tenté de le séduire...

James arracha l'ourlet de son T-shirt et plongea son couteau dans le tronc d'un arbre. Quand la sève en coula, il y introduisit le tissu jusqu'à ce que celui-ci en fût imbibé. Enfin, il le roula en boule et en boucha le trou dans leur barque.

Cela fait, il se redressa et planta ses mains sur ses hanches.

— Cela n'empêchera pas que la barque prenne l'eau, mais ce sera moins rapide.

— Et le moteur ? Il va démarrer après avoir été noyé ?

— Je ne crois pas, mais nous avons des rames. On a de la chance, nous partons en aval.

Melissa considéra la barque puis les eaux infestées d'alligators.

— Vous plaisantez ! On va mettre des heures avant de regagner la marina ! Et si le bateau sombre ?

— Vous préférez passer la nuit ici, en espérant que, demain, une bonne âme viendra à notre secours ?

Aucune de ces options ne plaisait à Melissa. En désespoir de cause, elle consulta son Smartphone : malheureusement, elle ne captait aucun réseau. Pire, autour d'elle, les ombres s'allongeaient et des alligators rôdaient certainement dans les eaux du bayou.

Pour faire front, elle prit une grande inspiration.

— Eh bien en route... Qu'est-ce qu'on attend ?

Lorsqu'ils eurent mis le bateau à flot, un peu d'eau s'y infiltra. Et une fois qu'ils furent à bord, James tenta de démarrer le moteur.

En vain.

Il haussa les épaules.

— Je m'en doutais, mais je ne perdais rien à essayer.

A l'aide des rames, il s'écarta de la rive.

— Et si ces hommes revenaient ? S'ils essayaient de nous retrouver ? demanda Melissa alors qu'ils revenaient sur la Pearl.

— J'en doute. Il fait nuit. Cette zone de la Pearl est mal connue, sauf des pêcheurs. J'espère d'ailleurs que nous en croiserons…

James prit alors le seau rempli de vers, en déversa le contenu dans la rivière et le lui tendit.

— Si vous voulez que cette embarcation continue à flotter, vous allez devoir écoper.

Ainsi fit-elle. Cette aventure se terminait d'une façon peu glorieuse. Au moins n'avaient-ils été ni tués ni blessés, que ce soit par une arme à feu ou par un alligator.

Mais la nuit devenait de plus en plus noire et un nouveau frisson parcourut Melissa.

— Pourquoi avez-vous quitté la Navy ? lança-t-elle pour se distraire de ses pensées.

— Raisons familiales…

Vague mais intéressant. Au même instant, une pensée l'envahit et lui serra le cœur.

— Ne me dites pas que vous êtes marié et père de famille nombreuse ?

Le rire de James s'éleva dans la nuit humide et moite.

— Je ne suis pas marié, je n'ai pas d'enfants. Mon père est mort des suites d'une longue maladie. Nous étions très proches depuis le décès de ma mère. Elle est morte quand j'étais enfant.

Melissa en fut consternée.

— Je suis désolée, j'ai été maladroite.

— Mon père est mort deux ans après la découverte de sa maladie. Je les ai passés avec lui, et ce furent deux années exceptionnelles.

— C'est une chance inouïe.

Ses parents à elle étaient morts dans un accident de voiture, peu après la fin de sa formation à Quantico. Son père avait été si fier d'elle… Ah, que n'aurait-elle donné pour qu'ils soient encore là…

Un silence tomba, rompu par le clapotement des rames dans l'eau, le coassement des grenouilles et le zonzonnement des insectes.

A la faveur de l'obscurité, Melissa observa James. Si elle ne discernait que sa silhouette, elle aimait suivre ses mouvements souples et harmonieux.

Tout en continuant d'écoper, elle vérifiait régulièrement leur bouchon de fortune dans la coque : il faisait toujours son effet.

— Et vous ? demanda James. Vous êtes mariée ? Avec une ribambelle d'enfants ?

Melissa sursauta.

— Ça ne risque pas.

Car elle n'avait pas eu la chance, ni le temps et encore moins l'envie de rencontrer l'homme de sa vie.

— C'est étonnant. J'aurais pensé que le cœur d'une aussi jolie femme serait déjà pris.

— J'aime mon travail, biaisa-t-elle.

— Et vous n'avez pas encore trouvé un homme qui vous aime, vous et votre travail ?

Melissa se remit à écoper.

— En gros, oui.

— Les SEALs ont le même problème. On aime notre métier, mais il est inconciliable avec une vie de famille.

— Quant à renoncer à un métier qu'on aime…

Elle soupira.

— Je ne vous le fais pas dire, Melissa.

— Alors si vous aimez autant votre vie chez les SEALs, vous devez avoir du mal à accepter votre réintégration temporaire ?

— C'est plus compliqué que ça.

Un nouveau silence tomba.

— Vous savez, ces deux individus dans le bayou…, reprit Melissa.

Elle hésita et se tut.

— Eh bien ?

— J'ai l'impression qu'ils recherchaient Cord.

— Moi aussi.

— J'ai pris des photos d'eux avec mon Smartphone.

James se figea

— Sérieusement ?

Puis il secoua la tête, l'air incrédule.

— Vous savez que cette initiative aurait pu vous coûter la vie ?

Elle sourit et lui tendit son portable logé dans le Ziploc.

— Mais je suis saine et sauve, comme vous le constatez. Ceci dit, je ne suis pas certaine de la qualité de mes photos. Si votre boss a des informaticiens de génie, ces derniers parviendront peut-être à les identifier au moyen d'un logiciel de reconnaissance faciale ?

— Qui ne tente rien n'a rien !

James souriait largement.

— Vous êtes décidément étonnante, Melissa !

Elle haussa les épaules.

— J'ai coupé le son, j'ai eu l'occasion de prendre des photos, point. Jamais ces hommes n'ont deviné que j'étais cachée et à l'affût.

— Dès que nous capterons un réseau, nous les enverrons à Hank. J'espère qu'il nous fournira des informations rapidement. Si nous découvrons l'identité des individus à la recherche de Cord, nous remonterons plus facilement la filière et nous découvrirons plus vite le responsable.

— Que nous donnerons en pâture aux alligators !

— Exactement !

James souriait toujours.

— Continuez d'écoper ! Je vois de la lumière, là-bas.

Melissa se détourna.

— Un bateau ?

— Non. Une habitation avec un embarcadère.

Melissa plissa les yeux, mais une désagréable sensation au niveau des pieds lui fit baisser le regard : elle avait de l'eau jusqu'aux chevilles.

— Le bouchon a cédé…, expliqua James, répondant à sa question muette. Il va falloir abandonner le navire !

— Mais… nous n'avons pas encore accosté !

— Vous savez nager ?

— Evidemment ! Mais nager dans cette rivière avec des alligators… non merci !

Sur ce, elle se remit à écoper plus vivement.

Au même instant, James lâcha sa rame.

— Qu'est-ce que vous faites ? s'exclama-t-elle, écopant plus vite encore.

Mais ses efforts étaient désormais inutiles, l'eau montait toujours.

— Le bateau sombre, Melissa… Il va falloir se jeter à l'eau. Au propre comme au figuré !

— Ah non ! fit-elle, reprenant la rame qui surnageait à proximité.

Elle la déposa et donna son seau à James.

— Et vous, écopez ! lui intima-t-elle.

Ses mains en coupe, elle écopa également.

Mais ses efforts restaient complètement vains. Comme James venait de le lui prédire, la barque coulait à pic.

Melissa se retrouva dans l'eau jusqu'au cou. Prise d'affolement dans un premier temps, elle se ressaisit. La rivière ne semblait pas trop profonde et elle essaya de toucher le fond pour remonter. Sans succès ! Il n'y avait rien que l'eau sous ses pieds et elle se mit à paniquer.

James étouffa un juron. Dans le clair de lune, Melissa disparaissait. Bon sang ! La Pearl pouvait être profonde, et traître à certains endroits. Il nagea rapidement dans sa direction.

Enfin, Melissa refit surface, crachant et toussant. Il passa le bras autour de sa taille et la tint fermement.

— Vous ne risquez plus rien.

Il nagea d'un bras, vigoureusement. Mais l'embarcadère qui semblait si proche un peu plus tôt paraissait désormais bien loin.

— Laissez-moi…, hoqueta Melissa. Ça va aller…

Mais James n'obtempéra pas, de peur qu'elle ne coule dans ces eaux boueuses.

— Il faut nager chacun de notre côté si nous voulons gagner la rive au plus vite, insista Melissa. Je n'ai pas envie d'attirer un alligator ou des serpents affamés !

Elle n'avait pas tort, songea James. Aussi la lâcha-t-il.

— Le dernier arrivé sera au menu d'un alligator ! s'écria-t-elle, s'éloignant dans un crawl vigoureux.

James la laissa prendre la tête, la rattrapa sans hâte, la dépassa sans mal et parvint ainsi le premier à l'embarcadère. Il sortit de l'eau et lui tendit la main pour l'aider à monter.

Melissa la lui prit.

— Frimeur ! lâcha-t-elle avec un mépris feint.

Ravi par sa propre performance et l'excellence de sa forme physique, James sourit. Il avait aussi réussi à impressionner la jeune femme, et n'était pas peu fier.

Portant les yeux sur elle, il se figea, subjugué.

Dans le clair de lune, le T-shirt trempé de Melissa moulait ses seins dont les pointes étaient dressées. Il fut pris de l'envie folle de l'attirer à lui et de l'embrasser. De caresser ses tétons, de les prendre délicatement, voluptueusement, entre ses lèvres.

Leurs regards se croisèrent. Elle aussi semblait troublée.

Elle détourna la tête avec gêne et partit d'un pas rapide mais, dans sa hâte, elle trébucha et tomba. James se précipita pour la rattraper et ne se priva pas de la serrer contre lui.

Une fois qu'il l'étreignit, il ne put plus la lâcher et la contempla au clair de lune. Malgré ses cheveux mouillés, plaqués, elle était plus belle que jamais. Son T-shirt trempé contre son torse accentuait la sensualité de leur étreinte. Il en eut le souffle court.

Melissa posa ses mains sur ses épaules et humecta ses lèvres sans qu'il en soit besoin, car l'eau gouttait sur son visage.

— Désolée... D'habitude, je ne suis pas aussi maladroite, murmura-t-elle.

— Moi, je ne suis pas désolé...

Sur ces mots, il prit ses lèvres et, sans attendre, les força. Pour seule réponse, Melissa se pressa étroitement dans ses bras et noua une main ferme derrière sa nuque.

James n'avait jamais connu d'étreinte plus voluptueuse que celle-ci au cœur de la nuit, dans le clair de lune.

Mais soudain, une voix s'éleva dans leur dos et rompit le charme.

— Je pensais bien avoir entendu du bruit… Les mains en l'air ou je tire !

10

— Vous avez eu de la chance que Nellie ne vous ait pas vus la première ! s'exclama Ronnie Boone.

Riant, il s'assit à la table en formica de la kitchenette.

Melissa prit place aussi pendant que James se changeait dans la petite salle de bains de la cabane.

Elle roula les manches de la chemise, trop grande, que l'épouse de Ronnie, Wanda, lui avait prêtée, avec une salopette, également trop grande. Mais au moins, ces vêtements étaient propres et secs. Pour rien au monde, elle n'aurait remis son jean et son T-shirt boueux et trempés.

— Qui est Nellie ?

— C'est une femelle alligator de près de dix mètres qui a installé son nid près de chez nous. Elle chasse dans le coin. Parfois, elle me vole ma pêche. Un jour, j'ai essayé de la lui reprendre mais j'ai failli perdre mon bras.

Sur ces mots, Ronnie remonta sa manche pour révéler une large cicatrice.

Melissa frissonna.

— Sans blague, vous vous êtes bagarré avec un alligator ?

Ronnie rougit.

— Sacrée bêtise, pas vrai ? Mais cet alligator m'avait

rendu fou de colère. J'avais pêché toute la journée, et ma femme n'aime pas quand je rentre bredouille.

— Tu m'avais promis une soupe de poisson ! intervint Wanda en posant une tasse de café devant lui. On a terminé la journée aux urgences... Encore heureux que cet alligator ne t'ai pas dévoré !

Sur ce, James entra dans la cuisine, vêtu d'un jean trop grand garni d'empiècements et d'un T-shirt blanc trop petit, tous deux prêtés par Ronnie.

— Le jean n'est pas à votre taille, fit remarquer Wanda.

— Avec la ceinture, ça va, répondit James en souriant. Nous apprécions votre hospitalité, monsieur et madame Boone.

Le charme qui émanait de ces mots et de son sourire frappa Melissa. Quand James Monahan souriait, la vie semblait plus ensoleillée.

La vieille dame rougit du compliment.

— Je vous en prie. Ce ne sont que de vieilles frusques de Ronnie. Ronnie, ramène donc ces jeunes gens à la civilisation.

Elle donna un petit coup de coude à son époux, qui se leva aussitôt.

— Camion ou bateau ? En barque, il faut quinze minutes à peine. En camion, ce sera deux fois plus long.

Melissa hésita. Elle redoutait de reprendre la rivière après la mésaventure de la soirée. Cependant, il se faisait tard. La vieille pendule dans la cuisine indiquait déjà 20 h 45 et elle avait promis à Eli d'arriver au bar à 21 heures. Le temps qu'elle repasse à l'hôtel, se douche, se change et file, il serait 22 heures.

— En barque, ce sera plus rapide..., conclut-elle à regret.

Ronnie opina et les conduisit aussitôt vers son embarcation, en tout point identique à celle que Melissa avait louée et qui gisait désormais au fond de la Pearl.

James y monta le premier et lui tendit la main. Elle accepta son aide avec reconnaissance et s'assit au milieu pendant que James s'installait à la proue et Ronnie, à la barre. Il tira sur le cordon, le moteur démarra et ils prirent le fil de la rivière.

James et Ronnie échangèrent quelques mots tandis que la petite embarcation rejoignait la marina. Les étoiles et le clair de lune se reflétaient sur la surface de la rivière, évoquant des diamants sur une robe de satin.

La marina se rapprochait et Melissa songea aux explications qu'elle devrait à ses gérants, sur leur précieuse barque. Plus tard… Et de préférence, une fois qu'ils auraient retrouvé Cord vivant.

Une fois qu'ils furent arrivés à bon port, Melissa embrassa spontanément Ronnie.

— Merci ! Et dites à votre épouse que je lui ferai parvenir ses vêtements au plus vite.

— Ne vous inquiétez pas. Ce ne sont que de vieilles nippes.

Après qu'ils eurent pris congé, Melissa gagna son pick-up.

Elle démarrait quand James cogna à sa vitre de portière, qu'elle fit coulisser.

— Vous allez où, Melissa ?

Même dans son jean trop grand et surtout, dans son T-shirt trop petit, il était irrésistible.

Elle ne put s'empêcher de sourire.

— Au bar.

James fronça les sourcils.

351

— Vraiment ?

— Oui.

Comme il ne se déridait pas, elle reprit plus doucement :

— James... je n'ai pas le choix. On n'a pas encore retrouvé Cord...

— Mais je n'aime pas le tour que prend la situation. Et si les deux individus que nous avons rencontrés dans le bayou allaient au bar ? Ils pourraient vous identifier.

— J'en doute. Et puis qu'importe, je dois en courir le risque. Parce que je veux savoir où est Cord ! Découvrir pourquoi il a disparu ! Et seuls les SEALs de la mission *Pit Viper* peuvent m'informer.

— Alors laissez-moi m'en occuper : je suis un SEAL.

— C'est à la fois un avantage et un inconvénient, rappela-t-elle. En revanche, si j'arrive à faire parler l'un des SEALs quand il sera trop ivre, ce sera une victoire.

— Ce n'est pas certain si l'alcool le rend agressif. Ces hommes sont forts, Melissa. Vous ne pouvez pas prévoir leur réaction.

Pour finir, il secoua la tête.

— C'est trop dangereux !

Elle leva les yeux au ciel.

— Vous oubliez que je suis un agent du FBI. Le danger, c'est mon métier.

Il parut sur le point d'argumenter, mais pinça finalement les lèvres et opina.

— Vous avez raison, je m'incline... Ce n'est pas parce que vous êtes une femme que vous ne serez pas à la hauteur de votre mission.

— Je n'aurais pas pu dire mieux !

Qu'il soit si inquiet pour elle la touchait en fait. Et encore plus qu'il lui fasse en définitive confiance.

— Maintenant, j'ai besoin de prendre une douche et de me changer avant d'arriver trop tard au bar.

— Parfait. Rendez-vous à l'hôtel dans quinze minutes ?

— A tout de suite.

Sur ce, elle prit la route et, dans le quart d'heure suivant, arriva à leur hôtel.

Elle venait à peine d'introduire sa carte magnétique dans la porte d'entrée principale que James la rejoignait.

Elle ne put s'empêcher de rire.

— Je vous assure que ça va aller ! Vous pouvez me laisser, maintenant.

Mais James la suivit jusque devant sa chambre et l'y précéda.

— Je veux m'assurer que vous n'avez pas eu de visiteurs indésirables pendant votre absence.

Elle fronça les sourcils, cette fois irritée par sa persistance et sa méfiance. En même temps, elle restait complètement conquise.

Sous le charme.

— Vous disiez, tout à l'heure, que je serais capable de me débrouiller seule…

Sur ces mots, elle referma sa porte et s'y adossa.

James regarda partout dans la chambre et enfin lui sourit.

— Je sais que vous êtes capable de maîtriser ce genre de situation. Mais je me sens quand même plus rassuré si je suis à vos côtés.

Il s'approcha. Elle aurait dû se dérober, mais ce fut plus fort qu'elle, elle resta immobile.

— Il faut que je prenne une douche…, déclara-t-elle d'une voix si rauque qu'elle la reconnut à peine.

James acquiesça.

— Oui. Moi aussi.

Il se rapprocha. Elle déglutit. Son pouls s'accéléra.

— Je te laisse prendre cette douche, Melissa, lui souffla-t-il à l'oreille, y coiffant une mèche. Mais tu dois me laisser le passage. Sinon, je ne peux pas sortir...

Pour seule réponse, Melissa inclina la tête tandis que les événements de la journée se rejouaient dans sa mémoire.

James lui avait sauvé la vie dans le bayou. D'abord, en éloignant l'homme en noir et son guide aux bottes en caoutchouc. Ensuite, en réparant leur barque et en l'aidant à gagner l'embarcadère.

Elle ne le connaissait que depuis deux jours, mais elle lui vouait une admiration sans borne et lui faisait désormais une confiance absolue. C'était assez rare pour qu'elle s'en étonne.

Elle ne voulait pas qu'il parte.

Elle resta donc immobile, lui bloquant volontairement le passage.

— Merci pour tout, lâcha-t-elle. Tu as risqué ta vie pour moi.

Il prit son menton et répéta les mots qu'elle lui avait adressés quelques minutes plus tôt.

— Le danger, c'est mon métier.

Le désir la transperçait.

— Et si nous prenions notre douche ensemble ?

Voilà. C'était dit.

Elle ne pouvait plus retirer son audacieuse proposition. Elle haussa donc les sourcils en signe de défi et retint son souffle.

Il lui caressa la joue.

— La journée a été longue... Ne me provoque pas, Melissa. Ne joue pas avec moi.

La façon dont il avait prononcé son prénom lui fit l'effet d'une caresse particulièrement érotique.

Elle s'enhardit, prit sa main toujours sur sa joue, la fit glisser sur son épaule, sur une bretelle de sa salopette.

— Je ne joue pas, James : j'ai vraiment besoin de me doucher.

Lentement, il fit glisser la bretelle de la salopette.

Le vêtement tomba par terre, et Melissa se dirigea vers la salle de bains en déboutonnant sa chemise.

— Tu es sûre ? la rappela-t-il, sans achever sa phrase.

Elle lui adressa un sourire par-dessus l'épaule tandis qu'elle retirait sa chemise.

— De prendre une douche. Avec toi ? Sûre à cent pour cent.

Sur ce, elle laissa choir sa chemise. Puis elle entra dans la salle de bains, tourna le robinet de la douche et monta dans le bac. Elle frissonnait d'anticipation et, en même temps, se sentait en feu. L'eau fraîche ne la calma pas.

Elle offrit sa nuque, son visage, son corps au jet de la douche. Au fur et à mesure que l'odeur de la rivière disparaissait pour laisser place à celle de la savonnette parfumée, un vrai soulagement la gagnait.

L'eau coulait sur sa poitrine, ses seins et ses mamelons érigés, si sensibles et si durs qu'ils étaient douloureux.

James allait-il la rejoindre ? Peut-être n'était-il pas le genre d'homme à s'offrir l'aventure d'une nuit ?

En réalité, elle-même n'était pas si légère que ça. Mais elle désirait James, et elle avait décidé de déroger à ses principes et de céder, pour une fois, à l'envie de faire l'amour.

Elle ferma les yeux. Pourquoi mettait-il aussi longtemps ?

Au même instant, de grandes mains se posèrent sur

ses hanches ; et sa virilité érigée, contre ses fesses. Puis ses lèvres chaudes sur sa nuque.

Perdue dans ses pensées, elle n'avait pas vu le rideau de la douche s'ouvrir ni ne l'avait entendu.

Il la serra contre lui, pour lui aussi se placer sous le jet.

Sans mot dire, elle prit la savonnette qu'elle fit mousser dans ses mains. Alors, elle se tourna dans les bras de James et le savonna. Il l'imita, lentement, savamment. C'était insolite : tous les deux temporisaient, comme si ni l'un ni l'autre ne voulait faire le premier mouvement et aller plus loin.

D'habitude, Melissa était plus intrépide, surtout dans les jeux de l'amour. Et James devait l'être tout autant.

Elle décida donc de prendre l'initiative et, après avoir longtemps caressé son torse, descendit subrepticement les mains vers ses cuisses et sa virilité dressée qu'elle caressa longtemps.

James réservait son attention à ses seins et s'attarda plus complaisamment sur ses mamelons. Après en avoir retiré la mousse avec la douchette, il en saisit entre ses lèvres l'une des pointes érigées et la mordilla avec une redoutable, et délicieuse, habileté. Melissa rejeta la tête en arrière, se cambra et se pressa contre lui, impatiente de jouir du plaisir que cet homme infiniment séduisant et sur qui elle fantasmait depuis la veille allait enfin lui donner.

En arrivant à l'hôtel, James n'avait eu d'autre hâte que d'aller se doucher et aussitôt après se coucher. L'entraînement du matin avec ses collègues, l'exercice de tir et les mésaventures dans le bayou avec Melissa l'avaient exténué.

Mais une fois entré dans la chambre de Melissa, sa fatigue s'était comme par enchantement envolée. Même dans sa salopette et sa chemise trop grandes, la jeune femme était incroyablement belle et exerçait sur lui une puissante attirance. Il s'était cependant promis de regarder partout dans sa chambre pour s'assurer qu'elle ne courait aucun danger, puis de revenir dans la sienne.

C'était sans compter la proposition sensuelle de Melissa.

Il avait un peu hésité mais n'avait pas pu résister.

Et il ne le regrettait pas…

Il la souleva et la pressa contre le mur tandis qu'elle nouait ses jambes autour de ses reins.

— Préservatif ? demanda-t-elle dans un murmure.

— Préservatif…

— Dans ma trousse de toilette. Sur le lavabo.

Il la reposa à terre, ouvrit le pan du rideau pour se servir.

Melissa déchira ensuite l'enveloppe du préservatif qu'elle roula adroitement sur son sexe.

De nouveau, il la souleva et la plaqua contre le mur carrelé. Elle noua les jambes autour de ses reins tandis qu'il lui maintenait les bras contre le mur carrelé de la cabine de douche.

— Ta peau est si douce. Délicieuse contradiction avec ta prétendue dureté…

Melissa rit.

— Dois-je m'offusquer ou te remercier ?

— C'était un compliment, Melissa.

— Alors merci.

Elle sourit, planta ses talons dans ses fesses, comme pour l'intimer à entrer.

Mais il temporisa, la serra contre lui et lui embrassa le lobe de l'oreille.

— Pourquoi se précipiter ? chuchota-t-il. On a toute la nuit.

— Non… Je dois aller… au bar, James…, souffla-t-elle, haletante. J'avais… prévenu Eli que j'y serais vers 21 heures. Eli n'était déjà pas… pas très content…

— Appelle-le. Dis-lui que tu ne viendras pas.

Là-dessus, il l'embrassa dans le cou, maintenant, d'une main, ses poignets au-dessus de sa tête tandis que l'autre restait plaquée sur ses fesses.

— Je veux… j'aimerais…, gémit-elle, avec un gros soupir. Mais je ne peux pas, oh… je t'en prie… *maintenant*.

Il comprenait son impérieux désir de faire l'amour et de s'adonner au plaisir sans pour autant perdre de vue leurs objectifs.

Retrouver Cord.

Son ami d'enfance.

Il ne discuta donc pas. Il la posséda d'un coup de reins et d'autant plus volontiers qu'il était déjà au bord de la jouissance.

Ses mouvements de va-et-vient s'accélérèrent jusqu'à ce que les sensations deviennent plus puissantes, plus intenses, le projetant enfin au sommet d'un plaisir inouï et inédit, qui l'étourdit et l'éblouit. Sidéré, il resta en elle, au plus profond, et aussi longtemps que possible.

Quand il se fut un tant soit peu ressaisi, il reposa Melissa à terre.

Tous deux terminèrent de se doucher, cette fois avec plus de douceur et de tendresse que de passion.

James sortit de la cabine en premier.

— Alors tu vois…, fit Melissa en souriant.

Elle se tut, puis acheva d'une voix plus rauque :

— ... vite fait, et si bien fait...

James prit l'une des serviettes de bain, se sécha et la sécha. Puis, mû par une inspiration, il s'interrompit et la reprit dans ses bras.

— Je crois qu'on n'en a pas terminé...
— Mais... je dois aller au bar !
— Non. Pas encore ! C'est moi qui décide où tu iras. Où te conduire...

Il la souleva dans ses bras et la déposa sur son lit.

— James ! Non !

Elle se tut et, quand il se positionna entre ses jambes, ouvrit de grands yeux.

— Si !

Elle l'attira à lui. Il l'embrassa partout, agaça les pointes de ses seins, alternativement, avec douceur et insistance.

Elle ne cessait de gémir.

Il délaissa ses seins pour descendre plus bas, vers son ventre et enfin, entre ses jambes où il caressa, de la langue et du pouce, sa féminité aussi délicate qu'enflammée.

Melissa enfonça les talons dans le lit et leva les hanches pour venir à sa rencontre.

— James..., souffla-t-elle. Encore... N'arrête surtout pas...

Il se rendit volontiers à sa prière et continua sa caresse voluptueuse. Elle se cambra, levant les hanches, le corps tendu d'un évident désir. Pour finir, elle agrippa ses épaules tandis que, jouissant enfin, elle poussait un long cri.

Après quoi, elle retomba sur le lit avec un long soupir.

— Oh James ! exhala-t-elle. James...

Il s'allongea près d'elle et taquina la pointe de ses seins.

— Prête à téléphoner à Eli pour lui annoncer que… tu gardes le lit ?

Melissa ferma les yeux et, de nouveau, soupira.

— C'était génial… vraiment… Mais… je dois aller au bar.

Il pinça délicatement l'un de ses mamelons.

— Oh ! s'exclama-t-elle. Attention à toi, James ! Tu ne sais pas de quoi je suis capable…

— J'aimerais le savoir, justement, mais puisque tu insistes pour aller au bar…

Il roula sur le flanc et se leva.

— File ! Sinon, Eli va ronchonner.

Melissa se souleva sur un coude et désigna son sexe toujours gonflé.

— Je te jure que je suis tentée de faire l'école buissonnière pour passer la soirée… plus agréablement… sensuellement…

— Je sais, mais tu n'en feras rien, décréta James.

Sur ce, il entra dans la salle de bains et en ressortit, une serviette ceignant ses hanches, et ses vêtements dans les bras.

— Avant de partir au bar, envoie-moi les photos que tu as prises, dans le bayou. Je les ferai parvenir à Hank. Et moi… eh bien moi… je te dis à plus tard, au bar.

— Ah et zut ! maugréa-t-elle.

James se radoucit.

— Je sais, Melissa… Mais nous ne retrouverons pas Cord si nous passons la nuit à faire l'amour. Et pourtant, crois-moi, j'en ai autant envie que toi.

— J'espère qu'on le retrouvera vite, et bientôt, conclut Melissa, le regard étincelant. Parce que je connais des façons beaucoup plus palpitantes de passer le temps que de me balader dans des marais infects, bosser au Shoot the Bull Bar, servir des SEALs et leur arracher des révélations.

11

Melissa envoya les photos à James et s'habilla à toute vitesse. Elle se sécha les cheveux, également à la hâte, et se fit une tresse française.

Un quart d'heure après que James eut quitté sa chambre à moitié nu, elle était prête. Elle prit les clés de son pick-up et son sac, et dévala l'escalier.

Au passage, elle eut envie de frapper à la porte de James pour reprendre leurs ébats, mais son sens du devoir et de l'amitié l'en empêcha. Elle devait se rendre au bar et continuer l'enquête.

Le parking du Shoot the Bull Bar était bondé. Eli devait être furieux qu'elle tarde tant…

Elle se gara derrière le bar et entra, en catimini, dans la réserve.

Cora Leigh y soulevait un carton rempli de bouteilles de whisky.

— Enfin ! Je pensais que tu n'arriverais jamais !

Elle lui donna son carton.

— Apporte-le à Eli ! Il n'a plus de whisky et il braille pour que je lui apporte aussi de la tequila. Dis-lui que j'arrive.

Sur ces mots, Cora Leigh souleva un autre carton et la suivit dans le bar.

— Ah te voilà ! Il était temps ! grommela Eli à sa vue. Va vite servir la table 5.

Il lui donna un plateau de bouteilles, si vite qu'elles s'entrechoquèrent.

Melissa louvoya pour gagner la table 5. Celle-ci était occupée par les SEALs de la SBT-22 qui, trop nombreux, formaient un cercle élargi tout autour. Elle leur tendit donc les bouteilles au lieu de les déposer devant eux.

— Alors ça va, mon chou ?

L'homme, qui s'appelait Duff, si ses souvenirs ne la trompaient pas, se leva et tenta de la serrer dans ses bras avec effusion. Grâce à son plateau, qui faisait office de bouclier, Melissa put mettre à distance le fougueux SEAL.

— Tu danses ? insista-t-il cependant. Cow-Boy n'est pas là, ce soir. Tu dois te sentir seule, pas vrai, beauté ?

— Je ne danse pas, je travaille.

— Hier aussi tu travaillais, mais ça ne t'a pas empêchée d'embrasser Cow-Boy.

Duff lui adressa un regard qui se voulait suppliant.

— Allez, juste une petite danse.

— Peut-être plus tard, déclara Melissa en jetant un œil vers Eli qui, justement, l'observait.

Duff soupira lourdement.

— Je te prends au mot : tu me réserves une danse avant la fermeture.

Toute la soirée, Melissa ne cessa de servir aux SEALs des shooters et des bières. Elle gardait en tête son objectif. Quentin Lovett et Sawyer Houston, qui avaient participé à la mission *Pit Viper*, étaient présents, mais ne s'intéresser qu'à eux pouvait attirer la méfiance. Elle se promit donc de danser avec tous les SEALs si nécessaire. Ce serait un excellent moyen pour poser des questions indiscrètes, mine de rien et sous prétexte de faire la conversation, de surcroît dans l'environnement assez sécurisant d'un bar bondé.

Elle profita d'une soudaine accalmie dans les commandes pour s'approcher de Duff et tenir sa parole. Elle le conduisit sur la piste, tout en guettant l'arrivée de James. Qu'il ne soit toujours pas là l'inquiétait.

— Je pensais que tu étais la petite amie de Cow-Boy, commença Duff en l'enlaçant.

Elle haussa les épaules.

— Je l'aime bien, mais je ne suis la petite amie de personne.

— Dans ce cas…

Duff l'attira à lui et la serra dans ses bras.

Melissa sourit et recula.

La musique était un peu trop forte pour parler. Elle ne s'en était pas rendu compte en faisant le service. Mais elle décida de se lancer. La vie de Cord en dépendait.

— J'imagine que vous avez souvent des missions dangereuses ?

— Tout le temps. Le danger est au menu de tous les repas !

Melissa se mit à rire.

— Alors vous devez parfois avoir des indigestions, pas vrai ?

— Parfois.

— Il paraît que vous avez perdu un membre de votre unité, récemment ?

Duff ne répondit pas. Il avait le regard baissé et semblait concentré sur ses pas.

Melissa le relança.

— C'était une mission périlleuse ?

— Je n'y étais pas. Je sais seulement qu'on a perdu Gosling. Il était jeune, sa femme était enceinte.

— Je suis désolée… Quelle tragédie. Quel drame affreux…

La musique se tut. Melissa recula, un sourire aux lèvres.

— J'ai aimé danser avec vous, mais je vais devoir retourner travailler…

Elle revint au bar et souleva un plateau chargé de boissons. Où donc était James ? Il lui avait annoncé qu'il viendrait, non ? Mais il tardait.

Elle jeta un œil à l'horloge murale. Bon sang, il était presque 23 heures !

Soudain, son sixième sens l'alerta. L'atmosphère semblait s'être chargée d'électricité.

Elle tourna les yeux vers l'entrée du bar : James arrivait. Il portait un T-shirt bleu qui lui allait à la perfection, un jean qui lui allait tout aussi bien, et son Stetson. Il traversa la salle avec aisance, comme s'il en était le propriétaire, et s'assit à la table des SEALs.

Melissa retint son souffle, son esprit s'embrumant du souvenir de leur récente étreinte. Elle en avait le feu au visage.

— Melissa, tu me sers une bière ? demanda Sawyer Houston au même instant.

Elle s'arracha, avec difficulté, à la vision de James nu, et opina.

— Oui… Autre chose ?

Les SEALs passèrent de nouveau commande. Mais, troublée par James, Melissa eut du mal à tout retenir. Elle revint avec gêne au comptoir, consciente de son regard dans son dos. Pendant qu'Eli préparait les consommations, elle fit volte-face pour dévisager l'homme qui lui avait donné tant de plaisir, deux heures plus tôt.

Il l'observait bel et bien, avec même un sourire de connivence.

Elle ne put s'empêcher de rougir et lui tourna le dos vivement. Elle était dans un tel état de confusion qu'elle se sentait incapable de continuer l'enquête et d'interroger les autres SEALs.

— Ça va, mon chou ? lui demanda Cora Leigh, visiblement étonnée. Tu sembles toute chose ?

— Ça va…, répondit Melissa, se concentrant sur Eli qui préparait les consommations des SEALs.

Mais elle risqua, vers ces derniers, un coup d'œil qui, si furtif fût-il, attira l'attention de Cora Leigh.

— Ah les SEALs…
— Quoi « Ah les SEALs » ?
— Tu es amoureuse de l'un de ces gars, pas vrai ?
— Pas du tout ! Je les connais à peine ! s'exclama Melissa en se mordillant la lèvre.

C'était infernal, le regard de James semblait en permanence posé dans son dos. Quand Eli en eut terminé, elle était même si fébrile qu'elle temporisa avant de revenir à la table des SEALs, disposant mieux ses consommations sur son plateau.

Quand elle n'eut plus aucune raison de rester devant le comptoir, dos tourné à la salle, elle le souleva et se retourna.

De nouveau, elle croisa le regard amusé de James. Ses genoux faiblirent, son cœur battit plus fort. C'était insensé ! Pendant presque une heure, elle s'était énervée toute seule parce qu'il n'arrivait pas et voilà que soudain, elle aurait aimé le voir au diable ! Elle était déraisonnablement troublée par sa présence.

Pour tromper sa confusion, elle servit les boissons à la hâte.

Quentin Lovett lui saisit alors le poignet.

— Duff affirme que tu n'es pas la copine de Cow-Boy.

Melissa jeta un regard en biais dans la direction de James.

— Melissa est assez grande pour savoir ce qu'elle veut, répondit ce dernier avec nonchalance. Elle ne m'appartient pas.

James considérait donc leur liaison comme éphémère ? Très bien ! Elle aussi !

Mais en même temps, et contre toute attente, elle fut irritée et contrariée de si peu compter pour lui.

— Tu as dansé avec Duff, tu danses avec moi ? reprit Quentin.

— Désolée, mais je dois travailler. Tout à l'heure ? lança-t-elle avec une œillade.

Quentin acquiesça, tandis que le sourire de James se figeait. Melissa en conçut une agréable satisfaction d'amour-propre.

Elle s'affaira ensuite, s'occupa des tables dont elle était responsable et resservit, à plusieurs reprises, les SEALs.

Au moment de sa pause, elle revint auprès d'eux.

— Vous voulez toujours danser ? fit-elle à Quentin.

Ce dernier, l'air réjoui et déjà bien éméché, se leva, puis se trémoussa en l'entraînant vers la piste de danse.

— Alcool, musique et une jolie femme ! Tout ce qui me convient.

Gênée par la brusquerie de ses gestes, Melissa sourit avec effort. Quentin était un peu trop ivre, mais l'alcool lui délierait la langue. La musique, jusque-là entraînante et rythmée, céda soudain place à un slow.

Elle s'appuya contre lui.

— Vous êtes grand et si fort..., roucoula-t-elle Vous devez souvent participer à des missions dangereuses, n'est-ce pas ?

Elle leva les yeux vers lui et battit des cils.

— Vous avez déjà été blessé ? On vous a déjà tiré dessus ?

Les mains de Quentin se figèrent sur sa taille.

— Oui.

— Oh ! Vraiment ?

Melissa ouvrit de grands yeux et fit mine d'être effarée.

— Vous avez déjà tué un homme ?

— Oui. Malheureusement.

Le séducteur du groupe était assez peu communicatif... Melissa se pressa plus contre lui et posa sa joue sur son torse.

— Vous devez être drôlement brave ! minauda-t-elle de nouveau.

— Parfois, on n'a pas le choix, lâcha-t-il. Il faut se jeter dans la mêlée et protéger ses frères d'armes.

— Vous avez déjà perdu des... des frères d'armes, comme vous dites ?

Il pressa ses mains si fort sur sa taille qu'elle grimaça.

— Oui.

Puis il se figea et recula en la dévisageant sévèrement.

— Vous voulez danser ou parler ?

Melissa lui adressa son sourire le plus enjôleur.

— Danser, bien entendu ! Ne m'en veuillez pas, je suis tellement fascinée par les SEALs... Allons, cessez de bouder, ce slow n'est même pas terminé !

Elle noua les bras autour de sa nuque.

Quentin se détendit, mais après un moment, il s'arrêta de nouveau et secoua la tête.

— Je suis désolé, mais j'ai trop bu, j'ai le vertige. On dansera une autre fois, promis ?

— Avec plaisir, répondit Melissa.

Un peu inquiète, elle l'observa.

— Vous êtes sûr que ça va ?

— Oui. J'ai juste un peu trop bu.

— Vous voulez que je vous reconduise chez vous ?

— J'ai mon propre véhicule.

— Il n'est pas question que vous preniez le volant si vous êtes ivre, Quentin !

Sur ce, elle le prit par la main.

— C'est moi qui vais vous ramener à la maison !

— Eli va vous virer…

— Je me fiche d'Eli ! Je ne peux pas laisser un héros de nos élites nationales prendre la route en état d'ébriété ! Venez ! Je vais chercher mes affaires.

Elle le conduisit vers le comptoir.

— Eli ? annonça-t-elle à ce dernier. Quentin n'est pas en état de conduire, je le ramène chez lui.

Le patron du bar fronça les sourcils.

— Comme serveuse, tu te poses là, Melissa !

Elle planta une main sur ses hanches.

— Tu préfères qu'un de ses amis, tout aussi ivre, le raccompagne ?

Eli soupira.

— D'accord. File ! Je ne veux pas avoir des avocats aux fesses. Je vais demander à Cora Leigh de s'occuper de tes tables.

Melissa jeta un œil dans la direction de James, qui

les suivait du regard, les sourcils froncés, et paraissait très mécontent.

Tant pis, pensa Melissa. Elle devait profiter de ce que Quentin était trop ivre pour en tirer quelques informations.

La vie de Cord en dépendait.

James avait envoyé les photos de Melissa à Hank, qui les avait transmises à Brandon, son informaticien de génie. Il lui avait ensuite relaté les événements survenus dans le bayou. Quand il avait enfin quitté l'hôtel, une bonne heure s'était écoulée et il s'était précipité au bar, de peur que Melissa n'y soit épiée ou piégée par l'un des individus qu'ils avaient surpris dans le bayou.

Qu'elle danse avec Quentin le contraria. Mais il n'avait d'autre choix que de contenir sa colère alors qu'il avait envie de se jeter sur lui et de le frapper. A quoi jouait Melissa ?

Quand elle conduisit Quentin vers le bar, il n'y tint plus et bondit de sa chaise.

Mais Duff s'interposa et posa la main sur son épaule.

— Attention, Cow-Boy.

James plissa les yeux.

— Lâche-moi, Duff.

Celui-ci obtempéra.

— Melissa a dit qu'elle était libre. Tu n'as aucun droit sur elle. Fiche la paix à Quentin.

James reprit sa place. Duff avait raison et en plus, Melissa jouait un rôle.

Mais il venait de faire l'amour avec la jeune femme et Quentin était le séducteur attitré de la SBT-22. D'un seul sourire, il mettait les femmes à ses pieds. Surtout, le jeu pouvait devenir dangereux si Quentin, ivre, devenait hors de contrôle. Malheureusement, quitter le bar le trahirait. Il décida donc d'attendre avant de prendre congé.

— Tu ne bois pas ? lui demanda Sawyer.

— Non, répondit James.

— Alors tu permets ? continua Sawyer, lui prenant son verre.

— Tu as déjà beaucoup bu. Qui va te reconduire ? s'enquit James.

Sawyer lui montra Duff.

— Duff. Il est toujours sobre.

— Il faut bien que l'un d'entre nous se dévoue ! lâcha Duff.

— Ça, tu l'as dit ! répliqua Sawyer en vidant son verre d'un trait.

Il le reposa avec fracas, s'essuya les lèvres du revers de la main. Puis il claqua des doigts à l'intention de Cora Leigh.

— Une bière !

Duff secoua la tête.

— Tu as assez bu, Sawyer. On a entraînement demain matin.

— M'en fiche. Gosling n'est plus là. Gosling, c'était mon binôme. Gosling ne sera plus jamais là !

Sur ces mots, Sawyer croisa les bras sur la table empoissée, enfouit son visage entre ses mains et se mit à pleurer.

— Bon, je crois que ça suffit pour ce soir..., déclara Duff qui se leva puis redressa Sawyer.

Mais ce dernier se laissa retomber lourdement sur sa chaise, de nouveau posa la tête sur ses bras croisés et se remit à pleurer.

— Laisse-moi t'aider, intervint James.

Ils soulevèrent Sawyer, passèrent chacun un bras derrière son épaule.

Sawyer se laissait porter, bras ballants et le menton roulant sur sa poitrine.

— Gunny ne va pas être content..., marmonna Duff.

— Pourquoi Sawyer se met-il dans un état pareil ?

— Il ne va pas bien depuis sa dernière mission.

— Ah ? Que s'est-il passé ?

Duff pinça les lèvres tandis qu'ils sortaient dans le parking.

— Le PO Gosling a été tué.

— Tu veux parler de la mission *Pit Viper* ? demanda James.

Duff tourna la tête dans sa direction.

— Qu'est-ce que tu en sais, Cow-Boy ?

— Qu'un SEAL de la SBT-22 y a péri.

— Je n'y étais pas et je le regrette... J'aurais peut-être pu empêcher ce désastre.

Duff s'arrêta devant son véhicule, y adossa Sawyer qui s'écroula sur le capot pendant qu'il cherchait ses clés.

— Gosling était un gamin.

— On ne peut pas revenir sur le passé, rappela James. On peut seulement en tirer expérience, et avancer.

— Je sais, mais Gosling n'aurait jamais dû être tué.

Sur ces mots, Duff déverrouilla les portières de sa voiture avec son bip.

— Parfois, je déteste notre boulot...

— Gosling en connaissait les risques.

— Oui : les risques de l'ennemi ! insinua Duff.

James l'aida à relever Sawyer.

— Allez mon vieux, aide-nous un peu à la fin !

— Dommage collatéral…, marmonna Sawyer en s'installant tant bien que mal sur le siège passager.

— Dommage collatéral ? répéta James.

— Gosling. Quelqu'un savait. Gosling était dans la ligne de mire, bredouilla Sawyer. Mais chuttt… méfiance, les gars.

Il tapota la joue de Duff et continua :

— Mais Duff, c'est un type bien.

— La ferme, Sawyer, tu es bourré comme une cantine ! maugréa Duff.

Sawyer se mit à rire.

— Une cantine, ça boit pas !

Duff claqua la portière. La tête de Sawyer roula contre la vitre.

— Il ira mieux demain.

— Tu as besoin d'aide pour le monter chez lui ? proposa James.

— Non. Et si je ne réussis pas, il dormira dans la voiture.

— Tu veux que je te suive ?

— Pas la peine. Je sais que tu meurs d'envie d'aller retrouver ta jolie serveuse avant que Quentin ne se jette sur elle…

Sur ce, Duff sourit et monta à son tour dans sa voiture.

— Bienvenue à la SBT-22, Cow-Boy !

James toucha son Stetson.

— Merci.

Il prit sans attendre la direction de l'appartement de Quentin.

S'il roulait assez vite, il arriverait à temps, avant que Quentin ne devienne trop entreprenant et que Melissa ne soit prise à son propre piège.

12

Melissa aida Quentin à descendre de sa voiture. Ce dernier avait en effet refusé de monter dans son pick-up sous prétexte que le rouge, c'était une « couleur de gonzesse ». Plutôt que de perdre du temps à le convaincre, elle l'avait obligé à monter dans son véhicule à lui avant de prendre aussitôt la route.

Tant bien que mal, elle le soutint pour monter l'escalier. Il avait beau agripper la rampe, garder son autre bras autour de ses épaules, il ne cessait de trébucher.

Tendue par l'effort, Melissa arriva devant sa porte essoufflée et moulue, rêvant de son lit et d'une bonne nuit de sommeil.

Elle l'adossa au mur en gardant une main contre son épaule pour le maintenir et tendit l'autre, paume en l'air.

— Les clés ?

Quentin ouvrit de grands yeux.

— Dans ma poche. Fouille et tu trouveras !

Melissa obtempéra et, ce faisant, effleura son sexe gonflé.

— Vous buvez toujours autant ?

— Seulement quand je veux produire une bonne impression sur une jolie femme.

Il l'enlaça et s'appuya lourdement sur elle.

— Je suis en forme, pas vrai ?

— Formidable, en effet ! dit-elle avec une grimace en ouvrant la porte. Allez, entre vite, Roméo. Une tasse de café et dodo.

— Non, un baiser…

— Je n'embrasse que les hommes sobres.

— Juste un baiser !

Il s'inclina sur elle, yeux fermés et lèvres tendues. Melissa s'écarta.

— Je ne suis pas une fille facile, Quentin.

Elle lui montra le canapé pour qu'il aille s'y allonger.

Mais Quentin se jeta sur elle avec une rapidité étonnante pour un homme aussi ivre. Il essaya de l'embrasser. Elle tourna la tête et ses lèvres glissèrent sur son menton.

— Du calme, Quentin. Plus tard, on aura tout le temps. Je veux d'abord que tu dessoûles et reprennes tes esprits. Assieds-toi. Sinon, tu vas tomber.

Elle lui donna une bourrade. Malheureusement, comme il ne l'avait pas lâchée, il l'entraîna dans sa chute sur le canapé et en profita pour l'attirer sur ses genoux.

— Je vais déjà beaucoup mieux !

Sur ces mots, il nicha son visage dans son cou et caressa ses seins.

Melissa retira sa main mais il y posa l'autre, un manège qui se répéta à plusieurs reprises.

— On dirait une pieuvre ! finit-elle par dire.

— Exact, mon chou.

— Quentin, je t'en prie, j'aimerais qu'on parle avant d'entreprendre quoi que ce soit. Je te connais à peine, finalement.

Il soupira et laissa retomber sa main sur sa taille.

— Comme tu veux. De quoi tu as envie de parler ?
— De cette mission, là, tu sais…
— Laquelle ?

Elle passa le doigt sur son torse.

— Celle où tu as perdu un ami… Que s'est-il passé au juste ?

Quentin fronça les sourcils.

— Je n'ai pas le droit d'en parler. Top secret.
— Je suis au courant, mais tu peux compter sur ma discrétion. En plus, je sais déjà que vous avez perdu un membre de votre unité. Gosling, n'est-ce pas ?
— Gosling. Oui. Pauvre gosse. Un brave type…
— Aussi brave que toi ? lâcha-t-elle en caressant le lobe de son oreille. Pas sûr… S'il avait été aussi bon que mon Quentin Lover, il serait toujours vivant…

Mais Quentin se tendit.

— C'était vraiment un brave type. Il y a eu une fuite. C'est l'agent de la DEA que le sniper visait. Pas Gosling. Gosling a juste été dans sa ligne de mire. Gosling n'aurait pas dû mourir.

Quentin s'écarta.

— Je n'ai rien pu faire… Gosling est mort… Ah… si seulement je pouvais revenir en arrière… Je ne veux plus en parler.
— A ton avis, c'est un homme de la SBT-22 qui a divulgué l'information ?
— Je ne sais pas. Si c'est le cas, je le tuerai.

Il se leva, chancela et se prit la tête entre les mains.

— Oh ça tourne… Pourquoi tu t'intéresses autant à Gosling ? Tu ne le connaissais même pas. C'était quelqu'un de bien…
— Assieds-toi, Quentin. Tu vas tomber.

Melissa se leva à son tour et posa la main sur son bras.

— Je suis désolée si cela te trouble quand je parle de Gosling... Mais je suis curieuse.

— Je ne veux plus en parler ! Ni m'en souvenir. Ça me donne des cauchemars. Je veux oublier.

— Oublier ?

— Oui. Oublier que Gosling est mort. Qu'on a été piégés ! Qu'on nous a trahis. Qu'un agent fédéral l'a payé de sa vie. Et Gosling. Pour rien. Seulement parce qu'il était dans la ligne de mire du sniper !

Quentin la serra dans ses bras avec force. Dans son visage empourpré, ses yeux étincelaient.

— Assez parlé ! Viens, maintenant !

— Non. Je t'ai reconduit chez toi par prudence, et pas pour... pour autre chose.

— Embrasse-moi !

Il s'inclina de nouveau sur elle. Mais Melissa posa ses mains sur sa bouche et il n'embrassa que sa paume.

— Tu es ivre. Il faut que tu dormes !

— Non ! J'ai besoin d'une femme. Je veux faire l'amour ! Je veux oublier le visage de Gosling au moment où il a été touché.

Il serra sa main.

— Embrasse-moi, Melissa ! Je t'en supplie !

— Non. Si tu ne me lâches pas, je vais être obligée d'être moins gentille.

— Juste un baiser ! Laisse-toi faire. Après, ça viendra tout seul.

— Bon sang, lâche-moi à la fin ! marmonna Melissa entre ses dents.

A cet instant, quelqu'un frappa à la porte. Quentin

tourna la tête et Melissa en profita pour lui faire une clé puis lui maintint le poignet derrière le dos.

— Aïe ! hurla Quentin.
— Je t'avais prévenu !

Une voix s'éleva derrière la porte.

— Melissa ?

C'était James.

— Lâche-moi, Melissa. Je dois aller ouvrir !
— Je viens avec toi et je ne te lâche pas.

Elle le conduisit vers la porte d'entrée. Quentin, furieux, ouvrit sur James.

— Qu'est-ce que tu fais là ?

James leva les yeux au ciel et vacilla. Il feignait d'être ivre, comprit aussitôt Melissa.

— Je suis venu chercher Melissa. C'est ma copine.
— Oh mon chou, toi aussi tu es ivre ? s'enquit-elle, entrant dans son jeu.
— C'est parce que je t'ai vue danser avec lui… ça m'a rendu fou…

Il montra Quentin du doigt.

— Et tu es venu spécialement pour me le dire, James ?

Melissa secoua la tête.

— C'est très imprudent ! Tu aurais pu avoir un accident !
— Je sais. Je suis un méchant garçon qui mérite une punition.

Il lui adressa un clin d'œil.

— Je vais reconduire James, Quentin. Maintenant que tu es à la maison, tu ne risques plus rien, déclara Melissa.

Elle le lâcha, soudain tremblante. Elle avait failli se retrouver dans une situation vraiment désagréable.

— Mais je voulais juste t'embrasser ! se plaignit Quentin. Et toi, tu m'as presque cassé le bras !

— Je t'avais prévenu. Tu es soûl et je n'embrasse que les hommes sobres.

Elle lui fit faire volte-face et le poussa vers son salon.

— Va prendre une douche et au lit !

Quentin se retourna et, chancelant, porta la main à sa tête.

— Au lit avec toi !

— Pas question, mon chou. Je dois reconduire un autre SEAL ivre.

Sur ces mots, elle crocheta le bras de James.

— On y va, Cow-Boy. Décidément, je suis le chauffeur attitré des SEALs de la SBT-22, ce soir !

— C'est ta nuit… Tu en as de la chance, Cow-Boy…, marmonna Quentin.

— On dirait que tu as bien maîtrisé la situation, Melissa, souffla alors James.

— Chut. Attends que l'on soit assez loin.

Elle aurait voulu être en colère contre James, qui avait interféré dans son interrogatoire, mais elle était finalement soulagée de son irruption, bienvenue.

13

— A l'aide… je suis ivre…

Sur ces mots de Melissa, prononcés d'une voix artificieusement avinée, James éclata de rire et s'appuya sur elle.

— Tu veux que je te neutralise comme j'ai neutralisé Quentin? demanda-t-elle avec sévérité.

Mais l'air ravie de le revoir, malgré tout…, songea James en s'en réjouissant.

Ils prirent la route dans son pick-up.

— Merci James, lui dit soudain Melissa.

Il toucha son Stetson.

— Je t'en prie. Mais bravo : tu t'es bien débrouillée.

— Ce type a autant de bras qu'une pieuvre! s'exclama-t-elle en riant.

James reprit son sérieux.

— Il t'a agressée? Manqué de respect?

— Non! C'est moi qui l'ai agressé en plus d'avoir blessé sa fierté.

— Pour une fois, ça ne lui fera pas de mal… Il a tellement l'habitude de ses succès auprès des femmes qu'un échec le rendra moins arrogant!

Melissa inclina la tête et sourit.

— C'est en effet un bel homme, musclé et sexy.

James garda le silence. Melissa éclata de rire.

— Détrompe-toi, James ! Ce n'est pas mon genre. Trop entreprenant ! D'un autre côté, je comprends pourquoi mes pareilles tombent amoureuses des SEALs de la SBT-22. Vous êtes de magnifiques spécimens, bâtis comme des colosses !

James bomba le torse et leva le menton fièrement.

— N'est-ce pas ?

Mais pour compenser ses paroles fanfaronnes, il lui adressa un clin d'œil.

— Ne prends pas la grosse tête, Cow-Boy ! Je ne tomberai jamais amoureuse d'une version améliorée d'un joueur de football.

Consterné, James secoua la tête.

— Comment oses-tu comparer un SEAL à... à un joueur de football !

— Je voulais juste calmer ton ego.

Sur ces mots, Melissa lui tapota la cuisse. Aussitôt, une décharge d'électricité le traversa. Cela devenait habituel mais le galvanisait autant que la première fois. Il dut se contenir pour ne pas donner un coup de volant, se garer sur l'accotement et lui faire l'amour sur-le-champ. Melissa lui faisait perdre raison comme aucune autre !

— Dépose-moi au bar, lui demanda-t-elle. Je dois reprendre mon pick-up.

— Non. Demain matin, je t'y conduirai pour que tu le récupères.

Melissa fronça les sourcils.

— A 5 heures du matin ? Non merci ! Pas question de me lever si tôt.

James garda le silence. Il aurait volontiers passé le reste de la nuit avec Melissa. A 4 h 30, il se serait réveillé et, alors qu'elle serait encore endormie, lui aurait fait l'amour pour bien terminer la nuit et commencer la journée.

Il était décidément obsédé par son désir de Melissa.

— Lovett t'a fait des révélations ?

— Il pense qu'il y a eu une fuite, lors de la mission.

Le cœur de James se serra.

— J'ai eu la même impression, d'après ce que Sawyer m'a confié.

— L'un des deux aurait trahi ?

— Non. Pas Sawyer.

Melissa le dévisagea avec intérêt.

— Pourquoi en es-tu si sûr ?

— Je le connais. C'est un gars intègre. Prêt à mourir pour un frère d'armes. Je n'arrive pas à imaginer qu'il divulgue une information secrète sachant le risque qu'il ferait courir aux siens. En plus, il est bouleversé par la mort de Gosling. Il s'en veut terriblement.

— Et en ce qui concerne Quentin ? coupa Melissa.

James secoua la tête.

— Je le mets hors de cause, il me semble sincère, mais je ne le connais pas assez pour être catégorique.

— Il ne comprend pas ce qui s'est passé, mais il pense qu'il y a eu trahison. Que l'agent de la DEA seul était visé. Et que la mort de Gosling était un accident.

— Il est peut-être tourmenté par sa conscience ? avança James. Gosling serait mort par sa faute ?

— C'est possible. On a les versions de Sawyer et de Lovett, il nous faut celles de Gunny et de Raines, enfin Montana. Nous avons également besoin de plus de preuves et d'indices.

James s'engagea sur le parking derrière le bar. Sitôt

qu'il se fut garé, Melissa bondit de la voiture, sortit ses clés et pressa son bip.

— Tu ne retournes pas travailler ? la rappela James.

— Cora Leigh s'occupe de mes clients et Eli ne s'attend pas à ce que je revienne. D'ailleurs, il vaut mieux que je file ! S'il me voit, il va me demander de rester jusqu'à la fermeture !

Elle monta dans son pick-up et James attendit qu'elle sorte du parking pour la suivre. Peut-être jugerait-elle ce surcroît de précautions inutile, mais il ne voulait pas la laisser seule.

Chemin faisant, il récapitula ce qu'ils avaient appris de la part de Sawyer et de Lovett. Ils n'étaient pas plus avancés, en fin de compte, mais James comprenait de mieux en mieux la méfiance de son ami Cord envers les SEALs de la SBT-22. Ils avaient dû exfiltrer un agent de la DEA dont le meurtre avait été soigneusement prémédité. L'auteur de la fuite des informations sur l'opération, donc de la trahison, avait des connexions, directes ou non, avec les trafiquants d'armes.

Devant lui, Melissa accéléra et le distança. D'un des nombreux croisements, masqués par les massettes qui bordaient la route, une voiture jaillit. La jeune femme se déporta au milieu de la chaussée pour l'éviter, mais la voiture fonça dans son pick-up avec une telle violence que Melissa fit un tête-à-queue dans un affreux crissement de pneus. Elle ne parvint pas à redresser son véhicule qui quitta la route, s'engagea sur le bas-côté, et versa dans la ravine au bas du talus.

Affolé, James accéléra et klaxonna le conducteur fautif qui, après avoir fait demi-tour, accéléra et disparut à toute vitesse dans la nuit. Son véhicule ne comportait pas de plaque d'immatriculation, remarqua James.

Il ne pouvait le prendre en chasse et s'arrêta non loin de l'endroit de l'accident, le cœur battant. Les pneus avant de Melissa étaient embourbés dans la rigole. Mais la jeune femme fit alors marche arrière.

Surpris et soulagé, James recula. Quand elle eut extirpé son pick-up du talus, elle remonta sur le bas-côté.

Difficilement mais avec succès.

Alors James rit à gorge déployée. La vaillance de la jeune femme le frappait d'admiration !

Une fois qu'elle fut revenue sur la route, Melissa ouvrit sa portière et bondit, furieuse.

— Ne me dis pas que cet imbécile ne m'a pas vue ! Je sais qu'il m'a vue !

Elle fit le tour de son pick-up, donna un coup de pied dans le gravier en continuant de jurer.

— Regarde dans quel état il est !

— Tu as une assurance, ça va s'arranger, la rassura James.

Il la prit par la taille et l'attira à lui.

— L'essentiel, c'est que tu sois saine et sauve.

Il lui dégagea le visage.

— J'ai eu tellement peur pour toi, Melissa.

Il l'embrassa sur le front, sur la bouche, achevant par ces gestes de conjurer la peur qu'il avait éprouvée.

Melissa noua les doigts dans l'encolure de son T-shirt pour l'attirer à elle puis appuya le menton contre son torse.

— Je t'avoue que j'ai été terrifiée, souffla-t-elle avec un petit rire nerveux. Mes jambes en tremblent encore…

James lui caressa la joue.

— Cet accident n'est pas dû au hasard, Melissa.

C'est une tentative de meurtre ou d'intimidation. Le conducteur te guettait et il a foncé sur toi, tous phares éteints. Partons, maintenant.

Il la serra plus fort dans ses bras et lui leva le menton.

— Laisse ton pick-up. Tu n'es pas en état de conduire.

— Pas question. Il marche parfaitement et je ne le laisse pas au milieu de nulle part.

Ils regagnèrent donc l'hôtel, heureusement sans autre incident fâcheux.

Melissa s'engagea sur le parking, se gara sous un lampadaire, puis sortit de son pick-up et de nouveau inspecta les dégâts. James la rejoignit.

— Je suis convaincu que c'était une tentative de meurtre, Melissa, répéta-t-il.

— Je sais.

Parce qu'ils étaient sur la bonne piste. Parce qu'on avait deviné leurs intentions... Melissa était donc de nouveau en danger.

Sur ce, ils rentrèrent dans l'hôtel.

Arrivée à son étage, Melissa glissa sa carte magnétique dans l'interstice de la poignée. Sans un mot, James entra derrière elle et inspecta la chambre.

— Sois prudente, surtout, lui dit-il, levant sa main à ses lèvres.

Il la lui baisa et la garda serrée.

— Notre enquête a attiré l'attention des trafiquants d'armes. De l'auteur de la fuite... Plus nous toucherons à la vérité, plus ils seront nerveux et chercheront à nous neutraliser.

Elle leva sa main toujours dans la sienne.

— Comme ils ont cherché à neutraliser Cord... Ils pensent aussi qu'il n'est pas mort : c'est lui que cet inconnu et son guide recherchaient dans le bayou. La question, c'est de savoir s'ils l'ont retrouvé.

— Difficile à dire. En tous les cas, ils ont déduit que nous poursuivions les mêmes buts et que nous étions en mesure de remonter la filière.

— As-tu eu des difficultés pour envoyer mes photos à Derringer ? Tu as mis tellement de temps avant d'arriver au bar…

— C'est parce que Hank Derringer a posé beaucoup de questions.

— J'espère que ses informaticiens parviendront à identifier ces hommes !

— En attendant, je suis inquiet à l'idée que tu sois livrée à toi-même, pendant que moi, je suis bloqué à la base en journée. Car une chose est sûre : l'inconnu du bayou n'est pas un SEAL de la SBT-22.

— Tu es certain que ce n'est pas une nouvelle recrue que tu n'aurais pas encore rencontrée ?

— Certain.

Il soupira.

— Si cet individu a appris, compris ou déduit que tu enquêtais sur l'opération *Pit Viper* et sur la disparition de Cord, tu es vraiment en danger, Melissa.

— Ne t'inquiète pas. Ce ne sera pas la première fois.

— Je sais…

Il sourit et posa la main sur sa joue.

— Le danger, c'est ton métier !

— Exact.

— Mais je ne peux pas être à tes côtés au cours de la journée : je suis bloqué dans mon unité et je n'ai pas accès à mon Smartphone.

— Je te promets d'être prudente. Je n'aborderai pas l'opération *Pit Viper* ou Cord de front avec qui que ce soit.

— Dans ces conditions, comment veux-tu enquêter ?

— Pour le moment, je cherche à me faire une idée des personnalités des SEALs de la mission *Pit Viper*. Et quel meilleur moyen que de parler d'eux avec leurs femmes, compagnes ou petites amies ?

— D'accord, mais je t'en conjure, sois prudente.

— Toi aussi.

Il lui fit un clin d'œil.

— Je suis entouré par des SEALs, que peut-il m'arriver ?

Melissa fronça les sourcils.

— Ce qui est arrivé à Cord, James…

— C'est juste.

Un silence tomba. James hésitait à rester plus longtemps avec la jeune femme.

Puis il s'exhorta à la raison.

— Bonne nuit, Melissa… Frappe sur le sol, si tu as besoin de moi, d'accord ?

— James… Merci encore pour ton aide : tu m'as sauvé la vie… De nouveau.

Elle se hissa sur la pointe des pieds et effleura ses lèvres.

James résista, mais Melissa ne désarma pas et l'embrassa à lui faire tourner la tête. Il la serra dans ses bras et écrasa sa bouche sur la sienne, insinuant sa langue entre ses dents. De là, il caressa et taquina sa bouche, s'en délectant.

Melissa se pressa avec une plus grande insistance dans ses bras. Leurs cœurs battaient au même rythme, sentit-il.

Quand enfin il recula, il appuya son front contre le sien.

— J'aimerais rester… vraiment j'aimerais.

— Moi aussi.

— Mais nous avons besoin de dormir.

Il recula, elle le retint.

— James...

Les battements de son cœur redoublèrent. Il en mourait d'envie, mais il redoutait aussi une intimité trop rapide. Le pire qui puisse leur arriver, c'était de tomber amoureux l'un de l'autre.

— Non, Melissa. A demain.

Il garda ses mains entre les siennes et plongea ses yeux dans les siens.

— Sois prudente, je t'en conjure.

Il partit avant de se raviser, de se perdre dans le regard sensuel de la jeune femme et de s'oublier.

14

Melissa dormit d'un sommeil agité. Quand elle ne rêvait pas de James, elle faisait des cauchemars où alligators et tueurs se confondaient.

A 6 heures du matin, elle s'avoua vaincue et se leva.

Tandis qu'elle vaquait à sa toilette matinale, ses pensées allèrent vers James, déjà levé depuis une bonne heure et à l'entraînement. De fil en aiguille, elle décida de se rendre au club de gym afin de se détendre. Elle y ferait d'une pierre deux coups, car elle y rencontrerait certainement Lillian Petit qui le fréquentait chaque jour.

Elle essaierait ainsi d'en découvrir davantage sur Gunny.

Sans tarder, elle partit au club de gym. Après quoi, décida-t-elle, elle ferait le tour des marinas et y montrerait la photo du guide aux bottes en caoutchouc, pour essayer de l'identifier. De là, elle réussirait peut-être à obtenir un indice sur l'homme en noir.

Il était 9 heures quand elle arriva au club de gym.

Lillian Petit assistait à un cours de spinning. Un écran, sur le mur derrière l'instructrice, montrait une route de montagne qui défilait à une vitesse simulée, coïncidant avec la résistance et le rythme des équipements en salle.

Melissa monta sur le vélo à côté de Lillian.

— Bonjour, lui souffla-t-elle. Vous allez bien ?

— Vous êtes revenue pour subir une nouvelle séance de torture ?

Melissa inclina la tête.

— Si je veux avoir votre silhouette, je n'ai pas le choix ! Vos efforts sont fructueux, non ?

— Merci.

Lillian sourit.

— Mais c'est aussi une histoire de morphologie. En plus, j'ai un coach à domicile : il vient deux fois par semaine. Il me concocte un programme sur mesure et me dit sur quelle zone je dois précisément me concentrer.

— Ce doit être assez cher ?

Lillian haussa les épaules.

— Oui, mais je vous jure que ça en vaut la peine ! Mon mari gagne de l'argent et moi, je dois rester aussi belle que le jour de notre mariage. Pour son plaisir...

Melissa se mordit la lèvre afin de ne pas rire. Mais à quelle époque Lillian Petit vivait-elle ? Elle avait la mentalité des femmes au foyer des années cinquante !

Melissa n'en adressa pas moins son plus beau sourire à Lillian.

— Vous prenez les vœux prononcés le jour de votre mariage très au sérieux.

— Bien entendu ! Malheureusement, ce n'est pas le cas de Frank.

— Que voulez-vous dire ?

— Nous sommes mariés depuis bientôt trois ans et Frank gagne toujours une misère, en dépit de ses promesses de m'offrir une existence de reine. Il a un métier périlleux, on serait donc en droit de penser que le gouvernement le paierait à la hauteur des risques et de la dangerosité. Mais non ! C'est injuste !

Lillian ne comprenait manifestement pas que son mari était surtout passionné par son métier, songea Melissa.

— C'est votre première relation avec un homme marié à l'armée ?

— Pas vraiment. Mon père était militaire, dans le corps des marines des Etats-Unis, donc je savais ce qui m'attendait. Mais je ne me suis jamais vue vivre dans un trou paumé du Mississippi. J'aurais préféré vivre sur la côte Est, où il y a de vraies saisons, où l'on peut avoir une vie culturelle et se rendre à des expositions.

— Vous devez donc beaucoup aimer votre mari pour accepter de vivre dans le Mississippi ?

Lillian haussa de nouveau les épaules.

— C'est surtout que mon père verrait d'un mauvais œil mon retour à la maison… Entre nous soit dit, il m'avait déconseillé d'épouser Frank.

Elle pédala plus vite.

— J'aurais dû l'écouter… Vous avez de la chance de ne pas être mariée… Tous les sacrifices n'en valent pas la peine. Alors je refuse, en plus, de devenir obèse.

— Vous êtes loin de l'être ! J'aimerais vraiment avoir votre silhouette ! D'où ma présence ici ce matin, déclara Melissa, bien qu'elle n'ait pas la moindre envie de ressembler à Lillian Petit. Que mangez-vous pour rester si mince ?

Lillian lui décrivit dans les détails ses boissons protéinées et son régime végétalien. Melissa songea à des steaks et à des hamburgers pour opiner chaleureusement.

— Si cela vous intéresse, je peux vous montrer un petit café végétalien que j'ai déniché à Slidell. Je suis surprise qu'il soit resté ouvert plus d'un mois !

— J'aimerais beaucoup y déjeuner avec vous.

— Eh bien, j'ai rendez-vous avec mon ostéopathe après le cours de spinning, et je ne sais jamais combien de temps la séance dure. Mais si nous déjeunons en début d'après-midi, pourquoi pas ?

— Cela me plairait ! Disons à 14 heures ?

Lillian sourit.

— Avec plaisir. Pour une fois que je peux me confier ! Frank, lui, ne m'écoute jamais.

La vie du sergent-chef Frank Petit n'était pas rose avec une épouse capricieuse et gâtée qui exigeait une vie de luxe sans lever le petit doigt, pensa Melissa.

Gunny avait-il vendu des informations pour pouvoir combler les exigences de sa femme ? Pour quelle raison Lillian restait-elle obstinément dans ce coin perdu du Mississippi qui était l'antithèse du luxe et des mondanités et avec un mari qu'elle n'aimait pas ?

Le cours de spinning terminé, Lillian partit à son rendez-vous chez son ostéopathe.

Melissa revint à l'hôtel. Endolorie, elle se doucha, prit deux analgésiques et repartit avec les adresses de toutes les marinas, dans l'espoir de retrouver la trace de l'individu aux bottes en caoutchouc.

Tendu par l'effort, James serra les dents. Il préférait mourir plutôt que de s'avouer vaincu.

— Alors Cow-Boy ? Un problème ? Envie de retourner se la couler douce au ranch ? persifla Gunny qui le regardait terminer, difficilement, sa série de vingt pompes.

— Je travaillais dur au ranch, riposta-t-il en tombant à plat ventre.

— Pas assez manifestement, ironisa de nouveau Gunny. Nouvelle série de trente !

James ravala ses protestations. Gunny ne le lâcherait pas tant qu'il n'aurait pas accompli une série de pompes impeccables. Au bout de quinze nouvelles pompes, il marqua une pause pour reprendre son souffle et détendre ses muscles en feu.

— Tu n'as pas fini ! Continue ! fit Gunny, impitoyable.

James obtempéra.

— Quinze, seize, compta Gunny. Il paraît que tu t'intéresses à de précédentes missions de la SBT-22, Monahan ? Tu as oublié que les SEALs risquaient leur vie, pendant que tu trayais les vaches ?

Concentré sur sa série de pompes, James ne put ni démentir ni riposter.

— Ne relâche pas l'effort. Sinon, je t'expulserai de l'unité tellement vite que tu n'auras pas le temps de boucler ton sac.

Gunny se pencha sur lui.

— Compris ?

— Oui, sergent.

Le sergent-chef lui adressa un regard aiguisé et dur.

— Parfait ! Au boulot, maintenant.

James se releva et s'éloigna. Gunny le suivait des yeux, il le sentait.

Quand un SEAL trouvait la mort lors d'une mission, ses compagnons avaient droit à un soutien psychologique. Si une mission échouait, les hommes sans cesse ressassaient, tout en évitant de révéler ses détails les plus secrets. Mais depuis qu'il était revenu dans son ancienne unité, on ne parlait de l'opération *Pit Viper* qu'à mots couverts, et surtout parce que Cord, qui y avait participé, avait disparu. Il en résultait une atmosphère tendue, pesante et remplie de méfiance. James s'en rendait de plus en plus compte.

Il se prépara à partir en SOC-R sur la Pearl et en était ravi. L'aventure, voilà ce qui lui avait manqué au cours de ses deux années au ranch.

Il était devant son vestiaire quand son Smartphone vibra. Il le saisit avant que les autres hommes ne l'entendent et s'isola aux toilettes. Hank Derringer lui avait envoyé plusieurs mails, incluant des documents ultraconfidentiels.

Le premier concernait Quentin Lovett. Celui-ci souffrait d'addiction au jeu, avait des dettes et était contraint de suivre une thérapie.

Le second mail évoquait Gunny. Le mois précédent, sa carte de crédit avait accusé un débit colossal qu'il venait de combler par deux dépôts en liquide.

Le troisième message était relatif à l'homme en noir dans le bayou. Grâce aux photos et aux empreintes digitales sur la balle, que James avait photographiées, Hank avait pu établir son identité : il était fiché et s'appelait Fenton Rollins.

C'était un mercenaire.

Selon l'US Army Special Forces, Rollins avait été déchargé de ses obligations militaires après s'être rendu coupable de nombreuses infractions dont des bagarres avec des marines de son unité. Son livret militaire indiquait qu'il était instable et souffrait de syndrome de stress post-traumatique.

Il avait été engagé par une société spécialisée dans la sécurité, qui l'avait ensuite détaché en Irak auprès d'une importante compagnie pétrolière. Il était resté au Moyen-Orient plusieurs mois avant de revenir aux Etats-Unis, où il avait ouvert son propre stand de tir, qui n'était en réalité que la vitrine d'activités moins avouables. Il avait longuement et souvent été interrogé par le FBI sur des assassinats et règlements de comptes d'individus soupçonnés d'activités délictueuses, mais jamais le FBI n'avait réuni assez d'indices pour l'arrêter.

James crispa les doigts sur son Smartphone. Rollins était aux trousses de Cord, et désormais de Melissa. L'homme était d'autant plus dangereux que c'était un tireur d'élite, manifestement sans scrupules.

Deux autres messages de Hank suivaient. Il avait envoyé l'un de ses agents au stand de tir de Rollins. Mais l'établissement était fermé depuis plusieurs semaines. Sans autre adresse ni relevés de carte de crédit, retrouver la trace de Rollins s'avérait impossible. Brandon, l'informaticien de génie, s'était obstiné à chercher. Malheureusement, le tueur semblait s'être volatilisé un mois plus tôt.

Précisément, à l'époque où la mission *Pit Viper* avait été déployée au Honduras.

Le dernier mail de Hank dévoilait l'identité du guide de Rollins dans le bayou : il s'agissait d'un certain Dwayne Buck. Buck avait un casier judiciaire après avoir été jugé pour assauts et bagarres dans les bars ainsi que pour l'agression de son ex-petite amie. L'interdiction d'approcher cette dernière lui avait été notifiée et il était sous le coup d'une ordonnance de probation. Hank communiquait aussi son adresse. L'information était précieuse : Buck savait peut-être comment rentrer en contact avec le mercenaire.

James voulait retrouver la trace de Rollins et le neutraliser avant qu'il ne s'en prenne à Cord, si ce n'était déjà fait, ou à Melissa. Rollins était certainement le sniper qui avait tué l'agent de la DEA et Gosling, puis blessé Cord.

Même s'il n'était qu'un exécutant, il devait connaître l'individu qui approvisionnait les rebelles en armes.

Certes, de nombreuses questions restaient encore en suspens, mais les informations de Hank n'en étaient pas moins inestimables.

Le problème désormais, songea James, c'était de trouver un moyen de quitter la base pour se rendre chez Buck et de là, mettre la main sur Rollins.

Tant que ce ne serait pas fait, James craindrait pour la vie de Melissa.

Il devait intimer à la jeune femme la plus grande vigilance. Voire insister pour qu'elle reste calfeutrée à l'hôtel jusqu'à ce qu'il l'y rejoigne pour élaborer une stratégie.

En attendant, le mieux à faire était de lui transférer les mails de Hank Derringer. Cela devrait la convaincre d'être plus prudente que jamais.

Mais sitôt son idée mise à exécution, James s'en voulut. Connaissant Melissa, elle allait immédiatement se rendre chez Dwayne Buck. James lui envoya donc un SMS pour lui ordonner de rester à l'hôtel jusqu'à son retour. Ensuite, ils iraient tous les deux chez Dwayne Buck.

La porte des toilettes s'ouvrit soudain et la voix de Gunny s'éleva.

— Monahan ? Tu es là ?

James mit son Smartphone dans sa poche, tira la chasse d'eau et sortit.

— J'arrive.

— On t'attend ! Je ne savais pas qu'il fallait t'envoyer une invitation pour venir à l'entraînement.

— Pas besoin de m'attendre, riposta James.

Il sortit des toilettes et se lava les mains.

— Je viens de recevoir un message du bureau du

personnel : je dois finaliser les papiers pour ma réintégration.

Gunny croisa les bras.

— Ça attendra le retour de l'entraînement !

— Désolé, Gunny, mais c'est un ordre.

Le sergent-chef pointa son index sur son torse.

— Et moi, je t'ordonne de venir avec nous.

— C'est un colonel qui demande que je me rende au bureau du personnel. Tu veux que je lui explique que mon sergent-chef va à l'encontre de ses ordres ?

James leva les sourcils en signe de défi, puis haussa les épaules.

— Après tout, tu t'expliqueras avec lui…

— File signer tes papiers, lança Gunny froidement. On se passera de toi.

— Si tu le dis.

— Mais je t'attends dans une heure, conclut Gunny.

Sur ces mots, il sortit des toilettes et s'éloigna. James quitta aussitôt la base et prit la route.

Il ne reçut malheureusement ni appel ni SMS de la part de Melissa au cours du quart d'heure nécessaire pour rallier leur hôtel. S'était-elle déjà mise en route pour se rendre chez Dwayne, sans daigner le prévenir ?

De nouveau, James se maudit d'avoir agi sur une impulsion. Dans un sens, Melissa avait besoin d'être informée, de connaître son ennemi pour mieux s'en protéger, mais elle était également intrépide et fonçait tête baissée.

Il aimait son audace mais cette fois, il la regrettait.

Il accéléra. Plus il mettrait de temps à la rejoindre, plus il risquait d'arriver trop tard.

Il était proche de leur hôtel quand il reçut un appel de la jeune femme.

— Où es-tu ?

— Non loin de Pearl River Marina, lui répondit-elle d'une voix inhabituellement tendue et vacillante.

La panique envahit James, mais il s'efforça de parler avec calme.

— Ne me dis pas que tu vas chez Buck ?

— J'y suis déjà.

Il serra son volant plus fort et accéléra de nouveau.

— Ça va ?

— Quand j'ai reçu ton SMS, biaisa-t-elle, j'étais déjà dans les parages et je m'entretenais avec le gérant de la marina. Celle-ci n'est qu'à cinq minutes du parc à mobil-homes où vit Buck.

— Alors attends-moi surtout !

Elle poussa un soupir bien audible et tremblant.

— Trop tard.

James déglutit difficilement. Que se passait-il ? Il ne pouvait pas aller plus vite qu'il n'allait déjà.

— Que veux-tu dire ? Ça va, Melissa ?

— Moi ça va, mais Buck…

— Quoi, Buck ?

James retint son souffle. La voix de Melissa se cassa presque.

— Je suis dans l'entrée de son mobil-home. Il est dans son siège inclinable, et il a une balle entre les yeux.

15

Melissa avait interrogé le gérant de Pearl River Marina sur le guide aux bottes en caoutchouc. Elle lui avait montré la photo sur son Smartphone et inventé une histoire comme quoi elle avait retrouvé le chapeau lui appartenant, lequel s'était envolé quand il naviguait sur la rivière. Elle espérait le retrouver et le lui rendre.

La Pearl River Marina était la quatrième et dernière sur sa liste. Dans les trois précédentes, personne n'avait reconnu le guide. Heureusement, le gérant de Pearl River Marina l'avait identifié sans l'ombre d'une hésitation. Il lui avait expliqué que Buck assurait un service de location de bateaux de pêche.

Melissa mettait son nom et son numéro de téléphone dans le répertoire de son Smartphone quand elle avait reçu les messages de James.

Elle s'était excusée auprès du gérant, était revenue vers son pick-up en parcourant les mails de Hank Derringer pour conclure que Dwayne Buck était leur seul espoir. Elle avait donc cherché son adresse sur le GPS de son Smartphone : il habitait tout près.

James étant occupé et bloqué avec les SEALs, à elle de jouer ! Elle s'était rendue dans le parc à mobil-homes où Dwayne Buck vivait, avait garé son pick-up sur le parking, puis coincé son calibre .40 S&W dans sa ceinture et rabattu son T-shirt dessus. De là, elle avait continué à pied.

Elle avait trouvé, avec peine, le mobil-home de Dwayne Buck : il se trouvait dans sa partie la plus ancienne et surtout, la plus dégradée. Des canettes de bière jonchaient ses alentours. La rampe était brisée et la peinture beige, sur les parois du mobil-home, était grisâtre...

En se rapprochant, elle avait remarqué que la porte était grande ouverte et tout de suite s'était méfiée.

Son arme en main, elle s'était rapprochée à pas de loup, tendant l'oreille. Pas un bruit... Elle s'était donc remise à marcher. Au même instant, son Smartphone avait vibré dans sa poche. Elle avait préféré ne pas répondre pour rester aux aguets.

Elle avait monté l'escalier de la véranda, puis poussé la porte avec le canon de son arme. Buck était dans son fauteuil inclinable, une balle entre les yeux. Celle-ci avait été tirée à bout portant. Buck connaissait donc son meurtrier.

Ce dernier pouvant être encore dans les environs, Melissa avait inspecté les deux pièces du mobil-home. Les lieux étaient d'une saleté repoussante. Partout, il y avait des piles de vêtements crasseux, des cartons à pizza tachés de graisse, des canettes de bière vides. La vaisselle s'empilait dans l'évier, les emballages de hamburger débordaient de la poubelle.

Finalement, elle était revenue auprès de Buck. A en juger par la rigidité de son corps, il avait été tué la nuit précédente. Sans doute par l'homme en noir, Fenton Rollins, comme elle le savait désormais.

Elle était sur le point de prévenir la police quand son portable avait de nouveau bipé.

C'était James.

Cinq minutes plus tard, il arrivait et garait son pick-up devant le mobil-home de Buck.

Melissa dévala l'escalier et se précipita à sa rencontre.

Il lui ouvrit les bras et elle s'y jeta, soulagée.

Elle s'appuya contre lui, s'enveloppant de son odeur fraîche et virile. Elle se reprochait sa pusillanimité, mais elle avait beau être un agent aguerri, elle avait vraiment eu peur. Cela étant, James ne serait certainement pas à ses côtés lors de sa prochaine mission. Certes, elle aurait un partenaire, mais ce ne serait pas lui…

Longtemps, il la tint dans ses bras. Lui aussi avait le cœur battant, et elle en suivit le rythme avec émoi.

— Tu n'as donc rien appris à l'académie de Quantico ? dit-il, pressant les lèvres sur sa tempe.

Elle rit, nerveusement presque.

— Drôle de question !

— Règle numéro un : ne jamais partir bille en tête et sans coéquipier ! énonça-t-il.

Il la secoua gentiment.

— Je ne voulais pas qu'il me file entre les doigts, confia-t-elle à mi-voix. Mais il n'ira plus très loin maintenant…

— Certes.

— Tu penses que c'est Rollins qui l'a tué ? demanda-t-elle.

— J'en suis à peu près certain.

Elle appuya sa joue sur son épaule et serra, entre ses doigts, l'encolure de son T-shirt.

— Tu penses comme moi qu'il a trouvé Cord ? reprit James. Qu'il a tiré sur lui ?

— En tout cas, Cord est vivant. Mais peut-être prisonnier, oui.

Sur ce, elle poussa un gros soupir.

James recula.

— Il faut partir, Melissa. On ne peut pas rester là. Ce n'est pas prudent.

Elle en était consciente mais elle n'avait pas la force de s'arracher à son étreinte.

— Il faut aussi que je regagne mon unité, Melissa. Gunny m'a donné une heure pour m'occuper de paperasserie — c'est le prétexte que j'ai donné pour filer. Mais je vais te suivre jusqu'à l'hôtel.

— Je n'ai pas l'intention d'y retourner !

— Il le faut. Pour ta sécurité. Rollins rôde !

— Nous devons avertir la police du meurtre de Buck.

— Tu n'as rien touché dans le mobil-home, n'est-ce pas ?

— Mais bien sûr que non ! Tu me prends pour une débutante ? J'ai seulement regardé.

— Des fois, tu me fais peur, Melissa !

Il l'embrassa sur le bout du nez.

Quoique inquiète, Melissa sourit.

— Je ne rentre pas : je dois déjeuner avec Lillian Petit à 14 heures.

— Vu les derniers événements, tu ferais mieux de l'appeler pour te décommander.

— Non. Lillian a besoin d'être épaulée et soutenue. Donc de parler. Plus elle me fera confiance, plus elle s'ouvrira et parlera de Gunny. Mais je serai prudente et je ne m'attarderai pas.

— Je préférerais que tu rentres directement à l'hôtel et que tu y restes jusqu'à ce que je me libère…

— Il n'en est pas question. Je tournerais en rond ! Lillian ne représente aucune menace et elle sait peut-être quelque chose que Gunny lui aura confié par inadvertance. Je progresse dans cette direction, justement ! Si cela peut te rassurer, ce déjeuner n'est pas en terrasse.

— Alors d'accord, maugréa-t-il. Admettons que déjeuner à l'intérieur, et non à l'extérieur, soit un gage de sécurité... Mais promets-moi que, après, tu rentreras à l'hôtel et que tu m'y attendras.

Elle sourit de nouveau.

— Promis. J'espère que tu ne tarderas pas trop... A propos, je n'ai pas encore eu le temps de me rendre chez Sawyer.

— Plus tard. Pour le moment, c'est ta sécurité le plus important. De mon côté, je vais continuer mon enquête dans mon unité.

Melissa se tourna vers le mobil-home.

— Le meurtrier de Buck n'a eu aucun scrupule...

— Justement, sois prudente. Car je ne serai pas là pour te protéger.

— Je n'ai pas besoin de renforts pendant un simple déjeuner.

— Je l'espère de tout cœur.

— Tu peux me déposer sur le parking du parc à mobil-homes ? J'y ai laissé mon pick-up.

— Bien entendu. Monte.

Melissa obtempéra.

Quand ils y furent revenus, il la retint avant qu'elle ne s'éloigne.

— Attends ! J'ai une idée.

Il attrapa sur la banquette arrière un sac de marin et

en sortit un émetteur-récepteur et des lunettes de vision nocturne.

Il fronça les sourcils, continua de fouiller, puis brandit un petit sachet et sourit.

— Voilà ! s'exclama-t-il en lui montrant une sorte de collier.

— Un bijou ?

Puis elle comprit.

— C'est une mini-balise GPS !

Le sourire de James s'élargit.

— Le dernier cri ! Brandon, le génial informaticien de Hank, en est l'auteur. Il a pensé que cela pourrait nous servir.

— Rappelle-moi de remercier Brandon et Hank !

Melissa prenait le collier, mais James la retint.

— Attends, tu permets ?

Elle haussa les épaules, lui tourna le dos en relevant ses cheveux.

Les mains de James effleurèrent ses seins, ce qui la fit tressaillir, comme si elle avait reçu une décharge d'électricité.

Avec un soupir, elle se renversa contre lui.

— Sois prudente, surtout, murmura James, en pressant ses lèvres contre sa nuque.

— Je te le promets…, dit-elle sur le même ton.

Il recula, comme à contrecœur.

— Alors à plus tard ?

Elle acquiesça et regagna son pick-up, tandis que James reprenait la route de Stennis.

De son côté, elle se dirigea vers Slidell pour son déjeuner avec Lillian Petit. Elle n'avait plus très faim après avoir découvert le cadavre de Dwayne Buck. Mais elle devait se forcer pour les besoins de l'enquête.

Elle pénétra à 14 heures précises dans le restaurant que Lillian avait choisi pour l'introduire au végétalisme.

— Je suis ravie de vous revoir ! s'exclama cette dernière. J'ai tellement faim que je pourrais manger une laitue entière !

Melissa ne put s'empêcher de rire.

— Moi aussi, mais après, j'aurais toujours aussi faim !

Lillian lui fit signe de s'asseoir à côté d'elle.

— J'ai pris la liberté de commander pour vous, vu que vous n'avez jamais mangé un repas végétalien.

— Je vous remercie. J'ai en effet plus l'habitude des hamburgers, et je doute qu'on serve de la viande ici.

L'épouse de Gunny leva les mains, horrifiée.

— Désolée, je n'ai pas pu résister ! déclara Melissa en s'installant. Votre mari est-il végétalien ?

— Oh non, malheureusement ! C'est au contraire un grand amateur de viande ! Moi, cela me dégoûte. Plus je mange équilibré et sain, plus il prend ses repas à l'extérieur. Dans les faits, je ne cuisine plus guère pour lui.

Sur ces mots, Lillian déplia sa serviette et se tamponna délicatement la bouche.

Melissa se sentait mal dégrossie à côté de cette jeune femme délicate et maniérée. *Barbie Girl*. Tel était le terme qui lui venait spontanément à l'esprit pour qualifier l'épouse du sergent-chef. Comment donc s'étaient-ils rencontrés ? Tout semblait les séparer…

Certes, dans un sens, les opposés s'attirent, mais ensuite cela complique les choses, songea Melissa.

James et elle, c'était le contraire, ils se ressemblaient. Tous deux étaient énergiques, solidaires et volontaires.

Mais ils ne formaient pas un couple pour autant…

Melissa s'arracha à ses pensées pour écouter Lillian.

— Je vois à peine Frank désormais… Il se lève très tôt, bien avant moi. Et le soir, quand il rentre, je suis déjà couchée et endormie. Je me demande s'il ne prépare pas une nouvelle mission secrète. A moins qu'il n'ait une autre femme dans sa vie ?

Lillian haussa les épaules.

— Quoi qu'il en soit, je suis tout le temps seule.

Melissa se promit de se renseigner sur les activités nocturnes de Gunny. Gunny, comme James, quittait la base en fin d'après-midi, alors à quoi passait-il ses soirées ?

— De toute façon, je pars bientôt en vacances !

— Ah bon ? fit Melissa en sirotant son eau pétillante.

— Oui, à Boston, dans deux semaines. J'espère y rester un mois entier ! Mon absence fera peut-être réfléchir Frank ? Lui donnera envie de quitter le Mississippi ?

Melissa se retint de lui dire sa façon de penser. Si un homme réussissait à devenir SEAL, c'était au prix d'efforts physiques considérables, et en général, il le restait pour la vie.

— Ce sera une coupure agréable, reprit Lillian. Je ne supporte vraiment pas l'humidité du sud du Mississippi. Regardez un peu l'état de mes cheveux !

Lillian tapota de ses mains manucurées sa coiffure, cependant parfaite. Melissa masqua de son mieux sa désapprobation pendant que Lillian continuait de se plaindre de son mariage malheureux avec Gunny.

Lorsque la serveuse vint desservir et remporta son tofu intouché, Melissa ne supportait plus les jérémiades de Lillian.

— Je me suis toujours demandé ce que l'on ressentait

à partir pour des opérations ou des missions secrètes ? Et à courir des dangers ? dit-elle pour couper court.

— Ce doit être épouvantable !

— Frank vous parle de ses missions ?

— Non. Mais parfois, il marmonne dans son sommeil. Cela dit, ses propos n'ont ni queue ni tête.

— Ah ? fit Melissa qui s'efforça de cacher son intérêt. C'est fascinant… Peut-être lui arrive-t-il de revivre une opération particulièrement dangereuse ? Vous n'êtes pas plus curieuse que ça ?

— Non…

Puis elle se ravisa.

— A vrai dire, je ne l'étais pas jusqu'à sa dernière mission. Il a dû se passer quelque chose de vraiment très grave… La nuit, il gesticule tant et si bien que je manque tomber du lit une fois sur deux.

— Mais comment savez-vous qu'il rêve précisément de sa dernière mission ?

— Parce que ces cauchemars datent de son retour. C'est étrange, il ne cesse de parler de vipère…

Pit Viper ? s'interrogea Melissa.

Lillian haussa les épaules.

— Et il se réveille en hurlant…

Elle leva les yeux au ciel.

— A Boston, je serai seule ! Enfin j'aurai la paix.

— Vous lui avez demandé la raison de son épouvante ? Peut-être que se confier l'aiderait ?

Lillian regarda Melissa comme si elle avait deux têtes.

— Je supporte à peine de l'entendre parler de l'US Navy et des SEALs. Alors pourquoi l'interroger sans arrêt sur une mission, alors qu'il répète qu'il n'a pas le droit d'en parler ?

Sur ces mots, Lillian tapota la main de Melissa comme si elle était une petite fille stupide.

— Vous comprendriez mieux si vous étiez mariée à un SEAL. Ils ne parlent jamais. Leurs lèvres sont scellées.

— J'imagine. Mais face à son désarroi, vous devriez le soutenir.

Lillian inclina la tête, pensive.

— Il répète sans cesse que cette opération a dérapé. L'un de ses hommes est mort.

— C'est terrible. Fascinant.

Lillian fronça les sourcils.

— Vous trouvez ?

— Je veux dire, cette vie pleine de dangers est fascinante, improvisa Melissa.

Pressée d'en savoir davantage, elle relança Lillian.

— Ces hommes sont des héros ! Ça me passionne. Que dit-il d'autre ?

— Que ça n'aurait pas dû arriver. Je ne peux vous en révéler davantage, car le plus souvent, comme je vous disais, il marmonne. Et moi, j'ai du mal à me rendormir !

Ce serait donc Gunny le responsable de la mort de l'agent de la DEA ? De celle de Lyle Gosling ?

L'hymne de la Navy s'éleva soudain du sac à main griffé de Lillian.

— C'est ma sonnerie pour Frank. Je suis désolée, mais je dois décrocher.

Elle fouilla dans son sac tandis que l'hymne de la Navy continuait de jouer. A sa quatrième répétition, elle sortit son Smartphone d'un air triomphant et prit la communication.

— Frank ? Je déjeune avec une amie. Il y a un souci ?

Pendant qu'elle parlait, Melissa l'observa : qu'est-ce qui pouvait bien unir ce couple visiblement malheureux ?

— Quoi ? Sérieusement ? s'exclama Lillian en fronçant les sourcils. *Aujourd'hui ?* Mais enfin, je ne peux pas... Bon d'accord ! Inutile de t'énerver ! Je ferai de mon mieux. A plus tard.

Elle raccrocha et jeta son portable dans son sac.

— Il a perdu la tête !

— Un problème ? s'enquit poliment Melissa.

— Frank vient de modifier la date de mon voyage à Boston. Je suis certes ravie de partir plus tôt, mais il ne se rend pas compte ! J'ai besoin de temps pour faire mes bagages.

— Quand veut-il que vous partiez ?

— Ce soir ! s'écria Lillian en reniflant délicatement. Je suis désolée pour ce contretemps, Melissa, mais je dois vous laisser et réserver un billet d'avion. Il me prend pour une magicienne ou quoi ?

Lillian se leva et tendit la main.

— J'ai beaucoup aimé déjeuner avec vous. J'espère que vous serez toujours dans la région quand je reviendrai de mes vacances...

Et sur ces mots, Lillian prit congé.

Restée seule, Melissa, intriguée, téléphona à James, mais elle tomba sur sa messagerie.

Puis elle réfléchit. Que faire ? Elle avait envie de suivre Lillian et de rester aux abords de sa maison. Car elle en avait désormais la certitude : Gunny avait joué un rôle dans l'échec de l'opération *Pit Viper*.

D'un autre côté, elle avait donné sa parole à James.

Aussi, malgré son désir de surveiller les faits et gestes de Lillian Petit, elle revint à l'hôtel. Peut-être James la contacterait-il avant le départ de Lillian à Boston : ils auraient alors le temps d'échafauder un plan.

Arrivée à l'hôtel, Melissa prit l'escalier à la hâte et introduisit la carte dans le système d'ouverture de sa porte. Mais avant qu'elle ne la pousse, un mauvais pressentiment la saisit. Elle sortit son .40 S&W et ouvrit. Les rideaux avaient été tirés, la pièce était plongée dans l'obscurité.

Elle alluma la lumière.

Le spectacle qui s'offrait à ses yeux lui arracha un cri d'effroi.

C'était comme si une tornade avait dévasté sa chambre.

Le lit avait été renversé, le contenu de sa valise, vidé. Les tiroirs avaient été sortis et jetés de la commode, qui avait été tirée du mur.

Sa chambre avait été fouillée.

Par chance, le pli de Biloxi était toujours caché dans la portière de son pick-up.

Et de toute façon, elle ne pouvait plus rester dans cette chambre.

Elle y était en danger.

16

James répugnait à revenir à Stennis alors que Melissa était seule et livrée à elle-même. Elle avait beau être un agent du FBI expérimenté et bien entraîné, il n'en était pas moins inquiet. Cela dit, si elle tenait sa promesse de revenir à l'hôtel après son déjeuner et l'y attendait, elle ne courait aucun danger.

Il n'en chercha pas moins en route deux douzaines de prétextes pour pouvoir la rejoindre.

Arrivé à Stennis, il se garait, et avait décidé de fournir l'excuse la plus plausible qu'il ait trouvée à Gunny, quand ce dernier sortit justement en courant de la base.

— Gunny !

Celui-ci l'ignora.

James se précipita pour lui demander l'autorisation de repartir.

— J'ai une requête à vous adresser, sergent !

— Adresse-toi au commandant ! s'écria Gunny en sautant dans son véhicule.

Il en claqua la portière mais James s'interposa.

— Un problème ?

Le sergent-chef eut un mouvement d'impatience.

— Tu devrais le savoir. Laisse-moi partir.

— Comment ça « je devrais le savoir » ? demanda James sans bouger.

— Eloigne-toi ou c'est moi qui vais t'obliger à reculer ! s'exclama Gunny, l'air exaspéré.

— Que se passe-t-il ? Je peux t'aider ?

— Oui ! En te déplaçant ! Tu es sur mon passage, et si tu ne bouges pas, tu risques d'être blessé, maugréa Gunny en appuyant sur l'accélérateur.

James n'eut que le temps de bondir en arrière.

Gunny sortit du parking si vite que son véhicule laissa une trace de pneu assortie d'une odeur de caoutchouc sur le macadam.

— Qu'est-ce qui lui prend ? s'enquit Montana qui sortait à son tour de la base.

— Je ne sais pas, répondit James.

Il avait cependant sa petite idée sur la question.

— Lui aussi, il va très mal depuis son retour du Honduras, intervint Sawyer qui suivait Montana.

— Personne ne va bien depuis cette fichue mission ! insista ce dernier.

— J'ai vu la femme de Gosling, hier, reprit Sawyer sombrement. Elle repart dans le Kentucky avec le bébé. Elle va vivre chez sa mère.

Montana secoua la tête, le regard triste et les poings fermés.

— Ça n'aurait jamais dû arriver !

— Gunny prend ce drame trop à cœur, enchaîna Sawyer. J'ai essayé de lui parler, hier. Je lui ai répété qu'il n'était pas responsable. Mais il s'est mis en colère et il m'a agressé.

Lovett sortit à son tour du bâtiment.

— Que se passe-t-il, les gars ?

— Gunny a filé comme s'il avait le feu aux fesses ! expliqua Sawyer.

— Ah ?

Lovett fronça les sourcils.

— Cela a peut-être un rapport avec le SMS qu'il a reçu tout à l'heure ?

— Un SMS ? Quel SMS ? demanda James.

Lovett haussa les épaules.

— Aucune idée. Gunny me parlait de l'exercice sur la Pearl quand tout à coup, il m'a ordonné de sortir de son bureau et m'a claqué la porte au nez. Peu après, il en a déboulé…

Il se tut. James dévisagea les trois hommes et décida de parler.

— Ecoutez les gars, je crois savoir ce qui se passe… Selon moi, la disparition de Cord Schafer est liée à l'opération *Pit Viper*. Si vous avez des indices, des informations, c'est le moment ou jamais de les révéler. Je vais essayer de rattraper Gunny.

Sawyer ouvrit de grands yeux.

— Que sais-tu au juste de l'opération *Pit Viper* ? C'était une mission secrète.

— Je sais. Mais Cord m'a contacté l'avant-veille de sa disparition. Manifestement, il était en possession d'informations importantes et il craignait qu'on ne le réduise au silence.

Lovett croisa les bras.

— Montana, Sawyer, Rip et moi, on a beaucoup reparlé de la mission au Honduras. On était d'accord pour dire que tout s'était trop bien passé.

— Dès le départ, on n'a rencontré aucune résistance,

renchérit Montana. Et puis, il n'y a eu que deux coups de feu.

Le visage de Lovett se ferma.

— Le premier a causé la mort de Gosling.

— Et le second, celui de l'agent de la DEA...

Montana fronça les sourcils, comme s'il essayait de se souvenir.

— Je me rappelle, Gunny a insisté pour porter secours à Gosling.

— C'est juste ! renchérit Sawyer. Je me suis précipité mais Gunny m'a ordonné de ne pas bouger. Soi-disant qu'il irait le chercher. Mais il a attendu et il ne s'est décidé à s'approcher qu'après le second coup de feu. Comme s'il savait.

— Exact, confirma Lovett. Gunny a porté secours à Gosling seulement après que l'agent de la DEA a été abattu. A ce moment-là, c'est Cord qui était le plus près de l'agent de la DEA. A mon avis, ce dernier lui a parlé avant de mourir, mais je n'ai aucune certitude. Dans tous les cas, les deux coups de feu ont attiré l'attention des rebelles, et on a dû filer en vitesse.

— C'est Cord qui a porté l'agent de la DEA sur le zodiac, continua Montana. Là, on a constaté qu'il était mort. Il avait été touché à la poitrine. Moi, je me suis occupé de Gosling qui saignait beaucoup...

— L'agent de la DEA a sans doute eu le temps de transmettre des informations sensibles à Cord, conclut James.

— Mais alors pourquoi Cord ne nous a rien dit ? s'étonna Sawyer.

James observa les trois hommes.

— Parce que Cord soupçonne l'un des SEALs de la mission *Pit Viper* de trahison.

Montana, Sawyer et Lovett se raidirent.

— Je n'aime pas toujours mes compagnons d'armes, mais je serais prêt à mourir pour l'un d'eux ! déclara Lovett. N'importe quand. N'importe où.

Sawyer opina.

— C'est aussi ce que disait Gosling.

Montana pinça les lèvres.

— J'aurais voulu mourir à sa place. Penser qu'on nous a trahis, que Gosling l'a payé de sa vie et que sa femme reste seule avec leur fils. J'en suis malade.

Il secoua la tête.

— Ce n'est pas juste, lâcha Sawyer.

— Gunny serait le traître ? s'exclama Lovett en plissant les yeux.

— Je n'ai pas encore de certitude, répondit James prudemment. Mais je compte le découvrir.

— Je vais avec toi ! déclara Sawyer.

— Nous aussi ! firent Montana et Lovett d'une seule voix.

— Je préfère me rendre seul chez Gunny, objecta James. Si jamais il nous voit arriver en nombre, il va se méfier, fuir ou se fermer. En plus, le meurtrier de Gosling et de l'agent de la DEA court toujours. S'il soupçonne qu'on est sur ses traces, il disparaîtra.

— Que faire ? soupira Sawyer.

— Rester vigilant ! Si je vous appelle à l'aide, soyez prêts !

— Et pourquoi on te ferait confiance ? lâcha soudain Lovett, le regardant bien en face. Tu as quitté la SBT-22 depuis deux ans.

— J'ai toujours voulu être SEAL, déclara James en se redressant fièrement. Une fois SEAL, toujours SEAL.

— Moi, je me porte garant de James ! renchérit Sawyer.

— Je faisais confiance à Gunny les yeux fermés, déclara Montana.

— Je ne sais plus à qui me fier…, conclut Lovett.

— C'est pour ça que Cord n'a parlé à personne, rappela James.

— Pourquoi il ne s'est pas adressé au FBI ? reprit Sawyer.

James hésita à leur révéler la suite.

— Cette affaire a plus de ramifications qu'on ne le pense.

— Tu veux dire, en haut lieu ? s'étonna Montana. Chez les fédéraux ?

James opina.

Sawyer secoua la tête.

— Bon sang, je commence à me demander pour qui, pour quelle cause on se bat…

— En ce moment, pour Schafer !

— Il est toujours vivant ? interrogea Montana.

— Je l'espère.

James ouvrit sa portière.

— Je compte sur vous si la situation empire. Expliquez au commandant que j'ai été obligé de me rendre au bureau de la gestion du personnel. Je serai absent le reste de la journée.

James allait refermer la portière quand Sawyer la retint.

— Appelle si tu as besoin : tu sais que tu peux compter sur nous.

— Merci les gars.

James fut rasséréné. Il n'était revenu dans son unité

que depuis deux jours, mais la solidarité des SEALs restait indéfectible.

Combien cette fraternité lui avait manqué…

Au point de rester dans l'US Navy plutôt que de travailler pour Hank ?

Il devait y réfléchir sérieusement.

Mais ce n'était pas le moment.

Il devait d'abord se concentrer sur Gunny, s'assurer qu'il ne quitte pas le pays. Le sergent-chef était certainement responsable de l'échec de l'opération *Pit Viper*. Il était sans doute l'auteur de la fuite, donc indirectement responsable du meurtre de l'agent de la DEA et de Gosling.

Selon l'informaticien de Hank Derringer, Rollins était un mercenaire qui n'avait aucune connexion avec ses victimes.

James lâcha un soupir. Parviendrait-il à convaincre ce Rollins de révéler l'identité de son employeur ? Que c'était dans son intérêt. Encore fallait-il retrouver sa trace…

James tapa l'adresse de Gunny dans son système de navigation et prit la route.

Une fois qu'il eut quitté Stennis, il sortit son Smartphone pour vérifier où se trouvait Melissa sur l'application GPS. Pendant quelques secondes, l'écran de son téléphone n'afficha rien. James retint son souffle jusqu'à ce que le plan de la ville apparaisse enfin. Un petit point bleu indiquait la position de Melissa.

La jeune femme se rendait chez Gunny !

James accéléra tandis qu'il cherchait son numéro dans son répertoire et l'appelait. Malheureusement, il tomba sur son répondeur.

En désespoir de cause, il lui laissa un message.

— Ne t'approche pas de Gunny, Melissa ! Il est sans

doute lié aux meurtres de Gosling et de l'agent de la DEA, et à la disparition de Cord. Reste loin. Compris ?

Il essaya de la rappeler à trois reprises. Pourquoi ne répondait-elle pas ? Pourquoi était-elle en route ? Elle avait promis de rentrer à l'hôtel après son déjeuner avec Lillian Petit ! La raccompagnait-elle chez elle ?

Si jamais Gunny se savait découvert...

Les pires scénarios traversaient son esprit.

Melissa, en bon agent du FBI, allait-elle garder la tête froide ?

Bon sang, il ne pouvait aller plus vite !

Il ne pourrait jamais aller plus vite.

Incapable de rester dans sa chambre d'hôtel mise à sac et n'ayant nulle part où aller, Melissa décida de se rendre chez Gunny. Fallait-il qu'elle en informe James ? Il devait sans doute naviguer sur la rivière et son portable devait être resté dans son vestiaire. Cependant, elle pouvait lui laisser un message.

Elle prit donc son Smartphone sur le siège passager mais au moment où elle reportait son attention sur la route, une voiture apparut au milieu de la chaussée, immobilisée. C'était un adolescent qui venait de caler et semblait se débattre avec sa boîte de vitesses.

Melissa n'eut que le temps de braquer sur la droite. Elle empiéta sur l'accotement et s'arrêta pile devant une rigole de traverse. Le cœur battant violemment, elle crispa les mains sur son volant, chercha à reprendre son souffle et à se ressaisir.

Enfin, elle recula lentement, accélérant avec prudence, et revint sur la route, encore tremblante.

Une fois tirée d'affaire, elle coupa le moteur et posa le front sur son volant pour se remettre de ses émotions.

Quelle idiote ! Son inattention, son imprudence auraient pu lui coûter la vie, et en plus mettre en danger d'autres conducteurs.

Entretemps, l'adolescent avait démarré et s'éloignait par soubresauts.

Encore secouée, Melissa reprit la route et roula à vitesse modérée jusque chez Lillian Petit.

Arrivée là, elle réalisa qu'elle n'avait pas contacté James comme ç'avait été son intention. Elle chercha son Smartphone, qu'elle avait lâché dans la panique. En vain.

Finalement, elle se gara à un bloc de la maison du couple Petit et avisa la BMW de Lillian.

Tout semblait normal…

Elle déboucla sa ceinture de sécurité et se massa l'épaule, douloureuse après le choc qu'elle venait de subir. Puis elle chercha son Smartphone qu'elle retrouva sous le siège passager. L'écran était noir et fissuré.

Le téléphone avait-il rendu l'âme ?

Elle l'alluma, en espérant que non.

Au même instant, une voiture s'engagea devant la maison des Petit. Un militaire en sortit.

Sans doute le sergent-chef.

Il rentra chez lui à la hâte.

Etonnée, Melissa consulta l'horloge sur le tableau de bord. Il était trop tard pour qu'il rentre déjeuner et encore trop tôt pour qu'il quitte son unité, d'autant qu'il avait accordé à James une permission d'une heure seulement.

Que se passait-il ?

Au même instant, et à son plus vif soulagement, son Smartphone émit un son, l'écran s'alluma lui signalant trois appels non décrochés et un message sur sa boîte vocale. Il émanait de James et était sans ambiguïté :

« Ne t'approche pas de Gunny, Melissa ! Il est sans doute lié aux meurtres de Gosling et de l'agent de la DEA, et à la disparition de Cord. Reste loin. Compris ? »

— Eh bien… c'est un peu tard, murmura-t-elle.

Au même instant, un hurlement s'éleva de chez les Petit. Melissa tressaillit.

Peu après, Lillian Petit sortit en courant à toutes jambes, proche de l'hystérie, en larmes et le visage noirci par des traces de mascara.

Melissa ouvrit sa portière et se précipita.

A sa vue, Lillian redoubla de sanglots et courut à sa rencontre.

— Melissa ! Vous êtes là ! Quelle chance !

Elle se jeta à son cou. Melissa la serra contre elle.

— Que s'est-il passé ?

Lillian continuait de sangloter.

— C'est affreux. Epouvantable ! dit-elle, hoquetant à chaque mot. Frank… Oh mon Dieu… Frank…

Elle tremblait violemment.

— Qu'est-il arrivé, Lillian ? demanda Melissa, la tenant à bout de bras. Où est Frank ?

— Mort ! Un coup de feu !

— Qui a tiré ? insista Melissa.

Lillian avait-elle perdu la tête et tué son mari ?

— Il y avait un homme, chez nous… Il attendait Frank ! Il devait y être depuis déjà longtemps, mais je ne l'avais pas vu…

A ces mots, Lillian s'effondra dans les bras de Melissa.

— Je n'ai rien pu faire… Il a tiré sur Frank. Je l'ai vu…

Melissa la soutenait de son mieux.

— Où est-il ?

— Dans la cuisine ! Il est mort !

Lillian se remit à sangloter.

— Je ne vous parle pas de Frank, mais du tireur.

— Je n'en... sais rien ! répondit Lillian en pleurant de plus belle. Avant qu'il ne tire, Frank m'a ordonné de fuir, de courir. Mais je ne pouvais pas... J'étais... comme paralysée... Ensuite, ce... cet homme a tiré. J'ai couru. Je ne sais pas comment j'ai réussi à sortir de la maison...

Melissa serra les mains de Lillian.

— Ecoutez-moi bien, maintenant.

Lillian leva sur elle un regard éploré.

— Mon pick-up est garé à un bloc de là. Vous allez vous y réfugier et y rester jusqu'à mon retour.

Puis elle lui donna son Smartphone.

— Une fois que vous y serez, appelez le 911 et expliquez la situation.

Lillian restant immobile, Melissa la secoua gentiment.

— Vous avez compris ?

La malheureuse opina.

— Allez-y ! Vite ! lui intima Melissa.

Lillian obtempéra enfin.

Melissa sortit son calibre .40 S&W de sa ceinture et se rapprocha de la maison pour porter secours à Frank Petit. Si ce dernier n'était pas déjà mort, il avait besoin de soins médicaux de toute urgence. Lillian allait contacter le 911, mais il faudrait du temps avant que les secours n'arrivent sur les lieux.

Le temps était compté. Cependant, Melissa s'approcha avec la plus grande prudence de la maison. Si le tueur y était toujours, elle pouvait être sa prochaine victime.

Elle atteignit la fenêtre de la cuisine et discerna le corps de Gunny.

Puis elle passa à la fenêtre suivante, qui donnait sur un salon-salle à manger, agréable, impeccable, avec ses meubles de style.

Melissa fit ainsi le tour de la maison, baissée, à croupetons, et ne se relevant que pour jeter un œil par les fenêtres, jusqu'à ce qu'elle parvienne à la porte de derrière, grande ouverte : le tueur était-il sorti par là ? Pour se cacher dans le jardin ?

Melissa parcourut celui-ci du regard. Un chien aboya. Un chat noir jaillit des buissons.

Elle entra dans la buanderie et arriva dans la cuisine où Gunny baignait dans son sang.

Elle prit des torchons de vaisselle empilés sur le comptoir et s'agenouilla auprès de lui. Elle chercha son pouls dans son cou et, après quelques secondes, le décela.

Il était très faible.

Soulagée, elle souleva son T-shirt pour examiner sa blessure qui saignait abondamment. La balle, a priori, était ressortie dans le dos. Melissa se remémora ses cours de premiers secours de Quantico, posa les torchons sur la blessure et pressa pour tenter de freiner l'hémorragie.

— Restez avec moi Gunny…, murmura-t-elle. Restez avec moi par pitié… Les secours vont arriver.

Malheureusement, il demeurait immobile. Livide.

Un bruit soudain la fit sursauter.

Elle tourna la tête mais, au même instant, Gunny lui saisit le poignet et gémit.

— Que dites-vous ? demanda Melissa en se penchant vers lui.

Simultanément, elle essayait d'identifier le bruit qui l'avait fait tressaillir.

— Pas... censé... tuer Gosling...

— Alors qui ?

— Merce...

Il toussa. Du sang jaillit de sa bouche.

— Mercenaire ? tenta Melissa.

Il opina, ferma les yeux.

Elle lui posa une main sur la joue.

— C'est vous qui l'avez engagé ?

Gunny secoua très légèrement la tête.

— C'est vous l'auteur de la fuite ?

Une larme coula sur la joue de Gunny.

— Gosling... brave... type... J'ai commis... une... erreur...

— Pourquoi avez-vous trahi ?

Il soupira à peine, ce qui le fit de nouveau tousser. Du sang jaillit de sa bouche en abondance. Il ouvrit les yeux et tourna la tête.

— Factures...

Melissa suivit son regard vers le comptoir de la cuisine, impeccable et sans doute fort coûteux.

— Quel rapport entre les factures et la mort d'un agent fédéral ?

— Savais... pas...

— Vous avez informé un mercenaire d'une mission secrète et vous pensiez qu'il ne tuerait pas l'agent...

— On m'a seulement... demandé... de laisser l'agent à découvert... qu'on l'enlèverait...

— Pour le conduire où ? Qui l'a ordonné ?

— Le tueur... Le commanditaire...

— Et Cord ? Vous êtes lié à sa disparition ?

Gunny secoua faiblement la tête

— Dites-lui…

Le cœur de Melissa fit un bond.

— Il est vivant ?

— Dites-lui… désolé…, souffla Gunny qui s'interrompit brusquement.

Melissa chercha de nouveau son pouls. En vain. Sa blessure était trop grave, l'hémorragie impossible à endiguer, c'en était fini.

Le bruit d'une porte ouverte à la volée résonna. Melissa sortit son arme et bondit, le cœur battant et les nerfs en vrille.

— Melissa ?

C'était James !

Soulagée, elle se précipita.

— Melissa ! s'écria-t-il à sa vue.

Il la serra dans ses bras et posa sa joue sur sa tête.

— J'ai l'impression que je viens de perdre deux ans de ma vie…

— Pourquoi ?

— Quand j'ai entendu que Gunny rentrait chez lui, que tu t'y rendais aussi… J'aurais voulu rouler plus vite…

Il la tint à bout de bras.

— On a tiré sur toi ?

— Non.

— Sûre ?

Melissa baissa les yeux sur elle : elle était couverte de sang.

— C'est celui de Gunny…

— J'ai vu Lillian Petit dans ton pick-up. Elle était en train de pleurer, et complètement hystérique… Elle m'a rendu ton Smartphone, mais je n'ai pas pu obtenir d'explication cohérente...

— James, Gunny est mort, coupa-t-elle en se tournant vers le sergent-chef.

— Est-ce que...

Melissa secoua la tête.

— Non. Ce n'est pas moi qui l'ai tué. Quand je suis arrivée, Lillian sortait de la maison, en larmes et épouvantée...

— Je t'avais demandé de rentrer à l'hôtel et de m'y attendre ! Tu aurais pu être blessée !

Melissa leva les yeux sur lui.

— J'ai tenu parole, mais on a fouillé ma chambre de fond en comble, James ! On l'a mise à sac !

— On cherchait le pli...

— Sans doute. Pendant le déjeuner, Lillian a reçu un appel de son mari, suite à quoi elle m'a annoncé qu'elle devait faire ses bagages et partir pour Boston le soir même. Alors qu'elle m'avait dit cinq minutes plus tôt qu'elle s'y rendrait dans deux semaines !

— Gunny est quant à lui parti en catastrophe, après la réception d'un SMS.

James se pencha sur le sergent-chef, fouilla dans ses poches et en sortit son Smartphone.

Il appuya sur les touches.

— Mince ! Il y a un code, bien sûr...

Il releva la tête vers Melissa.

— Lillian le connaît peut-être ?

— J'en doute, répondit Melissa. Cette femme vit dans ses illusions et son petit monde... Tout ce qui l'intéresse, c'est le luxe.

Sur ces mots, Melissa observa la cuisine ultramoderne

et sophistiquée, le salon-salle à manger au-delà, avec son mobilier griffé, agencé avec goût et, à l'évidence, par les soins d'un décorateur d'intérieur.

— Je pense que Gunny a trahi les SEALs pour payer les factures et cartes de crédit.

James lâcha un juron.

— Cela me rend malade de penser que Gosling est mort pour une simple histoire de fric !

Le Smartphone de Melissa émit un signal. Elle consulta son écran fissuré et ouvrit le SMS qui venait de lui parvenir.

— Bon sang ! s'exclama-t-elle, le lisant à voix haute.

Apportez le paquet à minuit. Détruisez-en toutes les copies. La vie de Schafer en dépend. Les coordonnées du lieu vous parviendront ce soir.

— Cord est vivant ! s'exclama-t-elle.
— C'est du moins ce que prétend ton interlocuteur.
Un second SMS lui parvint.

Votre petit ami vient aussi.

— Qu'est-ce qui est écrit ? demanda James, regardant par-dessus son épaule.

Il lut.

— Parfait ! Je ne voulais pas te laisser seule de toute façon.

Melissa déglutit.

— Il nous ordonne d'apporter le pli, il ne veut pas marchander. Quand il l'aura, il nous tuera, James !

17

James tint Melissa serrée contre lui tout le temps que les policiers et les secours lui posèrent des questions sur ce qui s'était passé. Elle y répondit avec calme et précision. Une fois encore, James en fut impressionné.

De son côté, Lillian Petit était incapable de prononcer le moindre mot sur les événements. Melissa lui proposa d'ailleurs de la conduire à un hôtel où elle pourrait se reposer de cette abominable journée.

Une fois cela fait, James rentra avec Melissa à leur propre hôtel. Mais la jeune femme refusa de mettre un pied dans sa chambre mise à sac, et tous deux se retrouvèrent dans la sienne.

— Mieux vaut que j'aille *seul* au rendez-vous de ce soir, Melissa. Ce serait plus prudent.

Elle lui décocha un regard noir.

— Hors de question ! Les SMS le disent bien : je dois être là.

Devant une telle détermination, qui ne le surprenait pas, James battit en retraite et contacta Hank pour lui relater les derniers événements.

— Est-ce que Brandon, ton informaticien, pourrait accéder au répertoire téléphonique de Gunny et consulter le SMS qui lui a fait quitter la base ?

Hank le lui promit.

Mais quand il rappela un peu plus tard, ce fut avec une mauvaise nouvelle : l'auteur de ce SMS avait utilisé un téléphone portable à carte, impossible à localiser. Idem pour les deux SMS envoyés à Melissa.

La fin de l'après-midi fut donc destinée aux préparatifs de leur rendez-vous. James faisait tout son possible pour masquer son inquiétude à Melissa. Mais son angoisse ne fit que croître quand elle reçut en début de soirée un nouveau SMS qui précisait le lieu de rendez-vous. Celui-ci était proche de l'endroit où ils avaient été surpris par Fenton Rollins, le mercenaire engagé pour tuer l'agent de la DEA et probablement l'auteur des SMS adressés à Melissa.

Les marinas étant fermées à cette heure, James contacta Sawyer dans l'espoir qu'un SEAL de la SBT-22 possède une embarcation qu'il accepte de leur prêter. Par chance, Sawyer était l'heureux propriétaire d'une vedette qui lui permettait de satisfaire sa passion de la navigation.

James et Melissa retrouvèrent donc Sawyer à la marina où sa vedette était amarrée.

— Cow-Boy, tu sais que tu peux nous faire confiance en cas de nécessité, déclara Sawyer en lui tendant les clés. Quant à ce qui est arrivé à Gunny...

Il s'interrompit et secoua la tête avec fatalisme.

— Soyez prudents, tous les deux..., conclut-il, hochant la tête à l'adresse de Melissa. Je n'aimerais pas qu'il vous arrive malheur.

— On a des chances de retrouver Cord, déclara James.

— Alors il faut qu'on parte avec vous ! insista Sawyer.

— Non. Je ne veux pas qu'il y ait d'autres victimes. C'est trop dangereux.

Sawyer sourit.

— Tu oublies qu'on a l'habitude du danger, Cow-Boy.

James sourit avec reconnaissance, de nouveau frappé par la fraternité et la solidarité qui liaient, et dès le premier jour, les SEALs.

Le temps pressant, James et Melissa prirent congé de Sawyer et embarquèrent. James accéléra sans attendre.

Il prenait un bras de la rivière quand, au même instant, un hors-bord jaillit d'un abri de feuillage et fonça droit sur eux. James n'eut pas le temps de ralentir et d'éviter la collision. La vedette de Sawyer gîta aussitôt à tribord et James en fut projeté en même temps que Melissa qui poussa un hurlement de terreur.

Sous la violence du choc, James coula à pic, mais il se ressaisit et remonta à la surface, pressé de localiser Melissa et de lui porter secours.

Il reprenait le dessus quand le hors-bord passa à sa proximité, le manquant de peu.

L'embarcation laissa derrière elle un chapelet de vagues qui masqua un instant qu'elle s'était arrêtée un peu plus loin. Ses occupants cherchaient Melissa, comprit James. Lui aussi. Mais en vain, malgré le clair de lune.

Soudain, Melissa lâcha un cri perçant. Non loin du hors-bord.

James nagea dans sa direction et s'en approchait quand deux hommes sortirent Melissa de l'eau.

Elle se débattit, donna un coup de pied dans le ventre du premier et frappa le second au visage. L'homme la lâcha pour aussi vite la rattraper. Les deux individus réussirent à la hisser à bord. L'embarcation ensuite s'éloigna.

James ne put retenir un juron : il aurait beau nager, jamais il ne réussirait à les rattraper.

En désespoir de cause, il rallia la vedette de Sawyer qui s'était échouée sur la rive et il évalua les dégâts. Le bateau prenait l'eau, gîtait à tribord et sa proue était défoncée.

James réussit tout de même à démarrer mais quand il essaya d'accélérer, le moteur cala. Il fit un nouvel essai. Sans succès. Le moteur, noyé, resta cette fois silencieux.

Furieux, il donna un coup de poing sur le gouvernail. Ses chances de retrouver Melissa s'amenuisaient de minute en minute.

Le silence de la nuit n'était brisé que par les grenouilles, les cigales et d'autres insectes.

Soudain, un autre bruit attira l'attention de James : le ronronnement d'un moteur dont le bruit se rapprochait.

Le cœur battant, James rama jusqu'au milieu de la rivière.

Un instant plus tard, le SOC-R de la SBT-22 apparaissait, fendant les flots à grande vitesse. Jamais James ne fut plus fier de ses compagnons d'armes, vêtus de leur tenue de camouflage.

Il alluma sa lampe de poche et l'agita pour se signaler. Le SOC-R ralentit et s'approcha.

— Mon bateau ! hurla Sawyer.

— Désolé, mon vieux…, fit James en sautant à bord du SOC-R. En tout cas, je ne regrette pas de t'avoir transmis mon Smartphone avec l'application destinée à localiser Melissa.

— Elle s'éloigne toujours, répondit Sawyer. Bon, que s'est-il passé au juste ?

— Je vais tout expliquer en route ! Vite ! Et je ne veux même pas savoir comment tu as réquisitionné le SOC-R.

— Mission d'entraînement en vue d'une opération secrète ! On y va !

Sawyer accéléra.

— Et le commandant ? demanda James.

— Il n'en sait rien, maugréa Sawyer. Comme ça, lui, il ne risquera pas de passer en cour martiale.

James ne releva pas. Les SEALs sacrifiaient peut-être leur carrière pour lui… Mais il en aurait fait autant pour eux. Comme il était prêt à tout pour Cord.

Et Melissa.

Melissa se débattit mais ses assaillants étaient plus forts et nombreux. Quand elle fut à bord, on lui noua les mains derrière le dos avec un serre-câble Ty-Rap, et on lui mit une capuche noire sur la tête, qui fut lacée autour de son cou.

Dès lors, le noir fut total.

Peu après, le bateau se remit en route et Melissa, surprise, glissa du banc où elle avait été forcée de prendre place. Ligotée et incapable de se rattraper, elle heurta le bord de l'embarcation, se blessa au front et en resta étourdie.

Dès lors, elle demeura immobile, évitant de songer à la douleur pour se concentrer seulement sur le bruit du moteur, du vent, ainsi que sur les virages. Ces minces informations lui permettraient peut-être de retrouver son chemin dans le labyrinthe de canaux et bras de rivière, du moins si elle réussissait à prendre la fuite.

Non, *quand* elle prendrait la fuite !

Car elle n'avait pas d'autre choix.

Comment allait James ? Etait-il blessé ? Avait-il croisé un alligator ? Pendant qu'elle se débattait dans l'eau, un peu plus tôt, elle l'avait vu nager vers elle pour lui porter secours.

Peut-être avait-il eu le temps de regagner la vedette de Sawyer. Si oui et si la vedette n'avait pas été endommagée par la collision, il viendrait sûrement à sa rescousse et retrouverait sa trace grâce à l'application de son Smartphone. Elle-même avait caché dans son soutien-gorge la mini-balise protégée par un Ziploc étanche.

Mais une terrible pensée lui traversa l'esprit. Lorsque la vedette avait chaviré, le Smartphone de James avait peut-être coulé à pic et, dans ces conditions, il ne pourrait jamais la retrouver. La balise qu'elle portait cachée dans son soutien-gorge n'était donc plus d'aucune utilité...

Melissa refusa de penser au pire. Elle voulait garder courage afin de former le meilleur plan pour s'échapper. Car James arriverait peut-être trop tard. Le delta du Mississippi formait en effet un système complexe de canaux, d'affluents, de bras et de bayous, et retrouver quelqu'un dans cet enchevêtrement était difficile, même avec un GPS. Alors sans...

En plus, ses ravisseurs étaient désormais en possession des informations de Cord. Lorsqu'ils en auraient pris connaissance, sans doute la supprimeraient-ils.

Elle devait donc agir vite.

Après des tours et des détours, un trajet qui sembla durer des heures mais ne dut totaliser qu'une trentaine de minutes, le hors-bord ralentit enfin et s'arrêta.

On la leva, puis on la conduisit sans ménagement sur la terre ferme.

Melissa ne résista ni ne lutta. A quoi bon ? Elle était ligotée et aveuglée, et si elle tombait dans l'eau, elle risquait de se noyer. Mieux valait attendre qu'on lui retire la cagoule pour prendre des initiatives.

Sous ses pieds, le sol était inégal. Elle trébucha à plusieurs reprises dans les creux, contre les branches et les ronces. A l'évidence, le sentier, plutôt une piste, était mal dégagé et rudimentaire.

Enfin une porte grinça et s'ouvrit. Une voix d'homme s'éleva de l'intérieur.

— Vous avez la femme. Et le pli ?
— Oui.

Il y eut le bruit mou d'un objet tombant sur une surface plane. Sans doute l'enveloppe, logée dans un autre sachet Ziploc, avait-elle été lancée sur une table, subodora Melissa.

L'un des hommes qui la tenait la lâcha, puis la poussa. Déséquilibrée, elle tomba moitié sur un matelas, moitié sur quelque chose.

Plutôt, sur quelqu'un qui bougea et gémit.

De là, on lui dénoua le lien de la cagoule. Melissa respira mieux, secoua la tête et leva le menton pour essayer de voir par en dessous.

Elle discerna un homme, blessé manifestement, qui de nouveau bougea et gémit.

Melissa essaya de distinguer son visage et le reconnut.

C'était Cord !

La joie l'envahit.

Elle se mordit la lèvre pour ne pas exprimer son soulagement.

Elle avait enfin retrouvé Cord.

Son ami d'enfance de l'Ohio.

Vivant !

Elle devait trouver un moyen de prendre la fuite avec lui. Une tâche difficile, car Cord était blessé.

A cet instant, son attention fut attirée par un bruit de plastique. Ses ravisseurs devaient retirer le pli du Ziploc pour en consulter le contenu.

— C'est tout ? lui demanda l'un des hommes d'une voix antipathique.

— Oui, c'est tout ce qu'il y avait dans la boîte postale de la poste de Biloxi.

— Oh ! Bon sang, Melissa, c'est toi, murmura Cord d'une voix rauque.

— Chut, lui intima-t-elle à voix basse, tandis que, à l'autre bout de la cabane, les hommes étaient occupés à consulter les papiers.

— Ce sont seulement des photos et de la paperasse, commenta une voix désagréable.

Melissa la connaissait.

C'était celle de Rollins, l'homme en noir. Le mercenaire. Le sniper.

— Mais ces documents ont suffi à attirer l'attention et la curiosité, riposta celui qui semblait diriger les opérations. Nous devons prendre un maximum de précautions. Où est Monahan ?

Melissa se figea.

— Quand on a embouti la vedette, il est tombé dans la rivière. On a repêché la fille et le paquet.

Rollins toussa avant de reprendre :

— Je pensais que c'est ce que vous vouliez ?

Il y eut le bruit sourd d'un poing asséné sur une table.

— Bon sang, je ne vous paie pas pour penser, mais pour obéir. Retournez à sa recherche. Il en sait autant que la fille.

— Oui monsieur, répondit Rollins.

Un raclement de chaise se fit entendre. Quelqu'un se levait.

— Je veux que nos otages et Monahan soient exécutés demain matin, reprit la voix, qui s'éloignait. Ai-je été clair ?

Puis cet homme ouvrit la porte de la cabane.

— A vos ordres monsieur, conclut Rollins, qui semblait lui emboîter le pas.

— J'espère. Sinon, ce sera votre corps qui flottera sur la rivière. Vous avez saboté cette opération d'un bout à l'autre.

— Oui monsieur.

La porte se referma. Un silence tomba.

Melissa lâcha un soupir. Il n'y avait manifestement plus qu'elle et Cord dans la cabane.

— Melissa, il faut que tu trouves un moyen de fuir, commença son ami d'une voix rauque.

— Je ne fuirai qu'avec toi.

— Je ne peux pas. J'ai été blessé par Rollins durant l'exercice à balles réelles.

— Grièvement ?

— Assez en tous les cas pour ne pas pouvoir me lever et marcher.

— Alors je t'aiderai !

— Je serais mort si Rollins ne m'avait pas retrouvé, donné de l'eau et de la nourriture, reprit Cord avec amertume. L'ironie du sort… L'homme qui m'a blessé m'a aussi sauvé la vie, mais il doit me tuer, demain, au lever du soleil…

— Cela n'arrivera pas ! s'exclama Melissa.

Elle se pencha et posa le front sur la main de Cord.

— Tu peux retirer ma cagoule ?
— Je vais essayer.

Ainsi fit Cord et Melissa découvrit une cabane faiblement éclairée. Puis elle baissa les yeux sur Cord : il était pâle et hâve, le visage en sueur.

Elle s'en inquiéta.

— Ta blessure est grave ?
— A priori, aucun organe vital n'a été touché, mais avec l'eau de la rivière, il est possible que la blessure se soit infectée.

Melissa posa sa joue contre celle de Cord : il avait effectivement de la fièvre. S'il ne recevait pas des soins médicaux très vite, Rollins n'aurait même pas besoin de l'abattre...

— Il faudrait que je réussisse à délier mes mains, lâcha-t-elle.

Elle se déplaça sur les genoux, cherchant un moyen, et enfin avisa le montant en métal du lit. Elle s'y adossa et cisailla le serre-câble Ty-Rap contre le métal.

Des voix s'élevèrent devant la porte qui, peu après, s'ouvrit. Melissa se figea. Rollins entra, sourcils froncés et l'air menaçant.

— Toi et ton petit ami, vous n'êtes qu'une source de problèmes. J'ai bien envie d'en terminer avec vous deux dès à présent.

— Ne soyez pas stupide ! intervint Cord avec difficulté. Elle est votre joker pour attirer Monahan.

— C'est pour ça qu'on va lui garder la vie sauve pour le moment. Mais vous, je n'ai aucune raison de vous épargner.

— Si vous le tuez, je vous tue ! lâcha Melissa.
— De belles paroles de la part d'une faible femme.

— De belles paroles de la part d'un incapable ! répliqua-t-elle.

Rollins la gifla avec une telle violence qu'elle tomba à la renverse. La douleur, cuisante, lui fit tourner la tête et monter les larmes aux yeux. Sa lèvre était fendue et un goût de sang lui emplit la bouche.

— Vous n'êtes qu'un lâche ! s'exclama-t-elle. Gifler une femme ligotée et incapable de riposter. Détachez-moi plutôt. Battons-nous loyalement.

— Laisse, Melissa. Il n'en vaut pas la peine, intervint Cord. Economise plutôt tes forces.

— Quelles forces ? demanda Rollins en partant d'un rire moqueur. Demain, elle sera morte.

Un homme passa sa tête par l'entrebâillement. C'était l'un de ceux qui l'avaient suivie dans les rues de Biloxi.

— On part chercher Monahan. La fille vient ?

— Non. Laissons Monahan arriver comme un grand pour sauver sa petite amie : on n'aura qu'à le cueillir. Shorty va rester pour les surveiller, elle et le SEAL.

— Tu es certain qu'il se débrouillera ?

— Si Shorty n'est pas capable de surveiller une fille ligotée et un homme à l'agonie…, s'exclama Rollins en riant. Hé, Shorty ? Ça ira ?

— Pas de problème, fit l'homme en agitant son arme. Au moindre problème, je les abats !

Melissa était frustrée par son impuissance. D'un autre côté, comme tous partaient à la recherche de James, elle avait peut-être une chance de prendre le dessus et de fuir avec Cord… Mais au préalable, elle devait s'armer de patience pour défaire ses liens et surprendre l'homme qui restait les surveiller.

Rollins partit et Shorty le suivit des yeux depuis le pas

de la porte. Melissa en profita pour mieux se positionner devant le montant du lit et continuer de limer ses liens. Le bruit du hors-bord s'éleva et masqua fort heureusement celui qu'elle faisait, de son côté. Le lien finit par lâcher et elle détendit discrètement ses poignets enfin libérés.

Au même instant, Shorty se retourna.

— Si ça ne tenait qu'à moi, je vous tuerais tout de suite.

Son pistolet bien en main, il s'assit sur la chaise.

Melissa resta immobile, mains derrière le dos, et scruta autour d'elle, cherchant une arme potentielle, mais rien n'y ressemblait.

Les chances de surprendre l'homme s'annonçaient assez minces, d'autant qu'il était plus grand et plus fort, mais elle devait essayer.

Pour elle et pour Cord.

Comment distraire son attention de façon à traverser la pièce et à le désarmer ?

Soudain, Cord lui donna un coup de coude.

Elle se tourna vers lui. Il lui adressa un clin d'œil complice.

Melissa comprit et se tint prête à passer à l'action. Cord se mit à tousser.

— Je ne peux plus respirer…, geignit-il.

— La ferme ! fit Shorty.

Cord se remit à tousser avec violence.

— J'ai dit la ferme ! répéta Shorty.

Melissa se leva alors et se jeta sur lui. Le coup partit du pistolet de Shorty, surpris. Pendant qu'il reprenait son équilibre, Melissa le frappa sur le bras, ce qui l'obligea à lâcher son arme. Celle-ci roula sur le sol.

— Bon sang ! s'écria-t-il, tournant un regard troublé vers elle.

Elle lui asséna un nouveau coup de pied, cette fois à l'entrejambe. Profitant de ce que la douleur l'obligeait à se plier en deux, elle lui fracassa le nez avec son genou. Cette fois, Shorty tomba.

Melissa n'eut que le temps de ramasser son pistolet qu'elle braqua sur lui.

Mais Shorty, sur le flanc, nez en sang, resta immobile, les yeux fermés. Melissa déchira l'ourlet de son T-shirt, le fit rouler sur le ventre et pressa un genou sur son dos pour lui lier les mains.

Elle revint auprès de Cord, le cœur serré. Son ami allait vraiment mal, il avait besoin de soins. Jamais il n'aurait l'énergie, la force de se déplacer.

— Je vais voir ce qui se passe. Je reviens tout de suite !

Cord lui saisit le poignet.

— Fuis, Melissa. Laisse-moi !

— Impossible ! Tu es comme mon frère. Tu es ma seule famille.

— Laisse-moi ! la supplia-t-il. Pars, je te dis !

— Non, je reviens, répéta-t-elle en sortant dans la nuit, espérant un miracle.

18

James consulta l'écran de son Smartphone et, levant les yeux, chercha à percer la nuit. Le petit point qui, sur l'écran, signalait Melissa s'était arrêté cinq minutes plus tôt. Ils s'en rapprochaient.

James leva la main et le SOC-R ralentit.

Il n'avait d'autre envie que d'investir le camp des ravisseurs, à la façon de John Wayne dans les westerns, à grand renfort de coups de feu. Mais c'était aussi inutile que dangereux et il le savait. Discrétion et patience étaient nécessaires pour exfiltrer Melissa sans lui faire courir le risque d'être blessée, ou pire, tuée.

James prêta l'oreille. Un bateau s'approchait.

— On a de la compagnie, les gars ! s'écria-t-il.

Entraînés à faire face à n'importe quelle situation, les SEALs de la SBT-22 se tinrent prêts.

Le hors-bord des ravisseurs de Melissa surgit dans la nuit, laissant dans son sillage des vaguelettes qui étincelaient sous la lumière des étoiles et de la lune. Ses occupants ne pouvaient repérer le SOC-R à l'arrêt sur la rive et tous feux éteints.

Quand le hors-bord fut assez proche, James hurla :

— A l'assaut !

Sawyer accéléra. Le SOC-R se propulsa, envoyant

une gerbe d'eau sur l'autre embarcation et la freinant ainsi considérablement.

James consulta de nouveau l'écran de son Smartphone : Melissa n'était pas à bord. Soit ses ravisseurs avaient découvert la mini-balise, soit elle était séquestrée dans le bayou.

Au même instant, des coups de feu retentirent. L'un des SEALs riposta avec son fusil calibre .50, signalant ainsi aux ravisseurs qu'ils étaient bien armés. Ces derniers ne se laissèrent pas impressionner et répliquèrent.

De nouveau, Sawyer propulsa le SOC-R sur le hors-bord qui fit demi-tour et s'éloigna tandis que les ravisseurs continuaient de tirer. Sawyer ralentit par prudence pendant quelque temps, puis se remit à accélérer pour rattraper le hors-bord qui tournait. Sawyer tourna à son tour. Mais soudain l'embarcation des malfrats disparut, comme volatilisée.

James s'approcha de la proue, en vain car un nuage obstruait la lune.

— Mais... où sont-ils passés ? s'enquit Montana, sidéré.
— Aucune idée, répondit James.

Lorsque le nuage fut passé, la lune se remit à briller et miroita sur les eaux, révélant le sillage du hors-bord et signalant son passage sous des cyprès drapés de mousse espagnole qui effleurait la rivière.

— Par là ! s'exclama James, qui pointa le doigt dans cette direction.

Sawyer y dirigea le SOC-R. Sous la mousse espagnole se découvrait un bras fluvial. La lune révélait toujours les vaguelettes créées par le passage de la vedette. Sawyer accéléra, et le SOC-R de nouveau se propulsa, et fila comme il aurait volé.

— On se rapproche ! s'exclama James, qui gardait les yeux rivés sur l'écran de son Smartphone.

Un nouveau virage les contraignit cependant à ralentir. Lorsqu'il fut franchi, James put mieux voir : le hors-bord accostait et ses occupants en bondirent.

A son tour, Sawyer accosta rapidement et habilement tandis que les ravisseurs de Melissa couraient vers une vieille cabane, sans cesser de se détourner pour faire feu.

— Je vous couvre ! cria Montana.

James courut, mais il fut touché au bras et trébucha. Il ignora la douleur, cuisante, pour se remettre à courir. Melissa était certainement toute proche. Saine et sauve ? Il l'espérait de tout son cœur.

Soudain, la porte de la cabane s'ouvrit.

James retint son souffle. Si jamais l'un des ravisseurs se servait de la jeune femme comme d'un bouclier, c'en serait fini…

Mais il ne voulait pas s'avouer vaincu. Il lutterait jusqu'au bout. Il connaissait Melissa depuis peu, mais il admirait sa détermination et son obstination.

— Lâchez vos armes ou je tue la fille ! cria une voix.

— Avant, montrez-moi la fille ! repartit James en faisant discrètement signe à Lovett et à Duff de se poster de chaque côté de la cabane.

— Baisse ton arme ou je tue la fille ! répéta l'homme.

James laissa à Lovett et à Duff le temps de prendre position avant de répliquer :

— Je veux entendre le son de sa voix.

Cette fois, le silence seul lui répondit.

Le cœur de James se mit à battre plus fort tandis qu'il guettait un signe de Melissa. Si ses ravisseurs la détenaient toujours, ils l'auraient déjà exhibée pour lui prouver leur supériorité.

A moins qu'elle n'ait été blessée.

Ou tuée ?

Il se contint pour ne pas charger et investir la cabane afin d'en avoir le cœur net.

— Je l'exécute si vous ne lâchez pas vos armes, reprit la voix.

— J'ai jeté la mienne, mentit James.

— Non, James ! Il bluffe.

C'était Melissa, dont la voix venait d'un fourré à proximité de la cabane, non loin de l'endroit où se tenaient Duff et Lovett.

Le soulagement de James fut immense mais hélas de courte durée.

— Attrapez-la ! cria une autre voix.

Des ombres convergèrent vers la cachette et James se précipita dans la direction de Melissa. Mais de nouveaux tirs l'obligèrent à se mettre à plat ventre, ce qui lui fit perdre un temps précieux. Quand il se releva, des bruits de coups, des ahanements et des cris lui parvinrent.

Alors il courut plus vite. Un homme était à terre tandis qu'un second cherchait à entraîner Melissa.

James l'assaillit et le frappa au visage. Sa victime y porta les mains et s'effondra.

— Attention ! s'écria Melissa.

L'homme qui gisait déjà à terre pointait son arme vers lui, mais Melissa posa le pied sur sa main. Le coup de feu partit au même instant. Mais ce fut son acolyte, que James venait de frapper, qui fut touché. Une tache rouge et noire s'étendit au niveau de sa poitrine.

James en profita pour se retourner : Lovett et Duff

obligeaient l'un des ravisseurs à sortir de la cabane. James les rejoignit en un éclair et plaqua l'homme au sol, lui liant les mains dans le dos avec le câble zip qu'il avait dans la poche arrière. Cela fait, il se redressa.

Une main lui effleura le bras. Il fit volte-face.

C'était Melissa.

— Merci... tu m'as sauvé la vie...

— Merci d'être toujours en vie...

Il la serra dans ses bras, contre son cœur.

— Quand ces hommes se sont éloignés... quand ils t'ont enlevée, emmenée...

Il se tut et la tint longtemps serrée. Enfin, mû par une impulsion, il prit son visage en coupe et l'embrassa.

— Tu sais que je t'ai dans la peau, Melissa Bradley ? souffla-t-il.

Elle lui adressa un sourire que la lune rendit plus éblouissant.

— Moi aussi, James Monahan.

— Alors qu'allons-nous faire ?

— Je ne sais pas. Tout ce que je sais, c'est que... que je ne veux pas en rester là avec toi. Je veux continuer... Mais ailleurs que dans un bayou !

Le rire qui s'échappa de ses lèvres y mourut comme un sanglot.

— En attendant, viens avec moi, reprit-elle. J'ai besoin de ton aide.

Elle le conduisit vers un cyprès dont elle écarta la mousse espagnole qui le drapait.

— Regarde qui j'ai trouvé..., annonça-t-elle doucement.

James avisa une forme sombre. Une voix d'homme affaiblie s'éleva.

— Cow-Boy ?

Submergé par un immense soulagement, James tomba à genoux.

— Cord !

— Il était temps ! plaisanta Cord en toussant. J'ai pensé que tu n'arriverais jamais.

— J'ai failli ne pas arriver, mon pote.

Cord s'efforça de se redresser.

— Qu'est-ce que tu attends pour qu'on file de cet enfer ? Je ne supporte plus ce bayou !

Melissa aida James à relever Cord. Quand tous les trois revinrent près de la cabane, les quatre ravisseurs de Melissa avaient été ligotés par les SEALs.

— Les gars, on a retrouvé Rip ! annonça James.

Montana se précipita pour prendre le relais de Melissa et soutenir Cord.

— Bon sang, on pensait tous que tu étais mort !

— Mourir aurait été moins douloureux…, laissa tomber Cord à mi-voix.

— Vite, conduisons-le sur le SOC-R ! déclara James. Il nous expliquera tout en route.

Sawyer recula, son portable pressé contre l'oreille.

— J'appelle le commandant !

Les autres SEALs échangèrent des regards inquiets, remarqua James : ils avaient utilisé l'équipement du gouvernement à des fins personnelles…

— De toute façon, je n'ai pas le choix ! expliqua Sawyer. Il finira par découvrir ce qui s'est passé ce soir ! Et si je le préviens maintenant, il pourra au moins organiser le transfert de Cord dès notre arrivée.

James et Montana transportèrent Cord sur le SOC-R et l'y installèrent avec précaution. Melissa s'assit à ses côtés, passa un bras autour de sa taille pour qu'il s'appuie sur elle.

— Merci, Melissa…, souffla Cord. Merci d'être partie à ma recherche. Je t'aime.

— Moi aussi, Cord, je t'aime. Je n'aurais jamais renoncé à te retrouver.

James surprit ces murmures et, pris de doute, fut soudain saisi de tristesse. N'y avait-il vraiment que de l'amitié entre eux ? Cette question lui fit serrer les poings.

Il était furieux.

Jaloux.

Il ne supportait pas que Melissa étreigne Cord avec tendresse.

Déconcerté par sa propre réaction, il se passa une main dans les cheveux. Sa jalousie était stupide ! Melissa ne lui appartenait pas ! Ils avaient chacun leur vie : elle travaillait pour le FBI et adorait son métier et ses fréquents déplacements. Lui, il avait réintégré momentanément les SEALs et travaillait pour la CCI. A ce titre, il serait souvent envoyé en mission. Leur vie à tous les deux était inconciliable avec un engagement sentimental.

Tandis que le SOC-R prenait la direction de Stennis, ses pensées revinrent à la veille, quand il avait fait l'amour avec Melissa.

En définitive, il ne voulait pas seulement avoir une liaison avec elle, il voulait davantage, se rendit-il compte brusquement. Au même instant, un souvenir lui revint. Un jour, son père lui avait confié que, dès le moment où il avait rencontré sa mère, il avait su et compris qu'elle lui était destinée et qu'il l'aimerait toute la vie. A partir de là, son père n'avait plus jamais regardé une autre femme, même après la mort de son épouse… Il l'avait tant aimée que refaire sa vie était impossible.

James se mit à réfléchir. N'avait-il pas eu la même révélation lorsque Melissa était entrée dans le bureau de la poste centrale de Biloxi avec sa robe à fleurs et ses lunettes de soleil papillon ?

Peut-être.

Sans doute…

En tout cas, il ne voulait pas renoncer à elle. Il devait donc agir en conséquence, la retenir pour ne pas ensuite regretter d'avoir laissé passer sa chance.

A plusieurs reprises, il observa discrètement Cord et Melissa.

S'il ne lui parlait pas, s'il ne lui avouait pas ses sentiments, elle repartirait à San Antonio et reprendrait son travail au FBI.

D'un autre côté, quelle serait sa réaction face à ses aveux ?

Le SOC-R accosta, et les SEALs furent accueillis par des ambulances, la police locale, le shérif du comté et les policiers de l'Etat.

— Super. Un vrai comité, grommela Montana.

Les SEALs descendirent du SOC-R. Sawyer et Montana confièrent Cord aux urgentistes. Melissa ne le quittait pas, elle n'avait d'yeux que pour lui et ne cessait de lui parler à voix basse, nota James.

— C'est bon de revoir Rip ! lui confia Duff.

— Je ne te le fais pas dire ! déclara James.

Il avait beau être jaloux de son ami, il était heureux que ce dernier soit vivant et désormais en de bonnes mains.

— Melissa est aux petits soins pour lui. Ils sont

ensemble ? C'est drôle, je pensais que c'était ta petite amie ? reprit Duff, sourcils froncés.

James observa Melissa, qui montait dans l'ambulance avec Rip.

— Melissa est libre.

— Maintenant que j'y pense : Rip m'a un jour dit qu'il avait une sœur, mais je sais qu'il est fils unique. J'imagine qu'il considère Melissa comme une sœur ?

James haussa les épaules.

— Aucune idée. Quoi qu'il en soit, Rip est mon ami.

— Et un SEAL digne de ce nom ne vole pas la copine d'un autre, pas vrai ?

Sur ces mots, Duff lui donna un coup de coude.

— Tu ferais mieux d'en avoir le cœur net, mon vieux. Parce que Melissa en vaut la peine.

— Qui a dit qu'elle m'intéressait ?

— La façon dont tu la regardes ! Je ne suis pas aveugle ! Tu es amoureux. Alors bats-toi et ne te fie pas aux apparences. Elles sont parfois trompeuses.

James lui adressa un demi-sourire.

— Depuis quand es-tu devenu philosophe ?

Duff haussa les épaules.

— Bah, il faut bien changer.

— Ne change pas trop, Duff. Parce que tu es déjà un SEAL exceptionnel.

— Etre un SEAL, c'est du gâteau. En revanche, on ne rencontre pas tous les jours la femme de sa vie. Si c'est Melissa, ton âme sœur, ne la laisse pas filer sans avoir tenté ta chance.

James opina.

— Merci pour le conseil.

L'ambulance s'éloignait, tandis que le commandant

Paul Jacobs s'approchait. James lui devait des explications. Il ne pourrait pas rejoindre Melissa et Cord dans l'immédiat.

Il fit donc, une heure durant, le récit des derniers événements au commandant. Il lui révéla également les véritables raisons de sa réintégration dans l'unité.

— Nous savons que Fenton Rollins est un mercenaire qui loue ses services, mais nous ne savons toujours pas qui l'a engagé ou qui a payé Gunny pour livrer des informations sur l'opération *Pit Viper*, conclut James. L'homme pour qui je travaille va poursuivre les investigations.

Le commandant Jacobs opina.

— Je suppose que nous devons évoquer votre situation dans la SBT-22 ?

— Oui monsieur, dit James en se levant.

— Avant, j'aimerais me rendre à l'hôpital et prendre des nouvelles du CPO Schafer.

— Moi aussi, monsieur.

— Vous avez un véhicule ?

— Oui. Garé assez loin.

— Alors venez avec moi. Nous parlerons de votre avenir en route.

Le cœur battant, James acquiesça.

Le moment était venu de décider s'il voulait ou non rester dans la SBT-22 ou travailler à la CCI pour Hank Derringer.

Il suivit le commandant Jacobs, revoyant et récapitulant les événements des jours précédents.

Et soudain, le calme l'envahit.

Sa décision était prise.

Melissa arpentait la salle d'attente. Cord était au bloc depuis quarante-cinq minutes. Combien de temps fallait-il pour extraire une balle et ensuite, recoudre ? Plus l'intervention durait, plus elle s'inquiétait : les blessures de Cord devaient être plus graves qu'elle ne l'avait pensé.

L'idée de perdre son ami de toujours lui était insupportable. Elle l'aimait comme un frère, il était sa seule famille.

Et puis, bon sang, où était passé James ? Juste au moment où elle avait le plus besoin de lui, il s'était volatilisé ! En l'espace de quelques jours, James Monahan avait pris une grande importance dans sa vie... et elle ne pouvait plus se passer de lui.

Ces constatations faites, elle se figea. Sa mission tirait à sa fin et leur séparation était inéluctable. Ils avaient retrouvé Cord, il était vivant. Du moins, elle l'espérait.

Tout cela lui faisait battre le cœur trop fort, lui nouait le ventre.

Pourquoi était-ce si long ? Et où donc était James ?

— Excusez-moi, madame ?

Melissa fit volte-face.

— Vous êtes parente de Cord Schafer ? lui demanda une infirmière.

Melissa n'hésita pas une seconde.

— Oui, je suis sa sœur !

— Melissa ?

— Oui ! C'est moi.

L'infirmière sourit.

— Il vous demande. Si vous voulez me suivre, il est en salle de réveil. Rassurez-vous, il va bien.

Melissa se hâta derrière l'infirmière.

— On lui a retiré la balle, nettoyé la blessure et

enrayé l'infection. Il est sous traitement antibiotique. Le médecin est très optimiste.

Melissa soupira de soulagement et sourit.

— Merci.

L'infirmière la fit entrer dans la chambre de Cord.

Melissa se précipita à son chevet et lui serra la main avec effusion.

— Cord ? murmura-t-elle.

Il ouvrit les yeux.

— Mel…

Sa voix au début rauque devint plus claire.

— Tu peux m'expliquer ce qui s'est passé, une fois que tu as frappé le type qui nous surveillait ? Je crois que j'ai oublié quelques détails…

Melissa le lui relata, avec l'arrivée des SEALs de la SBT-22 et la mise en échec de leurs ravisseurs.

Cord sourit.

— Je suis content de t'avoir vue à l'action, Melissa. Je pensais que les agents du FBI étaient surtout de bons vigiles que l'on portait aux nues par principe.

Melissa fronça les sourcils.

— Attention à toi !

Cord leva l'une de ses mains.

— Si jamais je me trouve un jour en difficulté, je te veux à mes côtés. Tu as été géniale.

Elle sourit.

— Tu aurais fait pareil pour moi.

— Evidemment ! Tu es comme ma sœur.

Il sourit et ferma les yeux.

Le silence persistant, elle le crut endormi.

Mais il reprit la parole :

— Melissa ? Veux-tu m'épouser ?

Il lui avait déjà posé cette question un millier de fois.

— Non, tu ne veux pas m'épouser, répondit-elle, pour la millième fois. Ce serait comme d'épouser ta sœur. Je ne t'aime que d'amitié. Et toi aussi.

— Mais tous les hommes rêvent d'avoir une compagne, une épouse comme toi. Belle. Courageuse.

— Tu délires, Cord ! Ne désespère pas. La femme de ta vie n'est pas loin. Tu dois seulement patienter... Ne te fixe pas sur une femme qui t'aimera toujours comme son frère. Et si je t'épousais, qui me conduirait à l'autel, le jour de mon mariage ?

— Dans le mille.

Il sourit et ferma de nouveau les yeux.

— Justement, et Monahan ?

— James ?

Le cœur de Melissa s'emballa.

— Quoi James ? répéta-t-elle, consciente de sa mauvaise foi.

— J'étais peut-être dans le brouillard, mais j'ai remarqué la façon dont il te regardait. Il y a quelque chose entre vous deux ? Dois-je lui parler, puisque ton père n'est plus là ?

Les joues rougissantes, Melissa lui tourna le dos.

— Nous avons uni nos efforts pour te retrouver, Cord. Et maintenant, James va repartir de son côté et moi du mien, à San Antonio. Enfin, seulement une fois que j'aurai la certitude que tu vas bien. Il n'y a rien entre lui et moi.

La voix de James l'interrompit :

— N'importe quoi !

Melissa sursauta et se retourna.

Il la fixait, visage tendu et sourcils froncés.

— Il y a quelque chose entre nous et je n'irai nulle part tant que nous n'en aurons pas parlé.

Des frissons parcoururent tout le corps de Melissa.

— Que veux-tu dire ?

— Tu m'as confié que tu ne voulais pas en rester là, avec moi. Moi non plus. Tu as dit que tu m'avais dans la peau. Moi aussi.

— Mais... quel avenir pour nous deux ? Je pensais que tu voulais définitivement réintégrer ton unité. Ou travailler pour la CCI ? Dans les deux cas, tu...

James secoua la tête et se rapprocha.

— D'abord, je veux savoir s'il y a quelque chose entre toi et Rip, coupa-t-il.

Rip poussa un soupir.

— Ne me fais pas rire, Cow-Boy, cela fait trop mal. J'ai demandé à Melissa de m'épouser un millier de fois. Elle a toujours refusé. C'est un jeu entre nous.

James la regarda.

— C'est vrai ?

Melissa se raidit puis étrécit les yeux et leva le menton.

— En quoi ça t'intéresse ?

— Ça m'intéresse parce que je ne chasse pas sur les terres d'un ami !

— Elle ne m'appartient pas, lança Cord en agitant la main. Elle est tout à toi !

— Je ne suis à personne, à moins que je ne l'aie décidé ! s'exclama Melissa, outrée.

La tête lui tournait. Cela faisait trop en même temps.

— Et quelles sont tes intentions, James ?

Elle n'osait pas encore espérer. Peut-être se méprenait-t-elle ?

— Mieux te connaître, Melissa. Continuer...

Il la prit par les mains et l'attira à lui.

— Continuer de te faire certaines choses que tu pourrais trouver illégales… délicieusement illégales.

Melissa déglutit alors qu'il l'attirait à lui.

— Tu acceptes, Melissa ? Je pourrais solliciter un congé…

— Mais… tu viens de réintégrer les SEALs ?

James secoua la tête.

— J'ai décidé de ne pas rempiler. J'ai adoré revenir dans mon unité, mais je ferai du bon boulot avec Hank Derringer et Covert Cow-Boys Inc.

— Alors tu vivras au Texas ? s'enquit Melissa, le cœur battant.

— Mieux. A tes côtés. A San Antonio. En travaillant pour Hank, je peux vivre où je veux.

James à San Antonio ? Son cœur allait éclater de bonheur. Elle le contempla, le pouls battant encore plus vite. Rien ne pouvait être plus parfait.

Mais elle se rembrunit presque aussitôt. Son affectation à San Antonio était temporaire. Elle pouvait être mutée partout ailleurs aux Etats-Unis…

Oui, mais dans un proche avenir, James serait auprès d'elle…

Les pensées se bousculaient dans sa tête.

James lui prit le menton et la força à le regarder.

— Je vais habiter à San Antonio, Melissa. Je sais que tu aimes ton métier. Je sais que tu peux partir en mission à tout moment. Cela me déplaira mais je le comprendrai et je le respecterai.

— Merci.

Elle leva les mains et pressa sa paume contre sa joue.

— Il n'y a pas beaucoup d'hommes qui comprendraient.

— Je ne suis pas tous les hommes. J'ai délaissé ma carrière pour soutenir mon père malade. J'ai appris qu'il ne fallait pas avoir peur de l'amour, même si l'on a peur de perdre celui, celle, qu'on aime. Après ce qui est arrivé à mon père et à Rip, j'ai compris qu'il fallait saisir sa chance. Parce qu'on n'en a pas toujours une seconde.

— Tu as raison.

Elle embrassa la paume de sa main.

— Moi, j'ai appris que la famille, c'était le plus important. Et Cord est ma seule famille, celle du cœur. Je le considère comme mon frère.

— Content de le savoir.

— Et Cord se fait du souci car nous ne connaissons toujours pas l'identité de l'homme qui livre les armes au Honduras.

— Hank ne renonce pas à l'enquête, et il est probable qu'il me la confiera.

— Tu partirais donc en mission ?

James opina.

— C'est possible.

— Eh bien, cela ne me plaira peut-être pas, mais je comprendrai et respecterai ta décision, confia Melissa en reprenant ses mots.

Il l'attira à lui et effleura ses lèvres.

— En attendant, on passe la soirée, la nuit ensemble ?

Melissa noua les bras autour de son cou et sourit.

— Un jour, un sage a dit : « Il faut saisir sa chance. Parce qu'on n'en a pas toujours une seconde... »

Un rire leur parvint du lit.

— Vous ne pourriez pas aller profiter de la vie ailleurs ? Moi, j'aimerais avoir la chance de dormir tranquille. Et pendant que j'y suis, c'est moi qui vais partir sur la trace de l'individu qui a vendu des armes aux rebelles du Honduras.

Melissa se mit à rire.

— Chaque chose en son temps, Cord !

— Alors laissez-moi le temps de récupérer, et vous deux, prenez donc le temps de vous aimer !

Retrouvez prochainement, dans votre collection
BLACK ROSE

Invincibles ensemble, de Lena Diaz - N°667

LES JUSTICIERS - 2/4

Le visage fermé, le regard dur, Bryson Anton fixe Teagan et marmonne : « Je ne fais plus partie des Justiciers, sortez de chez moi ! » Mais Teagan ne bouge pas. Rien ni personne ne pourra la détourner de sa quête. Car le criminel qui l'a attaquée, enfermée, brutalisée durant des jours, court toujours. Un autre purge sa peine à sa place, et Bryson, l'ancien profileur du FBI, est le seul homme capable de le retrouver...

Pour l'amour de Rachel, de Nicole Helm

Chaque nuit, Rachel Knight revit l'attaque dont elle a été victime quand elle avait quatre ans et qui l'a rendue à moitié aveugle... Mais, depuis peu, son cauchemar est différent : ce n'est plus un puma qui l'attaque mais un homme armé d'un couteau. Terrifiée par le réalisme des images qui la hantent, Rachel demande l'aide de Tucker. Tucker qui a grandi avec elle et dont elle sait qu'il fera tout pour la secourir...

Le lac des disparues, de Carol Ericson - N°668

Alors qu'elle enquête sur une série de meurtres liés à un trafic de drogue dans la région des Grands Lacs, Aria Calletti fait la connaissance de Grayson Rhodes, employé sur le port. Elle le recrute comme indicateur, sans savoir que le séduisant docker travaille sous couverture et qu'il est là pour les mêmes raisons qu'elle. Car sa sœur, mère d'un bébé de sept mois, fait partie des victimes...

Murée dans le silence, de Rita Herron

Quel terrible secret cache Peyton Weiss ? Pour faire la lumière sur l'incendie criminel qui a ravagé l'hôpital où Peyton travaillait et où son propre père est mort en tentant de sauver des vies, Liam Maverick interroge la jolie infirmière murée dans son silence. Est-elle menacée ? Protège-t-elle quelqu'un ? Qu'importe les raisons de son mutisme, il est bien décidé à briser ses défenses...

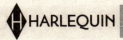

Retrouvez prochainement, dans votre collection
BLACK ROSE

Cet enfant qui est le tien, de Carla Cassidy - N°669

Depuis peu, Eva reçoit des lettres de menaces destinées, de toute évidence, à la chasser de son ranch. Et voilà qu'une nouvelle stupéfiante vient la distraire de ses soucis : Jake Albright est de retour en ville... Partagée entre exaltation et doute, elle appréhende ces retrouvailles. Car bien qu'il ait quitté le Kansas, dix ans plus tôt, à cause d'elle, elle aime encore Jake. Et elle va devoir lui annoncer qu'il est le père de son fils Andy...

Sauvée malgré elle, de Julie Miller

Indépendante, sûre d'elle, Amy Hall refuse toute forme de protection. Pourtant, lorsque pour la troisième fois sa propriété est la proie des flammes, elle doit bien se rendre à l'évidence : un pyromane en veut à sa vie. Sauvée in extremis par Mark Taylor qui a bravé le danger pour l'extraire des flammes, elle balaye ses réticences et se laisse aller au trouble que le séduisant pompier a fait naître en elle...

La détresse d'une mère, de Cindi Myers - N°670

Alors qu'elle se cache dans une chambre d'hôtel, quatre hommes surgissent et Stacy comprend, terrifiée, que le cauchemar vient de recommencer... Vite, il faut qu'elle protège Carlo, son fils de trois ans, de ces criminels qui sont venus l'enlever ! Car le petit garçon n'a pas choisi d'avoir pour père un baron de la mafia, un truand notoire que Stacy a été contrainte d'épouser parce qu'elle y a été forcée...

Au centre du danger, de Delores Fossen

Le souffle coupé, Rayanne observe l'homme caché derrière le mur de sa propriété. Que fait ici Blue McCurdy avec qui elle a passé une nuit d'amour, cinq mois plus tôt ? Mais soudain une voiture s'approche, et Blue sort son arme. Rayanne sent alors la panique monter en elle : pourquoi Blue est-il revenu ? Et représente-t-il un danger pour elle et l'enfant – son enfant – qu'elle attend ?

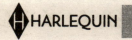

Retrouvez prochainement, dans votre collection
BLACK ROSE

Troublante cavale, de Barb Han - N°671

« Je vais vous rendre votre vie. » Le cœur battant, Sadie regarde Nick Campbell et s'interroge. Peut-elle faire confiance à ce policier sûr de lui qui, quelques heures plus tôt, l'a arrachée à l'existence paisible qu'elle menait sous une fausse identité ? Mais, surtout, n'a-t-elle pas eu tort de le suivre dans cette fuite éperdue à travers bois alors qu'une bande de tueurs est à leurs trousses ?

L'empreinte de la vérité, de Cynthia Eden

Alors qu'il s'apprête à fermer son agence de détectives, Grant voit arriver Scarlett, son amour de jeunesse, qu'il a quittée dix ans plus tôt. D'une voix paniquée, elle lui fait un étrange récit : recherchée pour le meurtre de son ex-petit ami, elle est venue le trouver pour qu'il l'aide à prouver son innocence et à retrouver le véritable assassin dont – elle en est sûre – elle sera la prochaine victime.

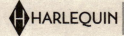

SAGAS
SECRETS. HÉRITAGE. PASSION.

Villa luxueuse en Grèce,
palais somptueux en Italie,
manoir mystérieux en Louisiane, chalet
enneigé en Alaska…
Voyagez aux quatre coins du monde et
vivez des histoires d'amour
à rebondissements grâce aux intégrales
de votre collection Sagas.

4 sagas à découvrir tous les deux mois.

DIVERTIR • INSPIRER • ÉMOUVOIR

OFFRE DE BIENVENUE !

Vous êtes fan de la collection Black Rose ?
Pour prolonger le plaisir, recevez gratuitement

1 livre Black Rose gratuit
et 1 cadeau surprise !

Une fois votre colis de bienvenue reçu, si vous souhaitez continuer à recevoir nos romans Black Rose, cela se fera automatiquement. Vous recevrez alors chaque mois 3 volumes doubles inédits de cette collection au tarif unitaire de 7,90€ (Frais de port France : 2,49€).

➡ ET AUSSI DES AVANTAGES EXCLUSIFS :

➡ LES BONNES RAISONS DE S'ABONNER :

Aucun engagement de durée ni de minimum d'achat.
◆
Aucune adhésion à un club.
Vos romans en avant-première.
La livraison à domicile.

Des cadeaux tout au long de l'année.
◆
Des réductions sur vos romans par le biais de nombreuses promotions.
◆
Des romans exclusivement réédités notamment des sagas à succès.
◆
Des points fidélité échangeables contre des livres ou des cadeaux.

◆ REJOIGNEZ-NOUS VITE EN COMPLÉTANT ET EN NOUS RENVOYANT LE BULLETIN !

N° d'abonnée (si vous en avez un) ⎕⎕⎕⎕⎕⎕⎕⎕   I1ZEA3

Mme ☐ Mlle ☐ Nom : .... Prénom : ....

Adresse : ....

CP : ⎕⎕⎕⎕⎕ Ville : ....

Pays : .... Téléphone : ⎕⎕⎕⎕⎕⎕⎕⎕⎕⎕

E-mail : ....

Date de naissance : ⎕⎕ ⎕⎕ ⎕⎕⎕⎕

Renvoyez cette page à : Service Lectrices Harlequin – CS 20008 – 59718 Lille Cedex 9 - France

Date limite : **31 décembre 2021**. Vous recevrez votre colis environ 20 jours après réception de ce bon. Offre soumise à acceptation et réservée aux personnes majeures, résidant en France métropolitaine. Prix susceptibles de modification en cours d'année. Vous pouvez demander à accéder à vos données personnelles, à les rectifier ou à les effacer. Il vous suffit de nous écrire en nous indiquant vos nom, prénom et adresse à : Service Lectrices Harlequin - CS 20008 - 59718 LILLE Cedex 9. Harlequin® est une marque déposée du groupe HarperCollins France – 83/85, Bd Vincent Auriol – 75646 Paris cedex 13. Tél : 01 45 82 47 47. SA au capital de 3 120 000€ - R.C. Paris. Siret 31867159100069/APE5811Z.

RESTEZ CONNECTÉ AVEC HARLEQUIN

Harlequin vous offre un large choix de littérature sentimentale !

Sélectionnez votre style parmi toutes les idées de lecture proposées !

 www.harlequin.fr   **L'application Harlequin**

- **Découvrez** toutes nos actualités, exclusivités, promotions, parutions à venir...

- **Partagez** vos avis sur vos dernières lectures...

- **Lisez** gratuitement en ligne

- **Retrouvez** vos abonnements, vos romans dédicacés, vos livres et vos ebooks en précommande...

- Des **ebooks gratuits** inclus dans l'application

- **50 nouveautés tous les mois** et + de 7 000 ebooks en téléchargement

- Des **petits prix** toute l'année

- Une **facilité de lecture** en un clic hors connexion

- Et plein d'autres avantages...

Téléchargez notre application gratuitement

SUIVEZ-NOUS ! 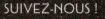 facebook.com/HarlequinFrance
twitter.com/harlequinfrance

OFFRE DÉCOUVERTE !

Vous souhaitez découvrir nos collections ? Recevez **votre 1er colis gratuit* avec 1 cadeau surprise !** Une fois votre colis de bienvenue reçu, si vous souhaitez continuer à recevoir nos livres, cela se fera automatiquement. Vous recevrez alors vos livres inédits** en avant-première.

Vous n'avez aucune obligation d'achat et cette offre est sans engagement de durée !

*1 livre offert + 1 cadeau / 2 livres offerts pour la collection Azur + 1 cadeau.
Pour la collection Intrigues : 1er colis à 17,25€ avec 2 livres + 1 cadeau.
**Les livres Ispahan, Sagas, Gentlemen et Hors-Série sont des réédités.

☛ **COCHEZ la collection choisie et renvoyez cette page au**
Service Lectrices Harlequin – CS 20008 – 59718 Lille Cedex 9 – France

Collections	Références	Prix colis
❏ **AZUR**	Z1ZFA6	6 livres par mois 29,99€
❏ **BLANCHE**	B1ZFA3	3 livres par mois 24,45€
❏ **LES HISTORIQUES**	H1ZFA2	2 livres par mois 17,09€
❏ **ISPAHAN**	Y1ZFA3	3 livres tous les 2 mois 23,85€
❏ **PASSIONS**	R1ZFA3	3 livres par mois 25,89€
❏ **SAGAS**	N1ZFA3	3 livres tous les 2 mois 28,86€
❏ **BLACK ROSE**	I1ZFA3	3 livres par mois 26,19€
❏ **VICTORIA**	V1ZFA3	3 livres tous les 2 mois 26,19€
❏ **GENTLEMEN**	G1ZFA2	2 livres tous les 2 mois 17,35€
❏ **HARMONY**	O1DFA3	3 livres tous les mois 20,16€
❏ **ALIÉNOR**	A1ZFA2	2 livres tous les 2 mois 17,75€
❏ **HORS-SÉRIE**	C1ZFA2	2 livres tous les 2 mois 18,25€
❏ **INTRIGUES**	T1ZFA2	2 livres tous les 2 mois 17,25€

N° d'abonnée Harlequin (si vous en avez un) ⎵⎵⎵⎵⎵⎵⎵⎵

Mme ❏ Mlle ❏   Nom : _____

Prénom : _____   Adresse : _____

Code Postal : ⎵⎵⎵⎵⎵   Ville : _____

Pays : _____   Tél. : ⎵⎵⎵⎵⎵⎵⎵⎵⎵⎵

E-mail : _____

Date de naissance : _____

Date limite : 31 décembre 2021. Vous recevrez votre colis environ 20 jours après réception de ce bon. Offre soumise à acceptation et réservée aux personnes majeures, résidant en France métropolitaine, dans la limite des stocks disponibles. Prix susceptibles de modification en cours d'année. Vous pouvez demander à accéder à vos données personnelles, à les rectifier ou à les effacer. Il vous suffit de nous écrire en nous indiquant vos nom, prénom et adresse à : Service Lectrices Harlequin CS 20008 59718 LILLE Cedex 9. Service Lectrices disponible du lundi au vendredi de 9h à 17h : 01 45 82 47 47.